내 책을 말하다

일러두기

1. 이 책은 학이사 창립일인 2007년 7월 1일부터 발간일인 2017년 6월 29
   일까지, 저자 스스로 자신의 책을 해설하여 엮은 것이다.
2. 책의 특성상 학습이나 기타의 목적이 강한 실용서적과 그 저자는 이번
   기획에서 제외하였다.
3. 사망이나 부득이한 사정으로 참여할 수 없는 저자는 작품집에 수록된
   발문 등에서 책의 특징을 발췌하였다.
4. 다수의 책을 발간한 저자는 가장 최근의 작품집을 우선하였다.
5. 공동저자의 경우는 대표저자 한 명의 이름만 표기하였다.
6. 본문의 수록 순서는 책의 발간일을, 차례는 검색의 편의를 위해 저자의
   성명 가나다순을 기준하였다.

學而思 | 저자 60인이 직접 쓴

내 책을
말하다

學而思 | 학이사

다시, 책을 통해 세상 속으로

2017년 7월 1일, 도서출판 '학이사學而思' 가 창사 10주년을 맞이합니다. '이상사' 로부터는 63년, '학이사' 로 출판사명을 바꾼지 10년이 되는 날입니다. 이를 기념하기 위해 지난 10년간 '학이사' 에서 책을 출판하신 저자들을 모시고, 스스로 자신의 책을 말할 수 있는 기회를 마련해 보았습니다. 책의 집필 계기와 내용, 출간 후의 반응, 출판사에 하고 싶은 말씀 등을 담은 것입니다. '학이사' 의 지난 10년을 돌아보고, 앞으로 10년 혹은 100년을 지역에서 함께 꿈꿀 수 있는 방법을 찾기 위한 방안입니다.

이 책은 '학이사' 가 앞으로 나아갈 방향은 물론 독자와 저자가 함께 행복한 세상을 만들어 줄 소중한 길잡이 역할을 하리라 믿습니다. 그 어느 분야나 생산자와 소비자의 소통은 참으로 소중한 것이 아닐 수 없습니다. 10년 세월, 아쉬움도 있습니다. 그 세월에 타계하신 저자들이 있어 그분들의 감회를 직접 듣지 못했다는 것입니다. 안타까운 마음에 작품집에 실린 작품 해설에서 부분을 발췌해 그분들의 마음을 대신했습니다. '학이사'와 함께 하신 모든 분들의 은혜에 조금이라도 보답하고자 하는 마음을 페이지마다 깔았습니다.

학이사學而思는 '배우기만 하고 생각하지 않으면 사리에 어둡고, 생각만 하고 배우지 않으면 위태롭다'는 『논어』「위정편」의 學而不思則罔 思而不學則殆에서 출판사 명을 따왔습니다. 그래서 학이사는 모일 '사社' 대신에 생각 '사思자'를 씁니다. 영남대학교 교수이신 철학자 최재목 박사님께서 뽑아주신, 이 거창한 말을 학이사는 출판기업 정신으로 삼으며 2007년 7월 1일에 새로운 발걸음을 내디뎠습니다.

학이사의 전신은 '이상사理想社'입니다. 국내 옥편 출판의 대명사이던 '이상사'는 6.25전쟁 때 대구로 피란을 왔습니다. 전쟁이 끝나고 대부분의 출판사들이 서울로 다시 돌아갔지만 1954년 1월 4일, 이상사는 1-1호로 출판등록을 하면서 대구시 중구 종로에 새 둥지를 틀었습니다. 이후 53년이 지난 2007년 7월 1일에 '학이사'로 다시 태어난 것입니다. '학이사'는 이상사의 정신을 이어받아 옥편류를 비롯한 사서류와 학습 부교재 중심의 출판에서 순수창작물과 인문, 실용서적 등을 모두 발간하는 종합 출판사로 거듭나기 위해 힘쓰고 있습니다.

저는 6.29선언이 있던 1987년 6월 29일, 이상사 편집부에 첫 출근을 했습니다. 당시 이상사는 대구의 중심 종로에서 50여 명의 직원들이 사서류와 학습교재를 중심으로 출판의 황금기를 누리고 있었습니다. 첫 출근을 하던 그때를 생각하면 지금도 꿈만 같습니다. 출판사에서 일만 할 수 있다면 월급을 받지 않아도 좋겠다는 마음이 들 만큼 출근이 즐거웠습니다.

2017년 6월 29일은 그래서 저에게 또 다른 의미가 있는 날입니다. 그 설레던 날로부터 한 출판사에서 보낸 꽉 찬 30년의 세월이 되는 날이기 때문입니다. 이렇게 30년을 오직 '책밥'의 힘으로 살고 있습니다. 책과 책을 좋아하는 사람들과 함께 살았습니다. 다른 분들은 이 정도의 시간이면 장인이라는 호칭에, 시쳇말로 눈을 감고도 자신의 일을 해낸다고 합니다. 하지만 저는 아직도 책을 잘 모르겠습니다. 편집자로, 영업자로 이렇게 긴 시간을 보내고도 책을 펴낼 때는 설렘보다는 늘 두려움이 큽니다. 저자의 마음을, 독자의 요구를 과연 제대로 담았는가 하는 걱정이 앞서기 때문입니다. 그래서 아직도 신간이 나올 때마다 두렵습니다. 그럴 때면 첫 출근하던 그때를 떠올리며 마음을 다잡습니다.

제가 지금까지 오직 책만 생각하며 기쁘게 일할 수 있는 것은 '이상사'의 창업주이신 철학자 故 최태성崔泰成 회장님의 믿음이 큰 힘이 되었습니다. 당시 회장님께서는 매일 회사에 나오셔서 독서로 소일하셨는데, 특히 인문학 장르의 책을 많이 읽으셨습니다. 그리고 좋은 내용에는 밑줄을 그어 "자네는 바쁘니 내가 줄 쳐놓은 것만 읽어라."고 하시면서 다 읽은 책을 꼭 건네주셨습니다. 이때 주신 책들은 지금도 제가 소중히 여기며 특별히 보관하고 있습니다. 그리고 2세 경영주 최종두 사장님에게 "언젠가 신군에게 '이상사'를 넘겨라. 그러면 이상사의 이름이 영원히 세상에 있을 것이다."라고 종종 말씀하셨고, 결국은 그 말씀이 현실이 된 것입니다. 아무런 연고緣故도 없고 부족한 제게….

학이사 창립 10년이 되는 올해에는 과분한 격려를 많이 받았습니다. 그중에 가장 큰 힘은 지난 2월 24일에 한국출판학회에서 주는 '제37회 한국출판학회상 기획·편집 부문'을 수상한 것입니다. 소식을 듣고 참으로 두렵고 부끄러웠습니다. 이 거창한 상을 감당해 낼 자신이 없었던 것입니다. 하지만 끝내 사양치 못하고 덜컥 받고 말았습니다. 서울의 대한출판문화회관 강당에서 수상식을 마치고 돌아오는 길에 깨달았습니다. 삼십 년이나 되었으니 지금처럼 머물지 말고 잘 좀 해보라고, 대구라는 지역에서 쉽지는 않겠지만 지금보다 더 열심히 하라고 주는 채찍이라는 것을.

이 모든 것은 손을 잡아주신 저자 한 분 한 분과 전국에서 보내준 독자들의 분에 넘치는 사랑 덕분임을, 또 서울이 아닌 지역에서 출판을 하기 때문에 가질 수 있는 기쁨이라는 것도 잘 알고 있습니다. 그리고 대구라는 지역이 이런 보람을 꿈꿀 수 있는 뿌리라는 것도 잘 알고 있습니다. 그래서 '학이사'는 대구라는 지역에 있다는 것을 자랑으로 여기고 있습니다. 세상에 지역 아닌 곳이 어디 있겠습니까? 대한민국 출판시장의 90% 이상을 차지하는 수도권 지역에 비하면 아주 작고 초라한 지역이 대구입니다. 하지만 대구에서도 충분히 전국의 독자들과 책으로 어울려 놀 수 있다고 자신합니다.

'학이사'는 대구 지역에서 세상을 놀라게 할 큰 바람을 책으로 불러일으키겠습니다. 이제는 '학이사'에서 출판한 책이 프랑스에서 한국어 교재로 사용되고, 중국의 부모들이 읽으며 자녀들의 교육을 고민하는 데까지 왔습니다. 그래서 쓰고 만들고 읽는, 이 경이로운 일의 중심에 서있다는 것을 더욱 자랑스럽게 여기며 일하겠습니다. 오직 책을 통해 세상 깊숙이 파고들 것입니다. 함께 쓰고, 함께 만들고, 함께 읽는데 지금부터라도 앞장서겠습니다. 그래서 저자와 독자가 다 같이 책을 통해 행복할 수 있도록 하겠습니다.

이 책 한 권으로 힘든 시간 속에서 믿고 함께 한 가족과 학이사의 식구들, 협력업체 모든 분들에게 감사의 마음을 전합니다. 특히 30년을 곁에서 지켜봐주시고, 지금도 책으로 더 나은 세상을 꿈꿀 수 있도록 길을 알려주시는 '學而思독서아카데미' 문무학 원장님과 회원들, 훌륭한 북디자인으로 '학이사' 북커버 디자인의 수준을 드높여주신 대구예술대 박병철 교수님의 은혜도 결코 잊을 수가 없습니다.

학이사를 오늘까지 이끌어 주신 모든 분들께 진심으로 감사의 큰절을 올립니다.

2017년 6월 29일
학이사 대표 신중현

책冊을 위한 책策으로 거듭나라

문무학

문학박사, 前 대구문화재단 대표이사

'별나다.' 라는 말이 있다. 보통과는 다르게 특별하거나 이상하다는 형용사다. 순수 우리말이라서 사투리로 착각하는 경우가 없지도 않은 듯한데, 사투리가 아닌 우리의 고유어다. 이 말이 아주 품위 있게 쓰이는 편은 아니지만, 그 뜻을 들여다보면 이 시대의 키워드가 아닌가 하는 생각이 든다. 문화의 시대라고 불리는 이 시대는 보통과 다른 것을, 특별한 것을, 더 나아가 이상한 것을 추구하고 있기 때문이다.

그렇다면 이 세상에 별난 일을 해야 할 곳이 있을 것 같다. 보통과 다른 것, 특별한 것, 그리고 이상해보이기까지 하는 것을 추구해야 하는 업종은 무엇일까? 크게는 그것을 문화 산업이라고 할 수 있을 것이다. 그 범위를 조금 좁히면 정말 별난 일을 해야 할 곳이 책을 만드는 출판사가 아닐까 싶다. 새롭지 않은 내용의 책을 내는 출판사는 없을 것이기 때문이다.

'학이사'가 개업 10주년을 맞아 출판하는 이 책은 분명 별난 책에 속한다. 과문한 탓인지 모르지만 이런 책을 만나지 못했다. 출판사가 펴낸 책의 저자로부터 '책을 말하다.'란 주제로 원고를 받아 묶어내는 이런 일이 결코 쉽게 이루어질 수 있는 일도 아니고, 또 어느 출판사나 다 할 수 있는 일도 아니기 때문이다. 기술적으로야 다 할 수 있는 일이지만 마음이 없고, 아이디어가 없으면 해낼 수 없는 일이다.

'학이사'는 왜, 이런 별난 짓을 할까? 몇 개의 의미가 간추려진다. 첫째, 사은謝恩의 의미가 담긴다. 이른바 출판사가 필자에 보내는 감사의 표시가 될 수 있다는 것이다. 출판사로서는 책을 낸 사람들이 모두 고객이니까 개업 10주년을 맞아 고객을 생각하는 것은 너무나 당연한 일이다. 10주년 기념의 일을 고객은 제쳐두고 출판사 직원들끼리만 자축해서야 그 의미를 제대로 새긴다고 할 수 있겠는가. 그런 측면에서 이 책은 별남의 한 귀퉁이를 차지한다.

둘째는 개선改善의 의미가 담긴다. 책을 출판한 고객이 출판한 책에 대해서 이야기를 한다면 출판사에 대한 불만을 피력할 수도 있을 것이다. 그것을 출판사 경영에 참고한다면 출판사는 10년을 돌아보고 10년을 내다볼 수 있는 기회를 만드는 것이다. 따라서 스스로 파악하기 힘든 일을 찾아내어 출판사 경영을 개선할 수 있게 되어 또 하나의 별남이 된다.

셋째는 기여寄與라는 의미가 담긴다. '학이사'라는 출판사만 제기된 문제를 참고하는 것이 아니라 한국의 출판문화를 진흥시키는데 일조할 수 있다는 것이다. 고객들이 제기한 문제점들은 그것이 '학이사'에 한정된 문제일 수도 있지만 대부분의 경우 한국 출판계의 문제일 수도 있기 때문이다. 이 책을 출판하는 의도 자체가 이미 한국 출판 산업 진흥에 상당히 기여하는 일이 되기도 하여 이 또한 별난 것이 아닐 수 없다.

사은과, 개선 그리고 기여라는 의미 외에도 예상하지 못하는 의미가 생길 것이다. 좋은 일, 혹은 훌륭한 일들은 언제나 예상하지 못했던 가치를 창조하기 때문이다. 이런 '별남'이 있어 2017년 제37회 한국출판학회상 시상식에서 기획편집부문상을 받기도 했다. 10년 경영의 훌륭한 성과다. 서울의 '내로라' 하는 출판사들이 적지 않은데 지역에서 특히 기획·편집 부문에서 상을 받을 수 있다는 것은 학이사의 기획 능력이 뛰어나다는 말이다.

이런 별난 기운들 모으고 모아서, 10년이 20년으로 그리고 100년으로 이어지기를 바란다. 그리고 출판을 경제적 관점으로만 보지 말고, 문화적 관점에서 접근하는 지금의 경영 방침을 오래 견지하기 바란다. 그리하여 책冊을 위한 책策으로 거듭나기 바란다.

우리를 평등하게 하는 유일한 것은 책이다

이문학

사) 한국출판학회 회장

도서출판 학이사의 10주년을 진심으로 축하드립니다.

제가 학이사의 신중현 대표와 처음 조우한 것은 지난 2월 한국 출판학회의 정기총회 장소였던 것 같습니다. 2017년도 정기총회 와 같이 열렸던 제37회 한국출판학회상 시상식 후 서로 명함을 주고받으면서 인사를 나눈 기억이 선합니다.

그때 "'學而思'라는 출판사 이름을 논어의 위정편, '學而不思 則罔 思而不學則殆', 즉 '배우기만 하고 생각하지 않으면 사리에 어둡고, 생각만 하고 배우지 않으면 위태롭다'에서 착안하였으 며, 이것이 곧 도서출판 학이사의 기업 정신이다."라고 한 말씀이 생각납니다.

한국출판학회에서는 그러한 기업가 정신으로 10년(학이사의 전신 인 도서출판 이상사에 입사한 때로부터는 30년)동안 출판의 외길을 묵묵히 걸어 온 신 대표님의 출판정신을 높이 평가하여 '기획·편집부문'의 출판학회상을 수여하였던 것 같습니다.

IT기술의 급격한 발달로 미디어 환경의 주체가 출판물에서 SNS와 같은 뉴미디어로 바뀌게 되면서 출판산업의 불황의 골이 점점 깊어가는 시대에, 이에 굽히지 않고 지역에서 꾸준하게 책과 독서의 힘만을 믿고 좋은 책을 만들어 보급에 힘쓰고 계시는 신 대표님을 크게 성원하는 바입니다.

이번 7월 1일에는 50여 년의 역사를 자랑하는 理想社에서 學而思로 사명을 바꾸고 대표로 취임한 10주년을 기념하여, 지난 10년 동안 학이사에서 책을 펴낸 저자 60명이 자신의 책에 대한 이야기를 쓴 기획물을 내신다고 하니 기대가 큽니다. 각 저자가 자신의 책을 기획하게 된 동기와 내용 그리고 책을 펴낸 후 주변 독자의 반응 등에 대한 내용이라고 하니 기획의 의도가 매우 참신하고 좋은 것 같습니다. 독자들로부터 많은 사랑을 받는 책이 될 것 같습니다. 그 책으로 인하여 학이사의 책들이 더 많이 읽혀지게 되기를 기대합니다. 저도 그 책이 나오면 꼭 읽어보고 싶습니다.

지난달 말, 한국지역출판문화잡지연대 주최 '제1회 제주한국 지역 도서전'이 열렸던 한라도서관의 지하 1층 세미나실 복도의 벽에는 다음과 같은 문구가 적혀 있었습니다.

"이 세상에 유일하고 진실되게 우리를 평등하게 해 주는 것이 책이며, 얻고자 하는 모든 이들을 위해 열려 있는 유일한 보물

의 집이 바로 도서관이다. 영원히 소멸되지 않은 부는 지식이
요, 무덤 이후에도 가지고 갈 수 있는 유일한 보석은 바로 지혜
인 것이다."

- 랭포드

우리는 책을 통하여 지식을 쌓고, 그 지식은 국가 발전의 원동
력이라고 생각합니다. 누군가가 말하기를 "이 세상에서 가장 아
름다운 모습은 책 읽는 모습이다"라고 했습니다. 부디 우리나라
가 책 읽는 사람이 많은 정말로 아름다운 나라가 되면 좋겠습니
다. 그 가교 역할을 신 대표님은 충실히 하고 계신 것 같습니다.
부럽습니다. 그리고 감사합니다.

■ 차례

온달을 꿈꾸며

석현수 지음

〈2008. 05. 01.〉

둥글고 너그럽게

『온달을 꿈꾸며』가 세상 빛을 본 지 아홉 해가 되었다. '學而思'와 내 책이 비슷한 나이를 하고 있을 터이니 어언 강산이 한 번 변한 셈입니다. 올해 뜻깊은 '學而思' 창립 10주년을 맞아 기쁜 마음으로 창립을 축하드리며 도서출판 學而思의 무궁한 발전을 기원하는 바이다.

이름이 높지 못한 작가가 책을 낸다는 것은 녹록한 일이 아니다. 글쓰기보다 더 어려운 것이 발간이기에 누가 일을 맡아 주느냐는 것은 신인에게 매우 중요한 일일 수밖에 없다. 어쩌면 이것은 중견작가일지라도 마찬가지일 것이다. 단순히 수익성으로만 본다면 초입자의 글이란 수지타산을 맞추기가 여간 어려운 것이 아니었겠지만 學而思의 판단 기준은 달랐나 보다. 지나고 보니 신중현 사장님의 아름다운 결심이었다고나 할까. 아무튼, 그 당시의 도서출판 學而思의 모험을 무명작가인 나로서는 감사할 따름이었다.

먼저 온달과 學而思의 만남을 되돌아본다. 온달은 얼른 '바보 온달과 평강공주'를 떠올리게 되어있어 둥근달〔滿月〕은 설명을 곁들여야만 고개를 끄덕인다. 學而思 역시 논어의 배움을 생각하는 깊은 의미를 두고 있음을 아는 이 많지 않다. 책을 출판하는 회사이고 보니 생각 '思'보다는 學利社 또는 學以社 쯤으로 생각하는 이가 많을 것이다. 그런 이유에 온달 뒤의 '滿月'과 도서출판 '學而思'가 닮아있어 정이 많이 간다.

『온달을 꿈꾸며』에 대한 본인 작품을 둘러보기로 하자. 전반부는 손자 이야기가 많다. 귀한 손님에 관한 글이다. 손자는 삼신할미가 보낸 귀한 손님으로 생각했다. 내 눈에 내 아이란 글은 언제나 익살스러워 즐겨 읽는다. 커 가는 아이만 보면 바통을 주고받으며 이어달리기를 하는 듯 묘한 기분이 들기도 한다. 그 아이가 어언 열 살, 초등 4학년이다. 장하다 내 손자, 내 눈의 내 아이. 어색하게 들리던 할아버지란 호칭이 이제는 너무 자연스러워진 일흔 대에 들어섰다.

다음 장은 부모님에 대한 생각이다. 가요무대를 보다가 마음이 울컥해진다. 텔레비전 앞을 지키시던 부모님 자리에 어느덧 우리 내외가 앉아 그 자리를 지키고 있다. 가사를 곱씹으며 들으면 전과 달리 부모님을 향한 사무치는 사모곡이 되기도 한다. 이제는 급하고 별나던 내 성격도 시들해져 물 같은 보통사람이 되고 있다. 도덕경의 상선약수를 다시 생각하게 하는 신세다. 물 같다는 소리가 되레 좋은 칭송으로 알고 다른 이와 더불어 조용히 흘러 내리고 있다.

다음 장에서는 선장으로서 나를 말한다. 물론 온달의 마음으로 살아가는 선장이다. 아내에게도 예전의 내가 아니다. 자식들은 모두 갈 길을 떠나 제 나름대로 살아가고 있다. 이제 선장은 겸허해야 할 시간이다. 정작 내게 필요했던 것이 기도하는 삶이었는지 모른다. 늦게나마 쓰다 남은 부실한 신앙을 붙잡고 기도하며 살아가고 있다. 마지막 정박지가 언제 어디쯤이 될지는 아무도 모른다. 목표에 도달하는 것도 중요하겠지만, 그보다는 바르게 가는 '방향'에 더 의미를 두고 살아가고 싶다.

　창작활동도 게으르지 않아 다음 장에서는 나의 시 창작에 대한 어려움을 토로하고 있다. 도무지 풀릴 것 같지 않지만, 시를 기다리는 마음은 여전하다. 가슴속에서 뜨거운 용암으로 시가 흘러내릴 날을 기다리며 늘 습작 중이다. 시여, 환상의 언어들이여, 미궁의 감정들이여, 언제까지 너는 내 입에 재갈을 물려놓고 있을 것인가? 훌륭한 시인이 되려면 꿈속에서도 너를 만나고 있어야 한다는데. 시인의 길은 요원하기만 하다.

　신발 이야기도 있었다. 여기서 신발은 자동차를 말한다. 사들였던 자동차가 10년이 되었다. 한 번 더 갈아 신어야 하나가 고민이다. 타고 다니는 재미보다 주차장에 세워놓고 걸레질이나 하던 노인을 보고 비웃었더니만 이젠 내가 그 꼴이 되었다. 나 역시 차를 타고 다닌 시간보다는 세차로 여생을 보내고 있다. 십 년은 잠깐이더라. 마지막 신발 갈아 신는다는 기분으로 또 새 차를 사나 마나? 내 몸 한 번 귀하게 대접해 주고 싶다. 이번에야 말로 정말 마지막 신발이 될까?

　말미의 저승사자 부분은 산문에 가깝다. 수필을 공부하고 난 지금에 다시 읽으니 산문이지만 글의 단락들이 운문처럼 엮어져 가락을 잘 타고 있다는 생각을 해 보았다. 시에 적합하지 못한 주제를 모아 편안한 마음으로 썼다. 다양한 읽을거리로 생각하면 충분히 재미를 더해 줄 것이다. 『온달을 꿈꾸며』 이후 산문에 노력을 더해 후일 4권의 수필집을 출간하는 동력이 되어준 고마운 영역이다.

　끝으로 필명이 된 온달 이야기로 마무리하자. '온달' 인연은 우연이 아니다. 문학 수업시간에 모 선생님의 추천 덕분이다. 아름다운 말, 순수한 우리말들을 가르치면서 하고 많은 우리말 중에 '온달' 을 골라 극찬했다. 어쩌면 내라도 사용하지 않는다면 오래지 않아 소멸될지도 모른다는 생각에 '온달' 을 귀하게 맞이한 것이다. 온달은 반달의 상대어로 둥근달의 우리말 표현이다. '온달' 을 꿈꾸며 둥글게, 너그럽게, 다른 이의 위로가 되어 살고 싶었다. 그 염원은 때로는 자기성찰의 도구가 되어 모진 마음을 녹여주기도 한다. 보고 비는 기복의 둥근달이기 보다는 마음에 품고 사는 목표지향의 달이라 하겠다. 비록 온달이 미완에 머물지언정 닮아가려는 노력만큼은 늘 진행형이다.

　10년 만에 졸저 『온달을 꿈꾸며』을 되돌아보는 기회를 만들어준 '學而思' 에 감사드린다. 괄목할 만한 발전으로 출판업계에 탄

탄하게 자리매김한 출판사 덕분으로 생각한다. 다시 한 번 창설 10주년을 맞아 도서출판 學而思의 무궁한 발전과 신중현 사장님을 비롯한 직원 여러분의 노고에 깊이 감사드리는 바이다.

나에게 묻다

정아경 지음

<2008. 12. 15.>

물어라, 끈질기게 물어라

아주 오랜만이다. 외면하거나 잊은 것은 아니었다. 뜨거운 무엇이었으나 마주할 용기가 없었다는 것이 더 정확하다. 10년이라는 시간이 흐른 지금, 더 어른이 된 내가 더 미숙했던 그때의 나를 정면으로 마주 보기를 피하고 있었던 것이다. 상처를 드러냈으나 표현방법이 미숙했고, 꿈을 이야기했으나 욕망으로 표현했던 그때의 내가 부끄러워 차마 당당히 마주할 자신이 없었다. 우물쭈물 망설이다 여기까지 왔다.

계기는 뜻밖이었다. 출판 10년을 기념하며 학이사에서 펴낸 책의 저자들에게 보내는 원고청탁서였다. 『내 책을 말하다』의 기획은 피해만 다녔던 10년 전의 나를 만나는 징검다리가 되었다. 구실이 마련되었으니 펼쳐볼 수밖에 도리가 없다. 날을 잡았다. 약속도 없고 수업도 적은 화요일이었다. 책장 구석진 곳에서 웅크리고 있던 생애 첫 수필집 『나에게 묻다』를 꺼내어 가방에 넣었다. 조용한 곳을 찾아 근처 카페를 갔으나 오전부터 와자했다. 브런치를 즐기는 대여섯 무리들은 카페 공간을 장악할 것이 분명하기에 커피를 포장했다. 인근 도서관으로 발길을 돌렸다. 그곳도 분주했다. 신문 가판대에도, 어린이 열람실에도 각자의 업무들로 가득했다. 3층 열람실 구석진 곳에 비어있는 자리 하나가 눈에 들어왔다. 인터넷 강의를 듣고 있는 두 명의 양해를 구하고 간신히 안착했다. 커피 한 모금 마시고 책을 펴니 비로소 안정되었다. 구석진 자리는 고요하고 아늑했다. 정아경 수필집 『나에게 묻다』를 펼친다.

　녹화된 캠코더 버튼을 누르고 지난 영상을 보듯 선명한 장면들이 떠올랐다. 손이 많이 가는 두 아이를 등교시키고, 남편도 출근한다. 방과 후에 몰려올 학생들과의 수업준비도 확인했다. 월요일 아침을 맞이하는 서른 중반의 나는 바지런했다. 외출 준비를 하며 바라본 거울 속에서 내가 웃고 있다. 은회색 마티즈를 타고 팔공산 자락으로 향하는 나는 열정 덩어리였다. 여유로운 이들 눈에는 열정이라기보다는 억척으로 보였을 것이다. 그래도 내 삶이니 나는 열정으로 말하고 싶다. 선생님의 연구실이 있는 지묘동으로 가는 월요일 오전은 설레임 그 자체였다. 버거운 현실에서 벗어나 꿈이라는 것을 꾸었던 시간이고, 그 꿈을 현실에서 만날 수 있는 노력의 시간이었다. 작품을 구상하고 초고를 쓰고 퇴고까지 한 작품을 들고 지묘동으로 향하는 그 날들은 꿈꾸는 날들이었다. 일주일 고심하여 쓴 원고를 버리라는 선생님의 한마디에 내려오는 길은 멀기만 했고, 칭찬을 받았을 때는 길가의 나무들도 박수를 쳐주었다. 봄이 화사했고, 여름이 싱그러웠고, 가을이 찬란했으며 겨울이 깊었다. 그렇게 몇 해의 봄·여름·가을·겨울이 지났다. 그리고 꿈처럼 나는 수필가로 등단했다.

젊은 작가 창작활동 지원금을 받게 된 결과물이 『나에게 묻다』 출간이다. 등단과 동시에 책을 내야했기에 『나에게 묻다』에 수록된 작품들은 온전히 습작했던 작품이다. 날것의 감정과 생 속의 상처와 과잉된 표현으로 넘쳤던 민낯의 나였다. 정돈되지 않은 안방을 공개한 듯 민망한 마음으로 나는 서른 중반의 내 작품들을 읽었다. 어느 대목에서는 웃었고, 어느 문장에서는 얼굴이 화끈했고, 어떤 장면에서는 울었다. 순간에 충실했던 내가 보였기 때문이다. 미숙했지만 진솔했다. 무르익지 못해 들켜버린 속내들이지만 풋풋했다.

마흔이란 나이를 무슨 경지에 도달한 듯 묘사한 나는 마흔에 책을 출간했다. 2008년의 일이다. 살면서 특별한 날은 있기 마련이다. 2008년은 내가 태어난 해 못지않게 의미 깊다. 태어나던 해의 특별함은 부모의 몫일 수 있다. 미미한 인생록의 시작점이란 것과 각종 서류나 절차가 필요한 순간에 나를 증명하는 고유번호라 숙명처럼 인식했다면 2008년은 가치관이 형성되고 나만의 삶의 방식이 생기면서 꾸었던 꿈이 이루어진 해이다.

지금도 내 인식의 페이지는 내 경험보다 앞선다. 지금도 내 의욕의 페이지는 내 현실을 추월한다. 그럼에도 꿈꾸기를 즐긴다. 망상에 가까운 꿈일지라도 꾸는 순간은 앞서간 인식과 추월한 의욕을 만나게 된다. 잘라도 자라는 머리카락처럼 꿈도 자란다. 자르고 수정하면서 꿈과 동거 중이다. 글이 아니었다면 내 의식은 마냥 널브러져 있었을 것이다. 늘어진 의식 속에 갇힌 행동 또한 무미하거나 건조했을 것이다. 책은, 내 이름의 나의 책은, 나에게는 글을 쓰게 하는 동력이다. 단 한 명의 관객이 있다면 무대에 서고 싶다는 원로 연극배우의 인터뷰를 피식 웃으며 비웃었던 나는 그 의미를 이제는 이해한다. 배우에게 무대는 전부이기에 관객의 수와 상관없이 매달리게 되는 필연일 수밖에 없다. 글을 쓰는 이에게 책은 온전히 자신만을 위한 무대이다. 책을 낸다는 것은 그런 노력들의 묶음이다.

글은 가끔 힘겹고 대부분 설렌다. 아무 말도 하지 않은 텅 빈 폴더를 열면 점처럼 까만 커서만이 깜빡인다. 자음을 치고 모음으로 모아 단어를 만들고 문장으로 이어가다보면 말이 생각난다. 잃어버린 시간이 스멀스멀 차오른다. 멀리 도망간 공간이 기억들을 불러 이웃하고 있다. 문장이 늘어나면서 무한의 특권이었던 페이지들이 유한의 존재로 묶여진다. 졸렬한 문장이지만 나는 그 졸렬함을 즐긴다. 온전히 나의 것이기에…. 일상에 발목 잡혀 보내는 대부분의 시간을 견딜 수 있게 하는 것은 글이라는 등대가 손짓하는 불빛 때문이다.

책의 발문을 읽다 멈춘다. 늦은 감이 있지만 수필가로 걸어갈 좌표임에 틀림없다.

무엇보다 중요한 것은 예술의 길은 남이 갔던 길을 따라가는 것이 아니라는 사실을 분명히 인식하는 것이다. 아무도 가지 않았던 나의 길을 가야하는 것이다. 그 길은 험하다. 험한 것이기에 매달릴 가치가 있다. 정아경의 당찬 의욕이 그 길을 헤쳐 나갈 수 있을 것으로 믿는다. 그 길은 누구에게서 배울 수 있는 것이 아니라 스스로가 풀어가야 하는 것임도 아울러 깨달아야 할 것이다.

- 발문 「물어라, 끈질기게 물어라」 부분

사랑은 서로 다른 자가 서로를 탐닉하고 마침내 둘이 만나 하나가 되는 과정이다. 익숙해지면 그 사랑은 또 다른 자를 탐닉하기 마련이다. 글도 그렇지 않을까. 끊임없이 탐닉하고 갈망하다 이제야 자리매김했다는 안도감으로 나태했다. 탁월한 시선의 문장에 밑줄 긋고 따라가려 분주했다. 나를 좌절시키는 문장가를 흠모하고, 미치지 못하는 나를 반성했다. 길은 언제나 누구에게나 열려있었다. 그래서 나는 반성하기를 그만 두려한다. 나만의 사랑을 찾아, 나만의 문장을 찾아 나서야겠다. 적막할 것이다. 그 길 위에서 나는 또 나에게 물을 것이다. 끈질기게….

지난 10년, 많은 글을 썼다. 숱한 잡지에 글이 실리고, 동인지를 내고, 신문칼럼도 꽤 긴 시간 쓰고 있다. 더 성숙하고 싶어 서울을 부지런히 가고오기를 하고, 대학원에도 입학했다. 더 성숙함과 덜 성숙함을 저울질할 수 없겠지만 더 성숙한 지금의 나는 덜 성숙했던 습작품들을 통해 '처음처럼'을 얻었다. 파편처럼 흩어진 내 글을 모아 나만의 책을 낸다는 것은 의미 있는 작업이다. 이제 다시 2집을 준비해야겠다. 이 지면을 빌어 고백한다. 『나에게 묻다』는 참 부끄럽지만 참 고맙다. 『나에게 묻다』가 있어 다음이 가능하다.

부모의 생각이 바뀌면
자녀의 미래가 달라진다

윤일현 지음

<2009. 05. 11.>

이제는 중국의 부모들과 함께 읽는다

기회는 어떤 장소에든 있다. 낚싯바늘을 내려뜨리고 항상 준비하라.
잘 낚이지 않으리라 생각하는 곳에 항상 고기가 있다.

- 오비디우스

1988년 초 나는 본의 아니게 공교육과 결별하게 되었다. 옳은
교사, 존경받는 교사가 되고 싶다는 소망은 좌절되었다. 살기 위
해서 평소 한 번도 생각해보지 않은 학원가에 발을 디디게 되었
다. 비교적 성공적으로 정착했다. 그 당시 입시학원은 호황이라
어느 정도 인정만 받으면 많은 돈을 벌 수 있는 때였다. 나는 그
반대의 길을 걸었다. '실패한 교사'라는 원죄 의식이 내 정체성
에 대해 끊임없이 의문을 제기했기 때문이다. 입시 학원에 성공
적으로 적응했지만 교사를 처음 시작할 때의 교육에 대한 화두를
단 한 번도 잊은 적이 없었다. 입시 현장에서 학생을 가르치고 상
담하며 학부모를 만나면서 우리 교육에 대해 깊은 절망감을 느꼈
다. 특히 부모가 바뀌지 않으면 학생도 행복할 수 없고, 가정도 평
안할 수 없다는 사실을 확인할 수 있었다. 시간이 지나면서 학원
은 필요악이라는 결론에 이르게 되었다. 이 세상 모든 곳에서는

어떤 것이든 수요가 있으면 공급이 있다. 대학진학을 위한 경쟁이 치열할수록 학원의 수요는 생겨날 수밖에 없다. 학원이라는 것이 없어도 되는 사회가 가장 이상적이겠지만, 어쩔 수 없이 있어야 하는 필요악이라면 양심적인 학원과 올바른 강사가 반드시 필요하다는 결론에 이르게 되었다. 나는 실패를 경험한 재수생들이 좌절을 딛고 성공하도록 돕기 위해 최선을 다해 연구하고 공부했다.

내게 새로운 기회가 생겼다. 90년대 중반 본고사가 부활되고 논술이 도입되면서 독서와 작문에 관한 수요가 생겨났다. 나는 필요에 의해 지역의 매일신문, 영남일보 두 곳에서 발행하는 청소년을 위한 타블로이드 특별판 기획 책임을 맡게 되었다. 논술, 독서, 논리, 철학 등 다양한 장르의 글을 실었다. 대학 교수와 현장 교사들이 기획위원으로 참여했고, 우리는 수준 높은 읽을거리를 제공했다. 수록된 콘텐츠 중 일부는 책으로 묶어 수 만부를 판매하기도 했다. 그 무렵 나는 옥편과 사전 등에서 전국적인 명성을 가지고 있던 출판사 이상사(현, 학이사 전신)를 알게 되었다.

1. 정직한 영업, 신뢰받는 출판인

신중현 사장은 그 당시 이상사의 편집부장이었다. 논술 관련 책자를 발간하는 일 때문에 몇 차례 만났다. 1996년이었다고 생각한다. 나는 영남일보 '청소년 광장'에 '인물과 역사'라는 고정란을 집필하고 있었다. 역사적 주요 인물의 업적과 삶을 짧은 콩트 형식으로 재구성한 글이었다. 신중현 부장이 3년 치를 모아 책으로 내자는 제의를 했다. 나는 동의했다. 원고를 다 정리하여 신 부장에게 넘겼다. 신부장이 계약금으로 백만 원짜리 수표를 가져왔다. 지역 작가가 계약금을 받고 책을 출판한다는 기쁨은 이루 말로 다 표현할 수 없었다. 나는 수표를 현금으로 바꾸어 쓰지 않고 책갈피 속에 넣어 학원 생활이 힘들고 피곤할 때마다 꺼내 보곤 했다.

1997년 IMF 구제금융사태가 발생했다. 이자율은 치솟고 엄청 나게 많은 업체들이 도산했다. 그 사태를 극복하기 위해 국민들은 반지까지 빼서 보탰다. 제조업, 서비스업을 막론하고 기업들 대부분이 빈사 상태로 버텨야 했다. 어느 날 신중현 부장이 찾아왔다. 첫마디가 "면목 없습니다. 죄송합니다." 였다. 어려운 상황에서 책을 출판할 수 없게 되었다고 했다. 나는 괜찮다며 신경 쓰지 말라고 했다. 그리고 책갈피 속에 넣어 두었던 백만 원짜리 수표를 꺼내 돌려 드리려고 했다. "우리가 약속을 지키지 못했는데, 그 수표 받을 수 없습니다."라며 신 부장은 펄쩍 뛰며 받기를 거부했다. 나는 가지고 있는 것보다 돌려드리는 것이 마음 편하다며 수표를 내밀었지만, 신 부장은 끝까지 받지 않고 돌아갔다. 그 후 몇 차례 전화를 했지만 신 부장은 거듭 거절했다. 그리고 서로별 연락 없이 10여 년 세월이 흘렀다.

나는 학부모가 바뀌지 않으면 자녀와 부모 어느 쪽도 행복하기 어렵다는 사실을 입시현장에서 확인할 수 있었다. 부모가 현명하면 자녀가 공부를 즐겁게 열심히 할 수 있고, 부모도 행복해질 수 있다는 사실을 입증하는 실험을 많이 했다. 나는 초중고와 대학 등에 자녀 교육 관련 강연을 많이 했다. 내 방식은 호응도가 높았고 사람들은 내 말에 귀를 내 주었다. 나는 학원에 몸담고 있었지만 단 한 번도 학원의 입장에서 강의하지 않았다. 학교와 학생, 교사의 입장에서 이야기를 전개했다. 그 방침은 지금까지도 변함이 없다.

2004년 겨울 매일신문사에서 NIE 강좌가 있었는데 마지막 4회를 내가 맡았다. 30여 명의 학부모들과 진지하게 토론하며 자녀와 부모가 같이 행복할 수 있는 교육에 대해 이야기했다. 4회 강연이 끝나자, 참석자들은 강의가 계속되기를 원했다. 그 후 몇 차례 비공식적인 모임을 가지다가 2005년부터 '윤일현의 금요강좌' 라는 타이틀로 매월 둘째. 넷째 금요일에 정기적인 강의를 했고, 지금까지 240여 회 이어지고 있다. 나는 바쁜 학원 생활에서 특별히 시간을 내어 따로 강연 준비를 하기가 어려웠다. 그래서 신문에 칼럼을 쓸 때 강의를 염두에 두고 글을 썼다. 신문에 발표된 내용을 강의 시간에는 더 자세히 풀어서 설명을 하곤 했다. 나는 그 당시 매일신문 교육판 '하이 스터디' 책임기획위원을 맡고 있었고 윤일현의 '교육프리즘' 을 연재하고 있었다. 이 칼럼 반응이 좋았고, 학부모들은 글을 복사해서 돌려보기도 했다.

2008년 나는 칼럼들을 모아 100쪽 전후 소책자로 만들어 학부모들에게 나누어 주려고 참으로 오랜만에 이상사 신중현 부장을 찾았다. 그때는 이상사를 물려받아 '학이사'란 이름으로 바꾼 신임 사장님으로 만났다. 이런저런 이야기 끝에 신중현 사장이 "선생님 칼럼을 모아 제가 책을 내면 안 될까요"라고 제의했다. 처음에는 난색을 표했다. 평기자 시절부터 내 글을 열심히 읽어주며 좋은 평가를 해 주던 매일신문 조두진 기자가 서울에 있는 출판사에서 책을 내라고 권하고 있었기 때문이다. 또 서울 중견 출판사에서 긍정적인 반응을 보여 원고를 정리하던 참이었다. 나는 예의를 갖추어 거절할 마음에서 "신 사장님, 책을 내려니 망설여지는 게 있습니다. 나는 자비출판은 안 하려고 합니다. 그러니 이 불황에 출판사에 폐를 끼칠까 봐 걱정이 됩니다."라고 말했다. 신 사장은 "그런 걱정은 하지 마십시오. 모든 책임은 제가 지겠습니다. 허락만 해 주십시오."라고 정중하지만 자신 있게 말했다. 나는 1996년 신 사장이 돌려받지 않은 계약금 백만 원을 생각했다. "이 책을 팔아 무슨 영광이 있고 무슨 떼돈을 벌겠는가?"라는 생각이 머리에 떠올랐다. "제발 손해 보는 일이 없으면 좋겠습니다."라고 말하며 나는 원고를 넘겼다. 나는 신 사장의 인품과 신뢰감, 그리고 출판업에 대한 그의 열정에 굴복했던 것이다.

출판과 동시에 예상 밖으로 잘 팔렸다. 교보, 예스24, 알라딘, 영풍, 인터파크 등에서 꾸준히 나갔고, 종합 순위에도 상위권을 오래 유지했다. 전국 여러 곳에서 반응이 뜨거웠다. 학교 단위로 수백 권 구입하는 곳도 많았다. 광주, 전주 등 호남에서의 반응도 좋았다. 나는 이 책이 나오고 몇 년간 혼자 있을 때는 아무도 모르게 컴퓨터로 내 책의 판매 순위를 확인하곤 했다. 이 책으로 인해 몇 년 동안 전국에 강연도 많이 다녔다. 서울, 부산, 광주, 전주 등 안 다닌 곳이 없다. 심지어 어느 학교는 학부모들이 단체로 수백 권 주문해서 저자를 불러 특강을 들으며 질의응답을 하기도 했다. 그때는 참으로 책을 낸 보람을 느꼈고 피곤하지만 행복했다.

판이 거듭될 때마다 신중현 사장은 인세를 가져왔다. 그리고 그 이후 나는 시집 『꽃처럼 나비처럼』과 학부모와 자녀를 위한 인문학서인 『시지프스를 위한 변명』을 학이사에서 출판했다. 시집 『꽃처럼 나비처럼』은 1994년 상인동 가스폭발 참사를 다룬 장시다. 지난해 참사 21주기 추모식 때 유족들에게 200부를 기증했다. 유족들과 관계자들이 무척 감동하던 모습을 잊을 수가 없다. 올해 22주기 행사를 앞두고 유족회 회장이 전화를 하여 조시를 한 편 써서 읽어줄 수 있느냐고 했다. 나는 행사장에 가서 조시를 읽었다. 유족 한 분이 "윤 선생님과 책을 내 준 학이사가 정말 고맙습니다."라고 했다. 나는 그 분이 학이사를 언급하는데 다소 놀랐다.

중국 강서인민출판공사 표지

　지난해 신중현 사장이 생각지도 않은 기쁜 소식을 가져왔다. 내 책을 중국에서 출판하기로 했다는 것이다. 얼마 후 신중현 사장은 중국 국영강서인민출판공사와의 계약서를 가져왔다. 초판 4,000에 인세 5%가 주 내용이었다. 나는 책이 많이 팔려 학이사 재정에 도움이 되기를 바란다고 말했다. 굉장히 많이 팔려 저자인 나에게도 혜택이 돌아오면 좋겠다는 생각을 한 번씩 해보는 것도 즐거운 일이 되었다. 연초에 번역이 완료되어 가제본을 보냈고, 사드 문제가 있지만 지난해 계약했기 때문에 차질 없이 출판될 예정이라고 한다. 자기 책이 외국에서 번역 출판된다는 것은 굉장히 의미가 있고 기쁜 일이다. 만약 내가 그때 이 책을 서울에서 출판했다면 이런 일이 일어났을까.

4. 결국은 콘텐츠

지역 작가들이 말로는 지방화와 지방 중시를 외치지만 속마음은 그렇지 않는 경우가 많다. 특히 글판은 더욱 그렇다. 지방 작가들은 서울에서 출판 권력이 내려오면 온갖 시중을 들며 환심을 사려고 노력한다. 서울의 출판문화 권력들은 권위적인 군사독재 시절보다 더한 권력을 휘두르고 있다고 해도 지나친 말이 아니다. 지역 작가들이 지역 문예지에 글을 달라고 하면 자신이 생산한 최고의 작품을 보내지 않는다. 지역에서 잡지를 발행하는 사람들은 다 알고 있는 사실이다. 좋은 작품은 서울 쪽에 보내고, 조금 수준은 떨어지지만 버리기 아까운 글은 지방지에 준다는 것이다.

이제 지역 작가들도 달라져야 한다. 내용만 좋으면 출판사에 관계없이 소비자가 알아준다. 설혹 조금 손해를 본다할지라도 지역 출판사를 살리기 위해 지역에서 출판하는 용기를 가져야 한다. 출판사도 무조건 서울 흉내만 내려고 하지 말고, 능력은 있지만 저평가된 지역 필자와 좋은 콘텐츠를 찾아 정면 승부하면 언제라도 기회가 있다는 사실을 명심하고 정공법적인 대응 전략을 찾아야 한다. 자비출판을 하려는 사람만 찾아 출판사를 유지하려고 하지 말고 기획출판으로 상업적으로 성공할 수 있는 방법을 찾기 위해 노력해야 한다.

나는 『부모의 생각이 바뀌면 자녀의 미래가 달라진다』가 이룬 성과는 신중현 사장의 경영철학이 낳은 결과라고 생각한다. 목전의 이익을 챙기지 않고, 좋은 필진과 좋은 콘텐츠를 보면 발 벗고 나서 모든 것을 바치는 신중현 사장, 그의 열정과 우직함이 침체된 지역 출판 문화계에 긍정적인 자극과 영감을 주리라 확신한다. 10주년을 맞는 학이사의 무궁한 발전과 번창을 기원한다.

별을 업은 남자

신형호 지음

o

<2011. 10. 20.>

평범한 삶에서 만나는 작은 체험

들머리

책을 출간한 후 매화 핀 계절이 여섯 번이나 지났다. 2011년은 내게 잊을 수 없는 해였다. 새해부터 생각지도 않은 일이 갖가지 꼬여 마음이 어수선한 때였다. 볕 좋은 오월 체육대회 날이었다. 절친한 동료가 옆에 와서 갑자기 슬쩍 하는 이야기에 멍해졌다.

"내 오늘 명퇴 신청했다."

순간 가슴 한가운데로 서늘한 바람이 확 지나가는 느낌이었다. 그는 삼십여 년을 같은 과 동료로서 막역하게 지내던 사이였다. 이상했다. 아무리 친했지만 사랑하는 가족을 잃은 것도 아니고, 큰돈을 사기 당한 것도 아니건만 날이 갈수록 마음은 어둡고 깊은 굴속으로 들어가는 기분이었다. 이유도 알 수가 없었다. 자고 다음날 아침이 오면 전날보다 더 기분이 가라앉고 침울해졌다. 직장에서 평상심으로 수업을 할 수 없었다. 우울증 진단을 받았다.

도서관 담쟁이가 붉게 물들어가는 계절로 넘어갔다. 시름시름

낡아가는 정신에 활력을 불어 넣고 싶었다. 그림자 같은 우울증에서 벗어나야했다. 몇 년 전부터 글쓰기 공부를 하면서 습작한 산문들을 훑어보았다. 국어교육을 전공하며 남들보다 조금 더 관심을 가지고 시작한 일이다. 찬찬히 읽어보니 감성만 앞서 있고 사색의 깊이가 보이지 않았다. 한참 망설이다가 정리하기로 마음을 정했다. 우울증과 함께 털어버리고 싶었다. 아직 신맛이 짙은 열매지만 획을 긋는 욕심이 앞섰다. 달콤하고 튼실한 열매를 얻으면 좋으련만 현재까지의 상태로 아퀴를 지었다.

다시 읽는 머리말

지난여름은 어둡고 긴 터널이었다.
생각지도 않게 다가온 마음의 공백은 내내 우울함에 젖게 했다.

푸른 가을날, 설익은 밤송이를 털었다.
살며 생각하며 보듬은 내 그리움의 맑은 별들.
책으로 엮으려고 다시 찬찬히 읽어보니 부끄러워 낯이 화끈거린다.
문장의 구성은 물론 생각의 깊이가 너무 얕아 고민도 많이 했다. 그만둘까 한참 망설이다가 그냥 내기로 했다. 오늘까지 살아온 내 진솔한 삶의 빛과 그늘이니 숨긴다고 무슨 소용이랴.

글쓰기의 작은 꿈이 없었다면 이 쓸쓸하고 메마른 강을 어떻게 헤쳐

왔을까.

날마다 내게 기쁨과 사랑을 느끼게 하는 들꽃들과 신천의 강물. 자연의 섭리와 그 안에 숨은 사소한 것들에 대한 애정과 고마움을 읽는 분들과 함께 하고 싶다.

감동과 재미를 주는 글이 좋은 수필이라고 한다.
여물지 않은 열매이지만 둘 중 하나의 언저리에 갈 수 있으면 하는 바람이다.

사람은 언제나 새로움으로 무장하고 자기 성장에 책임을 져야한다고 한다. 이전의 글보다 다음에 발표되는 작품들은 더욱 따뜻하고 사랑이 넘치기를 소망한다.

- 「머리말」 전문

내용 다시 보기

1부 '숲길에 빠지다' 에는 「별을 업은 男子」외 10편으로 구성되어 있다. 제목으로 앞세운 「별을 업은 男子」에서는 작가가 학생들을 인솔하고 놀이공원에 소풍을 가서 보고 느낀 이야기이다. 그곳에서 아이를 업고 있는 남자를 보았다. 대부분의 아이들은 엄마 손을 잡고 왔으나 그 아이는 엄마가 보이지 않아서 자연스레 관심을 끌게 되었다. 여기서 상상력의 날개를 펴고 새로운 해석을 한다. 추락하는 남자의 위상, 또는 혼자서 아이를 키워야 하는 오늘의 사회현상을 상상하면서 이 남자를 보았다. 단순히 이 남자에 대한 묘사로 끝나는 것이 아니라 의미를 담으려 하는 글이다.

"자그마한 화병 하나에도 역사가 숨 쉬는 모양이다. 장인의 혼과 열정으로 빚은 화병이 내게 말을 건넨다. 사물의 존재가치와 인간의 삶은 불가분의 관계에 있다고 말하는 듯하다. 모든 것은 그 자리에 놓인 자체로 본성의 가치를 지니리라. 짧은 삶에서 우리는 무엇을 그토록 갈망하고 살아가는가. 나도 모르게 길을 벗어나 헤매는 것은 아닌지 꾸짖는 듯하다."

- 「안개꽃」 중에서

2부 '겨울 나그네'에는 「금강 물빛에서 나를 만나다」외 10편의 기행수필이 펼쳐진다.

수십 년 함께 한 직장 동료와의 겨울 여행을 통해 잃어버린 자아를 찾고 내일의 희망을 노래하는 글이 「겨울 나그네」 둘째 편 진양호에서 맞이한다. 아득한 호수 전망대에 올라 눈에 안기는 자연의 선물에 감성을 촉촉이 적신다.

"산책길 건너편의 숲이 싱그럽다. 새잎으로 갈아입은 나무들이 춤을 추며 눈에 빨려든다. 저 짙은 연초록의 물결! 사랑스럽다. 풍덩 빠지고 싶을 만큼 아름답다. 한참을 보고 있으니 눈물이 핑 돈다. 가슴

밑바닥까지 시원하다. 새로 핀 잎은 저렇게 아름다운데 나는 해마다 어떻게 살아 왔는가? 깨우침을 주지만 따르지 못하는 자신이 부끄럽다."

- 「달밤 2」 중에서

3부 '교단 일기'를 읽는다. 작가가 수십 년 근무한 학교에서 일어나는 잔잔한 사건들로 연결된다. 따뜻한 시선으로 바라본 일들이 독자들의 학창시절을 연상하게 하며 오늘의 교육현장으로 끌어들인다. 「교단 일기 1-참을 수 없는 가벼움」에서는 조그만 일에도 참지 못하고 반발하는 아이들을 통해 어떻게 하면 참교육을 실천할 수 있을까 하는 고민과 그들의 아픔을 치유할 수 있는 여유와 사랑을 다시 한 번 생각하게 하는 이야기이다.

"머릿속이 하얘졌다. 수십 년 교직생활에서 처음 겪는 일이다. 이게 무슨 일인가. 내 감정을 억누르지 못해 손이 부르르 떨렸다. 뺨이라도 한 대 갈기고 싶은 마음을 억지로 눌렀다. 이성으로 내 분노를 억지로 묶었다. 흥분한 학생을 진정시키기보다 내 마음을 가라앉히기가 어려웠다. 베란다 쪽 문을 열고 밖에 나가 먼 산을 보고 심호흡을 하고 들어왔다."

- 「교단일기 1」 중에서

4부 '어떤 만남'에는 만남과 인연 그리고 갈 수 없는 길과 가지 않은 길에 대한 아련한 그리움이 담겨 있는 글들이 12편 실려 있다. 「어떤 만남」에서는 글쓰기라는 모임을 통해 나이, 직업, 성별 등 아무것도 간섭받지 않고 오로지 삶에 대한 진솔한 이야기를 풀어 보고 토론하는 지향점을 가지고 만난 모임이다. 마지막 한 문단을 훑어보자.

> "오늘의 만남을 다시 천천히 되새겨본다. 글쓰기라는 명분으로 한 사람씩 인연의 고리를 걸었다. 아무런 이해관계도 없었다. 나이도, 지위도, 성별도, 지역도 문제 되지 않았다. 모두가 삶의 고개 중턱을 넘어갈 무렵이다. 바쁘게 앞만 보고 살아온 자신을 한 번쯤 돌아보고 싶어 시작했으리라. 마음속 깊이 숨겨져 있는, 또 다른 자신의 본모습을 찾고자 모인 것이리라. 켜켜이 숨겨 놓았던, 억눌려 있었던 응어리를 이제는 털어내고 다독이려고 참석한 만남이리라."
>
> - 「어떤 만남」 중에서

마지막 5부에는 「눈물」외 12편의 글이 가족의 사랑과 잔잔한 행복이 무엇인지를 보여주는 일상의 소소한 사건들로 구성된다. 「눈물」은 갑작스런 장모님의 죽음을 통해 결혼 전 아내와 만날 때의 이야기와 사위에 대한 사랑, 그리고 장례를 치룬 뒤 작가의 애틋한 마음을 담담하게 서술하고 있다. 「지팡이」에서는 젊은 나이에 십수 년 중풍으로 고생하다 돌아가신 선친에 대한 절절함이 담겨있다. 경로당에 세워 놓은 지팡이를 통해 반추하고 연로하여 지팡이 없이 거동을 못 하시는 어머니에 대한 애틋함을 소재로 쓴 글이다. 마무리 문단을 읽어 본다.

"창밖 건너편 숲의 단풍이 절정이다. 커피 한 잔을 앞에 놓고 자신을 돌아본다. 내 삶에서 마음의 지팡이는 무엇이고, 지금 어디 있을까. 내 언제 남에게 편안한 지팡이가 되어 준 적이 있었던가? 갈색 커피 속에 등 굽은 어머니의 모습이 희미하게 어린다."

- 「지팡이」 중에서

마무리

'학이사' 사장님의 원고 청탁서를 받고 처음은 많이 망설였다. 다시 한 번 천천히 책을 읽어보았다. 톺아보기를 할 가치가 있을까도 한참 생각했었다. 창립 10주년을 맞아 좋은 뜻으로 기쁜 시간을 함께 하기를 원하는 진심을 읽고 동참하기로 했다. 보잘것없는 글이지만 출간 후에 많은 격려와 사랑을 받았다. 여러 지면을 통해 소개도 되었고 무엇보다도 제자들과 지인에게서 좋은 반응을 얻었다. 우울증이 조금씩 사라졌고 다시 무엇을 해야겠다는 삶의 힘을 얻은 기쁨이 좋은 책을 발간한 가장 즐거운 일이 되었다.

앉은 자리가 꽃자리

신재기 지음

〈2012. 04. 28.〉

결혼하는 딸아이에게 당부의 말을 담은 수필집

누구든 삶의 과정에서 특별한 의미를 띠는 전환점이 있다. 그 당시는 삶을 바꾸어 놓는 계기나 변곡점이란 것을 인식하지 못하고 넘어간다. 대부분 오랜 세월이 흐르고 나서야 그때가 바로 자기 생애에서 중요한 시기였음을 깨닫게 된다. 삶의 의미란 것도 각자 부여하는 주관적 해석에 지나지 않는다면, 삶의 전환점이었느니, 중요한 계기였느니, 소중한 인연이었느니 하는 것도 모두 부질없는 사변에 불과할 수도 있다. 하지만 지나간 자기 삶을 되돌아보면서 또렷하게 새겨지는 시기와 인연이 누구에게나 있기 마련이다. 나에게 출판사 '학이사'와 신중현 사장님이 바로 그런 특별한 인연이다. 그 인연으로 말미암아 나는 엉뚱한 일을 새로 시작하게 되었다. 물론 새로운 길을 걷게 된 데에는 그 우연한 인연이 전부였던 것은 아니다. 내 무의식에 잠재하던 욕망을 표출하는 계기를 마련해 주었다고 보는 것이 맞다. 현재 새로 시작한 일이 나의 심신을 힘들게 하는 것이 사실이고, 가끔 지쳐 짜증이 날 때도 있다. 그러나 이것이 그리 싫지는 않다. 얼마간 보람도 있다. 바로 책 만드는 일인데, 여기에 불을 지핀 것은 출판사 '학이사'와의 만남이었다.

학이사 신중현 사장님을 내 연구실에서 처음 만났다. 문무학 시인의 소개가 있었다. 그때가 언제였는지 정확하게 모르지만, 지금으로부터 거슬러 올라가면 10년이 훨씬 넘었을 것이다. 대구지역에서 오랫동안 사전류 출판에 정평이 난 '이상사'를 승계하여 '학이사'로 출발하고 그리 오래 지나지 않은 시점이었던 것으로 기억한다. 나는 당시 학술논문, 평론, 산문 등 제법 왕성하게 집필 활동을 했다. 매년 저서를 발간하던 때라 출판사 섭외에서부터 비용에 이르기까지 출판 전반에 관해 깊은 관심을 가졌다. 내 저서뿐만 아니라 관여하던 문학 단체의 동인지 출간 일도 맡고 있던 터라 출판에 관한 정보가 필요했다. '학이사'와의 관계는 우선 우리 대학교 1학년 교재 『사고와 표현』을 제작하는 일에서부터 시작되었다. 내 개인 저서 중 '학이사'에서 처음 출간한 책은 2010년 2월에 발간한 『경산신아리랑』이었다. 그리고 같은 해 10월에는 우리 대학교 산업대학원 독서학과 재학생과 교수가 공동으로 참여하여 『와자지껄 독서이야기』라는 책을 간행했다. 당시 대학원 독서학과에 재학생 중에는 사교육 시장에서 독서지도사로 활동하던 사람이 많아 이 책을 기획했는데, 깊이 있는 내용을 담아내는 데는 실패했다. 그나마 다행이었던 것은 대구예술대학교 박병철 교수의 표지 디자인 덕분에 책으로서 품격을 어느 정도 갖출 수 있었다는 점이다. 공동 저술의 기획이 번거롭고, 실패할 확률이 높다는 점을 절실히 깨달았다.

2008년과 2009년 2년에 걸쳐 경산신문과 경일대신문에 연재했던 원고를 정리하여 산문집『경산신아리랑』을 출간했다. 경산 지역의 산과 강, 문화유적, 생활 및 문화 공간, 경산 사람 등에 관한 글 30편을 수록했다. '일상공간의 의미 발견'이란 제목의 에필로그에서 공간이 지니는 의미와 가치에 관한 일반론을 소박하게 전개하기도 했다. 전통적인 기행문과는 성격이 다른 글이었다. '공간에 관한 글쓰기' 정도로 이름 짓는 것이 옳을 듯하다. '신아리랑'은 '새로운 아리랑'이란 뜻과 '신재기가 쓴 아리랑'이란 뜻이 함께 들어있는데, 경산신문에 연재할 때 최승호 사장이 코너 이름으로 지은 것을 그대로 가져왔다. 글쓰기 전에 항상 그 공간을 답사했다. 가보지 못했던 경산지역의 곳곳을 찾아다녔다. 다음으로 그 공간에 관한 문헌정보를 조사하였고, 논쟁거리가 되는 이야기는 피했다. 객관적 정보를 기술하는 것보다 공간이나 대상에 대한 주관적 감흥과 사유를 표현하는 데 무게를 실었다. 그런데 어느 정도 원고 분량이 쌓여 막상 책을 펴내려고 작정하니 현장 사진 자료가 충분하지 못했다. 궁여지책으로 경산시 홍보과의 도움을 부분적으로 받았다. 2009년 후반에 이르러서는 이 책 출판을 위해 디지털카메라를 큰돈 들여 샀다. 책에 수록한 사진의 반이상이 내가 직접 찍은 것인데, 초보의 어설픔이 곳곳에 묻어나고 있다. 지금 읽어 보면, 글에 힘이 많이 들어갔고 사변과 관념이 과다하게 드러난다. 나 자신을 세우려는 욕망이 컸던 것 같다. 다소 부끄럽지만, 더러 기발한 발상을 확인할 때는 가슴 한편이 뭉클해지기도 한다. 지금 평가하면 편집에서 아쉬운 점이 많다. 하지만 당시에는 대만족이었다. 여기서도 압권은 박병철 교수의 표지 디자인이다. 이 책이 너무 사랑스러워 쓰다듬고 쓰다듬었던 그때의 심정이 아련하게 전해온다.

2012년 딸아이의 결혼 날짜가 4월 28일로 정해졌다. 결혼식장에 참석한 하객에게 내 책을 한 권 선물하겠다는 생각을 오랫동안 해왔다. 그때는 이런 일이 실례가 될 수 있다는 생각을 미처 못했다. 예식날이 정해지고 곧바로 책 출간 준비를 서둘렀다. 2011년 7월에 출판사 '박이정'에서 에세이집 『프라이버시의 종말』을 출간하고 반년밖에 지나지 않아, 신작을 수록하는 작품집 출간은 불가능했다. 그렇다고 학술서를 선물로 줄 수는 없지 않은가. 그래서 그간 출간한 여섯 권의 산문집과 수필집에서 글을 뽑아 선집을 만들기로 했다. 수필선집 『앉은 자리가 꽃자리』는 이렇게 해서 만들어진 책이다. 표제작은 결혼하는 딸아이에게 당부의 말을 담은 신작인데, 이는 구상 시인의 「꽃자리」라는 시편의 시구를 빌려온 것이다. 결혼식 이틀 전에 책이 출간되어 우리 집에 배달되었다. 그런데 문제가 생겼다. 그것도 한 가지가 아니고 두 가지였다. 책 꾸러미를 풀고 한 권을 뽑아 책장을 넘기는 순간 뭔가 잘못되었다는 생각이 들었다. 종이 결이 맞지 않았다. 모조 100g의 내지가 뻣뻣하여 책장이 부드럽게 넘어가지 않았다. 신경이 쓰였다. 마음이 점점 흐려지기 시작했다. 신중현 사장한테 이 점을 전했다. 신 사장님은 이를 확인하고 주저하지 않고 다시 인쇄하겠다고 했다. 결혼식을 마치고 며칠 지나 책이 다시 내 수중으로 들어왔다. 하객에게 일일이 우편으로 감사의 편지와 함께 책을 보내드렸다. 식장에서 바로 주는 것보다 훨씬 잘된 일이었다.

학이사에서 몇 권의 책을 출간하면서 신중현 사장님과 더욱 가까워졌다. 출판과 관련해서 궁금한 점이 생기면 서슴지 않고 물었다. 신 사장님을 통해 출판 일에 반풍수가 되었다. 원래 반풍수가 집안 망하게 한다고, 결국 문제를 일으켰다. 2013년 3월부터 일 년간 연구년에 들어갔다. 그간 써 두었던 글을 다듬어 평론집과 산문집을 각각 한 권씩 출간하는 일을 일 년 동안의 과제로 잡았다. 그런데 봄이 가기도 전에 마침내 일을 내고 말았다. 『수필미학』 창간이 그것이었다. '학이사'가 옆에서 도움을 주겠다는 약속이 있어 용기를 얻었는지 모르지만, 시작하지 말아야 했던 일이었다. 그때부터 오늘까지 나는 수필미학이라는 잡지 발간에 내 생활을 온통 쏟고 있다. 잡지에 수록하는 모든 글에 원고료를 지급하겠다는 약속이 또 하나의 족쇄가 되었다. 잡지의 콘텐츠 계발보다는 발간에 들어가는 재원을 마련하는 일이 우선이 될 수밖에 없었다. 여러 방안을 강구했으나 평생 교직에 몸담아 온 나 같은 사람으로서는 이런 일에 한계가 있었다. 다급하니까 가리지 않고 많은 일을 벌였다. '책쓰기포럼'을 조직하여 2년 만에 22명이 동시에 한 권의 수필집을 발간했던 일도 그중 하나다. 일차는 성공했으나 두 번째의 고비도 넘기지 못하고 무산되었다. 반월당 근처에 강의실과 사무실을 마련한 일, '수필미학문학회'를 조직한 일, '소소담담'이란 출판사를 만들어 수필미학을 자체 제작하게 된 일 등은 절대 가볍지 않은 것 들이다. 수필미학을 발간하기 위하여 학이사 한가운데에서 북적거렸던 시절이 벌써 어제의 추억거리가 되었다. 짧은 기간이었으나 많은 일이 있었다. 세세한 것까지 크게 느껴지는 것은 그만큼 열정과 노력을 쏟았다는 말일 것이다. 2013년 가을에 창간한 수필미학이 2017년 여름호로 16호를 기록하게 되었다. 수필미학은 출판사 학이사에서 태어났다. 어떤 역학관계로 규정해야 할지는 모르겠으나 학이사가 없었다면 수필미학도 없었을 것이다. 이제 수필미학은 학이사를 벗어났다. 앞으로 수필미학이 수필 잡지로서 무성하게 성장해 간다면, 그 출발에 학이사가 있었기 때문일 것이다.

이 글을 쓰기 전에 출판사 '소소담담'은 단행본 12권째 'ISBN'을 신청했다. 수필미학도 6번째 편집을 마쳤다. 시작한 지 겨우 일 년을 넘긴 시점이다. 그동안 내 손으로 20권에 가까운 책을 편집하고 만들었다. 많은 사람이 자기 혼자 북 치고 장구 친다고 할 것이다. 나는 그런 사람인지도 모른다. 다른 사람에게 일을 맡기지 못하고 내가 직접 해야 직성이 풀리는 성격 말이다. 이런 성격의 소유자는 자기 스스로 감옥을 만든다. 하지만 지금 내가 하는 일과 처한 상황을 내 성격 탓으로 돌리는 데 동의하지 않는다. 소출 없는 일에 매달리고 있는 나를 대부분이 이해하지 못한다. 그 속에 빠져 있는 나도 내 자신을 이해하지 못하는 것은 마찬가지다. 합리적인 논리로 분석하지 못하는 숙명과 같은 것이라고 하면 너무 거창한가. 투박하게 신명 나는 일이라고 해두자. 어쨌든 나는 지금 책 만드는 일에 푹 빠져 있다. 더러 일찍 이 일을 했다면 어떻게 되었을까, 라는 생각을 하며 좀 늦었다는 아쉬움이 밀려올 때도 있으나 늦지 않았다고 본다. 인생 말년에 신명 나게 할 수 있는 일을 찾은 것만으로도 충분하기 때문이다. 내 책이든 남의 책이든 내 손으로 만든 책이 출간되었을 때 느끼는 희열은 거의 전율에 가깝다. 이런 희열을 맛볼 기회를 만들어 준 것이 '학이사'와 신중현 사장님이다. 이만큼 크고 소중한 선물이 어디 있겠는가? 감사드린다.

책이 내 옆에 있는 한 내 남은 삶은 외롭지 않을 듯하다.

몽돌

안용태 지음

〈2012. 06. 01.〉

돌아가는 삼각지, 빠삭한 삶의 길

안용태 시인과 알고 지낸 지 십수 년이다. 나 자신 시를 쓸 의사도 능력도 없이 우연한 계기로 어찌어찌하여 〈詩하늘〉이란 문학운동모임에 가담한 게 인연의 고리였고 시작이었다. 그때 안용태 시인은 막 등단이란 관문을 통과하여 시를 향한 부푼 설렘이 그의 가슴 밖으로도 삐져나오는 게 보일 정도였고, 나는 뭣도 모르고 그런 시인이 마냥 부럽고 우러러 보이기만 했던 시기였다. 그러니까 안용태의 시 이력은 그 무렵을 기산점으로 쳐도 15년은 거뜬히 넘는다는 계산이다.

그리고서 이번이 첫 시집이다. 그만큼 곰삭고 충분히 숙성된 시집이라고 입에 침을 바르고 말하고 싶으나 솔직히 많이 게을렀다. 하지만 그 게으름은 전적으로 시인의 삶의 태도와 방식에 기인한다. 일이 년에 시집 한 권씩 뚝딱 묶어내는 시인들의 재바름이나 걸쩍거림을 그는 하나도 부러워하지 않는다. 당연한 말이지만, 시보다 존재로서의 삶 자체가 더 소중하므로 그 삶을 우선시하기 때문이다.

생활 속에서도 얼마든지 시가 들어앉아 있음을 알기에 마음이 내키면 그들 가운데서 하나씩 건져 올려 툭툭 물기를 털어내곤 했다. 시는 그렇게 삶을 지향할 수밖에 없었다. 결국 그에게는 생활이 곧 시이기도 한 것이고, 그것이 시의 도움받기가 되기도 한다. 그러므로 안용태의 시는 자기 삶의 경험에서 양성된 정서를 압축하여 표현한 글이라 할 수 있다. 의도적으로 드러내려고 하진 않지만 거기엔 당연히 직업에 따른 독특한 분위기도 배어 있을 것이고 가족에 대한 생각, 우정이나 연애관도 깃들어있다. 그리고 많은 그의 작품이 시를 방해했던 적군인 '생활'이 아군으로 전향된 상황에서 나온 소출들이다.

생활의 달인까지는 몰라도 매사에 용의주도하고 빠삭한 그가 시에서는 좀 어수룩하고 유순한 느낌으로 다가온다. 결코 튀지 않는 생활 속 시의 질료를 자신의 몸에다 바짝 갖다 대고 쓴 시이기에 솔직하고 투명하다. 그 자신 시를 통해 현실의 팍팍한 삶을 일차적으로 위로받고자 하는 의도가 다분히 개입되었음을 알 수 있다. 그의 '착한 시' 속에는 시인 자신이 있고, 시인을 위로해주는 감정이 있고 그의 현실이 있다. 그리고 그가 받은 위로는 읽는 이에게도 고스란히 전이되고 공감으로 확산된다.

안용태의 시를 읽고 있으면 때로는 신경림 시인의 친근함이 연상되고, 또 때로는 배호의 구성진 노래를 듣는 듯하다. 뭐랄까, 대중적 감성의 대책 없는 젖은 물기가 우리의 마음을 매만지며 파고든다고나 할까. 마음이 모래처럼 서걱거리고 가슴 한 편에 바람이 스치는 날 썼을 법한 시인의 시에 내 마음을 포개고 가슴을 맞댄다. 그리고 내 심사를 고스란히 옮겨 놓은 듯한 곡조에 잠시나마 무거운 삶의 무게를 내려놓으며 함께 위로 받는다. 그것이 안용태 시를 읽는 유익이고 그의 시가 갖고 있는 미덕이자 매력이다.

시집에는 유년시절의 기억으로부터 지금에 이르기까지 시인의 삶이 정직하게 투영되어 있다. 시인에게 각인된 기억들은 한 편의 시로서는 단편적이고 서정적인 것들이지만 전체적으로 보면 연대기적이고 서사적인 구조를 이루고 있다. 가족사가 드러나 있고 학창시절 친구들이 등장하며 고향 산천의 풍경과 여행의 기억 등 삶을 아우르는 다채로운 소재들이 녹아 있다. 모든 시인들의 공통적인 정서와 마찬가지로 거기엔 경험 안에 내재된 정신적인 번민과 그늘이 도사리고 있고, 치유의 방식도 함께 제시되어 있다.

시인의 고향은 성주군 벽진면이다. 안태본에 대한 향수, 무한한 자연과 유한한 인생을 대비시켜 유린된 추억을 못내 그리워하고 있다. 고향에 대한 밝고 맑은 감촉보다는 가난의 서러운 아픔이 깊게 배인 회상이다. 하지만 현재의 시점에서 가난을 이토록 아름답게 회억한다는 의미는 깊게 패인 상처를 들쑤시는 고통의 되새김질이 아니라, 저 동구 밖 도랑가에 나가 '저문 강에 삽을 씻는' 심경으로 지난날의 짓궂은 형들과 흘러간 세월들을 모두 용서하고 그들과 화해하겠다는 씻김굿의 몸짓이다.

시인들이 펴내는 첫 시집은 자신이 겪어온 삶의 내력을 충실하게 담아내는 이른바 '성장 서사'의 속성을 띠는 경우가 많다. 그 점에서 대개의 첫 시집은 내밀한 서정이 자전적 서사를 아늑하게 감싸는 일종의 서정적 '서사 시집'이다. 하지만 비교적 느지막이 시단에 나온 이들의 경우에는 성장통에 대한 충실한 재현보다는 구체적 경험들로부터 비롯된 인생론적 깨달음이나 자신의 삶에 대한 깊은 반성적 사유를 드러내는 쪽이 더 많다. 안용태 시인의 첫 시집 또한 그 테두리를 크게 벗어나지는 않았다. 이를테면 자신이 살아온 삶의 무게와 둘레의 사람들에 대한 일정한 사랑과 그리움을 진중하게 담아내면서, 동시에 삶의 깨달음을 통해 인간적 완성을 갈망하는 태도를 드러내고 있다.

　나이 든다는 것은 적당한 빈틈을 허용하고 한결 여유로워진다는 것이다. 삶의 폭이 넓어지고 깊어져 분노하기보다 이해와 관용이 먼저 작동되어야 하는 것이다. 더러 폐기하는 일에 망설임이 없고 적당히 녹슬도록 유기하는 것도 늘그막 삶의 한 방법이다. 시인은 이미 삶에서는 그런 집착과 욕망이 과부하인 것을 눈치 챘다. 물론 지금껏 냅다 달려왔던 속도의 관성이 그에게서 아주 사라진 것은 아니다. 하지만 그의 첫 시집 『몽돌』을 내기 전과 그 이후의 삶과 시는 분명히 달라질 것이라는 예감이 든다. 생활의 자장 안에만 갇히지 않고 '돌아가는 삼각지'처럼 꺾어지는 시의 길을 자주 걷게 될 것이다. 「몽돌」은 그 아득한 길을 역동적으로 달려온 시인에게 주어진 보상이자 동시에 시인이 앞으로 보여줄 시세계가 더욱 경쾌하고 활력이 넘치리라는 신표이기도 하다.

이 시집이 많은 독자들과 함께 오래하길 바라며 시인 안용태의
시적 변모를 지켜보고 싶다.

- 권순진 / 시인

통점

채천수 지음

<2012. 10. 20.>

인간의 행위나 그 조직의 관계에서 오는
여러 가지 울림

서문시장 가게마다
하나 둘 꺼지는 불
생선 대가리를 쳐야 먹고사는 친구 놈과
쉰 중반 피로를 놓고 대폿집에 기대 쉰다.

나잇살에 따라오는
그 무슨 통점痛點 같은
신경이 곤두서서 생의 맛이 조여 오고
경기에 턱턱 받히는
일과들로 가득한 몸.

점점 더 헐떡이는 된비탈 숨소리에
밀리고 휘둘리는 목숨도 짐이다 싶어
입술을 지그시 물고
대폿잔에 기대 쉰다.

- 통점痛點 전문

『통점痛點』은 필자가 1991년 조선일보 신춘문예에 「겨울 산 步法」이 당선된 후 2012년 10월에 출간한 나의 4번째 시조집이다.

임계점을 넘은 사회 제 현상들이 나의 시조 쓰기를 추동하는 경우가 대부분이었다.

첫 번째 시조집 『상다리 세 발에 얹힌 저녁밥』은 등단 후 13년이 지나 발표했지만 그 이후 줄곧 절실한 사회현상과 시대정신을 노래하겠다는 생각과 행동으로 나의 시조집은 5, 6년을 주기로 몇몇 지방 출판사에서 간행되었다. 까닭에 한동안 중앙과 지방시조단의 주목을 받기도 했다.

그런데 뜻하지 않게 나는 2013년 12월 20일 뇌졸중 발병으로 생명은 물론 직장과 나의 문학 인생에 큰 위기를 맞게 되었다. 정상적인 생활이 불가능한 상태에서 문학 활동을 하는 것은 꿈도 꿀 수 없을 뿐 아니라 무리한 창작활동은 더욱 어려운 상황을 만들 수 있다는 판단에 재활 활동에 전력을 다하기로 하면서 벌써 4년을 넘겼다. 건강한 몸으로 문학 활동을 할 수 있는 일은 축복이란 생각을 자주 하면서 조금씩 돌아올 기미를 보이는 몸 상태에 기대를 걸기도 한다.

글이나 책이 세상에 발표될 때는 작가마다 어떤 필연적인 이유가 있었을 것이다. 내 경우에는 글쓰기가 세상살이의 일부로 세계와의 소통 창구 역할을 하는 것이며 진정한 자기 이해의 처음이자 끝이라고 할 수 있다. 따라서 각종 사회현상이 내 삶에 대한 자극이라면 어떻게 반응하며 살아갈 것인가를 생각하고 행동하는 것이 시대정신에 충실한 자세라고 지금도 확신하고 있다.

당시 내 시의 해설을 맡은 평론가 겸 시인인 유종인의 평론 일부를 옮기면 "시대는 만물과 만인들이 갈마들고 뒤섞이면서 거대한 동아줄로 뒤틀려 엮여 끌어주고 끌어간다. 시인은 그 거대한 동아줄이라는 시대를 이루는 수만 갈래의 한 가닥으로 일생 노래의 가락을 섞는다. 분별과 배제, 야합과 소외의 사회적 병리가 없는 것은 아니지만, 우리가 아는 시대는 세습적 기득권 세력이나 권력과 경제적 상위 계층 같은 소유의 편중이 만들어낸 주류들만을 함의하지 않고, 다양한 대상과 다채로운 빛깔의 생각들을 活物化시켜 살아가는 도도한 난장이다."며 아래 작품을 처음으로 소개했다.

돌뿌리와 돌부리로 고정된 돌을 본다

드러난 돌부리와
숨겨진 돌부리에

일테면 저만의 처지가 야무지게 몰려있다.

- 「저기 박힌 돌」 전문

" '여기' 가 아닌 '저기 박힌 돌' 은 어느 정도 개관적 거리를 노정하는 풍속의 뉘앙스를 띤다. 그러나 이런 심리적 간극이 언제까지나 '저만의 처지' 인 객관적 상관물로 화자와 동떨어진 것은 아니다. 이미 화자는 '드러난' 것과 '숨겨진' 것으로서의 돌의 위상을 보고 있음으로, 그는 '저기 박힌 돌' 이 언제든 '여기' 이곳에 섭새김하듯 등장할 가능성을 완전히 배제하지 못한다.

개인적인 불우한 사정이나 우여곡절들이란 불행의 편재일 수가 있다."라며 작품을 해설하고 있다.

필자는 이 시조집을 낼 때 인간의 행위나 그 조직의 관계에서 오는 여러 가지 울림과 신호의 근원을 탐구하여 발표함으로서 변화하고 움직이는 미래의 가치를 독자들 스스로 발견하고 창조하는데 조그마한 디딤돌이 되고 싶었다. 왜냐하면 세상살이가 아무리 절박하고 위급해도 우리들은 늘 신선한 판단과 행동을 요구받기 때문이다.

총 5부 83편의 시조로 구성된 이 작품을 모두 이야기하기에는 제한된 지면 관계로도 불가능하다. 하지만 『내 책을 말하다』라는 원고 청탁의 목적에 충실하려면 중요한 책 속의 정서를 몇 대목 밝히는 것도 시조집의 역할에 어울릴 것 같아 여기에 싣기로 한다.

작품 전체를 총 5부로 나눈 것은 발표 작품이 거느리고 있는 분위기와 무관하지 않다. "1부 사랑을 차마 하관下棺 못해"는 주어진 삶을 항상 사랑으로 채우지 않고는 그 허기에 목말라하는 개인과 사회 현실을 노래하는 작품들로 편집하였고, "2부 로또나 한 장 샀어!"는 신자본주의 경제체제가 가지고 온 우리들의 현실에 대한 꽉꽉한 문제를 다루었다. "3부 가없는 물음 속에"는 역사나 일상에 대한 시적 탐구를 추구한 경우를 묶어두었다. "4부 배역이 쓸쓸해도"에서는 생명이나 그와 연관을 맺고 있는 사물들의 역할 변화를 보면서 진정한 위안의 삶을 그려보았다. 끝으로 "5

부 자궁이 절간이란다" 에서는 어떤 일에 본질 추구를 통한 생의 새로운 미덕을 발견하고자한 흔적을 담았다.

한 권의 시조집에 너무 많은 욕심을 담아낸 것 같은 느낌을 지울 수가 없다. 연작이 아니라도 다음 시조집을 낼 때는 많은 내용을 담기보다는 우리 시대가 놓치고 있는 몇 가지 중요한 정서를 집중적으로 탐구하여 책으로 묶고 싶다.

책을 통해 세상 속으로

이경희 지음

〈2012. 11. 20.〉

나의 책 이야기

1.

우리 집 서가에는 꽤 많은 책이 있다. 이사를 할 때 기본 운송비 외에 책 운반비를 따로 지급할 정도였다. 문자를 해독한 후 줄곧 남이 쓴 책을 읽었다. 별다른 재주가 없는 나는 읽고 토론하고 쓰는 일을 즐겼다. 그럼에도 내 이름으로 책을 내야겠다는 생각은 없었다. 책이라는 숲에서 나만의 사유를 즐기는 것이 좋았을 따름이다. 어쨌든 여기저기에 발표한 글이 어느 정도 모였을 때 한 번 정리를 해야겠다는 생각이 들었다. 한 학년이 끝나면 책과 공책, 필통, 수첩을 정리하고 새 학기를 맞이하듯이 매듭을 짓고 싶었다. 글도 묵혀두면 헌 집처럼 퇴락한다. 적당한 시기에 책으로 묶어야 글도 제 자리를 찾아가고 비로소 제 집에 안주한다.

첫 번째 학이사에서 펴낸 『변방에 피는 꽃』(2011)은 30대부터 여기저기 썼던 글을 추려서 묶은 책이다. 막상 책을 내고나니 겁이 났다. 내가 썼던 글에 대한 자의식이 발현하면서 동시에 책임감이 해일처럼 다가왔다. 첫 아이를 품에 안았을 때도 그랬던 것 같다. 벅찬 감동과 함께 이 생명체를 오롯이 내가 책임져야한다는 사명감이 뒤섞인 복잡한 심경이었다. 책을 내고나니 친구와 가족, 친지들의 반응이 가장 뜨거웠다. 우리 집안에서는 처음으로 책을 냈으니 그럴 만도 했다. 사촌 오빠는 친구들에게 선물한 다며 여러 권 가져갔다. 가족 친지들의 축하와 격려는 이후 책을 내는 동력이 되었다. 이렇게 나는 남이 쓴 책을 읽는 소비자에서 책을 쓰는 생산자로 첫발을 내딛었다.

첫 책을 내고 나서 주제가 있는 글을 써보고 싶었다. 그래서 대구일보에 매주 책과 독서를 주제로 한 칼럼을 쓰기로 했다. 결혼 후 섬에 살게 되면서 남아도는 시간을 주체할 수 없었다. 너무 심심해서 책장의 책을 꺼내 읽기 시작했는데 그만 활자의 마력에 포획되고 말았다. 교양 독서의 길로 들어선 나는 급기야 활자중독증에 걸릴 정도로 책에 빠져들었다. 독서가 주는 감동과 즐거움을 누군가와 나누고 싶었다. 책을 읽으면 머리에 수많은 생각이 떠올랐다 사라진다. 그럴 때마다 주변 사람에게 내용을 들려주거나 내 생각을 이야기했다. 말은 발화하는 순간 사라진다. 글쓰기를 하면 생각이 체계적으로 정리되고 사유의 흔적을 기록할 수 있었다.

독후감 때문에 책 읽기가 싫었던 경험이 떠올랐다. 독후감은 너무 진부한 방식이고, 서평은 전문가 냄새가 나서 싫었다. 독자의 입장에서 글을 쓰되 논리와 감성을 적절하게 직조한 개성이 있는 글을 써보고 싶었다. 에세이나 칼럼 형식이 좋을 것 같았다. 한편, 독자의 감성을 건드릴 묘책을 궁리했다. 누군가가 내가 쓴 글을 읽고 그 책을 읽고 싶은 욕구를 불러일으켜야 하니까. 길은 가까이 있었다. 평소 하던 대로 책을 읽고 느낀 감동이나 좋은 구절을 이야기하듯 풀어내는 것이다. 컴퓨터 화면에 누군가를 앉혀놓고 수다를 떨었다. 비가 내리는 날은 날씨와 어울리는 시집을 꺼내 놓고, 달빛이 환한 날에는 경주의 남산을 산책하듯 역사를 화제로 이야기를 풀어놓았다. 책을 선정하는 일은 어렵지 않았다. 지금까지 읽은 책 중에 독자에게 소개하고 싶은 책을 서가에서 골랐다. 그리고 신문에 소개되는 신간도 열심히 사서 읽었다. 내가 주로 읽는 책은 인문학 서적이었다. 문학, 역사, 철학, 문화사 등. 그림책이나 동화책도 소개했다. 독서의 시작이 그림책인데, 내가 만난 그림책 가운데 어른이 읽어도 좋은 그림책도 몇 권 골랐다. 한 권의 책은 수많은 가지를 뻗게 마련이다. 인간의 몸이 유기체인 것처럼 책을 읽다 보면 이웃 분야로 자연스럽게 발걸음이 가게 된다. 교양으로서 독서를 했기에 시대의 흐름과 호흡을 같이 할 수 있는 장점도 있었다. 나의 두 번째 책 『책을 통해 세상 속으로』는 이렇게 탄생하였다.

2.

원고를 모아 파일로 정리하고 한 편씩 다듬다 보면 나의 이력서와 자화상을 만난다. 그때는 최선을 다해 쓴 글인데 내용도 표현도 엉성하기 짝이 없다. 고치고 다듬고 수정을 거듭하면서 내 글쓰기의 한계를 실감하기도 한다. 글을 쓰는 것은 작가의 몫이지만 책을 만드는 공정은 편집자와 출판사의 몫이다. 목차를 정하고, 제목도 고치고, 문장을 수정하고, 원고를 정리하여 출판사로 넘기면 편집 단계에 들어간다. 편집이 끝나면 1차 교정, 2차 교정을 하고 책 표지를 결정하면 끝난다. 교정을 두세 번 보다 보면 진절머리가 난다. 자고 나면 또 고치고 퇴고란 끝이 없다. 빨리 매듭짓고 싶다는 생각만 간절하다. 그렇게 몇 차례 고비를 넘기면서 교정이 끝나면 인쇄소로 넘어간다.

책이 나올 때까지 감미롭고도 긴장된 시간이 흐른다. 평면으로 편집된 글이 인쇄 공정을 거치면서 책이라는 입체적 물건으로 탈바꿈하는 시간이다. 책은 정신을 물질로 전환하는 탁월한 마력을 지녔다. 빳빳한 새 책을 두 손에 받아드는 순간의 짜릿한 감동을 어찌 잊으랴. 새 책을 넘기면 대나무 숲의 바람 냄새가 난다. 한 권의 책으로 나온 '또 다른 나'를 만나면 반갑고 감격스럽다. 흰 바탕에 까만 활자로 인쇄된 내 생각의 흔적들. 컴퓨터 화면이라는 가상공간에 쓴 내 글이 종이책으로 인쇄되었을 때 비로소 나는 안도의 한숨을 내쉰다. 컴퓨터에 저장한 글은 어쩐지 불안하다. 컴퓨터에 쓴 내 글이 마우스 한 번 잘못 눌러 다 날아가 버렸을 때 느꼈던 황당함은 트라우마로 남아 있다. 아날로그식 감각에 익숙한 탓인지도 모르겠다.

두 번째 책 『책을 통해 세상 속으로』가 나올 무렵이었다. 첫 책을 내고는 민망함과 부끄러움이 겹쳐 조용히 지나갔다. 이번에 출판기념식을 하지 않으면 영원히 기회가 없을 것 같았다. 곳곳에 있는 지인들을 한자리에 모아 밥 한 끼 먹는 것도 괜찮을 듯싶었다. 일은 일사천리로 진행되었다. 식당을 운영하는 친구 박은현이가 식사와 장소를 책임지고, 인원은 약 50명 정도만 초대하기로 했다. 그런데 막상 그날이 되니 여기저기서 소문을 들은 친구들이 "나는 왜 초청하지 않느냐?"며 항의를 했다. 지인 중 몇몇은 가족 모두 참어하고 싶다는 의사를 표명했다. 예상보다 훨씬 많은 손님이 왔다. 경산문협과 경산수필 식구들, 청도와 하양에서 온 수강생과 가족들, 진량중학교 동기들, 문학교실 식구들, 경산에서 인연이 닿은 지인들이 궂은 날씨에도 불구하고 자리를 빛내주었다. 앞으로 더 좋은 책을 써서 그때 그 자리에 오셨던 사람들에게 보답을 해야겠다.

3.

글이나 책에 제목을 붙이는 일은 화룡점정畵龍點睛과도 같다. 그런데 나는 매번 제목 앞에서 머뭇거린다. 주제를 너무 드러내도 안 되고, 밋밋해도 안 되고, 그렇다고 너무 숨겨도 안 된다. 적당히 감추되 호기심을 불러일으키는 적절한 제목은 흔치 않다. 담백하면서도 깊은 맛이 우러나는 그런 제목이 어디 쉬운가 말이다. 매주 급하게 썼던 글이라 제목도 후다닥 붙여 송고한 것이 대부분이다. 원고를 다듬으면서 제목을 다시 붙인다. 문제는 책 제목이다. 몇 개의 후보를 두고서 주위 사람에게 의견을 구한다. 한 이틀 고민하다가 『책을 통해 세상 속으로』로 낙찰되었다. 이 제목은 출판사 '학이사'가 장동으로 새 사옥을 지어 이사하면서 외벽 간판과 가방의 표제로 스카우트(!)되는 영광을 누렸다.

고백하자면 남이 쓴 책을 그토록 많이 사면서도 표지나 디자인은 눈여겨보지 않았다. 나는 글을 쓰는 사람이지 책 만드는 일은 별개의 영역이라 여겼으니까. 제목도 정해졌고 편집이 끝났지만, 표지 디자인이 문제였다. 책과 독서의 이미지를 넣고 싶었다. 고민하다가 둘째 딸에게 한번 맡겨보기로 했다. 그 무렵 정빈이는 대학에서 영상예술을 공부하고 있었다. 어릴 때부터 빈 종이만 있으면 무얼 그리던 아이였다. 『책을 통해 세상 속으로』 책 표지는 이집트의 파피루스와 스핑크스를 이미지로 담았다. 둘째 딸 정빈이의 작품이다(지금 정빈이는 대학을 졸업하고 외국계 의류회사 기획부에 근무한다). 세상의 통념을 깨는 책 표지라서 그런지 많은 이들이 디자인의 독창성에 대하여 관심을 보였다. 무엇보다 딸이 엄마의 책 표지를 디자인했다는 사연을 듣고는 놀라워했다. 전문가의 작품처럼 세련되지 않아도 괜찮았다. 모녀의 합작품인데 아무려면 어쩌랴. 그래서 이 책은 내게 특별한 의미를 지닌 책으로 남아 있다.

책이 나오고 시내 교보문고에 내 책이 꽂혀 있더라며 지인이 사진을 보내왔다. 시간을 내서 가보았다. 지역작가 코너에 있는 내 책을 발견하는 순간 심장이 뛰었다. 아무도 내가 책을 쓴 사람이라는 사실을 모르는데 공연히 가슴이 두근거렸다. 오랜 세월 다른 사람이 쓴 책을 사서 읽기만 했다. 내 책이 대형서점에 진열된 것을 보니 감회가 새로웠다. 이 책은 e-book으로도 판매가 되어 소액이지만 저작료도 받았다. 최근에 경산에 작은 동네 서점이 생겼다. 재미 삼아 학이사에서 출간한 『책을 통해 세상 속으로』를 진열대에 꽂아두었다. 그런데 놀라운 일이 일어났다. 『책을 통해 세상 속으로』 책이 팔렸다는 것이다. 전국의 동네 서점을 돌아다니며 블로그에 서평을 올리는 여행객이 와서 내 책을 사 갔다고 한다. 신간도 아닌데 누군가가 내 책을 선택해 주었다는 사실만으로도 감격스러웠다.

우리 집 책장에는 내 이름이 찍힌 책이 세 권 꽂혀 있다. 내가 좋아하는 소설가 박완서의 책이 가장 많다. 시인으로 늦게 등단한 친구의 시집을 비롯하여 수필가인 지인들의 책도 꽤 많다. 앞으로 몇 권이나 내 이름으로 책을 낼지는 모르겠다. 글쓰기를 계속한다면 책도 계속 나올 것이다. 아마도 내 이름으로 된 책을 펴내지 않았다면 글쓰기에 대한 진지한 고민이나 자의식을 가지지 않았을 것이다. 작가라는 명사를 내 이름 앞에 붙이기가 여전히 부끄럽다. 나는 작가라는 명사가 주는 질량감과 역사성을 깨달아가는 중이다. 나라는 존재가 이 지상에서 사라져도 책은 남는다. 책만이 내 존재와 사유를 증명해주는 징표로 남을 테니까. 컴퓨터 앞에 앉아 화면을 바라보며 생각의 최대치를 뽑아 올리기 위해 자판을 두드린다. 내 생각의 흔적이 책으로 다시 태어날 그 날을 기대하며.

대구사진 80년-
영선못에서 비엔날레까지

강위원 지음

<2013. 01. 04.>

대구사진 역사의 맥락을 추정한
작은 사진사 이야기

『대구사진 80년』에 대한 추적은 2012년 문무학 예총회장이 추진한 '대구예총 50년사'의 사진 분야의 집필을 맡으면서부터 시작되었다. 대학의 사진학과마다 사진사와 작가론 강좌는 개설되어 있지만 한국사진사와 작가에 대한 연구와 교육은 전무한 것을 안타깝게 생각해오고 있었기 때문에 집필에 대한 추천과 제의에 대해서 큰 부담 없이 수락하였다. 특히 권정호 매일신문 전 사진부장과 최인진 동아일보 전 사진부장의 노력으로 대구사진계의 태두인 최계복 선생님의 유작집이 발간되어 대구 사진사가 풍성하게 된 것도 집필 동기의 중요한 요소로 작용하였다. 그는 암울한 일제강점기에서도 대구와 경북의 문화재를 대상으로 삼아 작품 활동에 매진하였으며 백두산에 올라 그 위용을 사진으로 남기는 등 '남에는 최계복 북에는 정도선'이라는 구호가 있을 만큼 전국적으로 명성이 자자했다.

예총의 집필지침은 예총 산하의 한국사진작가협회 대구광역시지회의 활동을 맞춰 달라고 요청하였지만 필자는 그에 국한하지 않고 대구사진 전반에 걸친 자료조사와 집필활동에 들어갔다. 그리고 최계복이 영선못의 봄을 촬영하여 '최초 작품 1933년에 영선못의 봄, 카메라중판 안고 다골 f8 노필터 1/25 일포드' 등 촬영 장소와 일시, 사용 카메라와 노출, 필름명에 대한 명문을 남겨 놓았기 때문에 그것으로 대구사진의 출발점으로 삼았다. 물론 그 이전에 대구에서 사진을 촬영하고 작품으로 남겨놓은 일도 있을 수 있겠으나 사적 고찰이라고 하면 분명한 근거를 가지고 출발해야하기 때문에 그렇게 한 것이다. 그래서 큰 단락으로 대구사진 단체의 형성, 대구사진의 정체성 형성, 1960년대의 대구사단, 1970년대의 대구사단, 1980년대의 대구사단, 1990년대의 대구사단, 2000년대의 대구사단 등으로 1934년부터 1950년대까지를 제외하고는 10년을 기준으로 하여 연대기로 서술하면서 지면이 허락하는 한 많은 양의 사진을 수록하려고 노력하였다.

대구사단의 형성에서는 1934년 최계복에 의해 대구아마추어사우회의 창설에서부터 시작된다. 그래서 일제 치하 대구사진들의 활동을 정리하고 최계복의 백두산 등정과 독도 촬영을 서술하였으며 해방 이후 대표적인 사진 행사였던 경북사진연맹이 주최한 건국사진전람회 등을 소개하였고 대구 사진인들의 전국적인 사진 행사에 참여한 내용을 기록하였다. 그리고 1956년 설립된 한국사진전문예술학원의 교육 내용과 그 과정들을 소개하였다. 두 번째 단락인 대구사진의 정체성 형성에서는 대구사진의 출발점인 국제사진살롱이라고 부르는 국제적인 공모전으로 출발하여 그 과정에서 야기된 사진 비평과 작품론과 난상 토론 등을 다루었다. 그 내용은 당시 신문지상을 통해서 발표되었고 그 과정을 정리해 놓은 한국사진자료실 김원경 실장의 논문과 열린사진문화연구소에서 발간한 대구 사진사 등의 단행본을 참고한 것이다.

1960년대부터는 10년 단위의 기록으로 초기 한국사진협회 경북지부의 설립에서부터 한국최초의 국제공모전인 한국국제전, 동아일보사 주최 동아국제사진살롱과 동아콘테스트, 국전의 진신인 신인예술상과 국전, 경상북도 도전 등의 관전에서의 대구 사진인들의 활약상을 다루면서 작가들의 개인전 소식을 다루었다.

1980년대부터는 한국사진작가협회 대구지부의 시대로 시작된다. 한국에서 유일한 흑백 공모전의 출범에 얽힌 이야기들, 대구직할시 미술전람회, 국전의 성격을 가진 대한민국사진전람회 등에서 대구 사진인들의 활동을 다루었다. 그리고 대구 사진인들의 염원이던 대학에 사진학과의 설립과 사진논집의 태동과 전개 과정을 담았다. 특히 사진을 전공한 사람들이 늘어나면서 새로운 움직임이 태동하였는데 40세 이하의 사진가들이 모여 해마다 새로운 사람들의 새로운 이야기를 전개해 가는 '젊은 사진가 모임', 사회적인 문제를 다룬 '다큐멘터리 사진연구회' 등은 한국 사진계에 신선한 충격을 주었다는 점을 부각시켰다. 그리고 당시 이 모임에 활약한 사람들 중 상당수는 한국 사진계의 중추적인 인물로 성장하였다. 그리고 안월산, 강영호 등 작고 작가의 유작전 발간과 노익배, 신현국, 도봉준, 서선화, 김태한, 장진필 등이 그들의 일생의 작품을 한 권의 책으로 묶는 회고록적인 사진집 발간을 다루었다. 그 외에도 해외기행 사진이나 단일 주제를 집중적으로 조명하는 테마사진전이 개최되고 동명의 사진집이 발간되는 등 대구사진의 절정기를 이루는 내용을 담았다. 2000년대의 대구사단에서는 열린사진문화연구소 주도로 인물 사진을 중심으로 하는 대구 사진사의 발간 과정과 전국적인 지명도를 가지고 활약하는 향토 출신 작가를 소개하였는데 선정된 작가는 강운구, 권중인, 구자호, 최재영, 권부문, 임영균, 조세현, 이상일, 구성수 등이며 그들의 대표적인 작품들을 소개하였다. 그것은 대구 사람에 대한 범위를 의미하는 것으로서 대구에서 출생하여 대구에서 성장한 사람들은 어디에 살거나 대구 사람으로 생각하였으며 타지에서 출생하여 그곳에서 성장한 사람들도 현재 대구에서 살고 있으면 대구 사람이라는 의미를 담았다. 또 전국 규모의 학술단체인 현대사진영상학회의 발전 과정과 등재 학술지로 선정되는 과정을 기술하였다. 그리고 대구사진비엔날레 출범과 그 과정 등을 소개하면서 대미를 장식하였다.

이와 같은 내용에 대한 기술을 하면서 사진 자료에 충실하다 보니 예총이 요청한 분량을 훨씬 넘었다. 예총은 10개 단체의 저술 내용을 모아서 출판하기 때문에 한 단체만 지나치게 많은 지면을 할애할 수 없었고 상당 부분을 줄여서 수록하게 되어서 아쉬움이 남았다. 그 와중에 2012년 대구디지털산업진흥원의 전자출판공모전에서 『대구사진 80년 - 영선못에서 비엔날레까지』라는 제목으로 1위를 차지하였다. 그래서 축소를 하지 않은 원본으로 전자출판뿐만 아니라 도서로도 출판할 수 있는 방향으로 편집하였다. 서문은 중앙대학교 공연영상학부 사진 전공 이용환 교수가 맡았는데 "대구사진 역사의 맥락을 추적한 강위원의 작은 사진사 이 야기"라고 부제를 달았다.

그래서 그 일부를 소개한다.

역사는 우리의 뿌리다. 어디서 태어났는지 무엇을 하다가 사라졌는지를 알려준다. 즉 존재를 증명하는 것이다. 역사는 과거를 통해서 현재를 인식하게 하고 미래를 가늠케 한다. 역사에서의 사진의 역할은 아주 중요하다. 사진은 존재를 증명하고 역사의 궤적을 사실적으로 재현한다. 사진의 역사는 예술의 역사이기도 하지만 사회적, 기술적 발달과 함께하며 문화적 궤적을 기록한다. 그 이유는 카메라의 기록적 속성이 그것을 자연스럽게 수반하기 때문이다.

대구는 한때 사진이 번성했던 도시였다. 누군가는 '사진의 수도는 대구'라고도 한다. 불과 십 수 년 전만 해도 대구에서 문화예술과 관련된 전시회의 빈도수가 서울의 절반에 육박했고 사진전의 경우에는 서울과 대등한 전시 횟수를 기록했다. 우리나라 최초의 국제전이 열린 곳도 대구라고 한다. 대구의 사진 열기를 짐작할 수 있는 증거다. 그리고 1960년대 지역 일간지에서 사진적 방법론을 가지고 장기간에 걸쳐 갑론을박을 했다는 것은 현재를 뛰어넘는 논리적인 토론과 열정이 대구 사진계에 있었음을 증명한다. 그러나 서울 중심의 사진문화가 번성하면서 대구의 역사적인 사실들은 힘의 논리에 의해 기억 속에서 잊혀져갔다. 대구 사진사가 중요한 것은 지역의 문화적 뿌리를 세움과 동시에 지역 사람들의 자긍심을 가지게 하기 때문이다. 그리고 지역의 역할을 역사에 남김으로서 존재를 증명하고 발전의 한 축을 담당했다는 자존심을 발현하고자 하는 것이다.

지금까지 대구에 대한 사진사는 특정한 부분에만 국한된 미완의 것들이었으며 사진사 전체를 아우르진 못했다. 역사의 연구에서 가장 중요한 시발은 연대기를 파악하는 것이다. 이는 한 사람의 힘으로 되는 것이 아니고 여러 사람의 노력을 통해서 지속적으로 진행되어야 가능하다. 강위원 교수의 대구 사진사 연구는 연대기적으로, 맥락적으로 연결 고리를 어느 정도 완성했다는 면에서 의의가 있다. 그는 대구 사진계의 작가와 작품에 대한 평가를 최소화하면서 객관적으로 역사적인 맥락을 남기려고 하였다. 그것은 그가 유보한 작가와 작품에 대한 평가는 후배들이 담당해야 할 몫이라는 의미를 가진다.

강위원의 사진사는 1933년 최계복 선생이 대구로 돌아와 「영선못의 봄」을 촬영하고 1934년 사진기점을 차린 것으로부터 시작한다. 최계복 선생 이전에 누가 사진관을 열었고 어떤 사진 모임이 있었던가에 대한 자료는 없다. 최인진에 의해서 발굴된 최계복 선생에 대한 연구가 시발이 되어 더 확장된 대구 사진사의 초석이 될 수 있었다.

『대구사진 80년』을 발간하게 된 또 하나의 이유는 사진 자료를 받으면서 유족이나 생존 작가들과의 약속 때문이기도 하다. 자료를 받으면서 도서가 발간되면 꼭 한 부씩 드리겠다고 약속을 했다. 그런데 예총에서 발간한 예총 50년사는 필자에게 한 권이 배부되었다. 결국은 사진 자료를 받기 위해 거짓말을 하게 된 것이다. 그중에서도 작고 작가들의 유족들 중 사진 자료를 간직하고 있었던 사람들은 대부분 부인들이며 생존 작가를 포함하여 대부분 고령이었다. 그래서 전자출판물로 대처하기도 매우 난감했다. 『대구사진 80년』은 독자층은 '대구와 사진사'라는 지역적 학문적 영역의 한계 때문에 판매량을 기대할 수가 없어서 출판이 상당히 어려웠다. 그러한 어려움에도 불구하고 출판을 맡아준 학이사에 대해서 이 지면을 통해서 감사의 인사를 올린다. 그리고 대구예총의 문무학 회장이 예술소비운동의 일환으로 상당량의 도서를 구매하여 배포하였고 서점과 한국사진작가협회 대구광역시지회를 통해서도 어느 정도 소화되었다. 그중에서 무엇보다도 특이한 사항은 필자가 개최한 개인전에 참석한 일반인들 중에서 옛날 대구의 모습을 보고 싶다며 구매해 간 사람이 상당수가 있었다는 것이다. 그래서 "뜻이 있으면 길이 있다"는 옛 속담으로 학이사 창립 10주년을 맞아 어렵게 작업하는 많은 분들에게 희망의 메시지로 대신하고자 한다.

유적지에서 만나는 화랑정신

박규홍 지음
강위원 사진

〈2013.01.15.〉

화랑유적지에서 리더십을 배우다

 2017년 3월 10일, 헌법재판소에서 대한민국 헌정사상 처음으로 '대통령 파면' 선고가 내려졌다. 파면된 전前 대통령은 3주 후 10여 개의 범죄혐의로 구속되어 지금 재판을 받고 있다. 그 사이 대선이 있었고, 5월 10일에는 새 대통령이 취임했다.

 2016년 10월 25일 당시 대통령이 첫 번째 대국민 사과를 한 이후 숨 가쁘게 이어진 대한민국의 현대사를 지켜보며, 필자가 2013년 11월 도서출판 학이사에서 펴낸 『유적지에서 만나는 화랑정신』이라는 졸저의 머리말에서 "무엇보다 지도자다운 지도자를 길러내는 데에는 실패했다."고 언급한 일을 떠올렸다. 필자는 그 머리말의 첫 단락을 이렇게 적었다.

 많은 사람들이 지위를 다툰다. 세상에는 많은 '자리'가 있고, 그것보다 훨씬 더 많은 사람들이 그 자리에 오르기를 원한다. 그런 희망 자체를 탓할 일은 아니다. 문제는 그런 욕구를 가진 사람들 중 다수가 그 자리에 걸맞은 마음가짐과 역량을 갖추려는 노력이 선행되어야 한다는 데에 생각이 미치지 않고 있다는 점이다.

우리 교육에 문제가 있다는 필자 평소의 생각을 가감 없이 그대로 옮긴 것이다. 국정농단의 주역 혹은 부역자들이 줄줄이 구속되는 경과와 치열했던 제19대 대통령 선거의 과정을 지켜보며, 우리가 지도자 육성에 더 많은 관심을 가져야 한다는 나의 생각이 공연한 것이 아님을 거듭 확인하게 되었다.

『유적지에서 만나는 화랑정신』은 신라의 화랑들이 피땀을 뿌렸던 유적지에서 그 역사적 사실과 함께 화랑정신에 담긴 의미를 되새겨보고자 한 책이다. 신라의 지도자들이 어떤 정신으로 통일의 주역이 되었는지 들여다보는 것은 현대를 사는 우리들 특히 남에게 영향력을 행사하고자 하는 뜻을 품은 이들에게는 매우 중요하다는 것이 당시 필자의 생각이었다. 하나씩 드러나는 국정농단 사태를 보고 듣는 요즈음 그런 생각을 더욱 굳건히 하게 된다.

『유적지에서 만나는 화랑정신』은 5부로 되어 있는데, 제5부 '화랑정신으로 배우는 리더십'에서는 거칠게나마 지금의 우리들에게 던지고 싶은 필자의 생각을 담았다. 거기에서 필자가 평소에 주목하던 스웨덴 '국민의 아버지' 타게 에를란데르(Tage Erlander, 1901~1985) 전 총리를 언급했다. 그가 "나는 총리가 될 만한 재목이 못 되는 사람이다. 하지만 젊은 나를 지지해준 동지, 그리고 나를 후원해주는 국민을 위해 희생하라는 명령을 거부할 수 없었다."며 겸허한 태도로 다른 사람의 이야기에 귀 기울이고, 서로 대립관계에 있는 이들을 매주 저녁식사에 초대하여 대화를 통한 협력의 길을 모색하여 지금의 모범적인 복지국가로 만든 점을 짚었다. 현대에도 이런 협력이 매우 중요하며, 과거 화랑정신의 우리 지도자들도 그런 협력을 이뤄 통일을 가능하게 했다는 점을 말하고자 한 것이다.

태종무열왕은 외교로 끌어낸 협력은 물론 임금과 신하 사이의 협력이 매우 소중하다는 것을 깊이 깨우친 지도자로 보았다. 개인의 역량으로 봐서 무열왕에 결코 뒤지지 않았을 의자왕이 '패망 군주'의 오명을 역사에 남긴 것이나 연개소문의 자식들이 막강한 군사력의 고구려를 망국의 길로 들어서게 한 것은 불화하여 '협력에 역행'한 탓으로 보았다.

제2부 '삼국통일을 이끈 리더십'에서는 김유신 장군에 비교적 많은 지면을 할애했다. 김유신을 평가하는 데 있어, 부정적인 시각이 있는 것도 사실이다. 여러 시각이 있을 수 있다는 점을 인정하면서도 필자는 김유신이 662년(문무왕 2) 평양성을 포위하고 있던 소정방에게 군량미를 전달하고 온 일에 찬사를 아끼지 않았다. 어느 모로 봐도 최고의 권력자였던 68세 고령의 김유신이 쌀 4천 석과 벼 2만2천 석을 실은 2천여 량의 수레 부대를 이끌고 엄동설한에 적의 심장부를 다녀온 일은 국가를 위한 순수한 충성심 없이는 불가능했을 것이다. 필자는 극심한 고통과 책임감이 요구되는 식량 수송 임무를 기꺼이 그리고 성공적으로 수행했던 그 대목에서 김유신의 진면목을 읽을 수 있다고 믿었다.

문무왕 법민도 매우 매력적인 인물이라는 것을 집필하면서 더욱 실감할 수 있었다. 법민은 일찍부터 부친 김춘추를 따라다니며 보좌했다. 그리고 무열왕의 뒤를 이어 선왕이 염원하던 삼국 통일을 마무리했다. 그가 8~9년에 걸친 나당전쟁을 승리로 이끌지 못했다면 우리의 역사는 또 어디로 흘러갔을지 알 수 없는 일이다. 재위 21년(681) 7월에 승하한 문무왕은 유언으로 동해 어구 큰 바위에 장사지내도록 하여 호국의 용으로 변했다는 속설이 있다. 널리 알려져 있는 그 속설에 더하여 문무왕의 유언에는 그가 어떤 품격의 인물이었던지 여실히 드러난다는 생각에 길게 인용했다.

『유적지에서 만나는 화랑정신』을 펴냈을 때, 조금 더 다듬을 시간을 갖지 못한 아쉬움이 있었던 것이 사실이다. 김유신 장군과 문무왕 두 인물의 됨됨이를 조금 더 세밀하게 조명해 보는 것으로 아쉬움을 달랠 수 있었으면 하는 바람도 있다. 백두산과 만주 조선족 사진으로 일가를 이룬 사진가 강위원 교수와 사진 촬영을 위해 새벽 찬 바람을 맞으며 팔공산 돌구멍절과 군위의 장군당 등지를 다녔던 기억이 지금도 생생하다. 좋은 사진을 위해 수고를 아끼지 않으셨던 강 교수님께 이 지면을 통해 다시 한 번 깊은 감사를 드린다.

2017년 6월 29일은 도서출판 학이사의 신중현 사장께서 도서출판 이상사에 입사한 지 30년, 7월 1일은 학이사로 독립한 지 10년이 되는 날이라고 한다. 그래서 그간 학이사에서 책을 낸 지은이들의 저서에 대한 자평의 글로 한 권의 책을 묶으려 한다는 계획을 알리며 원고를 청탁해 왔다. 이런저런 일에 쫓기느라 신 사장님의 기대에 부응하는 글을 쓰지 못했다. 글은 미흡하나, 학이사가 날로 번창하여 도서출판업계를 이끌어줄 것이라는 믿음은 넉넉히 담았다. 도서출판 학이사 출범 10주년을 진심으로 축하하며, 학이사의 꾸준한 발전을 기원한다.

산수화 뒤에서

견일영 지음

〈2013. 11. 11.〉

배고프고 배부름을
어찌 마음대로 피할 수 있으리오

1. 책을 내기까지

나는 두보의 글 가운데 '뜬 인생은 분수가 있으니 배고프고 배부름을 어찌 마음대로 피할 수 있으리오(浮生有定分 飢飽豈可避)' 라는 시의 한 구절을 참 좋아한다.

사람의 한 평생을 가장 간결하게 표현한 말이 생로병사가 아닌가. 그 가운데서도 나고 죽는 것은 어쩔 수 없다고 하겠지만 늙고 병드는 과정에서는 자기의 분수를 벗어나려고 무척 허덕인다.

부자가 되고, 위상이 높아지고, 재주로써 유명해지고, 뛰어난 인품으로 뭇사람의 존경을 받는 것이 아무에게나 이루어지는 것이 아니다. 피나는 노력만 한다고 되는 것도 아니고, 아부로써 기회를 잡는다고 되는 것도 아니다. 되는 사람이 따로 있다. 그것은 분수로써 정해지는 운명이다. 이것을 하나님의 섭리로 이루어진다는 종교적 믿음도 있다. 어쨌든 배고프고 배부름이 내 마음대로 되지 않는 것이 우리 인생이다.

그러나 인간은 멋있게 살고 싶어 한다. 그것이 뜻대로 되지 않으니 이름자라도 소망을 담아 그것이 성취되기를 기대한다. 누구나 산을 좋아하고 나무를 예찬한다. 나는 감히 호를 '솔뫼'라 지어 그 소망을 이루고 싶어 했다. 산과 소나무처럼 남에게 호감 어린 눈으로 보이고 싶고 나 자신도 평안하고 우아하게 살고 싶었다. 그러나 그것은 내 마음이지 남들은 나를 솔뫼로 보아주지 않는다. 결국 나는 그 풍수화 뒤에 숨어서 남의 눈을 속이고 솔뫼를 즐기고 있을 뿐이다.

그래서 책 이름을 『산수화 뒤에서』라고 지었다.

2. 대구문학상 수상

2013년 대구문인협회 주최 대구문학상(수필부문)을 받았다. 그 대표 작품이 책 첫머리에 실려 있는 「돌다리 걸」이다.

수상 소감

이 세상에 존재하는 모든 것을 사랑하고 싶다. 비록 힘은 부치지만 소망으로 그것을 이루고 싶다. 그러나 사랑하기 위해서는 미워하지 말아야 하는 인고가 필요하다. 이 세상은 정의로 유지되고 있는 것이 아니라 자비로 유지되고 있지 않는가.

그동안 아름다운 사랑의 영혼이 담긴 글을 쓰고 싶었다. 그것도 겸재 정선의 진경산수화 같이 잠재해 있는 사랑의 진실을 글로 쓰고 싶었다. 그러나 문학은 그렇게 호락호락 하지도 않고, 쉽게 이루어지지도 않았다.

값진 세월을 덧없이 흘러보내고, 빈 가슴으로 간이역 철길 옆에 핀 들꽃만 바라보고 있는데 대구문학상 수상 소식이 전해왔다. 나는 상의 무게에 큰 부담을 느끼면서도 철없는 아이처럼 춤추는 고래가 되었다. 문득 눈치를 보며 무면허 운전을 하다가 면허증을 딴 기분이 들었다.

부족한 글 「돌다리 걸」을 선정해 주신 심사위원과 대구문학인 여러분에게 감사의 인사를 드린다. 이제 마구 키운 나무들을 간벌도 하고, 가지도 치면서 대구문학의 위상에 걸맞은 글을 쓰도록 신 끈을 다시 매야겠다.

나는 비록 못난 가시 속의 선인장 꽃으로 피어나더라도 나를 지켜보는 많은 분들에게 보답으로 보여드리고 싶다.

3. 내 글에 대한 소감문

작품 「세한도歲寒圖」에 대하여

이동민

견일영의 수필 「세한도」는 첫머리에서 작가가 이상적의 위치가 되는 것으로 시작한다. 그래서 세한도라는 그림을 이상적이 아닌 작자가 받는다. 이상적은 스승의 그림을 받아들고 감읍해 마지않는다. 그러나 세한도를 받아든 작자는 전혀 다른 반응을 보이고 있다. "거기 서 있는 나는 송백의 지조 같은 것은 엄두도 내지 못하고 다만 세한(歲寒)의 춥고 배고프고, 누구하나 감싸 줄 것 같지 않은 외로움으로 떨고 있다." 그가 진술한 내용으로 보아서 절개라는 의미는 느껴지지 않는다. 추사의 발문에서 보았듯이, 자신은 이상적이 아닌 추사의 처지가 되어서 그림 읽기를 한다. 고고한 선비의 꿋꿋한 절개와 선비정신 보다는 춥고 배고픔의 신세한탄을 읽고 나면 오히려 더 인간다움이 느껴지지 않을까? 그래서 나는 수필이란 '고고함', '영웅다운 위대함', '도덕적 참된 인간' 따위의 거시적 가치관 보다는 춥고, 배고플 수밖에 없는 작은 인간을 찾아 나서는 것이라고 믿는다. 그는 이상적을 밀어내고, 그 자리에 자신이 들어가면서 절개가 굳은 도덕적 인간을 밀어낸 자리에 초라하고 미미한 존재로써의 한 인간을 앉힌 것이다. 이 글을 읽으면서 문득 마광수의 주장이 떠올랐다. 우리의 '문학판'이 너무 엄숙주의, 경건주의에 매몰되어 있다는 것이다. 우리 수필에도 똑같은 말을 하고 싶다. 지금까지 주장된 수필 이론은 끊임없이 도덕적 인간을 요구하여 욕망을 허구의 가치 밑으로 매몰시켜 버렸다. 그래서 수필을 경건주의로 흐르게 하였다는 생각이다. 세한도를 읽고 공자의 말씀으로 신주단지처럼 받들어 온 '절개'라는 것에 의문을 던지는 것은 어쩌면 불손하고, 천박한 주장일지도 모른다. 그러나 우리 수필이 경건주의에 매몰되어 있는 한에는 미래의 문학판에서 추방될 지도 모른다는 생각이 든다. 오늘의 문화이론, 아니 이미 진부한 이론이 되어서 사라지려고 하는 포스트모더니즘의 핵심 이론은 '가치의 전복 내지 해체'이다. "세한도 속에 묵직하게 자리 잡고 있는 논어에 나오는 글귀 '한 겨울 추운 날씨가 된 다음에야 송백의 절개를 알 수 있다.' 라는, 내가 지금까지 살아남는데 아무 도움도 되지 못하였다. 명언 성구로 살아남은 것이 아니라 수없이 많은 폭풍우가 지나가도 몇 그루의 나무는 살아남는 것처럼 그저 내가 용하게 목숨을 부지해 남아있게 된 것 뿐이다." 수필 「세한도」에서 작자가 이렇게 표현을 하였더라도 실제로는 살아남기 위해서 생존경쟁 차원의 힘든 투쟁을 하였으리라는 생각을 해본다. 어쩌면 험난한 경쟁을 뚫고 오늘의 위치로 살아남았다는 자신감에 사로잡혀 조금은 오만하게 자신을 낮추었을 지도 모른다. 이것은 순전히 그의 글에 대한 나의 읽기이지만…. 문제는 절개라는 보편적 진리에 의문부호를 찍었다는 것이다. 그가 의문표를 찍은 것이라고 해도 마광수의 주장에 견주어보면 그의 주장과는 거리가 멀다. 마광수의 글에는 우리의 수필에서 도저히 허물어 질 수 없을 듯한 벽을 허물고 있다. 기존의 가치관에 사로잡혀 있는 사람이라면 고개를 돌리기 마련인 천박한 속어들을 거침없이 토해낸다. '문학이라는 기존의 경건주의, 엄숙주의에 도전하는 것' 이라는 것이 그의 주장에 수긍은 하면서도, 내가 그렇게 하기에는 선뜻 내키지 않는 것도 사실이다. "문학이 개인적인 노출증에서부터 출발하여 집단의 관음증을 충족시켜주는 것이라면…"

4. 2015년 세종도서 '문학 나눔' 에 선정

세종도서 문학 나눔은 출판업과 국민 독서문화 증진을 위하여 추진하는 한국출판문화사업진흥원에서 실시하는 서적 보급 사업이다.

한국출판문화산업진흥원에서는 선정된 도서에 대해 종당 1000만 원 이내로 구입해 전국의 공공 및 작은 도서관, 사회복지시설 등 3,600여 곳에 보급한다.

저자가 쓴 수필집 『산수화 뒤에서』가 2015년도 세종도서 문학나눔 우수도서에 선정되었다.

5. 나의 글짓기

나의 글짓기는 문장에 역점을 두고 수없이 다듬어서 완성한다.

나는 소재에서 주제를 얻는다. 결국 많은 소재 속에서 제재를 찾아내고 그 제재의 선택과 동시에 주제가 형성된다. 때로는 소재에서 주제를 바로 떠올리기도 한다. 주제를 형상화하기 위해서 소재를 찾아 헤매는 일은 극히 드물다.

나는 어떤 주제가 연상되는 소재를 발견하면 바로 메모해 둔다. 남의 이야기를 듣다가도, 차를 타고 가다가도 글감이 되는 소재가 발견되면 잽싸게 낚아채어 기록한다. 이때 시간과 장소가 허락되면 연상되는 주제와 제목 그리고 풍광까지도 기록해 둔다. 집에 오면 그것을 컴퓨터에 입력하면서 대충 문장이 되도록 엮어나간다. 철자법이나 바른 문장을 염두에 두지 않고 생각나는 대로 쓴다. 그리고 마음을 아예 풀어놓고 천방지방 써나간다. 제목도 아무렇게나 임시로 붙여놓는다.

문학의 생명은 문장이다. 특히 수필은 좋은 제재를 사용하고 감동적 주제가 설정되고 적당한 구성으로 이루어졌다고 하더라도 문장이 뛰어나지 않으면 문학성을 기대하기 어렵다.

나는 사전적 의미를 가진 기술적記述的 묘사 보다는 비논리적 의미를 내포하고 있는 표현적 묘사에 더 비중을 둔다.

글재주는 많은 글을 읽는 데서 출발한다. 결국 문자에서부터 문장에 이르기까지 모방에서 출발하여 그것을 자기 것으로 만드는 특출한 재주가 있어야 한다. 특히 언어를 굴절시키는 재주는 이 모방을 훌쩍 뛰어넘어 문재文才로 도약해야만 가능하다.

구양수의 위문삼다爲文三多는 간다看多, 주다做多, 상량다商量多다. 많이 읽고 많이 짓고 많이 다듬어라는 말이다. 나는 세 번째 상량다에 역점을 두는데 이것은 생각을 깊이 하여 문장을 잘 퇴고하라는 뜻이다.

내 글은 문장에 역점을 두되 수많은 퇴고로써 완성이 되는 것이다.

그리움의 역설

장식환 지음

〈2014.01.20.〉

아름다운 세상을 꿈꾸는 파토스

장식환 시인, 그는 교육자의 삶을 살고 있는 사람이다. 대구교육대학을 졸업하고 초등교사로 교육계에 첫발을 내디딘 후 줄곧 공부하고 가르치며 살아왔다. 초등교사로, 중고등교사로 대학교수로 대구광역시 교육위원, 교육위원회 의장, 시의회 교육상임위원회 위원장 등을 지내며 '교육'이란 단어가 그의 삶을 떠나지 않았다. 그런 삶 속에서 시인이 되어 깊이 사색하는 삶을 살아왔다.

교육자인 그가 왜 시인이 되고자 했을까? 교육 현장이 너무나도 삭막해서 시를 통해서 교단을 아름답게 하려는 그의 교육적 이상을 달성하려 하지 않았을까 하는 생각도 해 본다. 턱없는 생각일지 모른다. 그러나 그의 삶에서 교육이 먼저일까? 시가 먼저일까? 를 생각한다는 것은 좀 생뚱맞은 일이다. 교육도 시도 결국은 사람을 감동시키는 일이기 때문이다.

오늘날 교육에서 일어나는 제반 문제는 그야말로 교육에 감동이 없기 때문이라고 필자는 생각한다. 교육 현장에 시가 있으면 교육의 효과는 크게 달라질 것이 분명하지 않겠는가. 그 말은 결국 장식환은 시의 힘을 믿는다는 사실이다.

시의 형식 중에서도 우리 민족 고유의 형식인 시조를 택한 것은 장식환 시인의 이상에 매우 어울리는 장르가 아닐까 생각되기도 한다. 그리고 보니 장식환 시인과 시조의 형식미는 아주 잘 어울리는 것이 아닐 수 없다. 우리는 전통적으로 시조의 형식미를 숭고미崇高美, 우아미優雅美, 비장미悲壯美, 해학미諧謔美를 든다.

숭고미란 삶과 세계에 대한 절대적 이상을 추구하고자 하는 의식의 소산으로 위대함에 대한 예찬과 경건함의 분위기를 느끼게 하는 것이며, 우아미는 아름다움 자체를 문학적 형상으로서 구현하고자 하는 미의식으로 삶에 대한 관조와 여유를 느낄 수 있게 한다. 따라서 일상생활의 실상을 있는 그대로 받아들이고 작고 친근한 것을 추구하는 데서 아름다움을 드러낸다.

비장미는 삶의 정한情恨과 비극적 인식을 형상화함으로써 갈등과 대결하는 비장한 결의를 느끼도록 한다. 따라서 삶의 부당한 제약을 거부하고 숭고한 이념을 긍정하려는 투쟁에서 오는 아름다움을 말한다. 해학미는 낙관적인 세계관을 통해 삶의 일상에서 접하는 주변사에 건강한 웃음과 현실에 대한 풍자적 인식을 느끼게 한다. 이는 딱딱한 관념의 구속을 거부하고 삶의 발랄한 모습을 긍정하는 것이다.

이러한 시조미학은 장식환 시인의 삶과 아주 굵은 줄긋기를 하고 있다. 장식환 시인의 삶과 시는 이런 미학을 구현하고 있다고 보아야 한다. 장식환 시인은 삶에 대한 깊은 사색으로 숭고미를 구현하고 있으며, 우리 일상에서 시적 소재를 찾아 우아미를 형상화하고 있다. 비장미는 우리 사는 세상 특히 교육과 관련된 제재를 통해서 비장미를 유감없이 발휘하고 있다. 단지 해학미의 구현에는 소극적이지만 이런 의식은 장식환 시인이 시조를 쓰는 이유를 짐작케 하고 그것은 또 매우 적절한 선택이었다고 보지 않을 수 없게 하는 것이다. 삶에 흐트러짐이 없고 시조의 형식미처럼 단아함을 추구하고 있는 것이다. 그래서 시조는 장식환 시인이 댁힐 수밖에 없는 예술 양식이다. 이 시집에 실린 시를 통해 그 관계의 적절함을 안내하고자 한다.

삶이 무엇일까? 누가 그걸 명확하게 대답해 줄 수 있을 것인가? 인류는 끝없이 그런 질문을 제기하고 그 답을 찾고 있다. 그것이 인류의 역사라고 해도 절대 지나치지 않을 것이다. 이미 많은 선각자들이 삶을 나름대로 정의해 왔지만 그 누구에게도 의문 없이 수용할 수 있는 정의를 내리지 못하였다.

시인은 참 많은 고민을 하며 산다. 그런 사실들은 덴마크의 철학자 키에르케고르(1813~1855)가 "시인이란 무엇인가? 그 마음은 남모르는 고뇌와 괴로움을 당하면서 그 탄식과 비명이 아름다운 음악으로 바뀌게 하는 입술을 가진 불행한 인간이다."라고 정의한 것이나, 박용철이 "비상한 고심과 노력이 아니고는, 그 생활의 정情을 모아 표현의 꽃을 피게 하지 못하는 비극을 가진 식물이다."라고 하여 시인을 고뇌하는 사람으로 정의한다.

나아가서 아이헨도르프의 "시인은 세계의 눈이다."라는 정의나, G.그린이 "시인은 나라의 넋이다."라고 정의한 것은 시인이 이 세상에 존재하는, 존재해야 하는 까닭을 설명해주고 있다. 더

쉬운 말로 풀면 우리 사는 세상에 대한 고민은 언제나 가치 있는 것이라는 말이다.

제반 문제의 작품들을 읽어보면 알 일이지만, 장식환 시인의 공분公憤은 아름답다 하지 않을 수 없다. 필자가 앞에서 시인은 세계의 눈이고, 나라의 넋이라는 말을 인용했듯이 그런 측면에서 장식환은 시인의 책무를 성실히 수행하고 있는 셈이다.

장식환 시인의 이 시집을 '아름다운 세상을 꿈꾸는 파토스'로 읽는다. 삶이 무엇인가에 대한 물음으로부터 비롯하여 그 대답을 찾는 과정이 시로 태어났다. 그의 시는 공허한 것이 아니라 독자들에게 긍정의 빛을 던져주고, 그로부터 자기 삶을 돌아보게 한다. 또한 우리 삶을 에워싸고 있는 사회 환경의 추함에 공분을 느끼게 한다. 그 공분은 누구에게나 공감되는 것이며 시인의 공분에 동참하지 않을 수 없게 한다. 공분만 하고 던져두는 것으로 아름다움은 찾아지지 않는다. 그것을 실천하는 의지를 시를 통해 그리고 직접 나서기도 한다.

시인은 삶을 비극적으로 인식하고 있다. 삶을 '하루살이'와 '허수아비'로 비유하기도 하기도 한다. 따지고 보면 인생은 그리 길지도 않거니와 일생을 바쳐 일한다고 해도 그 일이란 것이 고작 허수아비가 하는 일을 크게 넘어서지 못한다는 생각쯤에 가 있는 것 아닐까 하는 생각을 독자들이 하게 한다. 그래서 그의 목소리는 공허하지 않다.

그러한 삶을 의미 있는 것으로 가꾸기 위해 우리 사회 환경을 개선해야 한다는데 목소리를 아주 높이고 있다. 세상은 온통 잘 못 투성이다. 어디 온전한 구석이 없다. 희망을 심어야 할 교육계도 국민을 안심시켜야 할 정치판도, 인간의 삶을 담고 있는 환경도 오염되었다.

그런 삶의 환경에서 받는 상처를 유년과 고향에서 찾아 안으로 다스리고, 여행을 통해 밖을 내다보며 희망을 찾는 진솔한 삶의 기록이 이 시집이다. 이 시집을 읽고 아름다운 세상을 만들기 위한 그의 고뇌에, 그가 꿈꾸는 서정에 손 내밀지 않을 수 없다.

- 문무학 / 문학평론가

부지깽이로 쓴 편지

박동규 지음

〈2014. 02. 10.〉

사람이면 다 사람인가

도시에 살았던 사람이나 요즘 젊은 사람들은 '부지깽이'가 무엇인지도 잘 모릅니다. 전기도 없고 석유도 없던 옛날엔 부엌에 땔감으로 으레 나무 장작이나 낙엽이 쌓여 있었습니다. 아궁이에 불을 때어서 밥을 짓거나 방바닥을 따뜻하도록 군불을 넣기 위해서입니다.

먼저 불쏘시개가 되는 낙엽이나 솔가리에 불을 붙입니다. 불이 불쏘시개에 붙으면 낙엽이나 나무 장작을 그 위에 얹습니다. 그리고 불이 잘 타도록 하기 위해서 지팡이 정도 길이의 나무막대기가 보조로 필요했습니다. 그것을 '부지깽이'라고 합니다.

부지깽이를 오래 쓰면 끝부분은 숯처럼 새까맣게 그을립니다. 단단한 부엌바닥에 글자를 쓸 수도 있을 정도로 진하게 검어집니다. 옛날 문방사우를 구하기 어렵던 시절에 가난한 집안의 자제들은 부지깽이를 가지고 봉당封堂이나 마당에 글씨를 써서 공부한 사람도 있었다고 합니다.

필자가 어린 시절 서당 훈장이셨던 아버지는 동네에 실제로 있었던 '부지깽이로 쓴 편지 사람인人 다섯'에 대한 이야기를 학동들에게 들려주었습니다.

머슴살이를 하였던 이웃집 아저씨의 가난한 삶의 모습을 실감나게 틈틈이 이야기하였습니다. 일자무식꾼이었던 아저씨가 부지깽이를 가지고 글씨를 써서 자식에게 편지를 보내게 된 자초지종을 말입니다.

아저씨는 머슴살이를 하면서 외동아들을 서울에 유학시켰고, 오직 자식이 참다운 인간이 되기만을 바랐습니다. 아저씨는 자식에게 손수 편지를 쓰고 싶었습니다. 아저씨가 알고 있는 글자는 아무것도 없었습니다. 그저 소죽(소가 먹는 죽)을 끓이려고 가마솥이 걸린 아궁이에 불을 지피다가 손에 쥔 부지깽이로 무턱대고 그려낸 것이 사람 인 '人'이었습니다. 아저씨는 부엌바닥에 아주 열심히 '人'을 긋고 긋는 연습을 하였습니다.

얼마 후 아궁이에 불을 지피던 부지깽이를 들고, 누런 시멘트 포대를 가위로 잘라서 만든 종이에 염원을 담아 '人人人人人'하고 편지를 썼습니다. 편지봉투의 주소는 마을 이장에게 가서 적어 서울에서 공부하는 아들에게 부쳤습니다.

아버지의 편지를 받은 아들은 아버지가 보낸 편지의 참뜻을 헤아리지 못하고 그냥 품안에 간직하고 세월을 보냈습니다. 아들은 그저 가난을 면해 볼 요량에 열심히 공부에만 몰두하였고 고등고시에 합격하여 검사가 되었습니다.

그리고 서울의 부잣집 딸과 결혼하여 아이를 낳았습니다. 서울 손자 백일잔치에 간 아저씨는 마당에 쌓인 장작을 패고 있었습니다.

친구들이 누구냐고 묻는 말에 아들은 아버지의 초라한 모습에 그냥 자기 집 하인이라고 말했습니다. 아저씨는 그 말 한마디에 부자지간의 연을 끊었습니다. '인간답지 않다.'는 이유로 아저씨는 평생을 아들과 만나지 않았습니다.

'사람(人)이면, 다 사람(人)인가, 사람(人)다운 사람(人)이, 참다운 사람(人)'이라는 편지도 전했는데 아들은 정작 아버지의 마음을 헤아리지 못했습니다.

필자는 1972년 교사로 첫 발령을 받았습니다. 학교에서는 학년이 바뀔 때마다 '부지깽이로 쓴 편지 사람인(人) 다섯'의 이야기를 학생들 인성교육에 활용하였습니다. 어떤 공부보다도 자식이 부모의 진심을 알아야 하기 때문입니다. 부모의 진심은 오직 자식이 참다운 사람이 되는 것을 원합니다. 그것이 자식에 대한 내리사랑입니다. 내리사랑을 알면 부모를 존경하고 공경합니다.

교직생활은 선배 교사들의 지도 조언도 많이 받아서 현장에 적응하는데 도움이 되었습니다. 새를 운다고 죽이거나, 새를 울게 하려고 닦달하는 교사가 아니라 새를 울도록 내버려두는 방법도 알게 되었습니다. 인성은 사람과 사람과의 관계입니다. 인내하며 인내하는 방법도 배웠습니다. 학생들의 생활지도는 훨씬 쉬워졌고, 학교생활이 즐거웠습니다.

시골인지라 교사로서 대접도 받았습니다. 순박한 농촌의 학부모들은 스승의 그림자도 밟지 않는다는 생각을 가진 분들이었습니다. 풋내기 교사에겐 모두 고마운 분들이었습니다. 만나면 반갑게 인사하고 어른들은 항상 덕담으로 인생의 이야기를 들려주곤 했습니다. 교육대학에서 배운 교과서의 이론은 실제와는 괴리가 있었습니다. 시행착오를 하고 모순도 깨달았습니다.

필자가 초등학교 다니던 때는 우리나라를 '동방예의지국'이라 배웠습니다. 또 비단으로 수를 놓은 우리나라 삼천리금수강산을 노래하였습니다. 고리타분한 옛날이야기라 할지 몰라도 그때는 못살던 시절이지만 배움에는 무작정 그렇게 배고파했습니다. 신언서판을 가르치고 배우며 예의를 바르게 하는 것이 최고의 미덕이었습니다. 측은지심, 수오지심, 시비지심, 겸양지심의 사단四端을 배웠고 칠정을 익혔습니다. 온고이지신의 자세로 옛것을 따사로이 하고 현재의 것을 새롭게 하는 방법들을 응용토록 했습니다.

집집마다 대가족이 한 집안에 살았습니다. 많은 식구들이 서로 부대끼면서도 싸움이 일어나지 않은 것은 서로가 양보하고 인내하며 살았던 까닭입니다.

미풍양속이 급격한 산업화로 사라져 가고 있습니다. 근래에 인성교육진흥법이 제정되고 인문학과 인문학진흥법이 제정되었습니다. 인성교육진흥법의 목적 달성을 위한 여덟 덕목 첫째가 예禮입니다.

공자의 제자 안회가 공자에게 인仁을 물었을 때, 공자는 '극기복례克己復禮니라' 합니다. 자기를 이겨서 예로 돌아가라는 뜻입니다. 또 안회가 지킬 세목을 물었습니다. 공자는 예가 아니면 보지도 말고, 예가 아니면 듣지도 말고, 예가 아니면 말하지도 말며,

예가 아니면 행동하지도 말라고 합니다.

이제는 이 말이 구래의 유물이 되고 있습니다. 어쩌면 영원히 기억에서 사라질지도 모르는 일입니다. 사회의 급격한 변화 때문입니다. 젊은 사람들은 별로 좋아하지 않습니다. 디지털세대이기 때문일 런지도 모릅니다.

시 쓰기를 좋아한 필자는 1979년에 교육자료에 이원수의 추천을 받았습니다. 또 1980년에 새교육에 박경용의 추천을 받았습니다. 아이들의 교육에 전념해야 한다는 마음이 더 큰 까닭에 시를 쓰는 일에 소홀했습니다. 지금 생각하니 아쉽습니다. 세월은 나를 위해 더디 가지는 않지만 후회는 하지 않습니다.

교사가 사회적으로 예우 받아야 합니다. 교직에서도 관리직인 교장 교감보다도 훨씬 좋은 대우를 받아야 합니다. 그렇게 되어야 교육이 제대로 됩니다.

그런데 사람의 욕망은 그렇지 않은가 봅니다. 필자가 대구중리초등학교에 초빙 교장으로 임용된 것은 2010년 9월이었습니다. 학교의 주변 환경이 대구에서도 열악한 곳이었습니다. 와룡산 중턱인 가르뱅이에서 학교까지는 통학할 수 있는 길은 버스가 한 대 다니는 길밖에 없었습니다. 걸어서 가는 인도도 없고 찻길로 걷는다면 5km가 넘는 곳이었습니다. 학생들은 학교 결석이 잦았고 일상생활은 자연스레 불규칙적이었습니다. 주민들의 관심도 별로 없었습니다.

학생들의 인성을 생각하고 '신언서판身言書判'에 대한 학교교육 계획을 세웠습니다. 우동기 교육감께 통학버스를 운행하는 지원비를 받았습니다. 대구 서구지구 거점 '예절실'도 만들었습니다. 돌봄교실도 만들고 행복한 학교도 운영하였습니다. 융합인재양성을 위한 스팀(STEAM)교육도 시행하였습니다. 학생도 교사도 학부모도 '신바람 나는 학교'가 되었습니다.

인성교육을 하였더니 학력도 높아져 교육인적자원부장관 학력 최우수학교 표창도 받았습니다. 학교의 이름이 신문지상에 발표되고 매스컴에 들썩였습니다.

학부모들에게는 학생들의 방학기간에 '명심보감' 강의를 하였습니다. 그리고 이웃 학교에는 학부모역량개발 강사로 나갔습니다. 주로 인성교육에 관한 내용은 동양고전을 인용하였습니다. 리스벳의 '생각의 지도'에는 동양인은 닮으려고 하는 투사적 관계라고 하였습니다.

마음을 밝게 하는 명심보감을 비롯하여, 천자문, 동몽선습, 소학, 통감과 사서삼경에서 주요 내용을 실생활과 연관 지어 쓴 글을 이 책에 실었습니다. 지상에 발표된 많은 내용 중에서도 재미있는 부분을 선별하였습니다.

사실 이 책은 학이사 신중현 사장님의 요청으로 발간되었습니다. 이 책을 발간하기 전에 필자가 신중현 사장님에게 질문한 것은 "내용이…"라는 한 가지였습니다. 그런데 세 가지를 얻었습니다. 첫째 글을 계속 쓸 수 있는 자신감을 얻었고, 둘째는 가족끼리 이야기거리가 생겼고, 셋째는 겸손을 배웠습니다.

제자 진항은 스승인 공자가 아들 백어(공리)에게 제자들 모르게 더 많은 것을 가르쳐 줄 것이라는 생각을 가졌습니다. 그래서 백어에게 "자네는 스승께 별도로 들은 바가 있겠지?" 하고 물었습니다.

백어는 "없습니다." 하고 대답하였습니다. 아버지(공자)가 홀로 정원에 계실 때, 앞을 지나가다가 "너는 시를 배웠느냐?" 하기에 "없습니다." 하였더니 "시를 배우지 않으면 말을 제대로 할 수 없느니라." 하여, 혼자서 시를 공부했습니다.

또 어느 날 정원 앞을 지나가는데 "너는 예를 배웠느냐?" 하기에 "없습니다." 하였더니 "예를 배우지 아니하면 바로 설 수 없다." 하여, 혼자서 예를 공부했을 뿐입니다.

이에 진항은 하나를 물어 세 가지를 얻었다며 기뻐하였습니다. 시에 관하여 들었고, 예에 관하여 들었고, 아들이라도 특별 대우하지 않는다는 것을 알게 되었습니다. 논어에 나오는 '문일득삼問一得三'의 고사입니다.

아무쪼록 이 책을 읽고 '고전 쏙쏙, 인성 쑥쑥, 자신 만만'에 도움이 되었으면 하는 바람입니다. 책을 기꺼이 내어주셨던 신중현 사장님 감사합니다. 매일 완성된 원고를 읽으며 심사위원장 역할을 하였던 아내 전숙희 님도 고맙습니다.

오리보트

이인숙 지음

<2014. 02. 10.>

생명 가진 것들의 순한 소멸

세속적 기준의 성공이나 명성, 작품성 여부를 떠나 시인으로서 시집을 펴내는 것은 그 자체로 '현재'에 집중된 삶과 정신의 지문들을 투명하게 기록한 증거물을 묶는 의미라 하겠다. 더구나 첫 시집인 경우에는 대체로 지난 삶의 요약본일 가능성이 크다. 이인숙 시인의 시편들 역시 일정 기간에 집중된 삶의 궤적이지만, 세월 밖으로 뛰쳐나가고 싶었던 날들, 잃어버린 발자국들, 그리움과 기다림의 나날들, 자유의 바다에 닿기 위해 몸부림친 흔적들, 아프고 외로웠던 날들이 혈흔처럼 역력하게 기록되어 있다. 남편을 중심으로 한 가정이라는 구심력과 자유로운 예술혼의 원심력 사이의 갈등 양상도 드러내고 있다. 왜 내 마음은 내 뜻대로 되지 않을까. 실타래처럼 꼬인 감정의 정체는 무엇일까. 내 인생은 대체 어디로 흘러가고 있는 걸까. 살아가면서 누구나 해보는 번민이지만 명확한 답을 찾기란 쉽지 않다. 시란 본디 그러한 질문을 끊임없이 스스로에게 던지는 행위이다. 고단하고 슬픈 삶 속에서 사람들을 꿈꾸게 하기 위해 태어난 것이기도 하다. 이 시집에서도 삶의 의미를 번뇌했던 시인의 정신적 갈등이 시의 형식으로 요약되어 애틋한 여운을 자아낸다.

여러 시편들에서 보이는 두드러진 특징 가운데 하나는 그 무대가 시인의 생활권 반경을 크게 벗어나지 않은 점이다. 그 한가운데서 주위를 둘러보며 생각하고 걸었던 기록들이다. 그의 시 속에서 그릇이 달그락거리고 꽃이 피고 강물이 흐르고 비가 오고 바람 불고 눈이 내리는 모든 배경은 그의 살림살이 공간과 그가 자주 산책을 나서는 금호강의 둘레에 한정되었다. 시인이 시 창작교실을 기웃거리면서 시를 배우고, 그림을 알기 전까지는 살림만 알고 살림만 맹렬하게 살았던 주부였음을 미루어 짐작할 수 있다. 가로 늦게 시를 쓰고 그림을 그린다 해서 그 관성은 이탈되지 않았다.

그러므로 시편들에서 나타난 또 다른 특징도 일기나 비망록처럼 계절과 시간이 고스란히 노출되어 있다는 점이다. 따라서 4부로 나눠진 총 75편의 시도 봄, 여름, 가을, 겨울 계절별로 묶일 수밖에 없었을 것이다. 하지만 시인은 이 계절들을 그저 완상하며 사는 것에 그치지 않고 마음 밭고랑에서 자신의 존재를 꾸준히 탐구하고 경작하고 있었음을 알 수 있다. 마치 계절의 순환을 통해 시인의 생을 압축해 놓은 듯하다. 시인의 일상적 체험과 맞물려 평범한 언어로 쉽게 진술된 이야기들에서 시인의 마음 바닥까지 알 수 있었고, 그것은 가슴을 적시며 잔잔한 공감을 불러일으킨다. 그 대목은 이 시집의 가장 큰 매력이기도 하다.

시인의 잠재의식 속에는 많은 이야기가 들어있다. 그 속의 상처들이 뭉클뭉클 수면 위로 기어 올라오는데 한편으론 다른 손으로 그걸 짓누르는 이중적 태도를 보이고 있다. 어설프기 짝이 없는 노릇이다. 그렇듯 그의 시들에는 자신의 현재 모습을 들여다보기에 무관할 수 없는 기재들이 판판이 노출되어 있다. 하지만 그 시편들은 대개 지금까지 발표되지 않은 것들이다. 발표지면의 부족 탓만은 아니다. '이제 말하리라' 그렇다. 이제야 잡념이나 사사로운 근심 따위로 비쳐질 수도 있는 그의 시에서 그 민낯을 보게 된다. 물론 그 민낯에는 극복의 의지도 함께 느껴진다. '의식은 잠재 되어 있고 서정은 가라 앉아' '있는 척 하다 늘 먼저 튀어 나온다' 치유의 시를 통해 정화된 자신을 만나고 싶은 의지는 충만하지만 지금껏 그게 여의치 않았다. 그는 지금까지 홀로 오만했고 홀로 잘났으며 홀로 누추했던 것이다.

신은 원래부터 우리들 하나하나의 삶을 세심하게 돌볼 만큼 한가하지도 자상하지도 않았다. 신은 가끔 어이없는 존재일 때도 있다. 그래서 인간은 어쩔 수 없이 비극적인 존재이고 시도 인간의 비극을 떠나서는 존재하지 않는다. 시를 이해하는 것은 인간을 이해함이고 인간의 삶을 이해하는 것이라면 이제야 어렴풋이 알 것 같다. 우리는 그동안 거창한 것에서만 삶의 의미를 찾고 있었는지 모른다. 치열한 삶이란 외적 운동에너지의 총량에 비례하진 않는다. 간신히 발걸음을 떼고, 안간힘으로 쓸쓸해할 때라도 충분히 맹렬한 삶일 수가 있다. 어쩌면 그것들이 세상에서 가장 아름답고 진정한 삶의 노래일지도 모른다.

- 권순진 / 시인

행복한 교육 행복한 미래

안상섭 지음

〈2014. 02. 20.〉

학생의 인권과 교권이 상호 존중되는 학교문화

『행복한 교육 행복한 미래』는 미래 우리 아이들이 가져야할 행복한 교육방법을 제시하고 있다. 학교폭력예방과 상담, 행복한 가정 만들기, 행복한 학교 만들기, 행복한 나 만들기, 감사리더 전문가 양성 과정 등 여러 가지 프로그램을 진행하면서 내가 느끼고 개선해야 할 부분들을 고스란히 담았다. 또한, 최근 우리 아이들이 겪고 있는 학교 폭력과 자살, 인터넷 게임 등 스마트폰 중독, 학교부적응과 학업중단, 일탈과 범죄 등이 심각한 사회적 문제로 대두되고 있는 부분의 해결책을 담아 보았다. 우리의 미래인 아이들이 정말 행복해지기 위해서는 말로만 하는 인성교육이 아닌 실질적인 인성교육이 필요한 때이다.

1. 교통안전과 스쿨존

스쿨존은 학교 주변에서의 어린이 교통사고 위험을 줄이기 위해 지정된 공간을 말한다. 초등학교, 유치원, 어린이집 정문의 주변 반경 300m가 어린이 보호구역인 스쿨존으로 지정되며, 적색 포장 및 각종 교통 안전시설물이 설치되어 어린이들을 교통사고 위험으로부터 보호하고 있다. 스쿨존 내에서의 어린이 교통사고가 끊임없이 일어나는 가장 큰 이유는 제한 속도와 같이 스쿨존의 각종 보호 장치를 무시하는 운전자들이 있기 때문이다. 스쿨존에서 어린이 교통사고가 지속적으로 일어나는 두 번째 이유는 형식적으로 조성된 스쿨존이 그 기능을 다하지 못하기 때문이다. 골목길 인도와 차도가 구분되어 있지 않은 곳도 있고, 인도를 메우고 있는 주차차량들 때문에 아이들이 차도로 걸어야 하는 곳도 있으며, 과속방지턱이 없는 곳도 있고, 횡단보도에 신호등이 없는 등 시설물조차 제대로 갖추어지지 않는 곳도 있다. 스쿨존에서의 어린이 교통사고 방지를 위해서는 안전시설물의 표준화 모델을 마련해 규격에 맞는 설치를 하고, 지속적인 사후관리가 필요하다.

2. 아토피·천식 없는 안심 학교

2005년 발간된 한국인의 질병부담 보고서에 따르면 소아·청소년기질환 질병부담 순위 1위가 천식, 3위가 피부질환으로 집계됐다. 환경오염과 각종 식품에 함유된 식품첨가물 섭취 등으로 최근 아토피성 질환이 급증하고 있는 현상을 보여주는 통계로 소아·청소년기질환은 예방이 그만큼 중요하다는 것을 알 수 있다. 최근 주거형태가 서구식으로 바뀌고 대기오염, 집먼지 진드기 등으로 소아 면역체계가 약화돼, 아토피·천식 질환이 늘어나면서 아토피·천식 질환은 잦은 재발과 증상 악화로 학교결석, 의료비 부담 증가, 사회활동 제약에 따른 삶의 질 저하 등 막대한 사회·경제적 부담을 초래하게 된다, 소아·청소년들의 유병률이 높은 아토피를 단순히 의학적인 문제가 아닌 사회적인 문제로 인식해 조기 관리에 나서야 한다.

3. 바른말 고운 말 쓰기로 행복한 학교를

언어 속에는 힘이 있다. 긍정의 말은 상대의 긍정적 생각과 행동을 강화시키고, 부정의 말은 오히려 부정의 생각, 행동을 강조한다. 학생들이 존중과 배려의 언어생활로 바른 인성을 함양하고, 언어폭력에서 비롯되는 학교 폭력을 예방해 소통과 공감으로 웃음이 넘치는 학교 문화를 조성하며, 학생의 인권과 교권이 상호 존중되는 학교 문화를 정착할 수 있다고 본다.

태어남과 동시에 자신도 모르게 듣고, 말하고, 쓰게 되는 누구나가 똑같은 언어 습득 과정을 거치며 그 소중함과 중요성을 잊게 되는 것이 사실이다. 현재 우리가 사용하고 있는 말은 어떤가? 많은 사람들에게 상처를 주고 또 다수 앞에서 상대방의 약점을 들추며 웃음거리로 만들고 있는 모습을 적지 않게 보게 된다. 이는 우리말에 대한 참 사랑, 약자를 비롯한 모든 사람을 사랑하겠다는 진심된 의미를 잊고 있는 안타까운 현실이라 생각한다.

등·하교 시간에 버스 안에서 학생들의 대화를 들어보면 정말 걱정되는 사실은 아이들의 대화 절반이상이 욕이다, 욕이 없으면 대화가 단절되는 경향이 강하게 나타나고 있는 것이 현실이다, 이는 우리말을 접하는 아이들의 환경적 영향이 크다. 이는 학교라는 배움터에서 친구 간 욕설과 비속어가 남발되고 이를 알고도 단지 "요즘 아이들 다 그래."라며 관심과 지도 없이 넘기는 우리 어른들의 무관심이 만들어낸 현재의 모습이다. 자라나는 우리 아이들에게 말의 진정한 힘을 가르치고, 누구보다 나부터 바른말과 고운 말을 사용하는 솔선수범의 모습을 보여 학생들이 더 이상 친구에게 상처 주는 말이 아닌 용기와 희망을 주는 사랑의 말, 고운말 바른말을 사용하도록 많은 노력과 관심을 필요할 시기이다.

3. 사라져야 할 강제 야간자율학습

일반고에서 교사와 학생 간 가장 첨예하게 대립하는 문제 중의 하나가 바로 정규수업이 끝난 뒤에 실시하는 야간자율학습인데 사실상 야간타율학습이다. 대부분의 고등학교가 약속이나 한 듯 방과 후에 학생들의 의사와는 관계없이 밤 9시나 10시까지 딱딱한 의자에 앉아 강제자습을 시킨다. 물론 집에 가면 공부가 잘 되지 않거나 자신의 공부방이 없는 학생들에게는 좋을 수 있다. 하지만 여럿이 있으면 공부가 잘 되지 않거나 학교수업을 제대로 이해하지 못하는 학생들에게는 몇 시간 낭비하는 셈이 된다. 어떤 고교의 경우 야간자습을 하지 않는다고 전학을 가라거나 저녁 급식조차 주지 않는다고 한다. 어떻게 이런 비교육적이고 비민주적인 행태가 교육현장에서 벌어진단 말인가.

이제 야간자율학습은 타율적 의사가 아니라 학생의 의사에 맡겨 감독교사 없이 학생들 스스로 공부하고 귀가하도록 해야 한다.

5. 학교 부적응 학생들을 위한 대안

청소년들이 학업을 중단하는 원인은 가정과 지역사회, 학교 등 외부적 요인과 개인의 심리특성 등 다양하고 복합적이다. 학업중단 수가 좀처럼 줄지 않고 있다. 학교 부적응이 학업중단의 주요한 이유로 나타나고 있는 만큼 상담교사 배치와 상담 활성화를 통한 학업중단 예방, 그리고 학업중단 학생들이 학업을 지속할 수 있는 체계적인 대안교육 시스템 구축이 시급하다. 그렇다면, 이들은 학교를 떠나 어떻게 생활할까? 대안 교육기관에 진학하거나 취업하려고 직업 훈련기관에 입학하는 청소년이 있는 반면 시설에 수용되거나 방치되는 청소년이 있다. 이는 학생 개인의 문제가 아니라 사회, 학교, 가정의 책임이 크다. 아이들을 만나보면 부모님과 선생님이 자신의 이야기를 들어주지 않아 답답하다고 말한다. 교사는 학교부적응 학생들을 무조건 혼내기보다 포기하지 말고 끊임없이 아이들에 관심을 표해야 한다. 교사가 교육애를 갖고 학생들과 소통해야 한다. 학부모의 역할도 중요하다.

못갖춘마디

송진환 지음

〈2014. 03. 05.〉

어제와 겹치며 지나가는 오늘의 풍경

　『못갖춘마디』를 읽는 방법에는 여러 가지가 있겠으나, 먼저 우리는 이 시집이 지나간 시간을 회고하고 정리하는 방식을 취한다는 사실에 주목할 필요가 있다. 요컨대 뜨겁고 혼돈스런 몸짓으로 얼룩진 청춘을 지나, 시대의 모순과 갈등하던 8·90년대를 보내고 난 이후의 영혼이 자신의 심연에서 길어 올린 소리를 받아 적기한 것. 그 처연한 울림이 이 시집을 이루고 있는 한 양태이다. "이팝꽃 환히 핀/봄날을"가면 "지난 한때 기억들도 따라"(「이팝꽃 환한 봄날」)오지만, "한때는 통통 가볍게 튀어 올랐"(「녹슨 스프링 하나」)고 "한때는 반짝이던 날"들이야말로 "이만치 밀려오는 동안/굽이진 자리마다 늘 바람 거칠어, 벌겋게/풍화"(「휘어진 못 하나」)되고 있는 삶의 '흉터'이다. 시집 전체에 걸쳐져 있는 이러한 낙조落照의 정조는 개인의 심리적 의식이라기보다는 시간의 흐름에 따른 사회적인 의미 차원에서의 '바깥'을 상정한 실존론적 인식에서 발원한다.

　아닌 게 아니라 이번 시집에는 오래되었거나 용도 폐기된 사물들이 자주 등장한다. 낡은 침대, 벗어놓은 바지, 녹슨 스프링, 휘어진 못, 버려진 신발, 고사목, 아버지의 시계, 빈집, 러닝셔츠가 아닌 난닝구, 나뭇가지에 걸린 비닐봉지, 철 지난 잡지 등이 그것들이다. 시인은 이 소소하고도 누추한 사물들을 자세히 그리고 낮은 자세로 들여다본다. 그리고 그 앞에서 곰곰이 궁리한다. 멈춘 지 오래인 아버지의 시계를 보며 때로 과거로의 시간여행을 떠나기도 하고, "지우지 못할 그리움"(「삶의 비탈에 서면」)에 사무치도록 가슴이 젖기도 한다. 공원 벤치에 버려진 채 바람에 책장이 넘어가는 잡지를 물끄러미 바라보다말고 "흘러간 것이 아름답다는 말 영 믿을 수 없다"(「못갖춘마디」)는 탄식을 뱉기도 한다. 그렇더라도 시인의 인식은 사물들의 운명인 조락凋落과 죽음의 세계에 주로 머문다. 결국 해묵고 보잘 것 없는 사물들을 통해 시인에게 환기되는 것은 시간의 흐름을 견디지 못하고 탄생에서 죽음으로 건너가는 존재들의 이동이다. 그리고 인간과 사물의 경계가 사라지면서 일어나는 이 서정의 풍경을 시인은 번잡하지 않은 자신만의 언어로 나직이 발음한다.

그렇듯 오늘 하루가 숱한 어제의 하루와 겹치며 흐리게 지나간다. 어제와 오늘이 하나로 수렴되는 한, 시인에게 현실은 과거라는 창문을 통해 내다보는 풍경일 가능성이 크다. 또한 현실이 풍경인 이상, 그 현실은 모사나 재현이라기보다 시인이 세계를 바라보는 격자 너머의 풍경에 가깝다. 소풍을 가기에는 지독한 풍경. 그러한 현실을 보고 쓴 듯한 시가 한 편 있다.

한생 내내 울고 가는데
그러다가 순간

툭,

지는 목숨인데

노래하다 놀고 간다는 소문

지독히 악의적인

오독이다

세상은 자주 그런 곳이다

―「오독誤讀」 전문

'한생 내내 울고' 간다는 말을 시인의 개인사인양 곧이곧대로 받아들여서는 곤란하다. 모름지기 시인이란 "그 누구도 구원할 수 없고 그 누구의 기도도 경청할 수 없으며 그 무엇도 창조하지 못한다는 비애"(김소연)에 줄곧 시달리지만, 또한 아무도 아파하지 않는 세상을 위해 스스로 질병을 앓는 존재이기 때문이다. 그럼에도 불구하고 시인을 두고 다만 '노래하다 놀고 간다는 소문'이 난 것일까?

짐작건대 이 시는 시인의 삶을 매미의 한살이에 비유한 모양이다. 매미는 짧게는 2년에서 길게는 17년씩이나 유충으로 지내는 데 반해, 성충으로 사는 기간은 불과 한 달도 못 미치는 곤충이다. 그것도 수컷 매미의 경우, 성충 시기 내내 짝짓기를 목적으로 공명실만 죽어라 울리다 툭, 떨어지듯 허물로 남는다. 그러니 땡볕 아래서 꿈처럼 잠시 쏟아내고 가는 매미의 소리가 과연 노래이기만 하겠는가. 무엇보다 대상의 형편에 귀 기울일 때, 적어도 울음을 노래로 '오독' 하는 일은 일어나지 않을 것이다.

하지만 시인이 관찰하기에 세상은 '자주' 그리고 '지독히' 악의적이다. 이곳은 책임지지 않는 '소문' 이 아무렇게나 돌아다니는 곳이며, 사람들이 타인을 잘못 읽거나 틀리게 읽는 일은 그들의 불가피한 실수가 아니라 무의식을 가장한 의도적 행위다. 누군가 "착하기 위해 루터나 간디 수준의 결단을 해야 하는 사회는 나쁜 사회"라고 말한 적도 있지만, 적어도 그렇지 않은 세상이라고 자신 있게 말하기란 어렵다. 따라서 그러한 세상과 쉽게 결합하지 못한 채 시인이 늘 현기증을 느낌은 필연적인 현상이다. 세상의 '밖' 에서 세상의 '안' 으로 들어가는 행위는 자유롭지 못하며, '그들' 과 '나', '시인' 과 '세상' 은 영원히 합치되지 못한다. 한편으로 그가 세상과의 조화가 불가능하다고 상정함은 앞서 말했다시피 세상의 '안' 과 '시대' 가 부패해 있음을 의미하는 것이기도 하다.

결과적으로 불온한 상상력을 토대로 한 도발과 전복, 삐딱하고 위악적인 포즈, 파편화되고 분열증적인 언어에 점령당하지 않은 그의 시는 분명 과거 세대가 가진 삶의 양식 및 감수성을 그대로 전수하는 방식이라고 할 수 있다. 또한 신실한 자기성찰의 근저에는 공동체적 인간으로서의 '소통' 을 염두에 둔 목적의식이 자리한다. 그런 맥락에서, "골목은 어둡고, 어둠 속이 말 아닌 소리들로 난무"한다는 그의 "절망"(「아무래도 진담 같다」)은 긍정의 모멘트를 모색하기 위해 내면의 도덕률에 귀 기울이는 자의 목소리에 다름 아니다. 무언가를 부정하면서 반드시 이루고자하는 변증법적 시학. 『못갖춘마디』에 자리 잡은 애수와 허무의 목소리가 탈속물적 삶을 위해 시인이 처방한 치유법으로 우리 곁에 남는 이유가 바로 이 때문이다.

- 신상조 / 문학평론가

알아야 면장 하제

서정길 지음

〈2014. 03. 05.〉

한 발짝 다가서면 한 발짝 다가온다

2014년 3월, 39년간의 공직생활을 퇴임하면서 낸 첫 수필집이다. 2005년 『수필과 비평』으로 등단하긴 했지만, 공무에 매달리다 보니 수필 쓰기는 늘 관심 밖에 일이었다. 어쩌면 핑계이고 게으름 때문이겠지만.

『알아야 면장 하제』 수필집은 등단 이후 8년 동안 동인지에 기고한 작품과 습작을 한데 묶었으나 지방선거 출마를 위한 홍보용으로 발간하였음을 실토한다. 부끄럽고 민망함이 앞선다. 당초에는 퇴직하는 연말에 수필집을 발간할 작정이었으나 생각지도 않은 일이 발생했다. 지역구 국회의원과 함께한 자리에서 지방선거에 출마하기로 결심한 게 발단이었다. 당장 출마 사실을 유권자에게 알릴 수단이 필요했다. 선거법에서 허용하는 수단은 출판기념회뿐이었다. 퇴직을 결정(2월 14일)하고 출판기념회(3월 6일)를 가질 때까지 주어진 기일은 20일 뿐이었다. 몸도 마음도 바빴다. 정독도 하지 못한 채 원고를 넘겨야 했다. 번갯불에 콩 구워 먹을 정도로 숨 가빴다. 결과적으로 나의 첫 수필집 『알아야 면장 하제』는 글쟁이가 해서는 안 되는 잘못을 저질렀다. 수필답지 않은 잡문 수준인 점을 밝힌다.

책의 제목을 '알아야 면장하제'로 정하고 총 4부로 나눠 실었다. 제1부는 '키 작은 나무', 제2부 '하얀 이별', 제3부는 '잃어버린 장미', 제4부 '소나무 단상'으로 나누었다. 이십대 초에 한 집안의 가장이자 공직자로서 한 여자의 남편으로서 아버지로서의 진솔한 생활기록표를 정리한 것이다. 삶에 대한 치열함이나 사유가 다소 부족하겠지만 수많은 난관을 이겨내야 했던 아픔을 고백하듯 진솔하게 담으려고 나름의 노력을 다했다. 하지만 글쓰기가 서툴러 독자들이 받아들여 줄지는 의문이다. 왜냐하면, 삶에 대한 성찰과 반성이 녹아난 글이라고 나 자신도 인정하기가 쉽지 않기 때문이다. 물론 수필의 본질에 충실해야한다는 점을 망각하진 않았다. 하지만 집필 동기에서 밝힌 바와 같이 다급하게 출판을 서두르다 보니 퇴고할 여유도 없었거니와 활자화된 이후에도 정제되지 않은 문장이 눈을 거슬리게 했다. 성찰과 사유를 담아내지 못해 독자의 눈을 거슬리게 했을 것만 같다.

38편은 내가 걸어온 과정이자 미래를 향해 올곧게 걸어가고자 하는 다짐이었다. 한 인간으로서의 나이기도 했고 공인으로서의 나였으며, 자연 안에서의 나란 존재를 거울에 비친 그대로 가감 없이 보여주는 가운데 정체성을 찾고 싶었다. 나답지 않은 행동으로 물의를 일으킨 것이나 내면의 차곡차곡 쌓아 두었던 상처까지도 숨기지 않았다. 하지만 독자에게 나 자신을 너무 적나라하게 보여주는 것 같아 망설여지기도 했다. 그러한 고민 속에서도 진술한 고백이야말로 제대로 인정받고 사랑받을 수 있으리라는 기대가 용기를 주었다.

태풍은 거칠고 사납게 불어왔지만, 키 작은 나무는 태풍이 지나간 후에도 보란 듯이 서 있었다. 우람한 나무에 가려 볼품없었던 나무들이 대견해 보인다. 거센 비바람에 몸을 낮춰 순응하는 겸손이랄까. 금빛 햇살에 말간 얼굴을 내밀어 일광욕을 즐긴다.

- 「키 작은 나무」 중에서

자신의 모습처럼 키 작은 나무에서 자아의 정체성을 객관적으로 묘사하고 싶었다. 태풍 앞에서는 인간은 무기력하고 나약한 존재다. 태풍이 지나갈 때까지 근심과 걱정으로 불안해한다. 더구나 한반도를 휩쓸고 간 '매미'는 가공할만한 위력의 태풍이었다. 큰 나무들이 맥없이 쓰러지거나 부러졌지만, 키 작은 나무는 자리를 지키고 있음을 보면서 자연에 순응하는 자세처럼 군민에게 낮추는 겸허한 삶을 다짐한다. 개인보다 사회적(공직자) 자아를 더 중요시하고자 했다.

면장실 개방은 예상 밖의 난관에 부딪혔다. 유지有志들의 반발은 큰 파장을 몰고 왔다. 면장이 줏대 없이 아무나 만나면 체통을 무너뜨린다며 진노했다. 세상이 아무리 변해도 면장 스스로 권위를 훼손했어야 되겠느냐고 쌍심지를 켰다. "면사무소를 장터로 만들 거냐."며 비아냥거리는 직원들과 전례를 들어 면장실 개방은 불가능하다고 고집을 피우는 유지들을 설득하는 일도 산 넘어 산이었다. 설득은 냉랭한 야유로 되돌아 왔지만 포기하지 않았다. 그가 택한 마지막 카드는 행동으로 보여주는 것이었다. 넥타이 대신 작업복을 택했다. 한 발짝 다가서면 한 발짝 다가오는 게 농촌 인심임을 깨달았다.

- 중략 -

급변하는 환경에 적응할 수 있는 비법은 현장에서 실천하는 것이라고 누누이 강조해 온 그였다. 3월을 여는 첫날 아침 "알아야 면장 하제"라는 말로 조회를 끝내는 그의 얼굴이 환하게 밝아있었다.

- 「알아야 면장 하제」 중에서

최연소 나이로 고향의 면장으로 부임하여 면장실 개방을 통해 면민의 의견을 청취하려 했지만, 체면을 중시하는 지역 유지의 완고한 고집에 부닥쳤다. 권위라는 껍데기를 벗어놓고 면민에게 다가서는 행정을 펼치고 싶었다. 그동안 공직자로서의 저지른 잘못을 반성하고 시대정신에 걸맞는 공직자의 자세를 견지하고자 다짐하고 과감하게 체통이나 체면을 벗어던지는 모험의 결과는 면민의 박수였다. 양복 대신 작업복으로 갈아입고 현장에 나섬으로써 공직자의 소명을 다 할 수 있음을 후배들에게 들려주었다. 낮은 자세로 현장 속으로 파고드는 것이 공직자의 소명임을 당당하게 말했다.

1972년 이른 봄, 고등학교에 다닐 때였다. 친구들과 함께 봉사활동에 첫발을 내디딘 곳이 지금의 대구시립희망원이었다. 당시 열악한 환경에서 생활하는 부랑인과 정신질환자의 삶의 모습은 매우 충격적이었다. 어쩌면 이토록 비참하게 살아가야 하는 건지. 불치의 병으로 고통을 받는 건지. 온갖 생각에 마음이 무거웠다. 남루한 의복과 얼굴과

손등에는 상처투성이였다. 난생처음 건강하게 살아갈 수 있다는 데 감사했다. 이후부터 지금까지 계속 봉사활동의 끈을 놓지 않고 있음은 스스로 남을 도울 수 있다는 자부심과 나눔이 오히려 기쁨으로 되돌아 왔기 때문이다.

- 중략 -

대가를 바라지 않는 순수한 마음의 자원봉사는 이웃과 지역사회, 나아가 지구촌을 한데 묶을 수 있는 강력한 에너지이다. 미래를 짊어질 주역들에게 나눔의 가치를 알게 하자. 배려의 소중함을 아는 따뜻한 가슴을 갖게 하자. 억지로 하는 형식적 봉사가 아니라 스스로 땀의 가치를 체득하는 자녀가 되도록 하면 어떨까. 봉사하는 아름다운 마음은 향기롭다 하지 않던가.

-「자원봉사, 그 향기로움에서」 중에서

사회봉사에 대한 개념을 알지도 못한 상태에서 시작한 활동이지만 지금은 삶에 일부분으로 자리 잡았다. 사회복지시설에 후원자로 참여하는 동시에 틈틈이 자녀들과 함께 봉사를 실천함으로써 사회 공동체의 일원이라는 자부심을 느끼게 되었다. 작은 물방울이 모여 강을 이루고 바다를 만들 듯 한 사람 한 사람의 따뜻한 마음이 더불어 살아가는 아름다운 세상을 만들 수 있음을 말하고 싶었다.

퇴직 후에 『알아야 면장하제』를 다시 읽었다. 얼굴이 화끈 달아올랐다. 이후 누구에게도 책을 내놓은 적이 없다. 다만 자연환경에 관심을 가지고 있음을 확인할 수 있었다. 태풍을 이겨 내는 지혜를 가진 「키 작은 나무」, 난향을 사람의 향기로 승화시킨 「개코가 개코다」, 죽어 가는 낙동강이 되살아나기를 노래한 「도류재에 심은 희망」, 환경파괴의 현장에서 생명의 소중함을 말한 「벚꽃길 단상」, 척박한 환경에서 노란 희망을 피워 낸 「민들레에 배운다」이다. 흔히 일상에서 접하는 나무와 풀, 강이 소재를 이루고 있다. 하찮은 풀 한 포기나 나무에서 겸손함을 배우게 된다. 비록 말이 통하지 않지만, 자연은 늘 가르침을 주는 스승이었다. 일그러진 내 삶도 자연을 닮아 가기를 바라는 마음을 담고 싶었다.

한평생 공직자의 길을 걸어오는 동안의 내 모습이다. '서정길'이라는 한 인간이 걸어 온 발자취다. 독자는 인간적인 면모에 박수를 보낼 수도 있을 것이고 때론 눈살을 찌푸리며 혀를 찼을지도 모르겠다. 사유가 부족하여 존재를 드러내지 못했지만, 사실 나란 존재를 타인이 볼 수 있는 건 얼굴뿐이다. 하지만 나는 나의 얼굴을 보지 못한다. 활자화된 나란 존재는 독자가 바라보는 시각에 따라 수백의 얼굴로도 보일 수 있을 것이다. 있는 그대로 초보자 수준으로 봐 주었으면 하는 바람이지만 기성 수필가에게 누가 될까 겁이 났다.

집필 동기에서 밝힌 바와 같이 부끄러운 출판이었다. 그렇지만 글쟁이답지 않은 행동을 하거나 작가정신을 망각하진 않았다. 내용을 허구로 꾸미는 등의 수작은 털끝만큼도 없었다. 동인지 등에 발표한 내용 그대로다. 다만 급하게 발간을 서두르다보니 글쓰기의 기본조차 지키지 못했다. 결과적으로 비문이며 서툰 문장과 띄어쓰기 등의 오류가 있었기에 독자 여러분께 너그러운 양해를 구한다.

요즘 2집 발간을 준비 중이다. 1집에서 보여 주지 못한 내 모습을 더 또렷하게 담아내고 싶다. 작가라는 호칭에 부끄럽지 않을 좋은 작품집을 꿈꾼다. 하지만 이 또한 걱정이 앞선다. 스스로 내 모습을 볼 수 없으니 말이다.

항상 기쁜 마음으로 님에게 기억되고 싶습니다.

먼 소식

김몽선 지음

〈2014. 06. 05.〉

여뀌 잎의 물무늬

시조시인 김몽선金夢船. 그가 떠났다. 언제나 지나치게 단정한 삶으로 우리를 긴장시키던 그였다. 아니다. 체구보다 훨씬 넓은 가슴을 가져 주변의 사람을 끌어안고 세상을 껴안았던 사람이다. 그가 느닷없이 세상을 떠났다는 소식을 듣던 날은 참으로 황당했다. 누구나 세상을 하직하는 사람의 소식을 들을 때는 서운하고 안타까워지지만 김몽선이 떠났다는 소식은 이 세상을 떠나는 숱한 사람들 중의 하나가 아닌 특별한 감정으로 다가왔다.

나와는 적지 않은 연령차가 있긴 하지만 처음 만났을 때 초등학교 교사라는 같은 직업을 가졌고, 문학에서도 우리 민족 고유의 전통을 가진 시조를 쓰는 시인으로 만났다. 그를 알기 전에 잡지를 통해 이름을 보았을 땐 여류인줄 알았다. 그로부터 삼십 수년, 참으로 자주 만났고, 함께 한 시간이 많았다. 근데 이제 와서 보니 참 아쉽다. 김몽선 시인과 쌈 한판 붙어본 적이 없다. 한판 했어야 했는데 김몽선이 그런 기회를 만들어주지 않았다. 그가 늘 양보하고 그가 늘 껴안아주었다.

내게 그랬던 그가 떠나고 사모님과 아드님, 따님이 김몽선 시인이 생전에 정리해 둔 원고로 산문집을 내겠다며 날 만나자고 했다. 책을 발간하겠다는 것이다. 제목까지 정해놓고 아주 꼼꼼하게 정리한 원고였다. 그대로 출판사에 넘기면 되도록 만들어 놓았다. 그야말로 김몽선 다운 일이었다. 내가 고마워해야 할 일은 아닌 것 같은데 왜 그렇게 고맙게 생각되는지 나도 모를 일이다. 떠나신 김몽선 시인이 그래도 복이 있다 싶었다. 이런 부인이 계시고 아들, 딸이 있어서 말이다.

나는 그 자리에서 다른 제안을 했다. 시인이 산문집을 내는 것도 괜찮지만 그 보다 더 중요한 일은 유고시집을 내는 것이라며 유고집을 발간하자고 했다. 청탁받은 원고를 주로 이메일로 보내니까 지난번 시집 『덧칠』 이후 시조와 『섬초롱꽃』 이후의 아동문학 작품을 찾을 수 있으리라고 했다. 김몽선의 남은 식구들은 그렇게 하겠다고 약속했고 그 약속의 결실이 이 유고시집이다.

시를 찾아보니 그것도 한 권 분량으로 적당했다. 1부에서 4부까지를 시조, 5부에 아동문학 작품을 수록하기로 했다. 해설을 붙이느냐 마느냐 또 누가 쓰느냐를 고민하다가 시조는 류상덕 시인, 아동문학은 하청호 시인이 쓰면 좋겠다고 생각하여 청탁을 했다. 하청호 시인이 기꺼이 동시 해설 원고를 써주셨고, 시조는 류상덕 시인께서 쓰실 수 없는 사정이 생겨 부득불 내가 맡을 수밖에 없었다.

나는 김몽선 시인의 시집 해설을 쓴 적도 있고 동시집에 대한 서평도 쓴 적이 있다. 뿐만 아니라 발표되는 작품을 많이 읽어왔다. 그때마다 생각하는 것은 정말 시조라는 문학 형식과 시인 김몽선은 궁합이 참 잘 맞는다는 것이다. 김몽선은 우리의 고유한 문학 형식 시조를 쓰기 위해 이 땅에 왔고, 시조는 김몽선을 위해 만들어진 문학 형식 같다는 생각까지 하게 한다. 시조는 정형시다. 정형시는 형식이 있는 시고, 그 형식을 지키는 것이 제일, 가장, 특히 중요한 일이다.

김몽선은 이 일에 조금도 나무랄 일이 없는 시인이다. 성격이 아닌 시조는 시조가 아니라고 생각하는 정격 고수론자이다. 김몽선 시인과 같은 분이 있어서 우리의 민족문학 형식 시조의 원형이 지켜지고 있다. 그 원형에 21세기 복잡한 삶을 담아낼 수 있으니 시조 형식은 참으로 위대한 것이 아닐 수 없다. 나아가서 시조의 맛은 그 원형을 지키는 것에서 더 잘 드러난다는 사실은 시조에 대해 관심을 가진 사람이면 누구라도 알 수 있는 일이다.

이 유고집에 실린 시조 몇 편을 살펴보면 금방 드러나는 일이다.

우리들 삶의 궤적 연필 낙서 아닙니다
피땀 어린 세월 이마 문신으로 새겨지는
정답도 제 홀로 정답 실눈 뜨고 삽니다

- 「사는 일」 전문

이 작품은 시조의 원형이다. 형식을 지키는 것도 그렇지만 이 작품은 '사는 일'이 무엇인가에 대한 김몽선 시인의 고뇌의 흔적이 드러나는 작품이다. 우리가 산다는 것은 연필로 지울 수 있는 낙서가 아니다. 중장의 '세월' 이란 시어는 '사는 동안' , 혹은 '살아오는 동안' 의 의미를 갖는 것인데, 그 '세월' 의 한 가운데 문신처럼 또렷이 새기는 것이라고 보는 것이다. 종장은 그런 삶을 어떻게 사는가에 대한 대답인데 사는 일에는 정답이 없고 각자가 옳다고 생각하는 방법대로 사는 것이지만 늘 조심스럽게 산다고 표현했다.

실눈을 뜬다는 것은 조심한다는 의미로 읽지 않을 수 없다. 시가 시인을 닮고 시인의 생각을 반영하는 것이라는 것을 모르는 사람 없을 것이다. 그렇지만 어떻게 이렇게도 그 사람을 닮은 작품을 남겼을까 싶을 정도로 이 작품엔 김몽선의 삶과 생각이 그대로 살아있다. 정말 그랬다. 김몽선은 자기 삶에 대한 주관이 뚜렷했다. 그래서 하루도 헛되이 살지 않으려 노력해 왔으며 정말 인생을 함부로 살지 않았다.

김몽선 시인의 작품에 대해서는 이 한 권의 시집을 대상으로 삼을 것이 아니라 그가 생전에 쓴 모든 작품을 대상으로 해야 하는 것이지만 이 작품집에 실린 작품만으로도 그의 관심이 어디에 집중되어 있었던가를 알 수 있다. 지금까지 살펴본 것과 같이 삶과 인간에 대한 사유였다. 이 같은 사실은 그가 평생 가르치는 일에 종사한 훌륭한 교육자라는 사실과 무관하지 않을 것이다.

시인 김몽선, 그가 한국 시조시단에 기여한 공은 무엇보다도 정형의 미학을 현대에 접목시킨 것에 있다고 보아야 할 것이다. 형식은 지켜야 하는 것이기 때문에 번거로움이 될 수도 있다. 형식이 번거로움이 아니라 시상을 여물게 하는 장치라는 인식이 깊어야 정형을 고수할 수 있다. 따라서 김몽선은 그 점에서 누구도 따르기 쉽지 않은 길을 걸었다.

김몽선은 개인적 삶의 길에서나 교육자의 길, 시인의 길에서 정도만 걸은 사람이다. 옆길도 모르고 샛길도 모르고, 일탈을 몰랐다. 그 바른 걸음걸이는 그를 아는 모든 이들에게 기억될 것이며, 그가 남긴 아름다운 작품들은 한국 시조문학사에 오롯이 자리하게 될 것이다. 그의 유작집 해설 제목을 그가 남긴 시 「강변에 서면」 중에 나오는 "여뀌 잎의 물무늬"를 따왔다. 그의 유작들이 '여뀌 잎의 물무늬' 같기 때문이다.

그리고 여뀌의 특성을 생각해서다. 여뀌의 어린순은 나물로 먹기도 하며 가을에 뿌리째 말린 것을 수료水蓼라고 하여 한방에서 해열제·해독제·지혈제·이뇨제로 사용하며, 잎은 매운 맛을 가지므로 향신료를 만드는 데 쓰인다. 김몽선이 남긴 시들이 우리 삶에 여뀌 잎 같이 약재와 향신료처럼 존재하기를 바라는 마음도 얹는다.

- 문무학 / 문학평론가

소설로 읽는 판타지

김동혁 지음

〈2014. 09. 01.〉

문학에 관한 환상과 용기를 찾아 준 나의 첫 책

『소설로 읽는 판타지』가 출간된 지 벌써 삼 년이라는 시간이 흘렀다. 책이 만들어질 당시 나는 경일대학교에서 '현대소설읽기와 토론'이라는 교양강좌를 새로 맡게 되었다. 박사학위를 받고 경일대학교에서 강의를 시작한 지 얼마 지나지 않은 때라 인기 강좌로 키워 가리라는 기대에 부풀어 있었다. 방학동안 여러 권의 문학 개론서와 대학원 시절 꼼꼼히 만들어 두었던 노트를 찾아가며 강의 자료를 만들고 부교재로 사용할 몇 권의 소설을 골라 감상의 포인트가 될 만한 사유를 궁리하느라 꽤나 분주한 시간을 보냈었다.

하지만 미천한 능력을 열정으로 메워 보려했던 초짜 강사에게 주는 세상의 경종이었을까, 개강일 문을 열고 들어선 나는 채 다섯 명도 앉아 있지 않은 썰렁한 강의실의 음습한 기운에 그만 맥이 풀려 말문이 막히고야 말았다. 여느 강좌가 그렇듯 수강 신청에서 최소 인원을 채우지 못한 채 일주일이 지나면 그 강좌는 폐강이 되고 만다. 나는 어쩌면 방학 내내 준비한 자료 한번 열어 보지 못한 채 끝나버릴 강좌의 오리엔테이션을 쓸쓸한 목소리로 이어가고 있었다. 10분의 1도 채워지지 않은 강의실의 공허함 때문인지 목소리가 자꾸만 기어들어갔다. 기분 좋은 긴장감으로 가득 차야 할 새 학기의 강의실이 초라한 젊은 교수의 비통한 넋두리로 자꾸만 우중충해지는 것 같았다.

그렇게 일주일이 지난 후 다행히도 몇몇 문학에 관심을 가져준 기특한 학생들이 추가 신청을 해 줘서 폐강의 치욕은 겨우 면할 수 있었다. 그런데 나는 그때 스무 명도 채워지지 않은 강의를 이끌며 어쩌면 이러한 작금의 상황이 곧 우리 문학의 현실이지 않을까 하는 생각을 하게 되었다. 문제는 좋은 소설, 아름다운 시, 사색이 가득한 수필이 없는 것이 아니라 그것을 대신해 줄 콘텐츠가 너무 많은 것이었다. 책과 문학이 삶의 질을 높이는 가장 유익한 재료라고 단언할 수 없는 세상이었다. 손에 온 세계를 들고 다니는 스마트한 시대라는 것을 폐강의 위기에 선 초짜 교수는 그제야 알았다.

학기 내내, 다음 학기의 폐강 위기를 타개할 수 있는 방법을 궁리해 보았지만 뾰족한 해결책은 떠오르지 않았다. 그러던 중 같은 문제로 늘 고민하시던 경일대학교의 신재기 교수님께서 상당히 파격적인 고견을 내게 말씀해 주셨다. 판타지 문학이 중심이 된 강좌를 기획해 보라는 것이었다. 쉽게 접근할 수 있는 판타지 문학을 기본으로 우선은 학생들에게 문학의 관심을 불러일으켜 보자는 의도가 주된 강의의 목표였다.

4년제 대학의 교양 강좌에서 판타지 문학 즉 비주류에 속하는 문학으로 강의를 개설한다는 것은 결코 흔한 일이 아니었다. 그 때까지 나 역시도 흔히 말하는 장르 소설의 수준에 대해 의구심을 가지고 있었다. 모름지기 문학 강의의 주제란 소설사를 살피고 이론에 맞춰 작품을 읽으며 삶에 관한 진리를 탐구해야 하는 것이라고 믿었다. 하지만 선택의 여지가 없었다. 강의를 살려야 했다. 강좌는 학생이 차야 개설되는 것이었다.

'판타지 문학의 이해' 라는 강좌명으로 기획서를 써서 신 교수님께 올리고 나니 곧이어 교재를 한번 써보라는 말씀이 있으셨다. 박사학위를 받긴 했지만 그때까지 혼자 저서를 써 본 적은 없었다. 두렵고 막막한 마음이 앞섰지만 새로운 분야를 공부하고 최선을 다해 정리해 보겠다는 각오로 원고를 시작했다. 그것이 『소설로 읽는 판타지』가 만들어진 계기였다. 하지만 판타지의 인문학적 이해와 장르문학에 대한 이해가 부족했던 탓인지 진도는 쉽게 나가지 않았다.

그 사이 한 학기가 지났고 폐강 위기에 있던 강좌를 대신해 기획서를 올린 '판타지문학의 이해' 가 개설되었다. 두근거리는 마음으로 첫 강의를 기다렸다. 개강을 앞두고 출석부를 출력하다가 나는 놀라움에 비명을 지를 뻔했다. 오전, 오후 각각 60명씩 두 강좌로 개설되었는데 모두 만석이었고 수강 대기 학생까지 십 수명에 이른다는 풍문이 들려왔다. 강의가 시작되자 교재가 완성되지 않아 체계적인 강좌를 못 하는 것이 무척이나 안타까웠다. 급한 마음에 원고를 쓰느라 늦은 시간까지 도서관을 지키고 있었다.

소설을 읽고 판타지 이론을 대입하며 감상을 적어나가는 일은 그리 어렵지 않았다. 그런데 문제는 '왜' 사람들이 그토록 오랜 세월 여러 가지 방법으로 판타지를 우리의 주변에 두었는가 하는 것이었다. 여러 저서들을 찾아 읽는 동안 나의 판타지에 대한 의문점은 바로 이 하나로 귀결되었고 그 의문점을 아우를 수 있는 정의를 만들기 위해 꽤 오랜 시간을 고민했다. 판타지를 우리말로 바꾸면 환상幻想이고 좀 더 풀이하자면 '허깨비 생각'이다.

그런데 인류 발전의 역사는 세상에 존재하는 수많은 현상에 관한 인과관계를 명약관화하게 파악하는 것이지 '허깨비 생각'이 아니었다. 일출과 일몰로 대표되는 자연현상에서부터 생로병사에 관계한 생명현상까지, 인간은 오랜 시간동안 집요한 관찰과 깊은 사고를 통해 현상의 합리성을 증명해냈고 앞으로도 이러한 증명의 과정은 계속될 것이다. 그러므로 우리는 아직도 밝혀지지 않은 비합리적 현상을 인간의 무지 혹은 능력적인 한계의 차원에서 보류해 둔 것이라고 생각한다. 모든 현상의 잠정적인 합리화는 인간의 욕망과 충돌하면서 그 기반에 균열을 가져올 수밖에 없다. 나는 이 균열이 우리가 합리적이지 않은 현상 즉 판타지를 찾게 하는 원동력이 된다고 생각했다.

탈고 후 책의 머리말의 한 부분을 문학 속 판타지는 어떻게 발현되는지에 관한 생각으로 채웠다. 대부분의 소설 속 인물들에게 판타지가 찾아오는 순간은 '좌절'한 후였다. 현실의 높은 벽에 부딪쳐 옴짝달싹 못 하는 그 순간 판타지가 찾아왔다. 『해리포터』가 그랬고 『나니아 연대기』가 그랬고 '루피'와 '홍길동'이 그랬다. 하나같이 현실에서 좌절한 인물들이었다. 그렇게 머리말을 마무리 하려고 하니 뭔가 허전한 것이 있었다. 과연 좌절 하나 뿐일까? 좌절만 하면 판타지를 만나게 되는 것일까?

판타지 소설 속 인물들의 면면을 곰곰이 되짚어 보았다. 그리고 그들 모두에게서 나타나는 공통분모가 무엇인가 찾아보았다. 마침내 하나로 귀결되는 그들의 의식 하나를 발견했다. 바로 '용기' 였다. 나는 책의 머리말을 이렇게 마무리 했다.

현실에서 좌절한 용기 있는 인간 앞에 환상은 나타난다.

말하자면 작품 속 등장인물들은 용기가 있었기 때문에 좌절의 이면에 서 있던 환상을 붙잡을 수 있었다. 한 인물의 환상적 이야기는 대부분 그렇게 시작되었다. 수많은 좌절에 봉착한 독자들에게 문학이 보탤 수 있는 미약한 힘은 환상과 용기가 아닐까 생각해 본다.

그리고…, 그러한 실익實益에 가장 큰 수혜를 본 이는 바로 책을 쓴 나였다. 한 권의 번듯하고 따끈한 완성본을 손에 쥐었을 때 나의 삶이 조금은 더 성장하고 있나는 용기를 얻었다.

학이사의 10주년 기념집에 작은 흔적을 보탤 수 있게 된 일이 무척 영광스럽다. 학이사의 무한한 발전을 진심으로 기원한다.

간절한 꿈, 뜨거운 도전

고쾌선 지음

〈2014. 10. 07.〉

뜨겁게 도전하며 후회 없이 살아가다

    사람은 누구나 생生, 노老, 병病, 사死 의 삶의 과정을 거치며 일생을 살아간다. 우리의 인생은 "유일명唯一命, 유일생唯一生!" 우리는 오직 하나밖에 없는 목숨을 가지고 오직 한 번뿐인 인생을 산다.

    인생은 두 번 살 수 없다. 연습이 없는 진지한 시합이요, 일회전으로 끝나는 엄숙한 경기다. 인생은 언제나 누구와 무엇과의 만남을 통하여 살아갈 뿐 아니라, 이 세상에 태어나서 죽음을 맞이할 때까지 매 순간 선택에 의해 삶을 영위하고 있다. 우리들이 타인의 삶을 보는 시선은 비교적 정확하고 익숙하지만, 정작 내 삶은 서툴고 낯설기만 한 것이 인생이다. 사람은 누구나 한 번 뿐인 인생을 잘 살고 싶어 하고 원하는 많은 것을 이루면서 행복하기를 소망한다. 그러나 사람들은 인생의 황혼기에 이르러서야, 올바르게 사는 법, 행복하게 사는 길을 그제야 조금 알게 되었다면서, 우리더러 좀 더 일찍 그 길을 찾아 나서라고 한다. 죽음을 앞둔 사람들은 지난날의 자기 삶을 후회하면서 우리들에게 '남에게 베풀고, 사랑하고, 즐기며, 감사하고, 참아가며, 후회 없는 삶을 살라' 고 교훈을 남기고 떠나갔다. "It matters not how long we live, but how."

　'얼마나 오래 사느냐'가 중요한 것이 아니라 '어떻게 사느냐'
가 중요하다는 말이다. 실존주의實存主義의 중심적 주제인 즉 '산
다는 것은, 곧 시련을 감내하는 것이며, 생존하기 위해서 그 시련
속에 어떤 의미意味를 찾는 것'이 중요하다고 한다. '나는 누구인
가?' 나의 존재存在의 의미를 찾아야 하며, '나는 왜(why)사는가?'
삶의 의미 알아야 한다. '어떻게(how) 살아야 하는가?' 삶의 내재
적內在的가치에 의미를 두어야 할 것이다. '나는 누구이며, 왜, 어
떻게 살아야 하는가? 의미 중심의 이 질문에 답을 찾는 여행이 인
생이 아닐까? 우리는 영원永遠 속에 오직 한 번 주어진 이 고귀하
고 아름다운 인생을 후회 없이 어떻게 살아가야 할까? 이것은 모
든 사람들에게 주어지는 인생의 가장 근본적인 물음이다. 이 물
음에 동서고금의 많은 철학자와 종교인들이 가장 많이 사색하고
고민했다. 왜 살아야 하는가? 삶의 이유가 분명히 있어야 한다.

　나는 이 물음에 "지금, 여기서, 나만의 삶을 즐기면서 최선을
다해 후회 없이 살다가 웃으며 떠나기 위해 산다."고 답하고 싶
다. 지금, 여기, 이 순간순간의 후회 없는 삶이란 매우 어려운 일
이다. 그러나 최대한 노력하여 후회를 조금이라도 줄이고 살아가
야 한다. 나는 후회 없는 삶을 위한 그 방법을 모색하기 위하여
오래전부터 여러 관련 도서를 탐독하고 신문기사 내용, 각종 연
구자료 및 인터넷에 실린 다양한 자료를 수집 인용하였으며, 평
소 나의 사색과 고민을 통하여 규명한 것들을 책에 담았다. 우리
는 억겁億劫의 세월 속에 서로 인연이 있어 가족의 축복 속에 이

세상에 잠깐 머물다 가지만, 어김없는 세월의 흐름 속에 언제고 이 세상을 떠날 준비를 하면서 살아야 한다. 오늘이 어쩌면 나의 마지막 날일지도 모른다는 생각으로 주어진 이 순간에 감사하며, 자신만을 위한 이기적 삶 보다 사랑하며, 나누고, 베풀며, 즐기며, 더불어 살아가야 한다. 하늘을 우러러 한 점 부끄럼 없이 살고 싶다던 윤동주 시인의 간절한 바람을 가지고 뜨겁게 도전하며 후회 없이 살아가다가, 가족들의 축복 속에 웃으며 떠나가기를 소망한다.

전원 속 예술가들

김수영 지음
박관영, 이지용 사진

〈2014. 10. 20.〉

'전원 속 예술가들'을 만나보며

초가집을 짓고 사람들 속에 살아도 수레 소리가 시끄럽지를 않네
(結廬在人境 而無車馬喧)/ 어떻게 이렇게 살 수 있느냐 묻기에 마음이
멀어지니 있는 곳이 외지게 된다(問君何能爾 心遠地自偏)/ 동쪽 울타
리 아래서 국화꽃 꺾어다가 문득 고개를 멀리 남산을 본다(採菊東籬
下 悠然見南山)/ 산 기운은 석양되니 아름답고 새들은 짝을 지어 날아
돌아온다(山氣日夕佳 飛鳥相與還)/ 이중에 참뜻이 있으니 참뜻을 말
로는 표현할 수가 없구나(此中有眞意 欲辨已忘言)

도연명(365년~427년)의 남긴 시「음주飲酒」이다. 도연명은 깊은 산
속에 살아서 세상의 일에 전혀 간섭을 받지 않았다. 그런 그에게
즐거움을 주는 것은 자연과 술이었다. 도연명은 깊은 가을밤에
때마침 좋은 술이 생겨서 그것을 마셨다. 술을 마시니 취하고 취
한 뒤에는 시의 흥취가 자연스럽게 생겨나서 즉흥적으로 시를 지
었다. 그래서 나온 것이 이 시로 알려졌다. 이 시는 그가 관리생활
을 하면서 겪었던 일들은 물론 "곡식 다섯 말 때문에 허리를 굽힐
수 없다며 벼슬을 벗어던지고 귀농해 전원생활을 하면서 느꼈던
것들을 담담하게 표현하고 있다. 이 시는 후일 이백(701년~762년)의

'산중문답山中問答'에 큰 영향을 미쳤다. 산중문답은 이백이 젊은 시절 은거하면서 지내던 시기에 지은 시이다. 문답의 형식을 빌려 썼으며 산에서 살아가는 유유자적한 삶과 평화로운 심리 상태를 산중의 그윽한 정취를 빌려와 잘 표현하고 있어 자연을 벗하고자 하는 이들에게 지금까지도 많은 사랑을 받고 있다. 2014년 펴낸 '전원 속 예술가들'의 글과 도연명, 이백의 글을 비교하는 것은 감히 시도할 수 없는 일이다. 하지만 이 글의 서두에 두 명인의 이야기를 설핏 다룬 것은 도연명과 이백의 글에서 담아내고자 했던 것이 전원속 예술가들의 글과 어느 정도 일치하는 부분이 있기 때문이다. 『전원 속 예술가들』은 이처럼 과거의 사람들이 느꼈던 전원생활의 여유와 자연의 아름다움에 예술가들의 혼을 잘 버무려 살아가는 예술인들의 삶과 그 속에서 그들이 피땀 흘려 만들어낸 작품에 대한 이야기를 담은 책이다. 자연과 하나가 되어 창작활동에 몰입하는 예술가들을 보면 자연스럽게 도연명과 이백의 글이 떠오르는 것이다. 이 책은 2011년 11월부터 2014년 2월까지 약 2년 반 가까이 영남일보 지면에 같은 제목으로 게재된 시리즈를 엮었으며 총 40명의 전원 속 예술가들을 삶을 들여다보고 있다. 영남일보의 기획시리즈 '전원 속 예술가들'은 도심을 벗어나 산과 들, 강이 있는 곳으로 삶의 터전을 옮겨 자연을 벗 삼아 작품 활동을 하는 예술가가 날로 늘어나고 있는 최근 추세를 반영한 것이다. 예술가들이 도시에서 쫓기는 삶을 살아가면서 잃어버렸던 것들을 자연과 벗하면서 다시 찾아가고 있는 것을 가감없이 보여 주려한 것이 이 시리즈의 기획 의도라 할 수 있다.

자연은 동서고금을 막론하고 끊임없이 수많은 예술가에게 예술적 영감을 불러일으키는 원천이었다. 이는 예술과 자연은 떼려야 뗄 수 없는 관계라는 의미이기도 하다. 예술가들은 자연과 호흡하면서 자연스럽게 작품의 영감을 얻고 자신의 작품세계를 확장, 발전시켜 나간다. 이것만이 아니다. 치열한 삶의 경쟁 구도에서 별로 돈이 되지 않는(유명작가의 경우는 약간 다르지만) 예술을 하느라 챙길 겨를이 없었던 삶의 여유를 찾으며 인생의 지혜 또한 배운다. 예술은 물론 삶의 풍요로움을 자연을 통해 얻어가고 있는 것이다. 물론 이 책이 이런 작가들의 삶을 알뜰살뜰 다 챙기지는 못했다. 신문이라는 지면의 한계와 필자의 능력 부족에 때문이라 생각된다. 이 책에 등장하는 40분의 예술가들은 다양한 장르에서 예술활동을 펼치고 있다. '양 작가'로 불리는 문상직, 섬유미술가인 차계남, 나무를 소재로 조각하는 김성수·정은기, 못 쓰는 컴퓨터를 재활용해 색다른 작품을 선보이는 조각가 리우를 비롯해 백미혜 김일환 박중식 남춘모 송광익 이명원 노중기 노태웅 박희욱 등의 화가, 이복규 이점찬 최인철 장성용 연봉상 김선식 황승욱 이학천 등의 도예가, 문무학 장하빈 등의 시인, 원로 서예가 이성조, 연극연출가 최재우, 자연염색가 김지희, 현대무용가 박현옥 등 다양한 분야에서 활동하는 예술인이 수록돼 있다. 이들은 자연의 아름다움을 있는 그대로 화폭에 담아내는가 하면, 자신만의 방식대로 재구성해 드러내 보여주기도 한다. 조각가들은 나무, 돌 등 자연물을 소재로 작품을 만든다. 작품의 표현방식이나 소재의 다양성은 있지만 이들은 기본적으로 자연에 매료돼 있으며 자연을 최대한 작품에 끌어들이고자 노력하고 있다는 공통점이 있다. 작가에 따라서 자연이 작품에 직접적으로 표현되기도 하고 때로는 상징적으로 드러나기도 하지만 자연과 호흡하며 사는 삶이 가장 행복하고 평화로운 삶이라는 작가의 생각이 작품 속에 공통적으로 자리하고 있는 것이다. 『전원 속 예술가들』을 쓰면서 나 스스로도 변한 점이 많았다. 사실 이 시리즈를 취재하는데는 비교적 많은 시간이 걸린다. 대부분의 취재가 도심에서 진행되어 1~2시간만 하면 되는데 이 취재는 외곽지로 나가야 하기 때문에 이동시간이 많이 걸리는 것이다. 30~40분 거리의 비교적 짧은 시간이 소요되는 팔공산에 있는 작가들도 있지만 문경, 청도, 고령 등 비교적 먼 거리에 사는 작가들이 많았다. 가까운 거리는 반나절만 하면 됐지만 먼 거리 취재의 경우 하루를 온전히 쏟아 부어야만 했다. 그래서 처음에는 몇 시간씩 차를 타고 오고 가야 하는 길이 약간은 고행길처럼 느껴졌다. 컨디션이 안 좋을 경우 멀미를 잘 하는 나는 취재를 가기 전 몸 상태부터 점검해야 했다. 취재차량을 타고 가면서 멀미 때문에 자주 눈을 감고 있는 나에게 동행하는 사진기자는 '잠자는 숲속의 공주'라는 별명까지 지어줬다. 특히 포장이 잘 안 된 길을 가거나 산 위에 자리한 집에 차가 들어가지 않아 걸어가야 하는 경우, 꾸불꾸불하게 이어진 시골길은 때때로 나의 체력적 한계를 느끼게 했다. 그런데 어느 순간부터 나도 모르게 취재를 하러가는 발걸음이 가벼워졌다. 좋은 공기, 멋진 풍경 속에서 진행되는 취재가 멀미 때문에 병든 닭처럼 고개 숙이고 있던 나에게 새로운 힘을 주었기 때문이다. 작가의 멋진 작품들을 보면서 작가를 취재하는 것은 그동안 20여 년의 기자생활에서 제일 호사스런 시간을 안겨주었다. 맥없이 취재를 시작하던 나는 서서히 눈빛이 빛나고 말에도 힘이 들어갔다. 그리고 취재 횟수를 거듭할수록 작가들이 어떤 자연환경 속에서 작업을 하는지에 대한 궁금증이 커졌다. 다양한 지역으로 취재를 갔기 때문에 작업실을 찾아가는 길도 다양했지만 그들의 작품과 그들의 작업실도 제각각이었기 때문이다. 취재하러 가면서 보는 풍경에 취하고 작품과 작업실 풍경에 취해가면서 미지의 세계에 있는 작업실을 찾아가는 재미가 어느새 나를 사로잡았다. 물론 전원생활을 하는 예술인들이 전원생활의 모든 면에 만족감을 느끼는 것은 아니었다. 시골에 살면 도시에서 사는 것보다 불편한 점이 많다. 생활에서 필요한 물품을 제때 수급하기가 힘들고 눈, 비 등으로 인한 자연재해를 입을 가능성도 크다. 오지의 경우 인터넷이나 휴대전화 사용에 불편이 따르기도 한다. 하지만 이런 불편을 감수하고 그들이 전원으로 향하는 데는 나름 이유가 있다. 실제로 취재과정에서 많은 작가들은 도시에서 쫓기는 삶을 살면서 잃어버린 것을 자연을 통해 다시 얻었기 때문에 이런 불편을 충분히 이겨낼 수 있다고 했다. 오랫동안 전원생활을 한 예술가들은 아예 이런 불편을 느끼지 못한다는 말도 했다. 이들 중에는 전원과 도심을 오가며 생활하는 경우도 있는데 이들 상당수는 도심에 나오면 복잡함, 소음 등으로 인해 오히려 피로감, 불편함을 느낀다며 한시라도 빨리 전원 속 집으로 돌아가고 싶다고 말했다. 이들 중 한 예술인은 꾸불꾸불한 시골길을 지나가는 것이 맘에 들어 전원생활을 한다고 했다. 구불구불한 길은 조심조심 가야 한다. 빨리 가고 싶다는 욕심에 사로잡혀 속도를 내다보면 자칫 사고가 날 수 있다. 그 예술인은 원래는 성질이 아주 급했다고 했다. 그래서 처음에는 시골집으로 가기 위해 지나가야 하는 구불구불한 길에 엄청나게 스트레스를 받았다고 했다. 속도를 제 마음대로 내지 못하고 늘 운전에 집중해야 되기 때문이다. 이것이 처음에는 스트레스였는데 어느 순간 느려진 차의 속도에 익숙해지고 자신의 성격도, 나아가 삶의 속도도 점점 느려지고 안정되어 갔다고 했다. 그리고 꾸불꾸불한 길을 통과해 목적지에 당도했을 때 느끼는 편안함도 좋았다고 했다. 등산을 할 때 오르막을 오르다 정상에 당도한 듯한 그런 느낌이란다. 그 예술인의 말을 들으면서 절로 고개가 끄덕여졌다. 꾸불꾸불한 길을 가면서 늘 빨리만 살아가고자 했던 나의 삶을 되돌아본 것이다. 인생 역시 늘 곧은길이 아닌, 살다보면 이처럼 꾸불꾸불한 길을 만날 수 있다. 그러나 이 길을 다 지나갔을 때의 안도감, 행복을 느낄 수 있다는 점을 이 취재를 통해 알게 됐다. 결국 전원 속 예술인들의 삶을 취재하면서 나의 삶을 되돌아보는 소중한 기회와 시간을 가진 것이다. 누구나 전원생활에 대한 소망과 아쉬움은 가지고 있다. 특히 나이가 들어갈수록 이런 생각은 더욱 강해진다. 그러나 쉽게 시도하지를 못한다. 큰 이유 중에 생활의 번거로움, 외로움 등이 자리한다. 하지만 전원생활을 해본 이들은 전원생활에 익숙해지면 도시에서와는 달리 단순한 삶을 살 수 있다고 조언한다. 현대인은 점점 복잡한 삶을 살아갈 수밖에 없다. 편리한 기구는 많아지는데 생활은 점점 더 쫓기고 복잡해지며 시간적 여유는 줄어들기만 한다. 전원은 이 같은 도시 삶 속에서 잃어버렸던 여유와 시간을 돌려준다. 개인적으로 신문에 게재된 기사로만 머물수 있던 것을 책으로 엮어내서 좀 더 많이 사람들에게 지역의 예술인과 전원생활의 풍요로움을 알게 해주신 학이사 신중현 대표님께 감사를 드린다. 그리고 지역을 대표하는 도서출판 학이사가 창립 10주년을 맞은 것을 진심으로 축하한다. 10년이라는 결코 짧지 않은 시간동안 어려운 지역의 문화예술환경 속에서도 꿋꿋하게 맥을 이어가고 좋은 책들을 펴낸 학이사에 존경의 박수를 보낸다. 창립 10주년 기념으로 『내 책을 말하다』란 책을 펴내게 된 것도 나름 의미 있는 시도라고 생각한다. 다만 쟁쟁한 필진들의 글과 함께 엮이게 될 내 졸고에 대한 걱정이 커진다. 하지만 예술인들의 빛나는 삶을 내 짧은 글 실력으로나마 전할 수 있다는 데서 약간의 위로를 삼는다. 마지막으로 학이사가 걸어온 10년을 발판 삼아 앞으로 10년, 100년의 시간 속에서 더욱 빛나는 모습으로 성장하기를 바란다. 필히 대한민국을 대표하는 도서출판사로 자리 잡을 것이라 확신한다.

독도는 우리가 지키고 있어요

안영선 지음
최명숙 그림

⟨2014. 12. 01.⟩

독도는 우리 땅, 자신 있게 말합시다

독도에 대한 이야기 동시집 『독도는 우리가 지키고 있어요』를 출간하고, 43년을 초등학생과 같이 생활하다가 정년퇴직을 하고 대구중앙도서관 '사람책'에 등록하고, 독도재단의 독도랑 기자로 선발되면서 독도를 자주 다녀오게 되었고, 그래서 자연스럽게 독도 이야기를 하는 기회가 많아졌다.

우리나라 어른이나 어린이들을 만나서
"독도는 어느 나라 땅이지?" 하고 물으면
"우리 땅" 이라고 하나 같이 소리를 지르는데
"왜 우리 땅입니까?" 하면
고개를 숙이고 생각에 잠깁니다.

안용복 장군이
이사부 장군이
옛날 지도에
배타적경제수역이
뭔가를 알고는 있는데

162

말은 하고 싶은데…

여러분! 그런 건 몰라도 독도에는
우리나라 사람이 살고
우리나라 해양경찰이 지키고
우리나라 태극기가 펄럭이고 있고
우리나라 어디라도 폰이 되는데
일본은 전화가 안 됩니다.
왜 안 될까요 외국인데 로밍을 안 해서 안 됩니다.

그제서야 생글생글 웃으며
맞네, 맞아합니다.

- 「시인의 말」 중에서

　교육과학기술부에 의하면 초, 중, 고등학교에서는 연간 10시간을 학교교육과정에 편성해서 독도 교육을 하는 것을 바라고 있다.
　초등학교에서도 교과와 관련시켜서 창의적 체험활동과 계기교육을 통해 독도 교육이 체계적으로 이루어져 초등학교만 졸업하면 독도의 위치와 중요성, 우리 영토 독도에 대해 바르게 알고 거짓된 주장을 일삼는 일본의 허구성과 옛 문헌과 고지도에 나타난 우리 땅이라는 자료, 천연보호구역에 사는 독도의 동식물에 대해 알고 언제 어디서나 말할 수 있는 것으로 알고 있다.

그러나 학교의 교육 현장 상황은 다르다.

선생님과 어린이들에게는 독도 교육은 그리 중요한 것이 아니다. 당장 급한 시험 점수에 기록물 관리와 영어와 컴퓨터 스펙 쌓기가 미래인 듯하다.

10월 25일, 독도의 날이 와도 장학 실적 확인물 비치를 위해 또 한 반에 몇 명에게 상을 줘야하니 독도에 대한 글쓰기, 그리기, 만들기 등을 하는 게 학습의 전부이고 이날은 독도 티셔츠를 입고 와 교실에서 독도 비디오 한 프로 보는 게 전부다.

어린이 여러분, 이렇게 시키는 것도
제대로 안 하고는 우리 땅, 우리의 독도를 지킬 수 없어요.
일본은 우리와 달라요.
학교에서 독도를 자기 땅이라고 공부를 하고 있어요.
세계 여러 나라 사람들에게도
독도를 자기 땅이라고 선전하고 있고요.
지금부터 여러분이 독도에 대해 얼마나 알고 있는지
한번 알아보겠습니다.
나는 독도를 얼마나 알고 있습니까?
한 장씩 나눠 주고 스스로를 평가해 보게 한다.
여러분 반 이상 맞춘 사람을 상을 주겠습니다.
독도에 섬이 몇 개 입니까?
두 개라고요? 아닙니다.

독도의 섬은 동도와 서도 외에 89개나 더 있어서
독도의 섬은 모두 91개입니다.
독도에 주민은 몇 명입니까?
김성도, 김신열 두 명입니다.
김성도가 이장입니다.
우리나라에서 주민 2명에 이장이 있는 독도리
여기 문제의 답은
『독도는 우리가 지키고 있어요』에 있습니다.
이 책은 독도를 공부하기에 좋은 동시집입니다.
독도에 대해 공부하고
독도에도 다녀오시고
독도는 우리 땅이라고 자신 있게 말을 합시다.

지금까지 독도에 대한 동시집이 없었는데 아동문학가 안영선 선생님께서 독도가 우리 땅임을 세계에 알리기 위한 노력으로 펴낸 두 번째 독도 동시집 『독도는 우리가 지키고 있어요』 출간을 큰 박수로 축하합니다.

선생님의 두 번째 독도 동시집에는 동시를 읽으며 독도의 동물과 식물, 자연환경, 역사, 독도 사람들을 쉽게 이해할 수 있도록 꾸몄으며, 어린이의 독도 교본으로 활용하여도 손색이 없다고 생각합니다.

부디 이 동시집을 국민 모두가 읽어서 어린이들에게는 큰 가르침과 감동을 주기를 바라고, 어른들에게는 독도를

생각하는 계기가 되며, 또 독도를 바르게 알아 친근하게
다가서서 언제 어디서나 독도가 우리 땅이라고 자신하게
말 할 수 있기를 기대해 봅니다.

- (사)독도중앙연맹 총재 이수광

우리의 보물이자 자랑거리인 독도!

독도의 마음을 얻는 첫걸음은 독도가 말하는 이야기에
귀를 기울이는 것입니다. 아동문학가인 안영선 시인은 그
이야기(안용복 바위 이야기, 괭이갈매기 이야기, 그 옛날
강치들의 이야기 말입니다)를 경청하였다가 우리에게 되
돌려 줍니다. 동시의 형식을 빌렸지만 다른 어떤 보고서들
보다 가슴에 와 닿습니다. 특히 우리 어린이들의 마음에 자
연스레 독도가 스며들 것입니다.

안영선 시인의 열정이 담긴 두 번째 독도 동시집 발간을
축하드리며, 이 동시집은 최근 바다 기피사상으로 멀어져
갈 뻔한 우리 보물 독도를 다시금 우리 곁에 다가오게 하
는 큰 의미가 있습니다.

- (사)독도사랑범국민운동본부 공동대표 문신자 · 원성수

커피간타타

박기옥 지음

<2014. 12. 10.>

아무려면 남자가 커피보다 못할까

『커피칸타타』는 나의 두 번째 수필집이다. 첫 수필집 『아무도 모른다』 이후 4년만이다. 매일신문 '에세이 산책'에 2년 동안 연재했던 단형 수필들이 계기가 되었다. 신문의 특성상 시의성과 시사성을 외면할 수 없었으나 그것은 오히려 수필 소재의 외연 확장에 도움이 되지 않았나 생각된다. 짧은 글 안에 주제를 밀도 있게 녹여내려 고심하면서 한 편 한 편 구태여 '수필'이고자 고집했다.

2년 동안의 연재가 끝나자 책으로 묶게 되었다. 40편의 작품으로 계절의 흐름과 신체 리듬에 맞추어 읽기 편하게 구성했다. 독자의 입장에서는 초봄의 「매화 옛 등걸에」를 읽기 시작하면 여름의 「맥주 한 잔」과 가을의 「커피칸타타」를 거쳐 겨울의 「지나간다」를 경험하게 될 것이다. 이는 자연스럽게 신문의 연재 순서와도 연결되어 개인적으로도 선호하는 배열이기도 했다.

표지는 시누이인 백성혜 화가의 전시회에서 건졌고, 출판은 학이사에서 맡아 주었다. 몇 년 전 출판단지로 이사한 학이사는 건물 벽면에 새긴 '책을 통해 세상 속으로'라는 슬로건처럼 책이 나오자 바로 전국 유명 서점과 E-Book을 통해 발 빠르게 전파했다. 영업 출판사라는 이름에 걸맞게 판매에 의욕을 보여 작가로서는 여간 고마운 일이 아닐 수 없었다. 교보문고에 갔을 때 여러 신간 속에서 내 책을 발견했을 때의 그 감격은 두고두고 잊을 수 없을 것이다.

출판기념회는 내가 주강으로 있는 대구대학교 수필창작과정 회원들이 열어 주었다. 감동이었다. 그 멋진 행사에 멘토이신 김규련 수필가가 안 계셔서 몹시 서운했다. 선생님은 연재 기간 내내 나의 작은 생각, 조잡한 글 한 줄에도 관심을 보여 주셨는데, 지병으로 타계하시어 참석하지 못하셨다.

우수, 경칩이 지나니 날씨가 달라지기 시작했다. 겨우내 얼었던 흙이 풀어지면서 그 틈으로 햇살이 들어간 모양이다. 뱀이 눈 뜨고, 개구리도 기지개를 켜기 시작했다.

신기한 것은 절기다. 때가 되면 남쪽에서는 어김없이 봄소식이 날아온다. 매화가 선두에 있다. 매화로 해서 겨울이 물러가고 봄이 온다. 매서운 한 겨울의 추위를 뚫고 고고하게 꽃망울을 터뜨리기에 매화가 아닌가. 그 작고 얇고 단아한 자태는 마침내 우리의 눈을 사로잡는다.

이상하게도 매화 향기는 코가 아니라 눈으로 맡아진다. 옛 선비들은 동구 밖 흰 눈 속에서도 매화향이 느껴진다고 노래했다. 꽃망울 터지는 소리도 귀를 거쳐 눈으로 들려온다.

백운산 산자락에 핀 한 떨기 매화가 푸른 물과 어우러져 수채화를 그린다. 짓궂은 바람이 간간히 꽃잎을 수면 위로 날려 보내지만 매화는 도도하다. 봄볕이 고양이처럼 살그머니 다가와 꽃잎을 핥는다.

언덕 위에는 오래된 매화등걸이 보인다. 100년은 족히 넘었음직한 고목이다. 고사 직전 응급치료를 한 듯 뿌리와 몸통을 시멘트로 이어 놓았다.

몸에서 나온 가지는 반 이상 잘려나갔다. 분신을 잃고 남은 몇 가지가 민망한 듯 조용히 팔을 뻗고 있다. 신기한 일이다. 아무도 봐 주는 이 없는 늙고 초라한 나무 등걸이 저 거칠고 차가운 시멘트를 뚫고 뿌리로부터 물기를 뿜어 올리다니! 저토록 튼실한 몸통과 가지가 있기 위해서는 뿌리는 또 얼마나 멀리 뻗어 있어야 할까.

꽃을 뒤로 하고 나무 등걸로 다가가 거친 나무껍질을 손으로 쓸어본다. 온갖 간난과 전쟁을 겪었을 세월이 온기를 지니고 전해오는 듯하다.

꽃들아, 잘난 척 하지 마라. 세상의 그 어떤 빛나는 꽃들도 가녀린 뿌리 하나로부터 시작되었을 것이니. 꽃의 사랑 꽃의 환희도 뿌리에서 길어 올린 빗물 한 방울에서 만들어지지 않던가.

어디선가 작은 새 한 마리가 매화 등걸 위에 날아와 앉는다. 온몸이 하얀 깃털을 한 새다. 까치인가? 여인의 넋인가? 기생 매화의 화신(化身)일 수도 있지 않을까.

매화 옛 등걸에 봄절이 도라오니 // 옛 퓌던 가지에 피엄즉도 하다 마는 // 춘설(春雪)이 난분분(亂紛紛)하니 퓔동 말동 하여라

길조든 여인이든 상관있으랴. 매화 옛 등걸에는 지금 꽃 대신 새가 앉아 있다. 함께 봄을 즐길 모양이다.

- 「매화 옛 등걸에」 전문

내 이럴 줄 알았다. 집에서 새는 바가지가 밖에선들 무사하랴. 이번에는 커피다. 데이트 나갔던 딸아이가 찬바람을 일으키며 제 방으로 쌩 들어간다. 엄마 등쌀에 세 번이나 만났는데 만날 때마다 자판기 커피만 권하더라는 것이다. 식사비에 버금가는 커피는 사치라는 주장이었다고 한다. 딸은 커피를 음식 값과 비교하는 남자가 불편했고 남자는 여자의 커피 선호가 거북했던 모양이다. 난감한 일이다. 화성 남자와 금성 여자가 만난 건가.

젊은 날의 내 모습이 떠오른다. 둘만의 오붓한 자리를 마련한 남자가 다방에서 커피를 시켰을 때였다. 오후였는데도 남자는 '모닝커피'란 것을 시켰다. 커피에 계란 노른자를 띄워주는 '특커피'였다.

그의 입장에서는 여자에게 비싸고 좋은 것을 사 주고 싶었는지도 몰랐다. 그러나 나는 평소에도 날계란이 싫었다. 비릿한 맛이 커피에 섞이는 건 더욱 싫었다. 커피 한 잔에서조차 영양가를 따지는 남자도 재미없었다.

난처했던 일은 그 다음에 일어났다. 상식적으로 계란 노른자는 스푼으로 조용히 떠서 한 입으로 먹는 법이다. 그런 다음 커피는 커피대로 마시면 될 일이다. 그런데 남자는 스푼으로 노른자를 깨뜨리더니 커피를 홀홀 젓는 것이 아닌가. 순식간에 커피는 커피 죽이 되고 말았다. 그는 그것을 입가에 몇 방울 묻혀가며 허겁지겁 떠먹었다. 아, 그 코믹하고 갑갑한 모습이라니!

딸아이가 제 방에서 비디오의 볼륨을 높인다. 하필이면 바흐의 「커피칸타타」다. 영주(領主)의 딸이 시집은 안 가고 커피 마시는 데만 정신이 팔려 있다. 영주가 단단히 화가 났다.

"아, 이 몹쓸 딸 같으니! 커피 좀 그만 마시고 시집이나 가라니까!"

"오, 아빠 그런 말씀 마세요. 커피를 못 마시면 나는 아마 구운 염소 고기처럼 쪼그라들고 말 거예요. 천 번의 키스보다 더 달콤하고 맛있는 이 커피를!"

똑, 똑. 아이의 방문을 연다. 쟁반 위에 에스프레소 두 잔을 준비했다. 일반 커피의 열배를 농축하여 진하고 쓴 맛이다. 비디오를 끄고 아이 옆에 앉아 눈을 맞춘다.

"요즘은 애견카페에서도 커피 향내를 풍겨 개들이 신났다네요."

아이가 내 눈치를 보며 선수를 친다.

"자판기 커피도 취향이야. 바흐도 달짝지근한 일회용 커피를 좋아했다더구만."

에스프레소를 한 모금 마신 딸이 얼굴을 찡그린다. 바로 이 때다! 주먹을 들어 딸의 머리를 힘껏 쥐어박는다.

"인생이 본디 쓰디 쓴 거다. 아무려면 남자가 커피보다 못할까."

- 「커피칸타타」 전문

내 나이 삼십대 후반 무렵, 나는 세월이 흘러 빨리 오십 대가 되었으면 좋겠다고 생각했던 적이 있었다. 당시 나는 몸이 열 개라도 모자랄 워킹맘으로서 돈과 시간과 잠 부족에 시달리고 있었다. 돈은 언제나 모자랐고, 살림하랴, 직장 다니랴, 아이들 거두랴 아쉬운 잠과 시간 때문에 눈이 벌겋게 충혈된 채 돌아다녔다.

나는 다목적 배우였다. 딸인 동시에 며느리며, 아내이고 엄마이며, 부하이고 상사였다. 부분인가 하면 전체이고, 주변인가 하면 중심이며, 과거인가 하면 미래이기도 했다.

더러는 멀리 도망치고 싶었던 적도 있었다. 연달아 사나흘 야근하고 집으로 향하는 깊은 밤, 다시 또 집에 가서 감기든 막내, 작은아이 숙제검사, 큰아이 기말고사 걱정에 시달릴 것을 생각하면 아득했다.

말을 달려 사하라 사막으로 숨어들고 싶을 때도 많았다. 그런 나에게 '진정한 여자의 미는 삼십대' 라느니, '프랑스에서는 여자가 35세가 되려면 47년이나 걸린다' 는 말 같은 것은 사치에 불과했다. 나는 자신이 여자로서 한창 나이인 것도 부담스러웠다. 현실은 버거웠고 마음은 늘 조급했다.

퇴직을 하자 비로소 내가 보였다. 자식들이 앞 다투어 집을 떠나준 덕에 온전한 나의 마당이 펼쳐진 것이었다. 나의 삶은 깃털처럼 가벼워졌다. 출근할 필요 없으니 잠 떨치고 일어날 일 없고 사지 멀쩡하니 어디든 돌아다닐 수 있다. 의·식·주 해결되니 거리에 나 앉을 일 없거니와 마음 내키면 친구들한테 나물밥도 살 수 있다.

나이 듦도 과히 나쁘지 않다. 젊은 시절 꽃만 보이고 잎은 보이지 않던 것이 나이 듦에 조금씩 보이는 것도 수확이다. 나의 못남이 내 삶의 본질임을 알아챈 것도, 지구의 축이 더 이상 나를 중심으로 돌고 있지 않음을 눈치챈 것도 나이 듦의 덕분이고 위안이다.

황금, 소금, 지금 중에 '지금' 이 최고라는 말이 있다. 영어권에서는 아예 '현재(present)' 를 '선물(present)' 과 동의어로 쓰기도 한다. 현재야말로 신이 내린 선물이라는 뜻일 터이다.

나는 왜 진작 몰랐을까. 삶의 마디마디가 참으로 귀한 선물이었던 것을. 지나간 시간은 다시 돌아올 수 없는 것을. 죽기 전 엘비스 프레

슬리도 노래하지 않았던가. It's now or never! 라고.

　시간만큼 공정하고 엄격한 것이 있을까. 다윗 왕의 반지에는 "This too shall pass (이 또한 지나가리라)" 라는 문구가 새겨져 있다고 한다. 승리도 패배도, 기쁨도 슬픔도 지나가기 마련이라는 뜻이다.

　이 해가 가기 전 묵은 반지에다 다윗의 흉내나 내어 볼까나. 올 한 해도 꼬리를 흔들며 지나가고 있으니.

- 「지나긴다」 전문

　수필을 쓴다는 것은 내게 있어 가슴속 깊은 곳에 작은 '늪' 하나를 가꾸는 일이다. 담론적인 늪의 의미는 '땅이 우묵하게 파지고 늘 물이 괴인 곳' 이다. '고여 있음' 이다. 그러나 또 다른 늪의 해석은 '더러운 물질을 깨끗하게 걸러주고 좋은 환경을 만들어 주는 곳' 이다. '움직임' 이다. 늪은 이끼 속에 숨어 사는 작은 벌레 뿐 아니라 우리의 기억 속에서 사라진 원시생물까지도 기꺼이 품어 살려 놓는다. 생명의 부활이다.

　수필집 『커피칸타타』는 완성도와 관계없이 많은 사랑을 받았다. 인터넷의 발달로 국내뿐 아니라 해외로부터도 다수의 응원편지가 있었다. 출판기념회에서는 김태원 수필가가 자신이 쓴 서평을 직접 읽어 주셨고, 문학평론가이신 한상렬 선생님께서는 책 말미에 평론을 수록해 주셨다. 선생님께서는 '『커피칸타타』에서 구현된 존재미학과 철학적 사유' 라는 제목으로 과분한 평을 해 주셨다. 지면을 빌어 두루 감사드리며, 특히 졸작을 욕심내 주신 학이사의 신중현 사장님에게 고마운 마음을 전한다.

마을로 간 신부

정홍규 지음

<2014. 12. 20.>

생태평화를 염원하는 마을로 간 신부

저는 어렵게 신부가 되었습니다.

가문의 대도 끊어 버리고 종교도 불교에서 개종하였습니다.

30년 동안의 신부생활, 감사라는 말을 몸과 마음으로 터득하는 데 약 30년이 걸렸습니다.

처음에 감사라는 말을 듣거나 표현하면 왠지 섭섭하고 부끄러웠습니다. 내가 되기까지 수많은 겹들이 나를 도왔기 때문입니다. 반면에 '가톨릭에서 살아보니 무엇이 문제인가' 라고 물으면 서슴지 않고 '다들 열심인데 포용력이 너무나 얇다' 고 한마디로 말씀드리고 싶습니다.

가톨릭이라는 말이 '보편적이다' 라는 말이지만 성직자나 수도 자들을 보면 얼마나 포용력이 약한지 놀랍기만 합니다.

신심의 열심이 클수록 그만큼 더 근본주의적 입장을 택합니다.

저는 가톨릭이 더 필요한 것은 종교적인 열심이 아니라 '이해의 폭' 을 넓힐 수 있는 감성이라고 생각합니다.

우리가 흔히 외국에 나가면 애국자가 되듯이, 고향을 떠나면 고향이 잘 보이듯이, 어딘가에 가서 피정을 하면 제 자신이 잘 보이 듯이, 우리가 선반 위에 성경을 한 10년 묵힌 뒤에 다시 성경을 읽으면 무엇이 보일까요?

성경을 읽는 동안 다시 자연을 보게 된다면 어떤 일이 벌어지겠습니까? 신적인 것을 성사나 성경을 넘어서 우주진화의 과정으로 옮기자는 것입니다.

스토로마톨라이트의 꿈은 지속성과 연속성입니다.

"미래의 화폐에서는 위대한 인물도, 위대한 건축물도, 피라미드와 만물을 응시하는 섭리(또는 신)의 눈 같은 프리메이슨의 상징도 새기지 않을 것이다. 유로화의 익명이나 얼굴 없는 과학의 미학, 추상적 공허함도 새기지 않을 것이다. 거창한 구닥다리 디자인이 아니라 눈 덮인 산봉우리, 강물을 거슬러 헤엄치는 연어, 순록 떼, 우뚝 솟은 빙하, 숨 쉬는 숲, 어우러진 밀림, 약동하는 들판을 새길 것이다."

- 「애드버스터스」지 창립자 편집장 칼레 라슨

왜 인간이라는 종種은 우주진화의 방향으로 동행하지 않고 '역방향'으로만 치닫고 있을까요?

인간은 우주가 가는 곳으로 가겠다는 선택을 하지 않을 뿐 아니라 특히 교육마저도 우리에게 강요하는 경쟁의 게임이며, 우주가 나아가는 방향과 동떨어진 것입니다.

더 위험한 것은 우리는 유전자 조작(GMO)을 통해 종자를 불임시키고, 젖소는 우유를 생산하는 기계로, 닭은 달걀 낳는 기계로, 소는 고기만 생산하는 기계로 변화시키는 것입니다. 수십억 년 동안 실험과 자연 선택을 통해 형성된 유전부호를 인간이 체계적으로 대립해 왔기 때문에 우리가 처한 상황이 더 위험해지고 있는 것입니다.

어머니인 지구 공동체의 신성한 실재들은 소비할 천연자원으로 격하되었습니다. 그래서 '하나의 종'에 불과한 인간이 지구가 1억 년 동안 생산한 것들을 150년 안에 모두 소비해 버리고 그 속도도 매년 빨라지고 있습니다. 지금 우리에게 던져진 재앙의 와일드카드는 사상 처음으로 우리 종種이 지구의 생산능력보다 더 빠르게 소비할 힘을 성취하게 되었다는 점입니다. 다르게 표현하면 가난하든 부유하든 인류는 1.5개의 지구에 해당하는 자원을 먹어치우고 있습니다. 그런데도 지구의 총생산은 확실히 감소하는데 인간의 총생산이 증가하는 것은 모순이 아닐 수 없습니다. 우리 지구는 사람의 탐욕을 채워줄 수가 없습니다.

어디 교육뿐이겠습니까? 영리목적의 대학, 대기업, 정부, 종교가 지속되는 '문화적 방향 상실'의 상태에 처한 것은 우리 스스로 우주가 향하는 방향으로 가려고 하지 않았기 때문입니다. 가장 두려운 것은 우리가 처한 상황을 스스로 초래하였다는 사실입니다. 마치 앞에 빙산이 있다는 것을 알려주는 증거가 많았음에도 불구하고 누구도 그 방향과 진로를 바꾸기를 원하지 않았던 타이타닉호의 침몰처럼 우리는 이미 '한계초과'를 넘어 돌진하고 있는 것입니다.

학생들에게 꿈이 무엇인가 하고 물으면 즉시 '취업', 그리고 이 학과를 선택한 이유를 설명해 보라고 하면 딱 잘라서 '취업! 취업이 잘 되잖아요' 라고 대답합니다. 그들이 필요한 것은 학점이지 자유 교양이나 인문학이 아닙니다. 그런 것들은 취업을 하기 위한 장식물일 뿐입니다. 마우스를 슬슬 문지르고 스마트폰을 터치하고 클릭하면 만사가 끝나기 때문입니다. 지식 권력이 더 이상 대학에 있지 않아 다행입니다. 지식과 문화를 이리 비비고 저리 섞어도 '우주의 유전부호' 그 자체는 편집할 수가 없습니다.

만약에 우리가 생명의 역사를 담은 돌 스트로마톨라이트에게 다가가서 "꿈이 무엇입니까?" 하고 물으면 무엇이라 대답할까요? 그분은 이렇게 말할 것 같습니다. "네 꿈이 이루어지도록 '지속성과 연속성' 이 꿈" 이라고 조용히 깨우쳐 줄 것입니다. 스트로마톨라이트의 꿈은 지속성과 연속성입니다. 35억 년 전 그 앞에 스트로마톨라이트의 사이노박테리아가 생산한 '산소' 가 지속적으로 대기 속에 21% 유지되고, 우리 아이들의 아이들이 한 우주 빅뱅의 설계에 동참하는 것이 지구의 꿈입니다. 이 꿈은 어린 손녀를 둔 우리 할머니들의 꿈이기도 합니다.

이 책에 등장하는 이야기의 다면체는 꿈에 대한 이야기들입니다. 영천 오산자연학교와 산자연학교 그리고 처음부터 가슴에 성호를 긋지 말고 비주류에 서라는 대학의 강의, 동물축복식, 유채꽃 등의 이야기들은 인간 중심적 세계관(문화부호)에서 거슬러 생태 중심적 세계관(ecozoic, 유전부호)으로 돌아가자는 귀향(homecoming)의 양피지입니다. 이 책의 모든 이야기가 '생태평화' 의 지점에서 똑같은 거리에 있습니다.

양피지는 나중에 쓴 글자를 지우면 본래의 글자가 나타납니다. 가까이서 숲속 달팽이의 길을 보면 구불구불하게 언뜻언뜻 보이지만 높은 곳에서 보면 조그만 길이 합쳐져 묵묵히 나아가는 큰 길을 형성합니다. 우리 아이들이 계속 나아갈 수 있는 자격이 있는가를 결정하는 인류의 마지막 행진이 예기치 못한 갈림길 너머로 빛나는 길이 뻗어 있을 지도 모릅니다.

우리는 그러한 발걸음을 내딛으려는 찰나에 있습니다.

우리의 스트로마톨라이트는 다음 세 가지를 우리에게 묻습니다.

우리는 어디에 있는가?

우리는 누구인가?

우리는 어디로 가는가?

그리고 하늘을 보다

이정기 지음

〈2015. 02. 04.〉

인생이란 내가 만든 나의 의미

나의 책 『그리고 하늘을 보다』가 출간이 되어 손에 들어왔다. 어리둥절하고 멍하다. 처음으로 나도 저자가 된 순간이다. 가슴이 설렌다. 책은 따뜻하고 아름다웠다.

아직 잉크냄새가 남은 책을 한 권 집어 들었다. 단숨에 다 읽었다. 그리고 하늘을 본다. 길지도 짧지도 않은 내 삶의 행적이 오롯이 담겨 세상으로 나갈 준비를 하고 있다. 작품집으로 읽으니 낱낱으로 읽을 때와는 그 느낌이 다르다. 그림도 새롭다. 내 작품이지만 낯설다.

마지막 책장을 덮는 순간 지난 일들이 잔잔한 물결 되어 머리에서 가슴으로 일렁인다.

무심코 바라본 거울 속의 '나'가 묻는다. "당신의 인생은 무엇인가요?" 대답을 찾지 못한다. 한 번도 내 인생이 무엇인지 진지하게 물어본 적이 없었으니까.

잊고 있었다. 어영부영하다가 십 년이 가고 이십 년이, 아니 더 많은 시간이 흘렀다는 걸. 이미 오래전에 내 삶의 이미지가 그려져 있었다는 것을 모르고 살았다. 너무 늦게 찾았다. 망설이고 머뭉거리다가 다시 한 번 손을 뻗었다. 그리고 온 정신과 온몸으로 기대고 싶은 대상이 생겼다. 그것이 그림이고 글쓰기였다.

등단을 하고 시상식에 갔을 때다. '이 작가님' 이란 호칭에 어리둥절 어쩔 줄 몰라 했던 순간을 아직도 잊지 못한다. 그때는 그랬다. 겨우 등단의 문에 이르렀을 뿐인데 정말 작가가 된 것 같은 생각이 들었다. 나 혼자만 읽는 글이 아니고 다른 사람에게 읽혀질 글을 쓴다는 것이 얼마나 부담스럽고 힘든 일인지 그때는 몰랐다. 날이 갈수록 글쓰기가 어렵고 힘들다는 것이 뼈저리게 느껴졌다.

늦은 나이에 글쓰기에 입문한 나는 힘이 들고 고통스러운 날들도 많았다. 수필을 어떻게 쓸 것이냐. 수많은 수필 이론들, 그리고 평론가마다 다른 비평. 아직 글쓰기가 완숙하지 못한 나 자신은 매번 혼란스럽고 그 어느 것도 확신이 서지 않았다. 과연 이렇게 쓰는 것이 수필인지 잡문인지 종잡을 수 없었다. 미흡하기 짝이 없는 글을 써놓고 자괴감에 빠져 몸부림 친 적도 한두 번이 아니었다. 그때마다 처음 등단했을 때의 그 설렘을 떠올리면서 자신을 위로했다.

글을 쓴다는 것은 아름다움을 배워가는 과정이라고 말하는 사람도 있다. 그러나 내게 있어 글쓰기는 슬픈 마음을 치유할 수 있는 약이었다. 자신의 힘으로 모든 아픔을 아주 천천히 이겨내야 한다는 삶의 지혜를 주었다. 수필 쓰기는 분석이나 논리로 설명할 수 없는 복잡하고 답답한 현실을 오롯이 들여다볼 시간을 갖게 해주었다. 그리하여 자신을 성찰할 수 있었고, 앞으로의 삶의 방향도 모색하게 되었다.

쓴 글들이 한 편 한 편 모이다 보니 어쭙잖은 글임에도 한데 엮어 내 책을 내고 싶은 마음이 생겼다. 마음속의 숱한 사연들을 묻어두기만 한다면 아무런 의미도 없이 소멸되고 말지 않겠나. 비록 사소한 일일지라도 나의 이야기를 모아 한 권의 책으로 엮고 싶었다. 내 일상의 슬픔과 기쁨, 가족과 이웃 그리고 친구들과 살아온 한 순간 한 순간을 소중히 보듬으며 간직해 두고 싶은 소망 같은 것이었다.

수필집을 내기에 앞서 많이 망설이고 머뭇거렸다. 부끄러움과 조심스러움이 자꾸 손목을 잡는다. 하지만 여기서 주저앉고 싶지는 않았다. 나 자신의 삶에서 특별한 일이라고는 해본 적이 없는 지난날이 아니었던가. 더 이상 갈등은 말자. '언젠가는' 이라는 생각만으로 가슴 밑바닥에 깔려 있는 꿈과 희망을 유예시키고 미적거릴 것인가. 어차피 서툴고 성급해서 거두지 못한 지난날들이었으니, 지금쯤은 내 것도 하나 만들어보자. 그림과 글을 적절히 배치한다면 읽는 이들에게 지루함을 덜어 줄 수도 있으리라. 그리하여 수필과 그림을 접목하여 한 권의 책을 만들어 내기로 마음먹었다.

이리저리 가슴앓이를 하면서 책 만들기에 몰입했다. 문제는 작품이었다. 나의 글에 내가 만족할 수 없다는 것이다. 원고를 보내기에 앞서 다시 읽어본 글들은 허점투성이였다. 참 많이 부끄러웠다. 또다시 읽고 수정하기에 숱한 밤낮이 흘렀다. 아무리 애를 써도 만족할 수가 없었다. 그만두고 싶은 생각도 많이 했다. 그러나 멈추고 싶지는 않았다. '나'라는 존재가 인생의 윷판에서 도를 모로 역전시킬 수 있는 저력이 없을까? 자문해 본다. 그렇게 글과 그림들을 골랐다.

　눈이 저절로 책 꾸러미 쪽으로 간다. '이것을 세상으로 내보낸다면.' 생각만 해도 얼굴이 달아오른다. 수필로서의 질적 함량 미달인 것 같다. 그러니 어쩔 것인가. 첫 작품집이니 호된 평가라도 해주면 고맙지 않은가. 어쩌면 책을 펼쳐지기도 전에 쓰레기통으로 던져질런지도 모른다. 책을 들고 행복했다가 눈물겨웠다가 마음은 종잡을 수 없이 휘둘린다. 잠시 숨고르기를 했다. 누가 보아주건 말건 꽃은 피고 지고, 자기의 빛깔과 향기로 산야를 물들이지 않던가. 작가의 손을 떠난 작품은 이제 더 이상 그의 것이 아니라고 했다. 독자들의 마음이니 그렇게 기다려보자.

　나와 인연이 깊은 지인들과 함께 글을 쓰는 사람, 그리고 그림을 그리는 사람들에게 발송했다. 또 얼굴은 모르지만 나에게 책을 보내온 사람들에게도 답례로 내 책을 보냈다. 마치 초등학교 시절에 선생님께 편지를 보내고 답장을 기다리는 심정이 이랬던가. 매일매일 들뜨고 초조한 날들이 많아졌다.

　축하의 전화가 걸려왔고, 전자우편으로도 답신이 왔다. 수필 이론 책이나 자신의 작품집을 선물로 보내주는 사람도 있었다. 때로는 구체적인 작품 평까지 해주는 친절한 문인도 있었다. 공감가는 작품에 대해서는 그 작품과 관련된 자신의 경험을 말해 주시기도 했다. 또한 가족과 친지들의 진심 어린 격려는 나에게 튼실한 울타리가 있다는 용기를 주었다. 송구스러울 정도로 많은 사람들로부터 격려의 인사를 받았다.

　나는 철없는 아이마냥 즐겁고 행복했다. 그들의 이야기가 모두 진실이 아니어도 좋다. 내 글을 읽어주고 관심을 가져주는 것만으로도 감사하고 감사했다.

　작품 활동을 하는 동안 나의 수필을 깊이 읽어주고 관심 가져준 글을 소개해 본다.

은유적 수필의 욕망 엿보기

　작가가 글을 쓸 때는 대상이 있다. 문학 작품에서는 '사건 설정'이라고 말하는 것이 더 적합한 표현이다.

　이 수필은 아들과 통화를 하나의 사건으로 설정하였다. 이 사건을 단순히 '전화하기'라고 약칭해서 보면 어느 누구나 경험할 수 있는 시시한 사건이다. 평범하고, 사소하였던 사건에 의탁하여 작가는 자기 자신을 표현하고자 하였다. 예술에서의 표현을 뒤프렌은 이렇게 말하고 있다. '예술가의 의식, 철학이라고 언급하는 이상으로 더 심층적으로 예술가로 하여금 예술가 자신의 고유한 언어로서 말하도록 재촉하는 특정의 세계라고 본다.' 만약에 우리가 일상의 사건을 표현하는데 작가 자신의 고유한 언어가 아니고, 사진처럼 대상물

186

을 그렸다면 예술작품이라고 말하기 어렵다는 해석을 할 수 있다. 작가가 '전화하기'에서 표현하고 싶은 자신의 언어는 무엇일까? "근래 나는 그것, 그 무엇, 그냥, 이란 애매한 단어들을 자주 입속에서 응얼거린다. 아무 일일 수 없고, 아무 곳에도 없고, 그 무엇일 수도 없는, 무위의 세계에 빠진 것 같다." 작가가 스스로에 대해서 언급한 글이다. 이것은 작가의 현재의 의식을 나타낸 말이다. 단순히 의식이 아니고 작가에게 형성되어 있는 철학일 것이다. 무위란 모든 욕망을 방기한 심리상태이다. 그러나 인간의 내면은 절대로 그럴 수 없기 때문에 의식과 철학이라고 할 수 있다.

예술작품은 작가의 주관이 지향성으로 만들어 내는 대상물을 말한다. 동일 대상에 대하여 다양한 예술작품이 만들어질 수 있다. 이것이 지향성 대상이다.

작가는 이 수필에서 전화하기라는 사건(대상)을 두고 자신의 의식을 투여하여 '그냥'이라는 상징어를 사용함으로 '의미 없음'을 말하고자 하고 있다. '의미 없음'은 전화하기 자체가 의미 없다는 뜻은 아닌 것이다. 전화를 통한 물음이 일상의 생활에서 변화가 있느냐, 라는 뜻이었고, 그에 대답이 '그냥'이었다. 그렇다면 '그냥'은 일상의 삶에 변화가 없었다는 뜻이다. '의미 없음'과는 다른 뜻이 된다. 이때 '의미 없음'이란 언어는 작가의 언어가 아니고, 읽기를 하는 독자 즉 나의 언어이다. 말하자면 이 글은 독자인 나를 통해서

'그냥'의 읽기를 의미 없음이라는 지향성 대상으로 둔갑시
킨 것이다.

- 이정기의 수필 「그냥 그렇게」를 읽고
이동민 평론집 「수필쓰기 방법론 넷」에 실린 평론 일부

　첫 작품집을 낸다는 그 설렘과 두려움은 아마 첫 자식을 잉태할
때의 엄마 마음이라고 할까. 서툰 글 내놓기를 망설이는 내게 힘
과 용기를 준 지인들에게 깊이 감사드린다. 그리고 말없이 지켜
봐주고 응원해 주는 가족들과 형제들은 언제나 나의 든든한 울타
리며 버팀목이었다. 그들이 있어 설익은 열매나마 한 권의 책을
엮어낼 수 있지 않는가. 고맙고 또 미안하다. 당신들 덕에 나의 가
을은 풍요롭고 행복할 것 같다.

　내 앞에 놓인 세월이 얼마나 더 남았는지는 모른다. 그 길 다
할 때까지 부족함을 채워가며 성숙된 삶을 위해 최선을 다하고
싶다.

　이 책이 독자와 함께 사색하고 고뇌하고 위로하는 작은 사랑방
이 되기를 간절히 소망한다.

교실에서 온 편지

김종건 엮음

〈2015. 02. 28.〉

40년 걸린 이 한 권의 책

『교실에서 온 편지』라는 한 권의 책이 나오기까지는 오랜 세월이 걸렸다. 내가 교사로서 교직에 발을 들여 놓기 전인 대구교육대학교 교생시절인 1974년부터였으니까 황금중학교에서 퇴직한 2015년 2월까지로 계산하면 41년이라는 긴 세월이 필요했다. 그동안 여러 학교 많은 제자들의 편지, 내가 각종 매체에 기고한 글 등 모든 자료들은 평소 작은 자료라도 잘 버리지 않는 습관 때문에 그냥 모아 두었다. 오랜 세월 가지고 있던 글들이었지만 실제로 책으로 발간하게 된 계기와 결심은 2014년 나의 정년퇴임식 행사 준비위원회의 출범과 관련이 있다. 정년퇴직을 7개월 정도 남아 있던 2014년 7월경 나에게 한 학기 동안 밖에 배우지 않은 청도 모계고등학교 제자의 전화가 왔다. '선생님 퇴직기념 행사를 해야 하지 않겠습니까?' 그전부터 이 문제에 대해서 여러 번 생각을 해보았으나, 기존 우리 교육계의 일부 선생님들이 하는 의례적인 식 중심의 퇴임식은 하고 싶지가 않았다. 만약에 꼭 한다면 성공회대학의 신영복 선생님이 한 것처럼 제자들과 함께 마지막 특강과 작은 축제 형식처럼 한다면 고려해 볼 생각이었다. 사회적 분위기가 퇴임식을 하지 않는 방향으로 흐르고 있고 나

또한 뚜렷한 교육계 업적이 있는 것 아닌 마당에 굳이 해야 하나라는 생각도 여러 번 해보았다. 그 후에도 청도에 있는 제자가 몇 번 연락이 왔고 선생님의 결단만 빨리 내려달라는 독촉도 여러 번 있었다. 며칠 고민 끝에 40여 년 세월 동안 학교라는 울타리 안에서 나와 인연이 있었던 여러 제자들과 한 장소에서 오붓한 모임을 한 번 하는 것도 나쁘지는 않겠다는 생각이 들어서 수락을 했다.

내가 수락한 후 얼마 지나지 않아서 청도 모계고 제자들과 효중 제자들이 퇴임 준비 위원회를 만들고 이벤트 준비가 진행되는 중에도 정말 의미가 있을까? 지금의 교육계의 많은 선배 선생님도 대체로 조용히 교직을 마감하는 시대 흐름과도 맞지 않다고 다른 사람들이 욕을 하지는 않을까하고 고민도 했다. 그러나 제자들이 꼭 하겠다고 나선 마당에 기존 방식의 틀을 깨고 색다른 퇴임식이 없을까하고 고민한 결과 제자들이 원하는 것이 무엇인가를 알아보고 싶었다. 물론 나를 따랐던 제자들이 하는 말이지만 선생님은 정말 여러 면에서 남다르게 사셨기 때문에 꼭 하셔야 된다고 내 듣기 좋은 말을 많이 했다. 해야 된다는 여러 이유 중에 하나가 오랜 세월이 지났지만 아직도 선생님 수업을 잊지 못하는 제자들이 많이 있다면서 이번에 퇴직 행사 중에 짧은 시간이나마 오랜만에 선생님의 독특한 수업을 40여 년 세월이 지났지만 선생님의 제자들을 한자리에 모아 놓고 한번 보여 달라는 것이었다. 그리고 평소의 나의 꿈인 장학문화재단 하나 만드는 것이었는데 사실 선언적인 성격이 강하기는 하지만 이미 10여 년 전인 2004

년에 64명의 제자들과 함께 종건당장학문화재단을 발족은 해둔 상태였다. 이번에 선생님 퇴임 이벤트 중에 중요한 행사의 하나로 종건당장학문화재단을 보다 더 확산하고 활성화시키기는 것도 좋겠다는 이야기도 자연스럽게 나왔다. 그래서 소비지향적인 행사가 아니고 좀 생산적이면서도 의미 있는 퇴임식이 되려면 어떻게 준비해야하나 하고 준비위원들과 의논을 하기 시작했다.

행사준비위원회가 제일 먼저 한 일은 종건당 제자들만의 밴드를 만들고 전국에 흩어져 있는 제자들이 인터넷상에서 서로 소통하고 공유하는 일부터 시작하였다. 우리가 예상한 것보다 훨씬 호응이 좋았다. 행사도 행사지만 전국에 있는 제자들이 밴드에서 서로 안부도 묻고 근황도 서로 알리는 인터넷 공간이 되었다. 생각보다 전국에 흩어져 있는 제자들이 한 번도 본적이 없는 사이인데도 불구하고 나를 매개로 한 제자들이 나에게 배운 년도를 중심으로 선후배가 자연스럽게 형성되고 서로 정보와 삶을 교환하기 시작했다. 정말 보기가 좋았다. 밴드의 힘이 무서웠다.

퇴임식 행사를 치르려면 장소를 예약하고 그에 소요되는 경비가 필요한데 그것을 어떻게 할 것인가가 문제다. 내가 걱정하니까 행사준비위원장과 준비위원들이 하는 이야기는 몇몇 제자들이 경비를 낼 수도 있지만 선생님을 따르고 존경하는 제자들이 많기 때문에 가급적이면 많은 제자들이 자발적으로 분담해서 내는 것이 좋다고 의견 수렴을 하고 준비위원들의 결정을 밴드에 올리고 각 종건당 기수별로 연락을 취하면서 준비가 진행되었다.

행사 경비를 취업한 제자들에게만 분담하기로 하고 모금에 들어갔는데 처음에 걱정한 것보다 쉽게 많이 모아졌다. 처음에 예정한 호텔 경비와 기타 경비를 계산한 금액보다 더 많은 행사준비 금액이 들어왔다. 행사를 치르고도 남을 것 같다면서 준비위원장이 내게 연락이 왔다. '선생님, 이번에 선생님께서 하고 싶은 일을 다 하세요.' 라고 했다. 그동안 내가 언론에 기고한 글과 40여 년 동안 받아 모아두었던 제자들의 편지글들을 뽑아서 책으로 발간했으면 좋겠다는 생각이 들어서 준비위원들과 소통한 결과 흔쾌히 허락을 해서 그때부터 라면 두 상자 분량의 편지글을 분류하고 정리하기 시작하였다.

그 무렵 나는 교직 40여 년간에 제자들로부터 받은 편지를 학교별, 연대별로 정리를 하면서 정말 깜짝 놀랐다. 편지 받을 당시에는 어떤 기분이었는지 기억도 잘 나지 않는데 지금에 와서 조용히 그 편지들을 한 통 한 통 읽어 보니 애틋한 소녀, 소년적 감성으로 너무나 진솔하게 쓴 것이 많아서 충격적이었다. 특히 15년 20년이나 세월이 지난 지금에 와서 다시 제자들의 편지를 읽는 밤의 시간은 정말 나를 황홀하게 만들었다. 때 묻지 않은 여중생 감성에 2,500여 통의 편지를 다시 읽는 약 두 주일 동안은 내 생애에 최고 행복한 날들이었다. 정말 편지들을 잘 모아놓았다는 생각이 들었다. 물론 나도 아이들이 좋아서 학교생활이 즐거웠지만 그동안 내가 아이들로부터 이렇게 많은 관심과 사랑을 받았었나 하고 생각하니 믿어지지가 않았다. 편지를 분류하고 정리하면서 가장 놀라운 사실 하나는 40년 전에 내가 교생으로 실습한 청하초등학교 6학년 학생의 편지글을 내가 소장하고 있었다는 사실이다. 5일간이란 짧은 기간 동안의 만남이었는데 시골 소녀의 감수성이 너무나 잘 드러나 있었다. 참 감회가 새로웠다. 내 나이 21살 대학교 2학년 졸업반 농촌체험 교육 실습때 만난 시골 소녀이자 제자였다. 그 외 여러 학교 제자들의 편지를 보면서 40여 년의 세월이 영화 스크린처럼 하나하나 지나갔다. 특히 첫 부임지 영일군 구룡포 읍소재지에서 5km 떨어진 구평이라는 조그만 어촌마을, 내 평생 잊을 수 없는 학교다. 그 후 많은 학교를 거치면서 수많은 제자들을 만났지만 특히 추억이 많은 학교는 구룡포초등, 양포초등, 청도모계고, 효성여중, 대구고, 동문고다. 그렇지만 내가 근무한 학교마다 아이들과 추억 만들기는 계속되었다.

그러나 지금 생각해보면 내가 교직생활하는 동안 늘 문학 공부를 했고 박봉에 시달리고 박사과정 공부와 논문 준비 등 늘 바쁘게 살아왔기 때문에 학생들에게 최선을 다하지 못해 미안하다는 생각을 많이 했다. 편지를 정리하면서 내린 결론은 교사로서 내가 베푼 것보다 제자들로부터 몇 갑절 더 사랑을 받았구나라고 생각하니 그저 고마울 따름이다. 오늘날 우리 교육의 현실은 어떠한가? 교사는 있어도 스승은 없고 학생은 있어도 제자는 없다고 말하는 서글픈 현실 앞에 아직도 이렇게 따뜻한 가슴을 지닌 자랑스러운 제자들이 많다는 사실에 교사로서 보람과 긍지를 느꼈다. 우리 사회에는 불량한 아이들보다는 착하고 감성이 풍부한 아이들도 엄청나게 많다는 사실을 한 번 확인시켜주고 싶다는 생각이 들었다. 평범한 교사인 나를 늘 보고 싶어 하고 그리워하는 아이들의 애절하고 애틋한 손 편지 글을 많은 종건당 제자 당원

들과 세상 사람들에게 같이 공유하는 것도 나쁘지 않겠다는 생각
이 들어 책자로 만들게 되었다.

편지를 공개하여 책자로 만드는 것이 법적으로 문제가 있지 않
나 싶어 지인들에게 자문을 구한 결과 큰 문제는 없겠다는 결론
에 도달하여 이번에 책자로 만들게 되었다.

중2 아이들이 무섭다고 이구동성으로 외치는 시대에 스승에 대
한 애틋하고 잔잔한 정이 넘쳐나는 10대 소년소녀들의 손 편지를
2,500여 통을 소유하고 있는 나는 우리 시대의 누구보다 행복한
교사라고 조용히 외쳐본다. 다만 아쉬운 것은 '교실에서 온 편
지'에 소개된 편지보다 나를 더 감동하게 한 편지들이 많이 있지
만 제자 개개인의 프라이버시와 너무나 사적인 내용들이라서 여
기에 다 소개하지 못한 편지도 많다. 오직 나 혼자만 볼 수 있는
영역으로 남겨 둘 수밖에 없다. 개인적으로는 이번에 발간하는
『교실에서 온 편지』라는 책자는 나의 퇴직 후 소일거리와 오랫동
안 머리맡에 두고 읽을 때마다 잔잔한 기쁨을 보장하는 소중한
선물이자 보물임에 틀림이 없다.

책이 발간되고 내가 알고 지내던 지인이나 교직동료들에게 책
을 보내주었더니 아이들 앞에서 교육하는 모든 교사들이 한 번
읽어볼 만한 책이라는 평을 들었다. 내가 아는 어느 교장선생님
은 지하철 타고 가면서 읽기에 좋은 책이었다. 혹자는 선생님의
아이들과의 관계를 유지하는 모습을 자기도 좀 '일찍 알았더라면
좋았을 텐데' 하고 아쉬워하기도 했다. 평소 부끄러움이 많던 내
모습과 아이들의 편지글을 읽어 본 내 고향 친구들과 고등학교

친구들은 새삼 놀라움을 금치 못하는 이가 많았다. 평소 친구들과 대하는 모습과 내가 아이들을 대하는 모습이 너무나 달라서 일어난 일이기도 하다. 나는 다시 태어나도 교사가 반드시 될 것이다. 요즘 아이들은 선생님께 어떻게 소통하는가? 아마 휴대폰으로 간단한 문자나 SNS로 소통하겠지? 새삼 정성스럽게 쓴 손편지 한 통 한 통이 더욱 소중해 보인다.

정신이 밝다

박방희 지음

〈2015. 03. 01.〉

아홉 권의 시집으로 남는, 시인

1. 길 위에서

여러 지면에서도 밝힌 바와 같이 나의 10대 때의 꿈은 음유시인이었다. 소년이 자라 20대가 되고 청년이 되었을 때는 위대한 작가의 꿈이 보태졌다. 음유시인과 위대한 작가! 얼마간의 외도도 있었지만 나는 여전히 그 길 위에 서 있다.

우여곡절 끝에 오로지 글 쓰는 일에 몰두하는 지금의 상황도 여전히 길 위에 있는 것이다. 迂餘曲折이란 것이 오늘의 나를 만든 것이고 내 글쓰기의 원천이 되었으니 그 또한 나무랄 일이 못 된다. 격물치지格物致知란 말이 있듯이 도대체 먼저 부딪쳐 살아보지 않고 무엇을 쓸 수 있단 말인가? 하짓날, 세상에서 가장 긴 낮을 홀로 건너가는 낮달이 바로 내가 그리는 나의 자화상이다.

2. 25년 만의 시집

내가 시에서 목표한 것은 몇 권의 시집으로 남는, 시인이었다.

그 바람대로 열심히 쓰고 또 썼다. 하지만 대부분의 원고는 책으로 묶여 출판되지 못 했다. 첫 시집이 1987년에 나왔고 두 번째 시집은 90년에 나왔지만 그것으로 끝이었다. 시가 없어서가 아니었다. 시는 원고 상태로 쌓여 있었다. 다만 유명하지 않았기 때문에 출판사에서 쉬이 내 주지 않았다. 원고를 보내 놓고 기다려도 감감 무소식이었다. 결국 20수 년이 흐른 지금까지 나는 두 권의 절판된 시집과 여러 권의 시집 원고로만 세상에 존재하게 된 셈이었다.

그때부터 나는 시집 내기를 포기하였다. 대신 아홉 권의 '시집'이 아니라 '시집 원고'로 남는 시인을 목표로 하였다. 이는 윤흥길의 소설 「아홉 켤레의 구두로 남은 사내」에서 비롯되었다. 어느 날 홀연히 사라진 사내에게 아홉 켤레의 구두만 남았듯이 내게도 시밖에 남을 게 없었다. 그것도 별 주목받지 못한 두 권의 시집과 세상에 나오지 못한 여러 권의 시집 원고만으로.

그러나 원고도 시이고 언젠가 책으로 나올 수도 있기에, 나는 아홉 권의 시집 원고를 위해 끊임없이 쓰고 퇴고하며 애써 왔다. 작품들을 오래 부등켜안고 궁구하다 보니 자연히 주제별로 정리가 되었다. 이를테면 선비정신을 담은 선비시, 세상과 민심을 풍자한 풍자시, 생활을 주제로 한 생활시, 연애감정을 쓴 연시, 고양된 정신을 다룬 정신시, 선적인 사고에서 얻은 선시 등.
그 중의 하나, 그러니 세 번째 시집이 학이사 간 『정신이 밝다』

로 무려 25년 만의 시집인 셈이다.

3. 세 번째 시집 『정신이 밝다』

나의 첫 시집 『불빛 하나』는 등대가 되지 못하고, 세상의 어둠 속에서 깜박거리다가 꺼지고 말았다. 두 번째 『세상은 잘도 간다』도 어디선가 좌초되어 흔적조차 찾기 어렵다. 세상은 잘도 가지만 시의 바다, 세상의 바다를 향한 내 시의 항해는 그렇지 못했다. 무려 25년이라는 오랜 기다림 끝에 이제 그 세 번째 배를 띄우고 항해에 나선 것이다.

그동안 내 시는 많이 변모했다. 무엇보다 말수가 줄어들었다. 삶에서나 문학에서나 나는 말 많은 게 싫다. 한마디의 말, 한 문장의 말로 사물의 핵심을 찔러야 한다고 믿는다. 말이 많으면 쓸 말이 적어진다고 하지 않는가. 장검이 아니라 비수 같은 단검으로 승부를 보는 시, 그저 전광석화같이 의표를 찌르는 시, 단말마 같은 서슬 푸른 시에 나는 전율한다. 한 줄짜리 시도 한 쪽짜리 소설도 얼마든지 훌륭할 수 있다고 나는 믿는다.

지금의 내 시는 대체로 짧고 간명하다. 조금 길다고 해도 걸림이나 거침이 없다. 풍자와 역설, 그리고 위트와 유머의 시를 지향한다. 서정의 넋두리가 아닌 극서정으로 가는 시, 짧고 명료한 촌철살인의 시를 선호한다. 이는 아마 내가 소설이나 동화 같은 장르에서 길게 쓸 공간이 있기 때문인지도 모르겠다. 무엇보다 빠르게 돌아가는 현대라는 시대가 그런 속성을 요구하지 않는가. 따라서 이 시집에 실린 70편의 시는 이러한 나의 기호와 취향에 부합하는 시들이라 말할 수 있다.

그러면 시집 『정신이 밝다』에 실린 내 시의 면모는 과연 어떤지 살펴보기로 한다.

· 짧고 명쾌한 촌철살인의 시

사람들은 한 사람 한 사람 모두 절이다

나서, 늙고, 병들고, 죽는

생
로
병
사, 라는 절

-「절」전문

· 역설과 독설의 시

  어떤 말의 숨은 의미는, 종종 그 말을 거꾸로 읽을 때 드러난다

  정치가 그렇다

                                          - 「정치」 전문

· 기지와 유머, 익살과 해학

  고독은 무섭다
  치사율 일백 프로
  해독제는 있으나
  구하기가 어렵다
  신마저도 중독되면
  희망 없는 독이다

  당신이라는 신도 마찬가지

                                          - 「고독사」 전문

· 서정의 넋두리가 아닌 극서정으로 간 시

  위는 生
  아래는 死

지척 간의
죽음으로
질 때

꽃상여로
제 주검을
운구하는
꽃

- 「꽃」 전문

· 길어도 걸림이 없는 시

서 있는 가구들아
베란다 화초들아
우리에게 더 좋은 날이 오겠지
책장의 책들아
신발장의 신발들아
우산꽂이의 우산들아
싱크대에 올망졸망 그릇들아
달각거리는 숟가락들아
수줍은 음지야
숨어사는 바퀴야
하얀 변기야

변기 속 물소리야

발차가 노래 부른다

우리에게 더 좋은 날이 오겠지

커면 환해지는 전등아

깜박이는 형광등아

참고 견디면

우리에게 더 좋은 날이 오겠지

벽을 치는 외풍아

숨죽이는 커튼아

펄럭이는 스카프야

머리 위의 모자야

우리에게도 더 좋은 날이 오겠지

- 「우리에게도 더 좋은날이 오겠지」 전문

1980년대 중반 등단하여 '90년까지 두 권의 시집을 펴내고 한동안 침묵하다가 2천년 대 들어 오랜 장고와 벼림 끝에 펴낸 시집이 『정신이 밝다』이다. 그러므로 이 시집은 그 전에 써오던 여러 유형의 시와는 차원이 다른, 말하자면 내 정신과 사유의 정점에서 써진 시집이라는 점에서 중요하고 의미가 큰 시집이다.

만화로 알아보는 우리나라 민물고기

박원열 지음

〈2015. 03. 16.〉

민물고기, 우리의 반가운 친구

 강이나 계곡으로 나들이 갈 때면 늘 우리를 반갑게 맞아주는 물속의 친구들이 있습니다. 바로 우리의 내나 강에서 살고 있는 민물고기입니다.

 우리는 물이 있는 곳은 어딜 가나 우리의 민물고기가 그 자리에서 놀고 있기를 은근히 바라고 있습니다. 하지만 깊은 골짜기나 민물고기를 보호하는 지역이 아니면 민물고기를 만나는 것이 쉽지 않아졌습니다. 어쩌다가 운 좋게 만나는 민물고기가 있으면 애타게 기다리던 친구를 만난 듯 반갑습니다.

 요즘과 같이 환경오염과 무분별한 개발에도 살아 있다는 것이 신기하고 자랑스럽지만, 한편으로는 사람들이 참으로 민물고기에게 무관심하고 못된 짓을 한 것 같아 가슴이 아프기도 합니다.

 그래서 우리나라의 얼마 남지 않은 민물고기에 대한 관심과 보호를 위해 민물고기에 관련된 그림을 그렸습니다. 우리가 쉽게 지나쳐버렸던 것들이 이렇게 소중하고 아름다운 이야기를 간직하고 있다는 것을 새삼 느낍니다.

 우리가 알지 못하는 민물고기의 비밀에서 사람들이 본받아야 할 점도 많습니다.

우리나라의 강과 하천, 저수지에는 200여 종의 민물고기가 살고 있는데 그 중에 우리가 흔히 만날 수 있는 50여 종을 그림으로 옮겨 보았습니다.

우리나라 민물고기에 대한 자료와 연구가 더 많이 필요하다는 점도 아울러 알았습니다. 앞으로 더 많은 연구가 있기를 기대합니다. 우리나라의 계곡과 하천, 저수지 등에 사는 민물고기가 소중한 문화유산임을 깨닫고 그것을 소중히 보존하여 늘 우리와 함께 할 수 있도록 노력해야겠습니다.

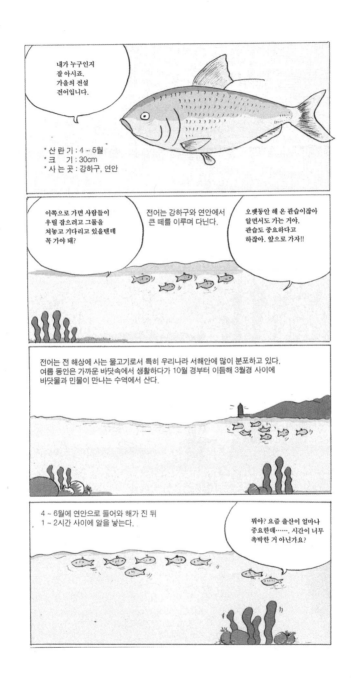

내가 누구인지
잘 아시죠.
가을의 전설
전어입니다.

* 산 란 기 : 4 ~ 5월
* 크   기 : 30cm
* 사 는 곳 : 강하구, 연안

이쪽으로 가면 사람들이
우릴 잡으려고 그물을
쳐놓고 기다리고 있을텐데
꼭 가야 돼?

전어는 강하구와 연안에서
큰 떼를 이루며 다닌다.

오랫동안 해 온 관습이잖아
알면서도 가는 거야.
관습도 중요하다고
하잖아. 앞으로 가자!!

전어는 전 해상에 사는 물고기로서 특히 우리나라 서해안에 많이 분포하고 있다.
여름 동안은 가까운 바닷속에서 생활하다가 10월 경부터 이듬해 3월경 사이에
바닷물과 민물이 만나는 수역에서 산다.

4 ~ 6월에 연안으로 들어와 해가 진 뒤
1 ~ 2시간 사이에 알을 낳는다.

뭐야? 요즘 출산이 얼마나
중요한데……. 시간이 너무
촉박한 거 아닌가요?

내 가슴 속 선비

심후섭 지음
박명자 그림

⟨2015. 03. 25.⟩

선비 정신은 영원하다

어느 사회이거나 간에 그 사회를 이끌어 온 중심 정신이 있기 마련입니다. 이를테면 유럽의 기사도 정신, 미국의 개척자(프런티어) 정신, 일본의 무사도 정신, 독일의 장인 정신 등이 그것입니다.

그렇다면 우리나라를 이끌어 온 고유한 정신은 무엇일까요?

많은 정신 가운데에서 고조선의 경우 홍익인간弘益人間 정신, 신라시대 같으면 불교를 바탕으로 한 화랑도 정신, 조선시대 같으면 유교를 바탕으로 한 선비 정신 등을 들 수 있을 것입니다. 이처럼 그 사회를 이끌어 오는 중요한 정신은 시대에 따라 바뀌기도 하고, 장소에 따라 모습을 달리하기도 합니다. 그러나 그 역할은 시대의 주류로서 그 사회를 선도해나간다는 점에서 크게 다르지 않다 하겠습니다.

우리나라의 선비 정신은 지금까지의 우리 사회를 이끌어 오는 데에 중요한 정신적 기둥 역할을 해 왔습니다. 선비들은 죽음을 무릅쓰고 나라와 사회를 지켰으며 친구를 위해 희생해 왔습니다. 또한 몸을 가다듬고 학문을 닦아 왔으며, 정성을 다하여 예절을 지켜왔습니다. 물건을 아껴 쓰며, 부지런히 일해 왔습니다. 사치하지 않고 본분을 지키며 인격을 다듬어 왔습니다. 이러한 선비들의 충효·신의·검약 정신 등은 우리 사회를 지탱하고 발전시켜 오는 데에 중추적인 역할을 해 왔습니다.

　그리하여 고금古今에 걸쳐 중국의 수많은 왕조가 1~2백 년을 넘기지 못할 때에도 조선은 무려 500여 년을 이어져 왔습니다.

　그러나 오늘날, 산업이 발달하여 물질적으로는 다소 풍요로워 졌지만 이에 비례하여 각종 범죄가 일어나는 등 살아가기에는 오히려 옛날보다 못해졌다는 이야기를 많이 듣게 됩니다. 이렇게 된 가장 큰 원인으로 많은 사람들이 숭고한 정신문화보다는 화려한 물질문명을 앞세우기 때문이라고 보고 있습니다.

　이러한 현상을 치료하기 위해서는 그 사회를 이끌어 나아가는 건전한 정신을 되살리거나 새로이 세우는 일이 필요할 것입니다. 그 사회의 중심이 되는 정신은 끊임없이 새로운 모습을 찾기 마련입니다. 시대 상황을 정확히 이해하고 그에 걸맞은 방향을 제시해야 하니까요. 그리하여 새로운 기운은 늘 앞서 지나간 기운에 대한 처절한 반성을 요구하고 있습니다.

　이러한 기운의 하나로 오늘날 우리 고유의 선비 정신을 되살려 배우고 익히자는 움직임이 태동해 있음을 많이 느끼게 됩니다. 곳곳에 선비문화원, 선비수련원 등이 설립되고 있습니다.

　우리의 선비 정신도 그동안 많은 비판이 있어왔고, 이 비판을 바탕으로 새로운 위치를 세워나가고 있습니다. 수많은 선비 정신 중에서도 '먼저 자신을 바르게 닦아야 한다'는 '위기지학爲己之學'의 덕목은 어느 사회나 어느 시대에서나 통용될 수 있다고 봅니다.

"그 사람은 진정한 선비야!"

우리는 가끔씩 이러한 말을 듣게 됩니다. 선비란 어디에 내어놓아도 부끄러울 것이 없는 사람을 가리키는 말입니다. 꼭 글을 읽고 벼슬을 해야만 선비가 되는 것이 아닙니다. 이름 없는 농부도 그 행동이 떳떳하고 의로우면 선비가 될 수 있고, 심지어 도둑이라고 할지라도 깊이 반성하고 의義를 행하면 선비가 될 수 있습니다. 또한 여자도 선비가 될 수 있고, 아이라도 그 행동이 옳고 바르면 선비가 될 수 있습니다.

꾸준히 자신의 인격을 닦고, 의리 있는 행동을 하며, 학문과 덕을 갖추며, 바른 길을 실천하면 누구나 선비가 될 수 있는 것입니다.

나라와 사회를 위하는 공익 정신, 부모를 위하는 효도 정신, 사람과 친구를 믿고 위하는 신의 정신, 사치하지 않는 검소한 태도, 물건을 아껴 쓰고 재활용하는 절약 정신, 자연을 아끼는 자연 합일 정신 등 우리가 본받아야 할 선비 정신은 헤아릴 수 없이 많이 있습니다.

우리가 훌륭한 선비 정신을 본받기 위해서는 준거인물이 필요하게 됩니다. 그 준거인물은 바로 우리의 훌륭한 옛 선비들입니다. 그분들의 모습을 살펴보는 가운데에 진정한 선비 정신이 무엇인가를 배울 수 있기 때문입니다,

학이사에서 발간한 『내 가슴 속 선비』에는 이러한 선비들의 모습을 소개하고자 노력하였습니다.

특히 우리 둘레에 가까이에서 우리들에게 많은 가르침을 남겼지만 그동안 산업화 시대를 거쳐 오면서 잊고 있었던 선비들을

찾아내고자 애썼습니다. 그리고 선비들의 이야기라고 하면 으레 고리타분하다는 선입견을 깨뜨리기 위해 스토리텔링으로 엮었습니다.

역사는 과거와 현재의 끊임없는 대화라 했고, 지나온 과거를 통하여 새로운 미래를 창출하는 원동력이라 하였습니다. 이 끊임없는 대화의 중심에 우리 선비들이 있었습니다. 그런데 우리는 그분들을 잊어버리고 그냥 지나치려하는 경향이 없지 않았습니다.

교육은 기본적으로 인성교육을 지향합니다. 참된 인성이 뒷받침되지 못하면 완성된 교육이라고 할 수 없습니다.

인성교육의 방법에는 여러 가지 방안이 있을 수 있으나 유용한 방법 중의 하나로 이야기 들려주기가 거론되고 있습니다.

이야기에는 여러 가지 정보와 더불어 배려성·사려성 등 상호 공감대를 형성하는 요소가 들어있기 때문입니다.

특히 인물에 대한 이야기에서는 자신의 역할 모델(role model)을 찾을 수 있고, 자신의 현재 행동에 대한 개선 자료를 찾을 수도 있습니다. 이에 우리 둘레의 선비들의 일화에서 교훈을 찾아 스토리텔링 자료로 꾸미고자 하였던 것입니다.

참고가 될까하여 본문 중에서 김대현 선비에 대한 일화를 뽑아 소개합니다.

조선시대 경상도 영주(榮州) 땅에 김대현(金大賢)이라는 선비가 살고 있었다.

그는 조선 선조(宣祖) 임금 때에 지방 수령을 지내면서 불쌍한 이웃을 위해 많은 일을 하였다.

김대현은 그 외삼촌이 정신병으로 갖은 난리를 다 부리는 바람에 많을 고생을 하였다. 그러나 그는 조금도 얼굴을 찡그리지 않았다. 외삼촌의 집은 김대현의 집과 이웃에 있었는데, 그 외삼촌이 발작을 일으키면 사람을 마구 때리기도 하고, 옷을 벗어 제치고 길거리를 마구 달리기도 하였다.

마을 사람들은 김대현의 외삼촌을 보기만 하면 피하였다. 그 외삼촌은 다른 집의 농사를 망쳐놓기가 일쑤였다. 남의 논밭에 들어가 곡식들을 마구 짓밟고 뽑아내면서 마구 어지럽혔던 것이다. 그래서 그의 친척들도 모두 피해 다른 곳으로 이사를 가버렸다. 그러나 김대현만은 이사를 가지 않고 30년이나 같이 이웃집에서 살았다.

'만약 나마저 다른 곳으로 이사를 간다면 병이 든 외삼촌을 누가 보살펴 드린단 말인가? 안 돼. 그건 선비로서 할 일이 아니야!

김대현은 이렇게 생각하며 외삼촌의 병을 고칠 수 있는 약을 구하기 위해 온갖 애를 다 썼다. 그러나 병은 쉽게 고쳐지지 않았다.

그것은 정신의 혼란으로 인해 일어난 병이었기 때문이었다.

'어찌한다? 도저히 약으로는 고쳐지질 않으니…'.

김대현의 외삼촌은 걸핏하면 옷을 벗고 달리고 춤을 추기도 하고 쓰러지기도 하였다.

'그렇다. 나도 함께 미쳐보자. 내가 미친 모습을 외삼촌께 보여드려 보자.'

김대현은 외삼촌이 발작을 일으킬 때를 기다려 얼른 같이 옷을 벗고 함께 미친 척하였다. 외삼촌 보다 더 큰 동작으로 팔을 흔들어댔다.

'어? 이상한 사람이 있네.'

그러자 외삼촌은 자기와 똑같이 미쳐버린 김대현의 모습을 보고는 잠시 주춤하여 발작 증세를 멈추곤 하였다.

그 뒤부터는 외삼촌이 발작 증세를 일으킬 때마다 함께 미친 척하였다. 그러자 외삼촌의 발작 증세는 조금씩 줄어들기 시작하였다.

"김대현은 정말 대단한 사람이야. 외삼촌의 병을 고치기 위해 일부러 미친 척하다니 말이야."

"그래. 김대현은 정말 훌륭한 선비야. 형제간에도 하기 힘든 일을 하고 있잖아."

마을 사람들은 김대현을 크게 칭찬하였다.

또, 김대현의 친구 가운데에 문둥병 환자가 한 사람 있었다. 사람들은 모두 그 환자 곁에 가기를 꺼려하였다. 자신도 환자가 될까 봐 걱정이 되었기 때문이었다.

문둥병 환자는 마을에서 멀리 떨어진 산비탈 움막에서 병이 낫기를 기다리고 있었다.

이 환자에게 아무도 먹을 것이나 옷을 가져다주려 하지 않았다. 하지만 김대현은 거리낌 없이 먹을 것과 옷을 가져다주었고, 마주 앉아 같이 밥을 먹기도 하고 이야기도 나누었다.

김대현의 가족 중에는 이러한 김대현의 행동을 못마땅하게 생각하는 사람도 있었다. 그래서 말리기도 하였다.

그러나 김대현은 오히려 더욱 열심히 친구의 병을 보살펴 주었다. 그래서인지 그 친구의 병은 점점 호전이 되었다.

김대현은 자신의 행동을 못마땅하게 생각하는 가족들에게 말하였다.

"병은 죄가 아니다. 몸은 비록 병이 들었지만 마음은 깨끗하다. 몸은 건강하지만 마음이 병든 것보다는 더 낫다."

이러한 태도에 가족들도 할 말이 없었다.

김대현은 나이가 많이 들어 잘 움직일 수 없게 될 때까지 불우한 사람들을 위해 일했지만 결코 문둥병에 걸리지 않았다.

임진왜란이 끝난 뒤, 각 지방에서는 여러 가지 병이 들끓어 백성들이 크게 고생을 하였다. '염병(染病)'이라고 해서 원인을 알 수 없는 여러 가지 병이 퍼지는 바람에 수많은 사람이 고통을 받았다.

염병에 걸린 사람들은 산기슭이나 냇가에 따로 움막을 짓고 그곳에서 생활하는 경우가 많았다. 그러한 움막을 염병막이라고 불렀다.

나라에서는 그들을 치료하기 위해 곡식을 내리기도 하였다. 곡식이 내려오면 관원들이 그 곡식을 염병막에 전해주곤 하였다.

염병이 얼마나 무서웠던지 염병막에 가기 싫어 벼슬을 그만 두려는 관원들이 곳곳에서 쏟아져 나왔다. 그래서 염병막에서 병으로 죽는 사람보다 곡식이 없어 굶어 죽는 사람이 더 많을 정도라는 말이 나돌 정도였다.

그럴 때마다 사람들은 김대현을 찾았다. 김대현은 관원들이 꺼려하는 염병막으로 거리낌 없이 곡식을 날라다 주곤 하였기 때문이었다. 물론 옷과 약을 구해 갖다 주기도 하였다.

"김대현은 환자의 가족들도 하기 힘든 일을 마다 않는다. 김대현은 성자(聖者)다."

"그래. 전쟁터에서 장군이 싸움으로 구한 백성의 목숨보다 이름 없는 선비 김대현이 구한 목숨이 더욱 많고 값질 지도 몰라."

사람들의 찬사는 그치지를 않았다.

그러나 김대현은 자신을 자랑하기보다는 묵묵히 이웃에게 봉사만 할 뿐이었다.

임진왜란이 한창일 때에는 의병을 모아 안집사(安集使)인 김늑을 도와 큰 공을 세우기도 하였다.

김대현은 그 동안 쌓은 공으로 1595년(선조 28년)에는 찰방(察訪)에 이어 현감(縣監) 벼슬을 받아 백성들에게 더욱 많은 봉사를 하였다.

풍산 김씨(豊山金氏)인 김대현은 1553년(명종 8년)에 나서 1602(선조 35년)에 세상을 떠났다.

오늘날, 산업이 발달하여 물질적으로는 다소 풍요로워졌지만 이에 비례하여 각종 범죄가 일어나는 등 살아가기에는 오히려 부족함이 많아졌다는 지적이 없지 않습니다. 이렇게 된 가장 큰 원인으로 많은 사람들이 숭고한 정신문화보다는 눈앞의 물질문명을 앞세우기 때문이라고 보고 있습니다.

이러한 현상을 치료하기 위해서는 그 사회를 이끌어 나가는 건전한 정신을 되살리는 일이 필요합니다. 우리 고장에는 훌륭한 삶을 살아온 많은 선현들이 있습니다. 이러한 선현들의 발자취를 발굴하여 이야기 자료로 개발, 활용한다면 향토사랑 정신 함양은 물론 우리의 정신문화 풍요화에도 기여하게 될 것입니다.

역할 모델이 될 수 있는 인물을 찾아 그 일화를 찾아내는 일은 자기교육 활동으로도 매우 유용합니다. 교육방법 중에서 가장 효과적인 것은 자기가 자기 스스로를 교육하는 자기교육일 것입니다. 이것은 마치 말에게 억지로 물을 먹일 것이 아니라 스스로 물을 마시도록 동기를 부여하는 일에 해당한다고 봅니다.

이 동기를 확보하기 위해서는 준거인물을 많이 대하여야 합니다. 어른들로부터 이야기를 듣거나 독서를 통해 보다 확고한 인물 탐구가 필요합니다. 이에 대한 자료로 매우 유용한 것 중의 하나가 읽기자료(reading materials)입니다.

이러한 자료는 스스로 읽는 것으로도 개발되어야 하지만 부모가 먼저 읽고 자녀들에게 들려주는 형태의 자료로도 개발되어야 합니다.

사람은 누구나 자기와 가까운 곳의 이야기일수록 더욱 큰 관심을 가지기 마련입니다. 따라서 우리 둘레에서 찾아낸 선비 이야기는 좋은 교육자료가 될 것입니다.

『내 가슴 속 선비』를 엮음에 있어서 크게 참고한 책은 『대구유현록』, 『달성군지』, 『대구읍지』, 『대구향맥』, 『모하당문집』, 『달구벌 문화, 그 원류를 찾아서』 등이었습니다. 이러한 앞선 노력에 대해서 깊이 경의를 표합니다.

그리고 이 책을 기획하고 출판해 주신 학이사 당국에게 깊이 감사드립니다. 학이사 창립 10주년을 함께 기뻐합니다. 지역문화 발전은 물론 우리나라 전체 출판문화 창달에 크게 기여해 주기를 기대해 마지않습니다.

미뢰

김은주 지음

〈2015. 05. 20.〉

음식을 통해 세상을 보고, 음식을 통해 소통하다

글이 묵은 정情이라면 음식은 춘색 가득한 새 정情입니다.

오래된 정은 곰삭아 든든하고, 새로운 정은 보기만 해도 감칠맛 납니다. 평생 모르고 살던 세상을 음식을 통해 다시 보며 음식이 주는 화색에 붉게 가슴 뜁니다. 먹는 일은 뭇 생명을 살리는 일이고, 먹이는 일은 사람을 섬기는 마음입니다. 엎드려 모셔 온 재료로 누군가를 거두는 일은 저도 즐겁고 남도 이로운 일입니다. 자연이 주는 경험을 스승 삼아 노동으로 익힌 언어만이 온전한 나만의 문장임을 비로소 깨닫습니다.

느린 마음으로 산을 오릅니다. 건강한 노동 뒤에 흐르는 순도 높은 땀을 보며 물오른 생강나무 아래 잠시 쉽니다. 소리 없이 지고, 또 피는 은근한 풍경을 당연지사라기보다 기적처럼 여기는 것은 제 안에 사랑이 넘치는 탓일 겁니다. 눈보라 치는 청도에서 강정을 빚고, 꽃 피면 산을 오르다 보니 벌써 여러 해가 지났습니다. 오가는 세월에 산은 꽃도 내어주고 내 흥취에 대거리도 잘해 줘 그간 썩 잘 놀았습니다. 작정 없이 놀고 음식을 사랑하며 보낸 하루가 쌓여 여기 탑塔을 이루었습니다. 글이라기보다 충실히 산

제 숨소리입니다.

　맛봉오리가 들썩인다. 혀 아래서 찰랑찰랑 침이 고이나 싶더니 그새 할머니 앞에 쪼그리고 앉았다. 딱 손바닥만 한 칼이다. 크지도 작지도 않은 칼로 참 기막히게 썬다. 약간 옆으로 기울인 어깨는 모로 꼰 고개 따라 흔들린다. 큰 고무통에 도마를 걸치고 손은 부지런히 웅어熊漁를 썰며 앞에 앉은 나를 쳐다본다. 눈은 이미 도마를 떠났는데도 칼질은 여전히 맞춤하게 움직인다. 착착 칼 너머 국수 가닥 같은 웅어가 쌓인다. 호객행위는 없다. 그저 한번 쳐다보고는 다시 써는 일에 집중할 뿐이다. 한참을 지나도 가지 않고 있는 나에게 할머니 낡은 나무상자를 발로 밀어준다. 나를 쳐다보지도 않고 나무상자를 밀어주는 발은 맨발이다. 양말 없이도 난전에서 견딜만하니 봄이 그예 다 갔나 보다. 차양 사이로 들어온 볕에 나무상자 사뭇 따뜻하다. 쉬어 가도 좋다는 할머니 마음이다. 말하지 않고도 훈훈한 마음을 듬뿍 쏟아내는 할머니는 여간내기가 아닐성싶다.

　보고 있으니 먹고 싶고 먹고 싶으니 앉았다. 삐걱거리는 나무상자에 앉아 길게 고개를 빼고 하얀 웅어 속살을 본다. 착착 깔축없이 써는 칼솜씨를 보며 어디 세월이 공으로 갔을까 싶다. 도마와 칼이 합일合—을 이루는 저 경지는 아마도 묵은 세월에서 나온 것이 분명하다. 할머니가 입은 적삼과 아래 속곳을 보니 봄과 여름이 함께 있다. 봄이 오나 싶더니 그새 갔다. 봄과 여름 사이 딱 요맘때가 아니면 결코 먹을 수 없는 것이 웅어다. 얼추 봄꽃이 지고 막 숲이 통통하게 살이 오르는 보리누름 즈음이 낙동강 웅어가 한창인 때다.

누룩 사러 고개 넘어 창녕장에 오니 시절 인연이 닿았는지 귀한 웅어를 만났다. 작정하지 않고 만나니 더 반갑다. 국밥집 뒷골목에 좌판 하나 두고 앉아 할머니 봄과 여름 사이를 곡진하게 썰고 있다. 움푹하게 볼우물이 패인 도마를 보니 세월이 그곳에 소복하다. 칼이 도마를 삼키는 동안 할머니는 철 따라 다른 고기를 썰며 계절을 건넜으리라. 긴 세월을 그저 보내지 않은 할머니의 칼솜씨가 웅어에 감칠맛을 더한다. 곰곰이 생각해보니 맛과 오래됨은 늘 한 몸처럼 같이 다닌다. 칼이 닳아 오래된 맛에는 아무나 흉내 낼 수 없는 진솔함이 배어있다.

할머니 칼끝에는 할머니만의 짭짤한 간기가 숨어있다. 간이 어디 소금에만 있으랴. 칼끝에서 무슨 양념이 나오는지 전어도 우럭도 할머니가 썰면 그 맛이 다르다. 고기의 두께와 써는 방향에 따라 전혀 다른 맛이 나기 때문이다. 도톰하게 썰어야 제 맛인 회도 있지만 뼈째 먹는 웅어는 가로로 놓인 뼈를 살짝 비틀어 써는 재주가 있어야만 씹는 내내 고소함을 느낄 수 있다. 뼛속 사정을 훤히 알고 있어야 가능한 일이다. 산란을 위해 먼 바다에서 민물까지 안간힘을 다해 거슬러 올라온 내력을 아는 사람만이 그 참맛을 느낄 자격이 있다. 맛은 혀가 느끼는 것이 아니라 뇌가 느끼는 것이 분명하다. 혀 안에 3천 개의 미뢰가 꽃봉오리처럼 혀를 감싸고 있어도 끝내 맛을 느끼는 것은 뇌를 통한 온몸이다. 할머니 세 가지 양념장과 함께 웅어 한 접시 소복하게 썰어낸다. 낡은 접시가 금방 환해진다.

웅어 맛은 솔직하고 소박한 데 있다. 소박하니 꾸밀 것이 없고 솔직하니 속내가 훤히 보인다. 맑고 투명한 웅어를 먼저 산초가 들어간 초장에 찍어 한입 먹어본다. 쌈과 채소를 곁들이지 않고 오롯이 웅어의 살만 즐긴다. 쫀득한 살에 풋 갈대 향이 스친다. 낙동강 하구언의 갈대밭과 먼 바다 냄새도 함께 난다. 익히지 않고 생것에만 숨어 있는 살아있는 맛이다. 알싸한 산초 향이 매운 초장과 어우러져 웅어는 금방 입안에서 사라진다. 사라진 후에도 오래 혀 밑에서 단내가 올라온다.

다음은 겨자장과 함께 먹어보니 톡 쏘는 맛과 함께 웅어 특유의 맛이 느껴져 그 오묘한 향을 뭐라 말로 표현하기 어렵다. 간장에 푼 고추냉이의 매운맛이 순한 웅어 살을 단숨에 감싸 안는다. 씹으면 씹을수록 입안이 화하다. 박하사탕을 먹고 난 뒤 입안에 이는 시원한 바람 같다. 후후 바람 소리를 내면 금방 입안에서 강바람이 불어올 것 같다.

마지막으로 할머니가 비장의 무기처럼 내놓은 묵은지와 된장이다. 회에 무슨 된장이냐 싶겠지만 씻은 묵은지에 된장을 넣고 웅어 한 점 올려 먹으니 새콤한 김치맛과 구수한 된장이 절묘하게 섞여 웅어 맛을 더욱 돋운다. 오래 씹으니 상큼한 수박 향이 나는 빙어 못지않다. 할머니가 내어준 장醬과 고기는 서로 스미되 들뜨지 않고 씹을수록 섞여 다른 맛을 낸다. 스미고 섞여 이루어내는 맛, 참으로 재미롭다.

재미난 맛은 매 순간 변한다. 본디 맛이란 참으로 주관적이라 똑같은 음식을 먹고도 다 다른 맛을 이야기한다. 각자가 지닌 추억과 시간을 함께 버무려 먹으니 그 맛이 다를 수밖에 없다. 마지막 한 점까지 다 먹고 일어서니 어디 배만 부르랴. 미뢰를 풍요롭게 자극하던 할머니의 칼솜씨가 웅어보다 더 맛깔스럽다. 무릇 칼 속에도 맛이 있나니. 미뢰를 살아 꿈틀거리게 하는 오지고 푸진 맛.

- 「미뢰」 전문

작가는 자연요리연구가이다. 시골 작은 작업실에서 사계절 제철에 나는 식재료로 새로운 음식을 연구한다. 음식을 통해 세상을 보고, 음식을 통해 소통한다. 작가는 먹는 일은 뭇 생명을 살리는 일이고, 먹이는 일은 뭇사람을 섬기는 일이라 여긴다. 그가 산속에서 모셔온 재료로 음식을 만드는 일이나, 그 음식으로 누군가를 거두는 일은 모두 사람을 이롭게 하는 일이라는 것이다.

작가는 철 따라 자연이 주는 경험을 스승 삼아, 노동으로 익힌 언어로 자신만의 글을 써내려간다. 그리하여 꽃 피면 산에 올라가 재료를 장만하고, 눈보라 치면 수제 강정을 만들어 사람들과 나눈다. 자연과 재료, 사람과 사랑을 조화롭게 버무려 음식을 만들고, 글을 쓰는 것이다. 음식은 곧 글이고, 글이 곧 음식인 셈이다.

지은이는 "어릴 때 엄마가 산과 들에서 따온 재료로 만들어 주시던 음식을 몸이 기억하고 있었던 모양이다. 잊고 지냈는데 세월이 가고 엄마 나이쯤 되니 저절로 몸 밖으로 흘러나오는 것 같다"고 말한다. 딱히 요리전문가가 되어야겠다고 작정한 바 없었는데 여기까지 왔다는 말이었다.

그는 제철에 나는 꽃이나 푸성귀를 갈무리해 뒀다가 겨울에 본격적으로 음식을 만든다. 그래서 봄, 여름, 가을에는 산과 들을 다니며 제철 식재료 갈무리에 여념이 없다.

- 매일신문 / 조두진 기자

눈길 머문 곳

배해주 지음

〈2015. 07. 10.〉

소박한 비빔밥을 먹는 것 같은 잔잔한 재미

지난 시간을 더듬어 본다는 것은 행복이다. 시간의 단위 개념으로 과거와 현재, 미래가 있다. 그중에 과거와 미래는 분명하게 존재한다. 하지만 현재란 의미의 시간은 찰나이고 구분상의 존재일 뿐이다. 실제로 존재하는 과거를 되감아 본다는 것은 지금이 작지만 여유롭다는 징표라 하겠다.

이순이 가까워지면서 무엇인가 잡히지 않은 공허가 찾아들었다. 앞을 보는 것보다 뒤돌아보는 시간이 많아지는 것도 이즈음에 계절처럼 찾아오는 거절할 수 없는 손님 같았다. 그 허전함을 무작정 글로 메우려 했다. 젊었을 때 예쁜 소녀에게 내 마음을 전하지 못하고 속앓이 하듯이 평소 글에 대한 관심은 있었으나 선뜻 글쓰기에 다가서지 못했다. 그러던 어느 날 수필을 공부한다는 모 문학단체를 알게 되어 글쓰기를 시작하게 되었다. 많은 사람이 평소에 나름대로 존경하는 분의 글이 있다. 나는 김규련 수필가의 글을 감명 깊게 읽었고 좋아했다. 글 속에서 나를 찾아가고 뒤돌아보는 신앙 같은 그 무엇이 존재하고 있었음을 자각할 수 있었기 때문이다. 글은 바른길을 가르쳐 주기도 하고 스스로 뒤돌아보게 하기 때문이었다. 그리고 수필을 쓰면서 소박한 비빔

밥을 먹는 것 같은 잔잔한 재미를 느낄 때가 즐거웠다.

수필의 소재는 자기중심의 인물 수필이 대부분이다. 저자는 인물 위주의 수필을 지양하고 사물을 깊이 관조하고 거기서 삶을 이유를 찾아가는 사물 수필을 쓰고 싶었다. 물론 수필의 소재가 인물이거나 사물이라도 그 속에서 인간의 삶을 담아야 한다. 이 책은 바로 사람보다 사물을 통해서 삶을 읽어내는 데 많은 비중을 두었다. 책은 5부로 나누었다. 1부 행복한 생각, 2부 더불어 사는 길, 3부 소리 없는 아우성, 4부 그랬으면 좋겠다, 5부 눈길 머문 곳 등으로 구분되어 있고 총 43편의 글을 실었다.

글 속에는 행복해야만 했던 순간을 담았다. 그것은 늘 불평만 늘어놓은 삶의 그늘에 작은 햇빛을 볼 수 있었던 시간이었다. 그리고 직장인의 눈에 비친 세상의 풍경도 적었다. 직업인의 눈이 때로는 평범한 사람들이 볼 수 없는 삶의 모퉁이를 볼 수 있었기 때문이다. 글을 모으면서 디지털 시대에 직직거리는 아날로그 영화를 보며 감회에 젖는 것 같은 작은 희열을 느껴 본다.

처음 수필을 쓸 때만 해도 멋있고 맛있는 글을 쓰려고 애쓴 것 같다. 지금 생각해 보면 부질없는 고민이었음을 자인하지 않을 수 없다. 글은 머리로 쓰는 것이 아니라 비비고 다듬으며 따뜻한 가슴으로 써야 하는 것임을 뒤늦게 깨달은 것도 글을 쓰면서 얻는 귀한 얻음이었다.

지난 시간은 내가 머물렀던 순간들이다. 그 시간을 추억해 보면 행복하다. 작은 흔적들이 모여지고 다듬어져 한 줄의 글이 되고, 설레는 순간이 문장으로 태어난다. 여기다가 정성이란 산고를 통해 수필집이란 이름으로 세상에 나왔다. 출산의 아픔이 책으로 만들어지고 저자 이름이 새겨진 책을 손에 쥘 때는 이제껏 느껴보지 못했던 싸릿함을 잊을 수가 없다. 이때 저자에게 정을 쏟아주시고 세심한 교정으로 산뜻한 선물을 안겨준 곳이 학이사였다. 고마움을 쉽게 잊은 무리 속에 저자도 예외이지 않았다. 이 기회에 신중현 사장님과 관계자 여러분께 다시 감사의 인사를 드리고 싶다.

앞으로 꿈이 있다면 몇 권의 책을 더 내고 싶다. 그리고 기회가 되어 작은 이익금이 생기면 의미 있는 곳에 쓰고 싶다. 끝으로 좋은 이념으로 개사한 학이사 개사 10주년을 진심으로 축하하고 문단에 획을 긋는 아름다운 출판사로 자리매김하길 소망해 본다.

청개구리 가로수

남지민 지음
박명자 그림

<2015. 08. 01.>

첫아이 같은 하룻강아지

『청개구리 가로수』를 보면 나의 첫아이를 보는 듯하다.

첫아이라 너무 소중한데 키우기가 서툴러서 우왕좌왕하고 나를 닮아 웃음 띄면서도 나의 싫은 점을 닮아 아이에게 짜증내는 엄마의 마음과 다르지 않다. 열정만 있고 예술성은 좀 떨어지고 나를 닮은 면이 싫은 나의 또 다른 첫 아이이자 첫 동시집이다. 엄마로 살면서 아이의 생각과 생활에 밀착해 때로는 아이처럼 생각하고 아이처럼 말했다. 그것을 통해 내 안에 잠자고 있던 순수와 동심을 깨우며 조금씩 더 자란 어른과 엄마가 되었고 동시를 쓰게 되었다. 동시는 내 아이와 함께 한 생활이었다.

책을 많이 읽었던 나는 글 읽는 것에 경솔했고 함부로 평가했다. 그리고 나라면 이렇게 쓰지 않을 것이다, 혹은 나는 이보다 훨씬 더 잘 쓸 수 있을 것이라는 만용을 부렸다. 막상 내가 글을 쓰게 되었을 때는 쓰는 행위와 결과물에 그치지 않았다. 발상에서부터 쓰기, 교정과 퇴고, 발표와 그에 따르는 평가까지 모두가 내가 감내하는 고난한 과정을 거쳐야 했다. 글을 쓴다는 모든 사람에게 머리 숙여 경의를 표하고 그들이 내놓은 모든 글을 정성스럽게 읽어야 한다는 생각이 들었다. 다시 말해 글 쓰는 사람이 내놓은 글은 모두에게 자식 같은 것임을 내가 써 보고서야 알았다.

그런 의미에서 본다면 『청개구리 가로수』는 또한 하룻강아지이다. 많은 명작과 주옥같은 작품들 속에서 무서운 줄 모르고 내놓은 동시집이다. 작품 세계나 작품 정신은 세워지지 않은 채 문단에 성큼 발 디딘 철모르는 나의 작품들이 옹송그리고 있다. 다행히 어디로 튈지 모르는 많은 소재들의 작품들이 학이사 편집자의 손을 거쳐 잘 빚어 가지런히 정리 되고, 사실적이면서도 동시의 의미를 살린 박명자 선생님의 예쁜 그림 덕분에 동시집이라고 불릴 수 있게 되었다. 그런 의미에서 본다면 나의 작품이 들판의 잡초였다면 '학이사' 라는 좋은 인연을 만나 이름 붙여진 '책의 의미' 이다.

동시를 쓸 수 있도록 가르쳐 주신 박방희 선생님께 해설을 부탁했더니 동시를 쓴 나보다 더 해설을 잘해 주셨다. 오히려 '꿈 보다 해몽', '시 보다 해설' 이라는 말이 떠오를 정도로 시를 잘 해설해 주셨다. '남지민의 첫 동시집은 '가족' 과 '아이의 생활' 이야기 그리고 '사물과 자연', '아이의 생각' 이 담긴 시편들로 이루어져 있다' 며 '아이가 숨 쉬고 뛰노는 동시집' 이라 할 만하다고 평해 주셨다. 과찬에 그저 부끄럽지만 이러한 동시를 앞으로 써야겠다는 다짐, 혹은 화두를 주신 것이라 생각한다. 요즘 아이들이 인터넷과 휴대폰의 사이버 세상에서 뛰놀기보다 시심의 세계에서 뛰놀기를 바라는 선생님의 바람이기도 할 것이다.

세상은 모두 청개구리이다. 어른 입장에서 보면 어린이들은 하나 같이 청개구리이다. 이리 가자하고 하면 저리 가고 이렇게 하지고 하면 저렇게 하고. 그러나 어린이 입장에서 보면 어른이 오히려 청개구리이고 자연도, 사물도 청개구리이다. 『청개구리 가로수』에는 어린이의 레이더망에 잡힌 어른과 자연, 사물의 청개구리 심리를 동시에 나타내 보았다. 소나기 오는데 주차라인에 자리 잡은 지렁이, 겨울 오는데 옷을 훌훌 벗어던지는 가로수, 도로 위를 유유히 횡단하는 비둘기 등은 물론 부탁에 대답만 하고 거꾸로 행동하는 엄마, 아빠의 모습을 보이는 대로 담아냈다.

또한 가족 사랑의 모습을 많이 담았다. 엄마와 아빠, 누나와 동생 사이 혹은 친구 사이의 알콩달콩한 이야기와 아웅다웅 살아가는 모습이 많이 나타나 있다. 가족의 이름으로 살면서 혹은 친구와 함께 놀면서 겪은 일상 중의 하루가 혹은 순간이 시로 나타나 있다. 혹시 나의 가족을 아는 이가 이 책을 읽는다면 '아~ 이 집 식구 이야기이구나' 할 수 있을 것이다. 또한 우리 가족이랑 비슷하다고 웃음을 지을 수도 있다. 그런 면에서 본다면 나의 첫 동시집은 사실적이긴 하지만 문학성에서는 약간 덜 익은 풋내를 가진 작품이다. 동시가 지니고 있어야 할 상상력, 리듬감 등은 부족하지만 누구나 쓸 수 있는 개연성 있는 동시라고 자평할 수 있다.

『청개구리 가로수』의 동시 대부분은 아들, 딸을 키우며 경험하고 그들과 교감하고 대화하며 발견한 소재들이고 발상의 씨앗이 된 것들이다. 또 육아를 하느라 경력 단절이 된 여성으로서 주부로서 내가 뭔가를 할 수 있는 유일한 탈출구이기도 했다. 뭔가를 하지 않으면 안 되는 절박함 속에서 동시를 쓰는 것은 여유를 찾게 하고 아이들과 함께 보내는 순간들이 참으로 소중한 시간임을 깨닫게 했다. 아이들에게 꿈을 가지라고 말하는 대신 엄마인 내가 꿈을 꾸고 실현하는 모습을 보여주게 했다. 그러는 동안 컴퓨터 앞에서 글 쓰는 시간에 아이들은 그 옆을 지나가며, 혹은 프린트해 놓은 시를 보며 관심을 보이고 평가를 하기도 했다.

대학을 졸업하고 직장을 다니다 아이를 키우느라 전업주부로 살았지만 친구들의 말을 빌면 가만 있지 못하는 성정 탓으로 방송 모니터로서 재택업무를 하고, 지역 어린이 도서관 설립에 힘을 보태고 동화구연 자원봉사를 하며 동분서주, 좌충우돌 살았다. 그러나 동시를 쓰는 시간 만큼은 홀로 생각을 정리하고 시상을 찾는 것에서 시작하여 나 자신을 돌아보는 시간을 가질 수 있었다. 내놓기 부끄러운 작품들이지만 다시는 이런 소재로, 절박함과 열정으로 쓸 수 없을 것이라는 생각도 든다. 다시 아이를 낳고 키우라고 한다면 고개를 절래절래 흔드는 것처럼. 그러나 작가의 이름표를 달려면 처음의 것과는 다른 그 단계를 뛰어 넘어야 한다.

한 권의 책이 나오기까지 작가의 산고가 많은 부분을 차지한다. 그러나 출판되기까지 편집과 출판의 과정을 책임지고 있는 출판사의 수고로움과 기획에 기대지 않으면 책은 세상의 빛을 만날 수 없을 것이다. 책은 인쇄소에서 대량으로 찍혀 나오기는 하지만 공장에서 뚝딱 만들어지는 공산품과는 다른 철학과 미학이 작가의 작품 세계와 함께 어우러져 완성되는 것임을 동시집을 만들어내면서 알게 되었다. 책은 그런 의미에서 '글' 혹은 '작품' 만을 의미하지 않는다. 필사를 하던 옛 사람들은 그것을 통해 글의 맛을 음미하는 것과 더불어 새로운 창작, 덧붙임의 기술을 익혔다고 볼 수 있다. 현대 출판은 저자와 독자 사이를 돈독히 하는 역할을 한다.

학이사는 이상사의 출판 경력과 정신을 그대로 이어받아 올해로 창립 63주년을 맞이한다. 책에 대한 관심이 많았던 나였지만 주로 서울 중심의 출판사, 베스트셀러 중심의 책 읽기를 해왔던 나는 지역 출판사인 학이사가 생소했다. 이전 출간된 책의 면면을 살펴보니 지역에서 뚜렷한 철학을 갖고 출판에 몸담은 학이사의 면모와 노력을 확인할 수 있었다. 그리고 출판인으로서 학이사 식구들이 갖는 따뜻한 감성과 전국 단위의 온라인, 오프라인의 판매망을 갖추고 있다는 점에서도 지역 출판의 자부심을 세우고 있다. 또한 인문학 분야에 역점을 두고 실용적 학문으로서의 인문학 폭을 넓혀가고 있다는 점과 E-book 출간 등도 눈여겨 볼 만하다.

이런 지역의 출판사인 학이사에서 나의 첫 시집을 발간하게 되었다는 사실은 처음에는 잘 몰랐지만 엄청난 배려가 아니었을까 생각한다. 왕성한 작품 활동을 하고 있는 문인 선배님들 속에 첫 시집을 기획 출판으로 출간하게 되었다는 사실은 나에게는 참으로 행운이 아닐 수 없다. 그리고 그런 만큼 좋은 글을 써야 한다는, 첫 출판의 배려에 누가 되지 않아야겠다는 생각과 부담에 함부로 글을 쓰지 못하고(변명임에 분명하다) 있다. 학이사와의 인연은 첫 출간 이후로 계속 되고 있다. 이런 점에서 본다면 글을 쓰는 작가와 책을 엮어내는 출판사는 어쩌면 사람을 낚는 일이라는 공통점을 갖고 있는 듯하다.

학이사 대표님이 가지신 겸손과 배려는 출판이 책 만드는 일뿐만 아니라 예비 작가를 키우고 찾아내는 일도 중요하다는 생각을 갖게 한다. 오는 사람을 반가이 맞이하고 가는 사람을 문 밖을 나서서 배웅하며 인간의 정을 느끼게 한다. 또한 학이사 독서아카데미를 통해 지역 독서운동의 시작점으로서 봉사와 투자도 아끼지 않으신다. 학이사 독서아카데미를 통해 책을 읽고 서평을 쓰는 즐거움을 느낄 수 있게 된 것 또한 감사한 일이다. 책을 내고 책을 파는 것에 그치지 않고 좋은 책을 어떻게 낼 것인가와 책 읽는 문화를 어떻게 확산할 것인가에 대한 출판인으로서의 고민과 그것들 통한 실천을 충실히 하고 계심을 확인시킨다.

지금 나는 여전히 책 한 권 내기에 역부족인 실력이다. 그러나 학이사에서 첫 동시집을 냈다는 자부심을 가지고 끊임없이 글쓰기를 하고 있으며 사람을 만나고 지역 문화를 고민한다. 그리고 학이사 독서아카데미에서 엮어준 책 스승과 친구들과 만나 책 읽는 재미를 나누고 있다. 글 쓰는 재미에서부터 책 읽는 재미까지 알게 한 학이사 역시 내 인생의 스승이라 할 만하다. 그리고 사람의 소중함을 알게 하고 글 쓰는 것과 더불어 보는 눈을 가지게 하고 독자의 입장에서 한 번 더 생각하는 글을 쓰게 일깨워 주었다. 『청개구리 가로수』는 나의 시작이자 인생의 전환점이며 좋은 인연을 만들어준 오작교이다.

임하 정사철과 낙애 정광천 선생

구본욱 지음

〈2015. 08. 31.〉

두 父子를 통해 본 대구 유학의 원류

　이 책은 조선 중기에 대구에서 활약한 임하 정사철 선생에 관한 글을 필자가 발표한 것과 낙애 정광천 선생의 시조에 관한 두 분의 글을 합한 것이다. 임하공께서는 계동 전경창, 송담 채응린 선생과 더불어 대구유학의 세 분 선생 중의 한 분이시다. 불행히 계동, 송담 두 분 선생께서 먼저 타계하심에 임하공께서는 고운 최치원 선생이 머문 바 있는 선사사의 옛터에 서당을 열고 지역의 유림들을 모아 강학하는 것을 임무로 삼았다. 선사서당은 임진란 후 낙재 서사원 선생이 계승하여 강학함으로써 연경서원과 더불어 대구지역 유학의 르네상스시대를 열게 한 주요 강학소였다.

　또 임하공께서는 임진란이 일어나자 팔공산에서 창의하여 대구지역의 의병인 공산의진군公山義陣軍의 의병대장에 추대되었으며, 그 아드님 낙애공께서는 하빈면 남면南面의 의병장으로 활약하였다.

　필자는 2009년 3월부터 대구향교에서 발행한 유림신문에 계동과 송담 선생에 관한 글을 27회에 걸쳐 연재하였으며, 2012년 6월부터 2014년 3월까지 9회에 걸쳐 임하공에 대하여 연재를 하였다. 이로써 대구지역 유학의 원류를 정리하게 되었다.

이 책에는 5편의 글을 수록하였다. 제1, 2, 5부는 필자가 그 동안 발표한 논문이고 제3, 4장은 이상보 선생과 고故 서재극 교수가 쓴 낙애공의 시조에 관한 글이다. 제1부는 유림신문에 게재한 글을 정리하여 「조선사연구(제23집, 2014)」에 발표한 논문이고, 제2장은 임진란 정신문화선양회의 『임진란 위훈록王辰亂偉勳錄』의 원고로 작성된 것이다. 앞의 생애 부분은 위 논문과 중복되는 부분이 있으나 임하·낙애 선생과 대구지역 유림의 임진란 의병활동을 볼 수 있는 귀중한 자료다. 제3부는 이상보 선생이 쓴 글이고 제4부는 서재극 교수의 글로 『낙애일기』 영인본의 부록에 첨부되어 있다.

제5부는 대구 최초의 서원으로 퇴계 선생의 서원 10영詠에 포함되어 있는 연경서원과 관련하여 대구지역 제1, 2세대 유학자 아홉 분에 관하여 쓴 글이다. 말미에 첨부된 부록은 문중에서 작성한 자료에 의거하였다.

대구지역의 유학(성리학)은 계동 전경창(1532~1585), 송담 채응린(1529~1584), 임하 정사철(1530~1593) 세 분 선생으로부터 시작되었는데, 이 세 분이 강학한 곳은 여러 곳이었으나 임진란 이후에는 연경서원研經書院과 선사재仙査齋, 그리고 영모당永慕堂 세 곳으로 정착되었다. 연경서원은 전경창이 매암 이숙량(1519~1592)과 함께 건립하였고, 선사재는 정사철이 건립한 선사서당을 송담의 문인인 서사원이 계승한 것이다. 영모당은 서사원이 타계한 후 계동의 문인인 손처눌이 강학한 곳이다.

위에서 제시한 대구지역 인사의 강학장소 중의 하나인 선사재는 정사철이 신라의 고찰古刹인 선사암의 자리[유허遺墟]에 연 선사서당에서 비롯되었다. 선사암은 고운 최치원 선생이 가야산 해인사에 들어가기 이전에 머물렀던 유서 깊은 절이다. 이 절은『신증동국여지승람』「대구도호부」(중종 25, 1530년경 간행)에 보이는데, 정사철이 58세 때인 1587년(선조 20)에 이곳에 서당을 열기 얼마 전에 폐사廢寺된 것으로 보인다. 선사암에 대한 시로는 점필재 김종직(1431~1492)이 지은「선사사」와 송계松溪 권응인權應仁(1517~ ?)의「과선사암(선사암을 방문하여)」이라는 시가 있다. 선사사는『속동문선續東文選』과『회당고悔堂稿』에 수록되어 있고 과선사암은『송계집』에 수록되어 있다.

선사서당은 몇 가지 명칭으로 불리어졌는데『임하실기』에는 선사서사仙査書社, 또는 선사서재仙査書齋라고 하였고, 정사철이 서당을 연 2년 후(선조 22, 1589)에 이 서당을 방문하였던 대구부사 권문해(1534~1591)의『초간일기草澗日記』에는 선사서당이라고 하였다. 그리고『초간집草澗集』에는「제선사암서당(선사암 서당에 적다.」〉이라는 시가 있다. 이 시는 권문해가 동년 정월 2일에 이 서당을 방문하였을 때 지은 시이다. 임진란 이후에 서사원이 불에 탄 임하의 선사서당을 개축하여 강학의 장소로 삼은 이후에는 선사서재仙査書齋 또는 선사재仙査齋로 불리어졌다. 그리고 이후의 자료에는 선사재仙査齋로 통용되었다.

필자는 정사철이 연 선사서당仙査書堂과 서사원이 계승한 선사재仙査齋를 구분하기 위하여 본 논제의 제목에서는 선사서당仙査書

堂이라고 칭하였다.

정사철鄭師哲은 선사서당에서 강학하기 이전에도 여러 곳에서 강학하였는데 그가 강학한 곳을 간략하게 살펴보면 다음과 같다.

정사철은 지금의 달성군 하빈면 동곡桐谷에서 태어났다. 그는 16세에 성주 이씨와 혼인하였는데 얼마 후에 분가分家한 것으로 보인다. 분가한 집은 본가가 있는 동곡 근처였을 것으로 추측된다. 25세 봄에는 팔거[칠곡]의 사수泗水에 서실을 지었다. 그가 이곳에 서실을 연 것은 사수의 이름이 좋아서였다고 한다. 또 이곳에서 바라보면 금호강이 와룡산을 에워싸고 띠[帶]를 이루며 흐르는 모습이 아름다워 이곳에 복거卜居할 뜻을 가졌다고 한다. 사수는 공자가 태어나 강학한 곳의 지명을 취한 것이다. 대구지역에는 물의 비유를 들어 유학의 고장임을 나타낸 지명이 금호강을 중심으로 여러 곳에 산재되어 있는데, 선사仙査가 있는 이 지역에는 이천伊川이라는 지명도 있다. 이천은 북송의 성리학을 정립한 정이의 호이다.

이듬해 26세 봄에는 그의 선친의 묘소가 있는 연화산 아래에 분암墳菴인 연화재煙花齋를 짓고 이곳에서 공부에 전념하였다. 연화산은 사수에서 남서쪽으로 10리(4km) 정도 되는 거리에 있는 야트막한 산이다(동곡에서도 또한 동쪽으로 10리 되는 지점에 있음). 정사철이 연화재를 지은 것은 5세에 타계한 부친에 대한 회한과 사모의 정으로 인한 것이었다. 그는 27세 봄과 28세에도 연화재에서 거주하였는데 그가 이곳에 거주한 것은 주로 봄과 가을이었다. 그가 연화재에 우거寓居하고 있을 때 전경창과 채응린을 비롯한 많은 우인友人들이 방문하여 강학하였다.

33세(명종 16, 1561) 7월 16일[기망旣望]에는 대구지역의 여러 제현諸賢과 더불어 금호강의 선사에서 낙동강의 아금암牙琴巖 아래까지 뱃놀이를 하였다. 이 뱃놀이는 필자가 고찰한 바에 의하면 사가四佳 서거정(1420~1488) 이후 기록으로 남아있는 이 지역 인사들의 금호강 선유船遊로는 처음이다.

34세 10월에 모부인께서 타계하여 여묘廬墓하였으며 여묘가 끝난 37세에는 연화재로 이거移居하여 이곳을 서식소棲息所(거주지)로 정하였다. 그리고 2년 후 39세에는 연화산 아래 연화동煙花洞에 초당을 짓고 처음으로 임하초당林下草堂이라고 편액扁額하고 강학하였다. 이로 인하여 임하林下라는 호를 사용하였으며 이곳에서 56세까지 거주하였다.

가을 보법

김세환 지음

〈2015. 09. 15.〉

가을에 만난 삶의 이야기

  그동안 빛을 본 다섯 권의 시조집은 별 계획 없이 5년 정도의
주기로 모인 작품들을 발표했기 때문에 특별한 동기가 없었다.
등단한 지 50년 가까이 되었지만 문학단체 활동이나 문인들과의
교류도 없이 지내다보니 정보나 인맥이 없었다. 주변 문인들은
활발하게 활동하며 자신의 작품을 널리 발표하고 더러 부러운 수
상도 하며 연륜을 쌓고 있었다. 문예진흥기금이나 창작지원금 같
은 것은 내겐 먼 나라 이야기였지만 박봉에 책 한 권 내기란 쉬운
일이 아니다. 그러다 돌아볼 나이에 어쩌면 마지막 책이 될 지도
모르는 뜻있는 여섯 번째 시조집을 내고 싶은 욕심은 있었지만
부족한 글이며 출판의 벅찬 현실 때문에 수없이 망설이던 중 자
식들의 효심 어린 성의와 재촉을 기절할 수 없어 책을 잘 만든다
는 소문난 출판사(학이사)에 의뢰하여 무리한 출판을 결심하게 되
었다.
  표지는 지난번 시조집의 표지를 그려준 이종 아우 이성태 화가
의 개인전에서 놀라움으로 눈여겨본, 시조집 제목과도 딱 어울리
는 그림이었다. 내 출판 소식을 듣고 고맙게도 가장 아끼는 그림
을 기쁜 마음으로 선뜻 내주었다. 다른 시조집처럼 해설을 부탁

할 평론가, 시인을 떠올려보다가 초라한 내 모습이 부끄러워 어리석은 생각을 접었다. 과거 발표한 첫 번째 시조집 『가을은 가을이게 하라』(김몽선 시인 해설)와 두 번째 시조집 『산이 내려와서』(문무학 시인 해설)에는 해설을 실었다. 부족한 작품에 비해 훌륭한 해설이 시조집을 한층 돋보이게 했다. 그 이후 발표된 시조집부터는 해설을 싣지 못했다. 처음엔 섭섭하고 실망도 했지만 문학잡지에 서평 한 번 제대로 받은 적이 없는 내 위치를 인식하고는 거절하는 그 심정이 이해가 되었다. 자칫 어리석음을 또 범할 순간에 그것은 나에게 사치며 과욕이라는 깨달음을 준 것은 지금도 가르침으로 자주 읽는 두 시인의 해설이었다. 그런 진정한 마음으로 이번 작품집도 솔직한 나의 고백으로 해설을 쓰기로 했다.

＊ 가을은 내 인연의 빛깔

오곡이 풍성하고 온 산이 아름답게 물드는 계절인 가을(음력 9월)에 태어나면서 나의 인생은 거의 대부분 가을과 연관 지어졌다. 특히 내 인생의 전부라고 할 수 있는 '시조'와 50년간 함께 지내오면서 깊은 인연의 빛깔, 형용사 가을로 간직되었다. 첫 대회 입상도, 등단 작품도, 첫 시조집 제목도 모두 가을과 연관이 있다. 살아가는 삶의 습관이나 인생관까지 가을의 본성을 배워간다. 그래서 그동안 발표된 많은 작품이 가을에 나왔고 많은 비중이 가을과 연관된 이미지를 표현했고 이번 여섯 번째 시조집에서도

'가을'이 중심이다. 가을에 만난 삶의 이야기들을 엮은 것이 『가을 보법』이다.

＊ 나의 시를 철들게 한 가족

재직시절 내 시에 관심을 보이는 어느 젊은 교사가 내 시에 대해 "선생님 시는 대부분 너무 슬프고 한이 배어 있다."라고 조심스런 평을 했다. 다른 면도 많다는 말로 대답을 했지만 단순한 생활을 하다 보니 많은 것을 경험할 수 없는 점도 있었고 여건상 가족 중심의 이야기가 많을 수밖에 없었다. 4대가 한 집에서 생활했고 종가집이라는 특성 때문에 사소한 일들이 끊임없이 일어나고 해결해야 했다. 그 생활의 중심에는 언제나 순종과 희생을 부덕婦德이라며 온몸으로 받아들인 종부 3대가 있었다. 그런 이야기들이 내 시 속에 들어오면서 조금씩 철이 든 시를 쓰게 되었다.

평생 종부로서의 책무와 희생을 다하시다 노후에 수년간 치매로 고생하셨던 어머니는(시조집 3집 『어머니의 치매』) 자주 잡초를 뽑고 손수 가꾸시던 아버지 산소 앞에서 끝내 알아보지 못하시고 어린아이처럼 단감 따는 재미에만 빠지셨다. 오랫동안 크고 작은 집안일을 빈틈없이 다 해 내신 당당하고 의연한 종부셨지만 단정한 옷매무새도 흩어지고 자식조차 알아보지 못하시는 안타까운 모습을 '억새풀 속살로 우는' 심정으로 아내는 흐느껴 울었다. 평소 금슬이 좋으셨던 분 앞에서 망각의 시간에 빠져 유년으로 돌아가신 어머니. 당시에는 치매에 대한 인식이 부족했던 때라 제대로 이해하지 못한 시간이 지울 수 없는 불효의 죄로 남았다. 어느 가을날 집 창문을 닦으면서 지난 날 힘들게 창문을 닦으시던 어머니의 창백한 모습을 기억하고 늘 그런 얼굴인 줄로만 여겼던 불효를 아파하며, '서툰 손끝으로 한 겹씩 벗겨내면' 서 맑게 닦인 이 가을에 어머니의 정머리 다 떨어지던 그 잔소리라도 마음껏 듣고 싶은 날의 그리움이다.

종가집을 지켜낸 대단한 종부인 아내에게 손잡아주며 따뜻한 위로의 말 한마디하지 못했고, 평생 빚만 지고 살아온 처지로 백수가 된 어느 날 외출할 아내의 신발의 먼지를 털면서 '화창한 꽃비 내리는 봄길/ 마음껏 걸으시라고.' '허기 한번 채우지 못한 순종의 별난 천성/ 가난을 털어내듯 내 구두를 닦던 사람' 이 한평생 종부의 소임을 다하느라 스스로 갇혀 살아온 무지외반증拇指外反症 같은 힘든 삶이었음을 생각했다. 이제부터는 '남은 날/ 나도 그대 위한/ 편한 신이고 싶다.' 늦게 철든 마음으로 아내의 신을 말끔하게 닦았다. 아내의 꿈이었던 어렵게 간 유럽여행에서 독일 괴테를 만난 것은 그나마 작은 위로였다. (꽃비 맞으며) 아내가 그처럼 행복해 하는 모습을 본 적이 없어 너무 미안했다. 그런 희생적인 삶을 살아온 아내에게만이 아니라, 노후에 요양병원에서 그리움도 접고 외롭게 지내시다 홀로 돌아가신 장모님께도 아무런 도움이 되지 못하고 (복사꽃 환한 봄날) 그 마음만 헤아려 드릴 뿐

이어서 너무 송구스러웠다. 지금도 집안 대소사에 직접 진두지휘하는 종부의 모습을 지켜보면서 나의 시도 조금씩 철드는가.

　＊ 그날의 풀꽃은 젖은 시로 다시 돋아나고

　어쩌면 지난날 지우지 못한 작은 감동 때문이리라. 그것은 근무하던 학교의 조그만 교실에서 본교 한얼 시조동인들이 마련한 조촐한 첫 시조집 출판기념회였다. 학급 아이들과, 가까운 교사 몇 분과 시인 몇 분을 초대하여 열린 작지만 감동적인 행사였다. 창밖 은행나무 노란 잎이 휘날리던 그날의 소박하고 아름다운 감동은 늘 가슴에 남아 문득문득 내 작품 속에 들어왔다. 그 순수한 감동은 부조리한 교육 현실에서 아이들을 지킬 수 있는 용기로, 교정을 떠난 후 젖은 자화상으로, 무능하지만 흔들리지 않으려는 내 삶의 빛깔로 그려졌기 때문이다. 비록 이번 글이 논리적이지 못하고 이론이 없는 무지의 글이었지만 이런 것이 나의 시에 대한 부끄럽지 않은 진정한 모습이 아니겠는가.
　지난날 아이들을 바르게 지키기 위한 교사의 본능에서 돋아난 저항의식은 부끄럽지 않게 살아가려는 삶의 의식으로 바뀌었지만, 좀처럼 현실과 타협하지 못하는 성격으로 단체나 모임에서 자꾸만 멀리 밀려나게 되었다. 그러나 그날의 풀꽃은 젖은 나의 시로 돋아났다.

힘겨운 시절, 수업하고 돌아온 내 책상 위에 예쁜 찻잔이 놓여 있었다. 작은 메모를 보고서야 시조를 함께 공부하는 학생임을 알았지만 그 찻잔은 나에게 단순한 찻잔이 아니라 지친 영혼을 풋풋한 풀꽃향기로 잠시나마 쉬게 했다. 오랜 시간이 흘렀지만 지금도 풀꽃향기 나는 그 '찻잔' 으로 차를 마시며 헤진 마음을 가다듬고 있으며, '햅쌀' 은 삭막해진 나의 가슴에 햅쌀처럼 찰지고 신선한 사랑을 심어준 따뜻한 이야기이다. 이 시의 주인공은 나의 첫 교직생활 첫 학급 학생이었다. 당시 전기도 없는 시골의 작은 학교에서 공부도 잘하고 시골 아이 같지 않은 뽀얀 얼굴에 부끄러움이 많은 여학생이었다. 10월 어느 날 큰 마대에 담긴 쌀(먼 시골에서 노구의 부모님이 피땀 흘려 지으신 귀한 곡식)이 택배로 왔다. 마대를 뜯는 순간 수십 년 전 맡았던 고향 같은 싱그러운 냄새가 마치 아직도 내 치부책 속에 남아 있는 들꽃들의 맑은 향기 같았다. 바로 아이들이 내게 가르쳐 준 가을 형용사였다. 너무 소중하여 추석 차례 상에도 올리고 찰진 밥상을 마주할 때마다 윤 시인의 부모님께 감사하는 마음을 가졌다. 다행히 이 제자는 고맙게도 나와 같은 길을 걸으면서 나에게 또 다른 청정한 가을 형용사를 일깨워주고 있다.

　그날의 아이들은 이제 5, 60을 바라보는 중년이 되어 내 이름조차 기억 못해도, 나의 낡은 시간의 갈피 속에 남은 소중한 그리움은 아무리 시간이 많이 흘러도 늙지 않는다. 오히려 아이들이 남긴 풀꽃향기는 남은 내 삶의 자양분이 되어 있다.

아무런 욕심 없이 오직 자식들의 정성으로 만들어진 이번 시조집 『가을 보법』은 내 삶의 정리와도 같은 인연의 가을에 거둔 소중한 결실이었다. 어느 시인은 "돈 많아 양장본 시집을 내는가."라는 뼈 있는 농담도 했지만 흔해진 양장본 시집을 나도 한 번은 내고 싶었다. 표지의 어울림을 위해 가을 분위기에 잘 맞게 꾸며주신 출판사의 치밀하고 높은 감각 구성 덕분으로 기대 이상의 훌륭한 시조집이 만들어졌다. 책을 받은 많은 문인들이나 지인들의 과분한 인사와, 제자들이 마련한 의미 깊은 출판기념회는 부족한 나를 부끄럽게 했다. 나를 더 부끄럽게 한 것은 대구문학 작가상, 한국동서문학 민족시진흥상, 한국시조시인협회 본상 등 생각하지도 못한 과분한 상을 연이어 수상하게 된 사건이었다. 그동안 시를 쓰면서 부족하고 초라한 모습으로 어디에도 나서지 못했는데, 남의 일이라고 생각하며 부러워했던 일들이 나에게 일어난 것은 어쩌면 남은 날, 진정한 자연인의 영혼으로 노래하는 그런 시인이 되어 힘겨운 영혼에 한 모금 감로수가 될 한 편의 시조라도 쓰리라고 다짐하면서, 좋은 책을 만들어주신 '학이사' 출판사 여러분들께 다시 한 번 고마움의 뜻을 전한다.

나무, 인문학으로 읽다

이정웅 지음

<2015. 11. 10.>

신이 인간에게 내린 가장 고귀한 선물, 나무

민선 1, 2기 대구시의 역점시책인 '푸른 대구 가꾸기 사업' 즉 1,000만 그루 나무 심기에 참여했었다.

지금도 그렇겠지만 당시에도 그랬다. 시정부의 어느 정책이 성공하기 위해서는 시정의 수반인 시장의 강력한 리더십이 있어야 하고 다음은 그 분야를 담당하는 공무원들의 자발적인 노력이 더해져야 한다. 이런 점에서 당시는 시장으로부터 말단 직원에 이르기까지 호흡이 잘 맞았다고 할 수 있다.

나무 심는데 투자하는 돈이 많다. 어린 나무를 심지 않고 큰 나무를 심는다. 등 초기의 부정적인 비판과 달리 사업이 중반에 접어들어 도시의 모습이 변모하기 시작하자 긍정적인 반응을 얻을 수 있었다. 이즈음 나무를 많이 심는 것도 중요하지만 조상들이 물려준 귀중한 자연 유산인 수령이 오래된 노거수도 보호해야겠다는 생각이 들었다.

가능한 많은 나무를 보호수로 지정했지만 그렇지 않는 노거수의 보호가 문제였다.

안정적으로 보존시키려면 산림관련법을 적용해야 하는데 주거지역이나 공업지역, 상업지역은 이 법이 배제되거나 준용되어야 되기 때문에 법적으로 규제할 방법이 미흡했다.

노거수를 살아있는 문화재 즉 생명문화재라고 생각하고 있는 입장에서는 매우 난감한 일이었다.

태국의 사례 원용援用

이런 고민에 빠져 있던 어느 날 일간지의 한 작은 지면의 해외 토픽이 눈에 들어왔다.

태국 정부가 자랑하는 티크나무 숲이 도벌꾼의 벌목으로 황폐화 되어 골머리를 앓던 태국 정부가 묘안을 짜서 보존에 성공했다는 내용이었다.

태국 당국은 각각의 나무에 스님의 이름을 써서 붙였다. 국교가 불교이고 스님들이 존경받는 나라이기 때문에 아무리 돈에 탐이 난 도벌盜伐꾼이라고 하더라도 스님의 이름을 붙인 나무는 함부로 베지 않아 보존할 수 있었다고 했다.

매우 좋은 아이디어라는 생각이 들었다. 그러나 불교가 국교가 아닌 우리로서는 실행하기 어려울 것이라는 생각이 들었다. 우리 실정에 맞는 좋은 방법이 없을까 고민하던 중 스님 이름 대신에 나무와 연관이 있으면서도 대구사람이면 누구나 잘 알 수 있는 사회적으로 존경받는 사람의 이름을 붙이면 좋겠다는 생각이 들었다.

나무도 보호되겠지만 나무에 이름이 붙여진 훌륭한 사람을 통해 지역에 대한 자긍심도 높일 수 있을 것이라는 생각이 들었다.

즉, 나무도 보호되고 시민의 대구에 대한 사랑도 높아질 것이라고 믿었다.

제목을 '역사 속의 인물과 나무'로 정하고 대상이 될 만한 나무와 관련된 인물을 찾았다.

특별한 기준은 두지 않았다. 크고 오래된 노거수가 우선이었으나 설사 크고 오래되었다고 하더라도 이야기를 끄집어낼 만 한 나무가 아니면 보류했다.

이렇게 선정한 나무가 24그루였다. 다만 수종별로 편중되는 것을 배제하기 위해 지나치게 많은 종은 제외하고 다양화하려고 노력했다.

그 해가 2003년이었다. 그러나 최근 살펴본 바에 의하면 성철 스님을 기리는 파계사 성전암의 전나무와 황금동의 청호서원 손처눌 선생을 기리는 엄나무는 매미 등 태풍을 견뎌내지 못하고 넘어져 베어졌다.

『나무, 인문학으로 읽다』의 탄생

이 기획은 지방의 유력지 영남일보가 1면에 보도하고 여타 지방과 중앙지 등에서도 크게 소개되어 예상외로 높은 반응을 일으켰다. 그때는 지금처럼 스토리텔링이 일반화되지 않을 때였고 관광, 문화유산해설사 제도도 없을 때였다.

인터넷을 검색해보면 지금도 이 자료를 토대로 노거수를 찾아다니는 사람들이 많은 것을 볼 수 있다.

특히, 지역에서 활동하는 문화관광해설사나 숲해설가들의 활용도가 높다. 이 일을 기획한 사람으로 큰 자부심을 느끼나 이야기를 끌어낼 수 있는 노거수가 더 많으나 퇴직한 이후 후임자에 의해 더 확대되지 않는 점이 아쉬웠다. '나무는 신이 인간에게 내린 가장 고귀한 선물'이라고 한다. 이런 점에서 온갖 풍파를 이겨내고 꿋꿋하게 자리를 지키고 있는 오래된 나무는 귀중한 생명문화재다.

그것이 좋은 일이든 나쁜 일이든 살아온 세월만큼 수많은 이야기를 간직하고 있다.

그들로부터 이야기를 끄집어 내 각박한 세상을 살아가며 상처받고 좌절하고 있는 사람들에게 용기와 희망, 위안을 줄 수 있다면 그보다 더 좋을 것이 또 무엇이 있을까 하면서 이런 노거수에 대한 이야기를 전국적으로 확대해보고 싶었다. 또한 최근 불고 있는 인문학의 열풍이 이 작업을 시도하는 계기가 되기도 했다. 따지고 보면 지금까지의 작업이 문학과 역사, 철학을 주제로 하는 인문학과 무관하지 않았다는 것을 알게 되어 용기가 생겨 전국으로 확대한 것이 48그루를 대상으로 한 『나무, 인문학으로 읽다』이다. 우리나라 방방곡곡에는 더 많은 나무들이 있으나 시간 제약으로 다 살펴볼 수 없었다. 권역별로 살펴보면 다음과 같다.

- 수도, 강원권의 문종이 경복궁 후원에 심은 앵두나무 등 6그루

- 울산 경남권의 400년 만에 다시 환국還國한 울산 시청 내의 오
  색팔중산춘
  윤장이 벼슬을 버리고 합천에 숨어 살 때 심었다는 묵와고택
  의 모과나무 등 7그루
- 경북권의 굶주리는 이웃들을 돕기 위해 심은 영양 두들마을의
  낙기대 굴참나무 등 8그루
- 광주권의 과거 합격자가 날 때마다 나무에 북을 걸고 두드리
  며 잔치를 벌였다는 괘고정수掛鼓亭樹 등 3그루
- 대구권의 박팽년 선생의 후손 박성수 선생이 심은 탱자나무
  등 5그루
- 충청권의 고불 맹사성이 심었다는 은행나무 등 4그루
- 전남권의 계파 성능 스님이 심은 화엄사 각황전 홍매紅梅 등
  13그루
- 전북권의 논개가 관아에 머물고 있을 때 심은 장수군청 내에
  있는 의암송 등 2그루

마무리

이 글에서는 나무를 자연과학적 입장에서보다 그 나무가 그곳
에서 자라오기까지의 긴 세월동안 켜켜이 쌓인 나이테만큼이나
숨어 있는 이야기들을 인문학적인 입장에서 밝혀 보기로 하였다.
  다시 말해서 나무의 잎이 무슨 모양인지, 가지는 어떻게 뻗었는

지, 어떤 토양에서 잘 자라는지, 과일의 크기는 어떤지, 꽃은 무슨 색깔인지 등을 보기보다 언제 무슨 연유로 누가 심었는지, 그분은 어떤 분인지, 지역 사회와 어떤 관련이 있는지 등을 알아보려는 것이다.

답사는 주로 대중교통을 이용했다. 일하는 여가를 틈타 했기 때문에 전국의 수많은 이야기가 있는 나무를 다 찾지 못했다. 따라서 가까운 영, 호남에 치중할 수밖에 없었다. 미안한 마음이 드나 그동안 헤매고 다닌 거리를 환산해 보면 1그루에 100㎞가 소요된다 하더라도 4,800㎞ 책에 소개되지 않은 것까지 계산하면 10,000㎞는 족히 된다.

이 이야기를 하는 이유는 다 찾아다니기에는 너무 벅찬 일이라 이 책에 수록되지 못한 나무는 나처럼 나무를 좋아하는 또 다른 사람에 의해 세상에 알려지기를 바라는 뜻에서 하는 말이다.

나무는 신이 인간에게 내린 가장 고귀한 선물이라고 한다. 나무와 이야기를 할 수 있는 기회가 주어진 데 대하여 무한한 감사를 느낀다. 다만 아직도 많은 노거수들이 개발이라는 미명하에 지상에서 사라지고, 어떤 나무는 당국의 무관심으로 서서히 말라가고 있다. 더 늦기 전에 보호수 또는 기념물로 지정해야 할 것이다. 특히 병해충의 피해나, 태풍 등 재해로 멸실될 것을 대비해 유전자 확보나 접목 등을 통해 개체를 증식해 둘 필요가 있다.

먼 길을 찾아서 현장을 가보면 시, 군의 홈페이지 내용과 현지 안내판의 내용이 상이해 혼란스러운 경우도 있었다. 나무 높이나 크기는 가변성이 있어 차이가 나도 문제될 게 없으나 관련된 사

람의 이름이나 생몰년도, 역사적 사건은 일치시키는 것이 바람직
하다.

그리고 무엇보다 이 책을 자랑스럽게 여기는 것은 한국출판산
업진흥원의 '2015 우수 출판콘텐츠 제작 지원작'으로 선정되어
제작되었다는 것이다. 작가에게 창작지원금 300만 원이 지급되
었고 출판사에는 700만 원의 제작 지원금이 지원되었다.

창작지원금과 학이사에서 출판 후 지급해 준 인세는 단순한 돈
이상의 큰 기쁨이었다. 다시 한 번 이 책의 원고를 받아 '우수 출
판콘텐츠'에 신청해 선정되기까지 애써 주신 학이사에 감사한다.

새날은 새들이 쫀다

이후재 지음

〈2015. 11. 20.〉

불덩이를 물고 새벽 바다 위를 비상하는
독수리처럼

시인이 되기 전에 먼저 인간이 되어야한다는 말들을 한다. 시를 잘 쓰기보다는 사람 됨됨이가 더 중요하다는 뜻인 동시에 시는 숭고하고 아름다운 것이어서 인격이 미치지 못하면 시인으로서 마땅치 않다는 말이기도 하다. 또한 이 말에는 시적 성취가 인격의 성숙과 비례하지 않는다는 함의도 지니고 있다. 글에는 그 사람의 마음 밭이 고스란히 드러날 수 있기에 그다지 틀린 말은 아니다. 하지만 시인이라고 해서 뾰족한 존재는 아니고 다른 사람에 비해 특별하지도 않다. 시인에 앞서 그들도 생활인이며 남들이 겪는 삶에서의 희로애락을 모두 겪으면서 살아간다. 더러 잘못을 저지르기도 하고 허물도 없지 않을 것이다.

어떤 의미에서 시는 자신의 상처와 허물조차도 진실하게 담아내는 치유의 그릇이기도 하다. 그렇다면 인간이 덜 여물었거나 설령 도덕적으로 사소한 결함이 있다손 치더라도 시를 쓰지 못할 이유란 없는 것이다. 많이 배워야 하고 반드시 인격적으로 성숙해야 시를 쓸 수 있고 시인이 될 자격이 주어지는 것은 아니다. 얼마나 진정성 있는 시를 쓰느냐가 중요하며 진득한 삶의 체험에서 우러나오는 사람 냄새가 밴 시면 족하다. 기교만으로 쓰는 시는 잠시 독자를 현혹시킬 수 있어도 그것은 언어유희에 지나지 않으며 생명력이 짧다. 진실하고 진솔한 시만이 오랫동안 독자의 가슴에 감동으로 남는다.

아이보다 훌륭한 시인은 없다고도 말한다. 아이 같은 순진무구한 시선으로 쓴 시들이 오히려 진실하고 아름답게 보일 때가 많다. 결국 시는 누구나 쓸 수 있지만 시인이 되기 위해 시를 써서는 안 될 것이다. 독일의 문호 괴테는 좋은 시에 대하여 이렇게 말했다. "좋은 시란 어린이에게는 노래가 되고 청년에게는 철학이 되고 노인에게는 인생이 되는 시다" 시는 사람들의 마음을 위로하고 즐겁게 해주며, 삶을 사유토록하고 인생을 느긋하게 들여다보게 한다. 더불어 시를 읽고 쓰는 동안 자신의 마음을 정화하고 가다듬을 수 있는 것이다. 그리하여 시 창작의 궁극적 의의는 자신을 포함해 세상을 긍정적으로 변화시키는데 기여해야 한다.

이후재 시인은 타고난 곧은 성품에다가 오랜 기간 방송인 생활을 거치면서 예의와 겸손과 배려가 몸에 밴 분이다. 두루 많은 이들로부터 인품이 훌륭하다는 평판을 들어온 터였다. 늘 스스로를 낮추어 배우고자 노력하는 반듯한 사람이다. 말하자면 시인이기 전에 충분히 된 사람인 것이다. 작품 이전에 한 인간으로써 그가 걸어온 삶은 인격적으로 존경받기에 충분하다. 모름지기 시인은 시의 품격을 높이기 전에 인간의 품위를 높여야 한다는 말이 타당하다면 이후재 시인은 그에 합당한 사람이다. 시의 품격이 인간성의 품격과 반드시 비례하진 않지만 적어도 이후재 시인의 시는 그래서 삿되지 않다.

이번 세 번째 묶는 시집의 시편들에는 동시가 아님에도 삶의 자국과 함께 시인의 소박한 심상과 천진함이 고스란히 묻어나와 성품 그대로 편안하게 읽힌다. 치열한 시를 쓴답시고 시적 장치들이 억지 가동되어 난삽해지기보다는 지상의 모든 사물에 대한 애정에서 샘솟은 진솔하고 솔직한 마음이 시의 행간에서 반짝반짝 빛나고 있다. 시인이 평소 지니고 있는 내면의 잔잔한 서정들을 담담하게 표출한 것들이다. 삶의 회로에 갇혀 지내다보면 때로는 단순하고 분명한 것에 이끌리게 된다. 있는 그대로의 비틀림이 없는 세계를 아이 같은 순진무구한 감성으로 편안하게 받아들일 때 대상은 보다 선명하게 인식된다.

이번 시집의 대표적 이미지를 꼽으라면 '햇빛'과 '나무'와 '고향' 등을 들 수 있겠다. 물론 이는 시집에서 자주 눈에 띄는 시어에서 추출한 것들이다. 특히 '햇빛'은 그의 시를 관류하는 핵심 이미지로 시인의 삶 가운데 내재된 긍정과 희망, 생명과 건강성을 상징해주는 이미지라고 말할 수 있다. 순수에 대한 귀소본능도 엿보인다. 그리고 이들을 배경으로 한 해학과 재치와 익살이 넘실대는 시들이 여러 편 눈에 들어온다. 어떤 시에서는 영락없는 개구쟁이의 모습을 떠올리게 한다. 그런 다채로운 얼굴들을 보면서 빙그레 미소를 머금는다. 시인의 물리적 나이를 넘어선 동심으로 가득한 마음 밭을 헤아릴 수 있는 대목이다.

일출봉에서 깜빡한 사이
오늘은 또 걸렀다며 훗날 다시 오라 하네

그날은 우리들 날개 속에 숨겨져 있다고
소나무 위에서 새들이 귀뜸하네

초등학교 사은회 때 마신 막걸리 한 잔으로
밭고랑에 드러누웠던 시절로 돌아가는 중이네

용케도 큰 두루미 날개를 잡아 올라탔네
나는 나뭇가지에 걸터앉아 노래 부르네

그 많은 새들은 죽어서 어디로 날아갈까
나는 즐비한 새의 주검을 보지 못했네

밤새도록 새날을 쪼아 아침을 밝히는 새들
새벽 독수리가 불덩이 물고 바다 위로 비상하네

- 「새날은 새들이 쫀다」 전문

　어른이 되어 바빠 살다보면 어린 시절의 기억을 하나둘씩 잃어버리게 마련이다. 하지만 우연히 발견하는 어떤 물건이나 마주치는 상황으로 인해 잠재된 기억이 불현듯 되살아날 수도 있다. 홀연 그 까마득한 어린 시절을 떠올리며 슬머시 미소 지을지도 모를 일이다. 시인에게도 '초등학교 사은회 때 마신 막걸리 한 잔'이 추억을 환기하는 통로의 오브제가 되었던 것이다.

하지만 그런 기억들은 대개 연속적이지 못하고 단편적이다. 시인은 어쨌든 상주 낙동강 지역에 서식하고 있는 두루미 떼들을 잊지 못하고 큰 두루미들과 허물없이 놀았던 기억까지 들춘다. 지금은 기후변화와 생태계 교란 등으로 인해 서식 환경이 나빠져 때가 되면 찾아와야할 두루미 수가 크게 줄었다. 이런 현상은 4대강 사업으로 강바닥이 준설되면서 유속이 빨라지는 바람에 철새가 좋아하는 넓은 모래톱이 사라졌기 때문이라는 분석이다.

"그 많은 새들은 죽어서 어디로 날아갈까" 마치 로맹가리의 소설 『새들은 페루에 가서 죽다』를 떠올리게 하는 이 대목은 우리를 공연히 슬프게 하고 쓸쓸하게 만든다. 어린 시절에 보았던 새들은 다 사라지고 없는 지금 새에 관한 모든 이야기는 풍문으로만 떠돌고 있음을 시인은 깨닫는다. '그날은 우리들 날개 속에 숨겨져 있다고 소나무 위에서 새들이 귀뜸하'는 것을 듣는다.

하지만 어쩌랴. 우리는 언제나 새를 통해 먼 곳을 꿈꾸었고 새의 날개에다 희망의 쪽지를 매달지 않았던가. '밤새도록 새날을 쪼아 아침을 밝히는 새들' 그 날개 위로 쏟아지는 눈부신 햇빛. 불덩이를 물고 새벽 바다 위를 비상하는 독수리처럼 시인도 늘 싱싱한 새날을 맞는다. 그때 그 시절 눈에 비쳤던 세상과 지금의 세상 모습은 많이 다르지만 시인은 다시 또 긍정하며 새로운 날의 희망을 향해 비상한다.

- 권순진 / 시인

종소리, 세상을 바꾸다

이재태 지음

〈2016. 03. 03.〉

종소리가 나를 바꾸다
- 『종소리, 세상을 바꾸다』, 『종소리가 좋다』에 덧붙여 -

『종소리, 세상을 바꾸다』(2016년)와 『종소리가 좋다』(2017년)의 제목으로 종에 얽힌 세계의 역사와 종소리에 담겨진 세계인의 일상생활 이야기를 엮어 출간하였다. 내가 좋아하는 종에 관한 기록을 남겨, 혹시라도 필요한 사람들에게 도움이 되면 좋겠다는 데 생각이 미친 것이다. 인문과학을 제대로 공부한 적이 없는 한 명의 종 수집가가, 그가 수집한 종에 관한 사연들을 중구난방으로 풀어간 글에 관심을 보여주고, 마침내는 반듯한 책으로 만들어준 학이사學而思의 호의에 깊이 감사드린다. 나는 오랜 세월동안 전공분야인 의학 논문이나 전문 의학서적을 발간하며 내가 만든 작은 벽돌 하나가 건물을 만드는데 도움이 된다는 것에 성취감을 느꼈었다. 이번에 익숙하지 않은 분야에서의 도전은 또 다른 세상으로의 여행을 한 것이었다. 한편으로는 독자의 눈높이에 도달하지 못한 미숙한 내용과 글로써 세상을 혼탁하게 한 것은 아닌지 걱정스럽기도 하다.

수집蒐集의 "蒐"라는 한자는 풀 속에 귀신이 숨어있는 모양이고, 꼬리를 숨기며 사라지는 귀신들을 다시 현세로 끌어 모으는 것이 수집이라 했다. 사실 수집에 매달리다 보면 어느 순간에는 나의 인생의 목표가 수집이 되고, 나는 수집을 위해 이 세상으로 보내어진 특별한 생명체라는 착각에 빠지게 된다. 이 상태에서 그 사람의 일상을 지배하는 것은 깨끗한 판단력으로 상징되는 이성 理性이라기 보다는, 풀숲에 숨어있는 귀신의 조정을 받는 감성感性 인 것이 틀림없다. 일제 강점기 시대의 조선 문화재의 애호가이자 미술비평가인 야나기 무네요시는 "수집은 본능임을 자각하고 나면 마음은 분망해진다. 아무것도 모른 채 잠들어 있는 자에게 수집은 존재하지 않는다. 또 모든 것을 이성으로만 처리하는 사람은 수집을 할 수 없다. 수집의 길로 들어서면 어느 누구라도 열중한 다. 나는 앞으로도 없는 돈을 털어가며 수집을 지속할 것이다. 나 는 그 일을 통해 세상에 태어난 의미를 느낀다"라고 하였다.

오랜 시간 동안 종을 수집하다보니, 가끔은 곳곳에 쌓인 종에 눌리는 꿈도 꿀 정도로 많은 종을 모을 수 있었다. 박물관의 요청 으로 몇 차례 전시회를 한 이후, 이제는 예상치도 못하게 종 수집 가로 유명세를 타기도 한다. 내가 수집한 많은 종류의 신기한 종 들을 본 동료나 친지들은 놀랍다는 표정과 함께, 나의 약점을 파 고들어 가슴이 뜨끔한 이야기를 전하기도 한다. 물론 "어느 것이 가장 비싼 종인지?", "중복되는 종이 있으면 얻을 수 있는지?" 하 는 인간적인 이야기가 대부분일 것이다. "사라져가는 물건에 혼 을 제대로, 옳게 불어 넣었네!"라거나, "옛 추억에만 남아있던 패 잔병들을 모아 새 정규 군대를 편성했구나."와 같은 과분한 칭찬도 있었다.

그 중에서 어느 선배가 던졌던 진심이 담겼다고 생각되는 질문은 영원히 기억될 것이다. "자네. 어릴 때 애정 결핍이 있었던 것 같네. 이렇게 멀쩡한 남성이 인형 수집 같은 소녀 취향의 취미에 경도되어 있는지 이해를 할 수가 없네"였다. 조금은 난처한 이야기였기에, 그 뜻을 깊이 생각해보지는 못했다. 그러나 "아마, 그런 것 같습니다"라며 부정을 하지 못하였다. 이후, 부모님이 들으시면 섭섭하시겠지만 어릴 때 나의 주위 분들이 조금만 사랑을 더 주었으면 이런 취미에 집착하지 않고 살 수 있었을까? 하는 웃기는 생각도 지니게 되었다.

종Bell은 인류가 역사를 처음 기록하던 시절에도 이미 존재하고 있었다. 고대 중국에는 황제黃帝와 염제炎帝가 종을 처음 주조했다는 기록이 있고, 박물관에는 제법 많은 종류의 은銀, 주周나라 시대의 종이 전시되어있다. 서양에서도 3000년 전에 만들어진 바빌론의 유물에 종에 관한 기록이 있으며, 성경 출애굽기 28장은 '제사장의 복장에 종을 달아…' 라고 썼다. 종은 전 세계에 널리 분포되어 있으며, 각각의 종에는 그 들의 문명과 지역 사람들의 종교나 문화적인 차이가 뚜렷하게 나타나 있다. 종소리는 절대 권위와, 평화, 사랑 그리고 소통의 언어를 담고 있다. 세상에는 종을 둘러싼 신기한 전설도 많다. 자신들이 아끼는 종소리는 자연 현상을 이길 수 있는 특별한 힘을 주거나 역병이나 마법을 없애주는 영험이 있다고 믿는 사람들도 많았다. 고대 사람들은 신들과 소통하거나 영혼이 된 조상이나 초자연의 말씀을 듣기위하여 종을 울렸다. 지배자들은 종을 주조함으로써 자신이 신의 대리자라는 인식을 심으려고 했다. 우리나라에서는 종소리로 세상을 깨우는 의미를 지닌 불교 범종이나, 경전을 외울 때 사용되는 금강령과 같은 종교적인 목적으로 사용된 종이 전해지고 있다. 통일신라 시대의 성덕대왕신종(에밀레종)에는 "지극한 진리는 형상 밖의 모든 것을 포함하니 그것을 보려 하여도 그 근원을 보기 어렵고, 진리의 소리는 천지에 진동하니 들으려 해도 듣기 어렵다. 이에 신종神鐘을 달아 진리의 소리를 깨닫게 한다"는 명문이 새겨져있다. 사람들은 점차 인간과 인간과의 소통을 위하여 종소리를 울리게 하였고, 소나 양과 같이 중요한 동물의 목에도 종을 매달았다.

"종소리…"라는 제목이 들어간 문학 작품은 별 다른 설명을 덧붙이지 않아도 주제의 울림을 쉽게 느껴진다. 헤밍웨이의 "누구를 위하여 종은 울리나?"에는 마리아를 떠난 후, 그의 생애 마지막을 함께할 총탄을 장전하는 조단의 애처럽고 장렬한 최후가 "조종弔鐘"이라는 상상으로 전해지는 것이다. 『더 이상 울릴 종도 없었다』(바바라 보드, 1989년)라는 책은 인류 역사상 최고 수준의 파괴적 지진이었던 1970년 5월 31일의 페루 안데스의 지진에 관한 사회 인류학적 저술서이다. 인구가 적은 산악지방임에도 7만 명 이상이 희생된 지진의 피해와 생존자가 겪은 상흔, 이후의 공동체 해체와 교회의 붕괴, 그리고 고통이 수반된 질서의 재편을 분석한 역작이다. 우연히 알게 된 이 책은 그 제목만으로도 거기에 숨어있는 '슬피 울려 퍼질 종소리마저도 파괴되었다'는 절망과 산골 주민들의 깊은 슬픔을 느낄 수 있는 것이다.

이제는 기계 소리, 녹음한 디지털 음향에 그 자리를 내어 준 종소리를 기억하는 사람들은 아직도 평화롭게 소통하던 옛날에 대한 추억을 가슴깊이 지니고 있다. 우리가 어렸을 때는 어디에서나 종소리를 들을 수 있었다. 학창시절에는 자명종 소리로 하루를 시작하였고, 수업시간은 교무실의 종소리로 시작하고 끝을 맺었다. 이른 새벽에 은은하게 온 동네로 울려 퍼지던 성당과 교회의 종소리는 신자가 아니더라도 모든 사람의 마음을 숙연하게 만들었다. 길거리에는 따르릉 자전거 소리가 있었고 시골 외양간의 워낭소리는 풍요로움의 상징이었다. 종소리를 기억하는 사람들은 소박하고 인정이 넘쳤던 옛날의 기억을 가슴 속에 담고 있는 것이다.

사라지고 있는 종소리를 찾는 나의 여정은 25년 전 미국 동부에서 연구원 생활을 할 때 시작되었다. 내가 살던 동네에는 주말이 되면 전철역 주차장에 시니어 봉사클럽이 주관하는 벼룩시장이 섰다. 벼룩시장은 봄에게 가을까지 매달 마지막 토요일에 열렸고, 그 수입은 지역의 공공도서관 확충사업에 기증되었다. 시니어 자원봉사자들이 작은 금액의 입장료를 받았고, 손녀들은 집에서 구은 과자와 커피를 판매하던 한적한 시장이었다. 어느 날 여기에서 조그만 좌판을 펼쳐두고 아기자기한 도자기 소품들을 판매하는 아주머니를 만났다. 좌판위의 도자기는 동화에 등장하는 신데렐라, 백설공주, 피터팬, 피노키오나 크리스마스 성가를 부르는 소년 성가대의 모양의 도자기 종들이었다. 귀여운 어린이 인물 종 10개를 각각 1불에 구입한 것이 나의 종 수집의 출발이었다. 그녀는 얼마 전에 돌아가신 어머니가 생전에 애지중지 모은 종들은 팔려고 벼룩시장에 왔다고 했다. 혹시 종에 관심이 있으면 다음 달에도 어머니가 남긴 종을 가지고 오겠다고 하였다. 모양도 앙증맞지만, 이전까지 한 번도 본적이 없던 도자기 종들은 우리나라에서 만들어 미국에 수출된 것이었다. 신기했다. 이후 두 달 동안 아주머니에게서 일본, 한국, 대만, 중국, 태국, 필리핀 등에서 생산하여 미국에 수출한 40개의 귀여운 도자기 종을 구입하였다. 2년 후 귀국할 때까지 틈틈이 모은 200여개의 종을 가지고 왔다. 우리나라는 종교의식 외에는 종을 사용하는 문화가 아니어서 귀국 후 주변을 돌아보아도 종을 찾기가 어려웠다. 외국 학회 참석 시에도 틈틈이 종을 구하려고 노력했다. 그러나 바쁜 학회의 일정상 그 도시의 기념품외의 특별한 종을 수집할 수는 없었다. 그래도 현지의 벼룩시장을 둘러보았고 상점의 윈도우 내부도 유심히 살폈다.

인터넷과 스마트폰으로 대변되는 디지털 세상으로의 전환은 수집활동에도 큰 변화를 야기하였다. 골동품 상점이나 벼룩시장에서 벗어나기 시작한 것이다. 새 천년이 시작될 즈음에 오랜 전통의 미국 종협회(American Bell Association, ABA)를 처음 알게 되었다. 거기에는 종에 대하여 해박한 지식을 지닌 수많은 수집가들이 모여 있었고, 그들은 서로 수집품을 소개하며 즐거운 교류를 지속하고 있었다. 이들은 1940년부터 종에 관련된 다양한 사연들을 모아 '벨타워(Bell Tower)'란 잡지를 발행하고 있었다. 어느 날 고인이 된 어머니의 수집 자료를 판매하던 간호사에게서 지금까지 발행된 벨타워 잡지 전체와 종과 관련된 책들을 일괄 구입하였다. 이들이 만든 잡지나 책에 기록된 내용은 실로 깊고 방대하였다. 세상에 종에 미친 매니아들이 이렇게 많다는 것도 경이로웠지만 그 회원들이 종에 대한 역사와 지식을 기록한 서적들의 깊이와 이를 만들어 낸 그들의 열정에 정말 감동했다. 고등학교 교사, 병원 간호사, 주말이면 교회에서 성가대로 활동하는 것이 가장 기쁘다는 평범한 가정주부, 유명한 메이요병원의 종양내과 교수, 심지어는 척수의 선천성 병변으로 일상 활동이 어려웠던 환자까지 다양한 사람들이 힘을 합하여 만든 간행물이었다. 그들은 종을 좋아하게 된 시시콜콜한 내력부터, 종과 관련된 문화인류학적 지식과 그 시대의 예술사조에 대하여 상세하게 설명하고 있었다. 공예나 미술사 전공자들이 아닌 일반 시민들이 이런 수준의 책을 정기적으로 발간해 왔다는 사실에 신선한 감동을 받았다. 대부분 할아버지 할머니들인 회원들은 사이버 공간에서 서로 교류하며 마치 그들의 해박한 지식을 자랑이라도 하듯이 종을 설명하고 있었다. 한때 주한 미군으로 근무한 적도 있다는 앨런영감님은 경매사이트에 올라온 세계의 종들을 찾아내서 그 종들에 관한 상세한 설명과 예상 가격, 그리고 거기에 연관되어진 종교, 문화, 문학, 예술학적 배경에 관한 내용을 올려주었다. 캐나다의 전직교사인 롭에게서는 종뿐만 아니라 다 방면에서 많은 것을 배웠다. 그와는 아직 한 번도 만나보지는 못했으나 가까운 친구가 되었다. 그는 나의 궁금증에 대하여 올바른 답을 주기 위하여 노력하였고, 다양한 분들을 연결해 주었다. 이들을 만난 것 자체가 커다란 문화적 충격이었다.

나도 사소한 것 하나라도 옳게 이해한 후, 그를 바탕으로 체계적인 수집을 해 보겠다는 생각을 했다. 우리나라에는 종을 전문적으로 수집하는 사람도 많지 않지만, 사찰의 범종을 제외한 소형 종과 종 수집에 관한 글이나 책은 찾아보기 어렵다. 지금부터라도 종에 관하여 제대로 알아야겠다고 생각하였다. 종을 주조한 제작자들의 사연과 그들이 종에 담으려고 했던 대상의 종교, 역사, 문학, 예술적인 배경을 공부해 본 것이다. 또한 나에게는 훗날 나의 수집품에 대한 사람들의 호기심에 미리 답변해 줄 책임이 있다는 의무감도 생겼다.

수집하는 종의 종류도 관광지의 기념품 종이나 워낭에서 벗어나 품격 있고 예술적인 종으로 확대되었다. 미국과 유럽에서 발행된 책을 구입하고, 인터넷 검색으로 지식을 확충하며 외국의 경매사이트나 수집가들의 잡지에 소개된 작품들을 구입하였다. 인류의 문명과 함께한 페르시아 루리스탄 청동종, 로마시대의 종, 중국의 고대 종과 같은 생활 속의 종에서 부터 마음껏 치장한 은제 티벨(tea bell), 하인이나 집사를 호출하는데 사용되었던 사치스런 장식의 유럽 탁상종, 절제된 인체의 아름다움을 묘사한 인물형상 종, 그 나라의 역사를 그대로 담았던 동서양의 아름다운 청동종. 세계 유수의 도자기나 유리 회사들이 회사의 명예를 걸고 경쟁적으로 만든 예술적인 종, 역사적인 사건을 기념하기 위하여 제작한 기념종, 전화기, 뮤직박스, 자명종시계에 들어가있는 생활 속의 종들을 망라하였다. 내가 만난 종에 관한 설명과 그 종이 만들어진 역사적 배경을 찾아서 글로 정리하였고 나의 개인 SNS에도 남겼다. 주로 종소리에 담긴 내력을 문화 인류학적, 세계사적 배경을 찾아본 내용이었다. 그 사이 종에 대한 나의 사랑이 여러 사람들에게 알려지게 되었다. 충북 진천의 종 박물관에 초대되어 전시되었고, 박물관은 전시를 기념하며 5권의 전시품 도록을 발간해주었다. 잡다한 개인 수집품을 박물관에서 전시한다는 것이 부담스러운 일이었다. 그러나, 오랜 기간 동안 나의 초라한 진열장에서 깊은 잠에 빠져있었던 나의 수집품 종들은 그들의 청아한 모습을 보이고 싶어 할 것 같다는 생각이 들었기에 전시를 하기로 한 것이었다.

틈틈이 기록한 글들을 정리하여 『종소리, 세상을 바꾸다』와 『종소리가 좋다』 발간을 준비하며, 종이 지닌 의미와 종과 관련된 많은 사실을 알게 되었다. 하나하나의 종에는 그 시대의 사람들이 추구하고자 한 이상理想이 장인들의 손을 통하여 담겨진 것이다. 그야말로 종은 민족혼의 상징이었다. 수 많은 국가들은 종을 만들어, 그 민족의 불굴의 정신과 민족혼을 일깨우려 노력하였다. 전승국이 패전국의 종을 약탈하는 것은 그 민족의 영혼을 짓밟는다는 의미가 내재되어있다. 패전 국민들에게 치욕감을 주기 위함이었다. 러시아를 일시적으로 점령한 나폴레옹군은 다른

274

약탈품보다는 깨어져서 사용하지 못하던, 크레믈린 광장에 던져진 러시아 차르황제의 대형 종을 파리로 옮기려 했었다. 다만 너무나 큰 종이었기에 성공하지는 못하였다. 크고 작은 전쟁에서 승리한 나라는 점령한 적국의 교회 종탑에서 종을 떼었고, 이를 녹여 대포와 포탄을 만들었다. 유사 이래 프랑스에 압도당했던 독일은 19세기에 통일을 이룬 뒤 마침내 보불전쟁에서 승리한다. 프러시아는 노획한 나폴레옹 3세 군대의 대포를 녹여서 쾰른성당에 큰 종을 매달았고, 영예로운 독일 황제의 종이라 불렀다. 그러나, 독일 황제의 종도 이어진 1차 세계대전에 다시 녹여져서 전쟁 물자로 공출되었다. 2차 세계대전 후, 영국은 영국본토 공습에 나섰다가 격추된 독일 비행기의 동체를 수거하여 기념품 종을 만들어 국민들에게 나누어주었다. 그 수입금은 자국 공군 가족과 전상자를 치료하는 기금으로 적립하였다. 종은 인류의 역사와 함께 한 것이다.

작은 종에 새겨진 인물들은 보노라면, 거기에는, 유럽과 세계의 역사가 펼쳐져 있음을 알게 된다. 한 시대의 영웅 뿐만 아니라, 일반 시민들이 애석하게 생각한 비운의 인물들도 새겨져 있다. 영국의 헨리 8세의 부인이었던 천일의 앤을 비롯한 왕의 여인들과 딸, 혁명 단두대의 이슬로 사라진 프랑스의 마리 앙트와네트, 예술을 부흥시킨 왕의 정부 마담 퐁파두와 함께 여성 참정권을 위해 싸웠던 영국의 투사 에밀리 팬크허스트 등은 종의 몸체나 손잡이에 새겨져 있다. 우리나라를 유린하였던 만주족 청나라도 멸망하였고, 귀족들의 모자 장식품들은 모자에서 떼어져서 세계 각국에 금속종의 손잡이로 팔려 갔다. 유럽의 기계식 종과 뮤직박스에는 치열한 기독교 신구교도 간의 종교전쟁과 마녀사냥의 사연이 숨어 있다. 일본, 한국, 중국의 순으로 수출국이 바뀌어져간 미국의 플라스틱 장난감 종에는 우리나라 6~70년대의 수출역군의 피와 눈물이 스며들어 있는 것이다.

종을 수집하는 것이 나에게는 어떤 의미일까? 영혼이 사라지는 그 무엇에 다시 혼을 불어 넣을 수 있다면 그 어떤 일보다 더 사명감을 가지고 해 볼 수 있는 일이다. 글을 통한 나의 노력으로 하나하나의 종을 제작하는데 혼신의 노력을 다하였던 장인들의 숭고한 프로정신을 다른 분들과 공유할 수 있다면 그것도 커다란 보람이겠다는 생각이 든다.

유발 하라리는 그의 역작 『사피엔스』에서 인간은 성취를 얻는데 능하나, 그 성취를 행복으로 연결하는 데는 성공적이지 못하였다라고 하였다. 나는 종을 수집하며 행복하였다. 그러나, 다른 사람들이 보기에는 의미 없는 손짓인 수집 자체에 몰두하여 그것이 스스로로 얽어매는 또 하나의 굴레가 되지 않도록 노력하고 있다. 수집의 역방향인 수집품과의 이별을 통하여서도 행복을 얻는 방법을 찾아야 하는 숙제가 남았다. 디지털 세상에 익숙한 장성한 나의 딸들이 훗날 아비의 종들을 벼룩시장에 들고 나가서, 사라지고 없는 종소리를 찾는 사람을 만날 가능성은 낮아 보이기 때문이다.

나는 CCTV다

김미희 엮음

〈2016. 03. 15.〉

우리의 만남은 시시한 만남

시 열 편을 읽으면 열 가지의 세상을 알게 되고 스무 가지 세상을 보게 됩니다. 생각의 날개가 돋아 마침내는 저 넓은 세상으로 나아가게 됩니다. 그때 보는 세상은 이제까지 알던 세상과 다릅니다. 어제와 다른 나를 만나게 됩니다. 시가 한 일입니다.

길을 가다 잠자리를 보면 내가 읽은 몇 편의 '잠자리'가 떠오르면서 또 다른 잠자리를 꿈꾸게 됩니다.

내가 돈을 주면
자판기는 돈을 먹고
나는 자판기가 준 음료수를 먹는다
자판기와 나는 물물교환을 했다

-「자판기」, 천안 불당초 4년 이선호

「자판기」라는 이 시를 읽고 나서 자판기 앞에 서 보십시오. 자판기 버튼을 누르고 음료수가 나오기를 기다리며 놀라운 일을 경험하게 됩니다. 바위처럼 서 있기만 하던 자판기는 꿈틀 살아 말을 합니다.

"지금 너와 나는 물물교환 하는 거야. 잘 부탁해."

자판기가 비로소 오랜 잠에서 깨어나 제법 그럴싸한 일을 하기 시작했고 붕어빵처럼 공장에서 찍혀 나온 무의미한 쇳덩이가 아니라 자기 자리에서 최선을 다하는 우직한 존재로 되살아납니다. 동등한 관계에서 물물교환을 하는 우리로 서 있습니다. 시를 읽어야 하는 이유입니다. 상상력의 확장, 생각의 확장, 창의력을 키우는 일이 바로 시 읽기, 시 쓰기입니다.

지난 몇 년간 여러 학교로 시 이야기를 들려주러 다녔습니다.

어른이 쓴 '동시'와 아이들이 쓴 '어린이시'를 함께 읽으며 놀았습니다. 시를 읽다 보니 아이들도 쓰고 싶어 했습니다. 그래서 그 자리에서 가장 방자한 자세로 자유롭게 뒹굴면서, 엎드려서 혹은 비딱하게 앉아서, 또는 혼자 저만치 떨어져서 자기만의 시를 썼습니다. 시인이 되어 보았습니다.

그 모습들이 어찌나 흐뭇한지 보면 절로 웃음이 났습니다. 시를 쓰느라 생각에 잠긴 모습은 여느 작가 못지않았습니다. 선생님들은 행사용 사진을 남겨야하기도 했지만 그 모습을 아니 담을 수가 없어서 찍었습니다. 그 풍경을 초희는 '시인과의 만남 시간에 시 쓰기'라는 시로 썼습니다.

나는 사진을 찍을 테니
너희는 시를 쓰거라
찰칵찰칵

선생님은 우리가 시 쓰는 모습을 찍는다

카메라도 말한다
나는 사진을 찍을 테니
너는 시를 쓰거라
찰칵찰칵
쓱싹쓱싹

-「시인과의 만남 시간에 시 쓰기」, 서산 오산초 6년 김초희

　저는 시 쓰는 아이들의 모습과 시들을 제 블로그(달님이랑 채팅하는 꼬마)에 차곡차곡 담아 오가는 이들에게 보여주었습니다. 시집 몇 권이 되고도 남을 양이었습니다. 돌아보니 그동안 다녀온 학교가 꽤 되었습니다. 제가 만난 친구들도 헤아릴 수가 없습니다. 온라인에서만 만난 친구들 시도 있고 몇 년째 저와 시를 읽고 쓰는 친구들 시도 있습니다. 아쉽게도 시집에 담지 못한 시들도 꽤 많습니다. 아이들이 시와 함께 한 순간들, 아이들이 시인이 된 순간들이 시집에 담겼습니다. 카메라는 시를 쓰는 모습을 담았고 여기 옮겨진 시들은 아이들의 마음을 담았습니다.
　시가 뭐냐고 묻는다면 '바로 너다!' 라고 말해주고 싶습니다.
　너를 쓰거라. 그냥 너를 보여주어라. 그게 시란다.
　시를 잘 쓰려면 어떻게 할까요? 또 묻는다면 '좋은 시'를 읽어라 라고 말해주고 싶습니다. 그리고 뭐든지 찬찬히 관찰하여라. 그리고 무엇보다 써두어라. 써서 남겨라. 시를 쓰려면 어디서 써

야 하나요? 다시 묻는다면
마지막에 실린 상진이의 시가 답이 될 것입니다.

시 쓰러 가자
어디로 갈까
바다로 갈까
시 쓰러 가자
강으로 갈까
시 쓰러 가자
우주선 타고 갈까
별나라에 가서 쓸까

어디로 갈까
우리 집에 가서 쓰면 되지
너네 집에 가서 쓰면 되지
놀이터에 가서 쓰면 되지

- 「시 쓰러 가자」, 구미 해평초 2년 변상진

시 쓰러 별나라나 강으로 바다로 일부러 갈 필요는 없답니다.
어디서든 시는 쓸 수 있으니까요. 이 시집에 친구들이 쓴 시를 읽
다보면 "치, 나도 이쯤은 쓸 수 있겠는 걸!"
시를 쓰고 싶은 마음이 퐁퐁 솟아날 거라 믿습니다. 퐁퐁 솟은
마음을 모른 체 미뤄두지 말고 손 전화 메모장이나 일기장에다가

적어보시기 바랍니다.

시 공책이라면 더할 나위 없이 좋습니다. 자신만의 시 공책 하나쯤 있다면 그보다 더 멋진 일은 없을 것입니다.

어린이들이 쓴 시를 읽는 일은 어른인 제가 어린이로 돌아가는 시간입니다. 가슴 뜨거워지는 시간입니다. 맑아지는 시간입니다. 제가 하루에 한 번쯤은 착해질 것만 같은 마음이 듭니다. 누구나 그럴 것입니다. 시는 그러려고 태어났으니까요.

제가 여러 학교를 다니며 행복했던 순간들을 영원히 새기게 해주신 학이사 출판사에 감사드립니다.

무엇보다 뿌듯한 일은 이 시들을 읽고 또 자기만의 시를 써나갈 어린이들을 떠올리는 일입니다. 수많은 시들이 쑥쑥 세상으로 솟아 나오겠지요. 그러면 또 우리들은 서로 신나서 읽겠지요.

재미난 시를 들려줄 준비를 하는 어린이 여러분, 설레며 기다릴게요.

추천 글을 아주 폼 나게 써주신 소중애 동화작가 님 이정록 시인 님, 김현숙 시인! 님 참으로 고맙습니다. 이정록 시인의 말처럼 여러분이 이렇게 잘 쓰니까 저도 잘 써보겠습니다. 이건 약속입니다.

시시詩詩한 만남을 주선해주신 학교 선생님들께도 머리 숙여 고마운 인사를 드립니다. 시로 만난 우리들은 특별한 사이입니다. 우리 사이를 '시시한 사이'라 부를게요. 시시한 우리가 만나니 자꾸 히죽히죽 웃음이 나네요. 시시! 시시!

민달팽이 편지

손인선 지음
한송이 그림

민달팽이 편지
한송이 그림
손인선 동시집

〈2016. 03. 15.〉

작고 힘없는 것들아, 다 모여!

벌써 2년이 다 됐다. 그해 여름 약간의 지원금을 받아 연말 전까지 책을 발간해야 했었다. 아동문학분야는 다른 장르와 달리 삽화가 들어가기 때문에 시간이 오래 걸린다. 준비가 다 된 상태에서는 그리 문제될 것이 없지만 삽화부터 준비해야 하는 경우라면 바쁘기 때문이다. 삽화 그릴 사람부터 여기저기 수소문했다. 인천 은광학교의 미술 선생님이 맡아주기로 했다.

지인 한 분은 그림을 못 도와주는 대신 삽화비를 지원하겠다고 나섰다. 출판은 지금 근무하고 있는 학이사에서 맡았다. 이렇게 민달팽이 편지는 여러 분야에 종사하는 분들의 수고와 협조로 세상에 나왔다. 돌이켜 생각해도 새삼 주변 분들한테 고맙고 감사하다.

책이 나오기 전 표지 작업 중 삽화로 디자인한 표지와 대구예술대 박병철 교수님의 디자인한 표지를 선택해야 했다. 그동안 봐왔던 익숙한 표지로는 삽화를 넣은 표지지만 박병철 교수님의 노란 편지 봉투가 디자인 된 표지 또한 깔끔하고 세련되었다. 박병철 교수님의 디자인으로 책이 나왔는데 표지가 깔끔하고 인상적이었다고 하시는 분들이 많았다. 안목은 자꾸 접해봐야 또 다른 걸 볼 줄 아는 안목이 길러지는 모양이다.

　시골에서 나고 자란 나는 가끔 엉뚱한 것을 참 아까워한다. 쏟아지는 빗물, 한없이 내리쬐는 햇살 등이 그것이다. 햇살뿐만 아니라 놀고 있는 빈 땅만 봐도 아깝다는 생각이 든다. 저기에 무얼 심으면 잘 자라겠는데, 넉넉해서 여럿이 나눠먹을 수 있겠는데 하면서 말이다. 시골에서 대구로 나온 뒤부터 아파트와 주택을 번갈아 가면서 살았다. 아파트가 싫증이 날 때쯤이면 주택으로 옮겼다가 주택이 불편하다는 생각이 자꾸 들면 다시 아파트로 갔다. 이사할 때마다 버리지 않고 가져가는 게 화분과 흙이다. 무언가를 심으려면 꼭 필요한 것들이기 때문이다. 집안에 식물이 자라고 있으면 많은 위안을 받는다. 꽃, 나무, 채소 등. 수확이 있고 없고를 떠나 보는 자체로 좋다. 그래서인지 해마다 뭐든 심고 본다.

　고추, 파프리카, 방울토마토, 고구마, 가지 등 이것저것을 심고 가꾸다 보니 다양한 벌레들이 손님처럼 찾아온다. 무당벌레, 민달팽이, 개미, 공벌레도 나왔다. 민달팽이가 나오는 집에 살다보니 민달팽이를 화자로 불러와 시를 썼다. 또 어느 날은 개미를 불러왔다. 집에 가꾸는 농작물도 책 속으로 불러들이고 고향집을 지키고 계신 엄마가 가꾸는 논밭도 출퇴근길에 마주하는 들꽃도 불러왔다. 눈에 보이는 모든 것들을 동시 속으로 불러와 『민달팽이 편지』 동시집 속 주인공이 됐다.

　그래서 『민달팽이 편지』는 나와 삽화 그리신 한송이 선생님만

이 아니라 동시집에 등장하는 모든 것들이 주인공이 되어 완성됐
다. 몇 편을 살펴 보자.

일요일
성당 다녀오신 할머니
신부님 말씀
아무리 들어도 모르겠다하시면서

나에겐
선생님이 가르쳐 주고
책에도 나오는데
모른다고 야단이시다

-할머니는 왜 몰라요?
내가 물으면
그때마다 하시는 똑같은 말씀
-니캉 내캉 같나!

— 「니캉 내캉 같나!」 전문

어릴 때부터 들어왔던 말이고 지금은 아이한테 그리고 조카들
한테 직접 저 말을 하는 입장이기도 하다. 그러고 보면 자신의 입
장이 조금은 불리하다 싶을 때 하는 말인 듯도 하다. '니캉 내캉
같나'에는 여러 가지 의미가 있다. 나이 들었음에 대한 문제, 몸

과 마음이 따로 노는 문제 등이 그것이다.

애써 가꾸던 화초,

이파리 다 뜯겨 화가 난 주인한테

민달팽이 온몸으로 남긴

한 줄짜리 반짝이 편지

- 미안하지만, 열심히 사는 중이에요

- 「민달팽이 편지」 전문

표제작인 「민달팽이 편지」다. 화분에 심어놓은 파프리카 잎을 무엇이 자꾸 갉아먹었다. 자주 나타나는 고양이가 뜯어먹는지 벌레들이 뜯어먹는지 몇 날 며칠 범인을 찾으려고 수시로 밖에 나가서 확인했다. 그렇지만 매일 잎을 갉아먹은 자국은 있는데 범인은 찾지 못하고 있었다. 어느 날 밤에 물주면서 봤다. 범인은 바로 민달팽이였다. 밤에만 나오고 낮에는 화분 아래로 가 있으니 알 수가 없었다. 민달팽이 잡는 법을 인터넷에서 검색해 봤다. 많은 사람들이 민달팽이 때문에 고민하는 글이 올라와 있었다. 새끼손가락보다 작아서 먹으면 얼마나 먹겠나 싶었는데 농사를 짓는 사람들이나 꽃밭을 가꾸는 사람들에겐 피해를 많이 주는 것 같았다. 민달팽이가 나오는 파프리카 화분 하나 민달팽이 먹잇감으로 그냥 두기로 했다. 어느 날 흙에 민달팽이가 지나다니며 만든 반짝거리는 민달팽이 길을 봤다. 열심히 사는 흔적이구나 싶었다.

　많은 분들의 도움으로 책이 나왔다. 첫 동시집이 나오고 3년 만이었다. 홍보를 위한 동영상도 만들었다. 삽화를 그려주신 선생님도 책을 보고 만족해하셨다.

　책을 보신 분들이 응원의 문자, 메일, 편지를 보내왔다. 우리 집 화분이나 스티로폼 박스에 뭐가 심어져 있는지 궁금해 하시는 분들도 있었고 감각 있는 언어와 반짝이는 새로움의 발견이라고 해주시는 분, 읽고 또 읽어도 지루하지 않다는 분, 생명체들이 즐겁고 기쁘게 살아가기를 바라는 마음이 깃들어 있어서 정감이 느껴진다는 분, 편지지 몇 장씩이나 되게 길게 써서 보내주신 분들도 계셨다. 그 중 가장 듣기 좋은 말은 "아이들뿐만 아니라 어른이 읽어도 충분한 동시다."라는 말을 몇 번이고 들었다. 동시를 쓰기 시작하면서 나름대로 생각한 다짐 같은 것이 바로 그것이었다. 어린아이부터 할아버지, 할머니까지 읽는 동시집을 어렵지 않게 쓰겠다는 다짐이었다. 많이 부족하지만 어렵지 않게 읽히고 남녀노소 누구나 읽기에 충분하다는 평을 들었을 때 조금은 마음이 가벼워지고 용기도 생겼다. 곧 씨 뿌리는 계절이다. 비어있는 화분에 무얼 심을지 생각 중이다. 그 화분에는 지금도 『민달팽이 편지』 같은 이야기들이 봄, 여름, 가을, 겨울에 걸쳐 끊임없이 이어진다. 그들의 소소한 이야기를 나는 천천히, 아주 천천히 읽고 귀하게 받아 적는다. 다음 동시집에서도 주인공들이기 때문에.

홑

문무학 지음

문무학 시집

〈2016. 04. 01.〉

『흩』, 국제 도서전에 가다

1. 예쁜 책을 꿈꾸다

참 오랜 꿈을 꾸었다. 예쁜 책을 출판하고 싶다는…. 좋은 책은 책이 예쁜 게 아니라 그 책에 담긴 내용이 훌륭해야 한다는 것쯤은 알지만, 서점에서 만나기만 하면 사지 않고는 견딜 수 없는 그런 예쁜 책을 내고 싶었다. 예쁜 책에 대한 집착은 내가 짧고 짧은 시를 쓰기 시작하면서부터다. 대혜선사가 "어떤 사람이 한 수레의 무기를 싣고 왔다고 해서 사람을 죽일 수 있는 것이 아니다. 나는 한 치도 안 되는 칼만 있어도 곧 사람을 죽일 수 있다."는 말에서 유래된 '寸鐵殺人'의 시詩를 꿈꾸면서….

시조에서 단시조 한 편이 절대 긴 시가 아니다. 그런데 나는 단수보다 더 짧은 시를 쓰고 싶었다. 짧은 시에 대한 나의 관심은 프랑스 시인 쥘 르나르(Jules Renard 1864~1910)의 '뱀'을 비롯한 국내외의 짧은 시들과 일본 정형시 하이쿠 등을 살펴보면서 깊어졌다. 시의 길이가 시에 대한 그 어떤 기준이 될 수 있을까마는 '짧은 시, 긴 울림'이란 꿈은 참 버리기가 어려웠다. 우리 시조단에서도 이미 시조 형식의 원류인 3장을 축소한 것으로 양장시조가 있었고, 단장單章 혹은 절장節章으로 불리는 형식을 이은상, 이명길 시인이 실험했으며, 양동기의 '반시조半時調' 라는 형식 실험도 있었다.

짧음에 대한 끌림으로 나는 2000년대 초부터 시조의 종장만으로 쓴 작품을 발표했다. 시조를 망친다는 비난을 잔뜩 받았다. 그러나 그런 비난이 내 관심의 불을 꺼진 못했다. 그런 비난을 무시할 정도로 짧은 시가 좋았다. 심지어 작품이 아닌 낱말까지도 한 음절 말(홑말)이 좋아졌다. 덴마크 언어학자 오토 예스퍼슨(Otto Jespersen)이 "긴 단어는 야만의 지표"라 했다는 것을 알았을 땐 그렇다고 무릎을 치기도 했다.

그래서 최초의 언어는 또 어땠을까? 그 궁금증을 해결하기 위해, 크리스틴 케닐리(Christine Kenneally)저, 진소영 옮김 『언어의 진화』(The First Word : The Search for the Origins of Language, 알마. 2009.)를 읽었다. 그러나 요령부득, 어쨌든 "언어 출현 과정이 우리의 유전자에서 일어난 한 번의 극적인 사건이 아니라 육체적, 신경학적, 문화적 변혁과 점진적인 과정임을" 어렴풋이 깨달았다. 그러면서 모든 단어는 원래 한 음절의 언어에서 출발하지 않았을까 하는 어렵지 않은 생각을 했고, '한 음절' 글자가 언어의 진화에서 앞자리를 차지한다는 확신을 얻을 수 있었다.

그리하여 짧은 시의 형식과 한음절의 낱말을 결합시켜 보기로 했다. 시의 형식으로는 시조의 종장을, 시의 소재로는 '한 음절 말' 로 작품을 쓰기로 작정, '홑시' 라 이름 붙였다. 시조의 종장만으로 쓴 시는 지금까지 절장시조, 단장시조 등으로 불렸다. 그러나 내가 쓴 이 작품들은, 한글의 한 음절 글자를 소재로, 홑 장의 시를 쓰기 때문에 절장, 단장의 시조와 꼭 같은 것이 아니다. 한 음절 말을 소재로 홑 장으로 쓴 홑시다.

소재를 정리하면서 긴 단어가 야만의 지표라는 말을 실감했다. 조금 깊이 생각해보면 우리 삶에서 첫 말들은 모두 한 음절 말일 가능성이 높다는 생각이 들었다. 이를 구체화하면서 인간과 자연 그리고 문화의 큰 영역을 정하고 각각 36개씩의 '한 음절 말'을 찾아서 시를 쓰기 시작했다. 그렇게 하면 108편이 되는데 굳이 108편으로 만든 뜻은 시조사에서 첫 개인 시조집인 최남선의 『백팔번뇌』(1926)가 최초주의의 상징적 의미를 지니고 있어, 내 나름으로는 '홑시'의 효시라는 의미를 심고 싶었기 때문이었다.

이런 의도로 작품들을 담는 그릇으로 어떤 책을 만들까? 오래 고민했다. 예쁘고 재미있게 만들고 싶었다. 짧은 시니까 작은 책을 만들자는 생각은 했지만 어느 정도 작게 할까는 결정하기 어려웠다. 책을 작게 만들자니 책의 볼륨이 형성되지 않아서 볼품없는 책이 될 가능성이 많았다. 그래서 생각한 것이 영역이다. 그이유의 첫째는 책을 예쁘게 만들 수 있겠다는 생각, 시집은 왜 똑같은 판형이어야 하고, 시집 판형이라고 부를 만큼 고정되어야만 하는가? 이런 것들이 시집에 대한 싫증을 불러오는데 한몫하지는 않았을까 하는 생각에 이르자 작은 판형에 볼륨 있는 책이라는 구체적인 형태로 결정하게 되었다. 둘째는 지금은 다문화시대, 영어가 국제어인 시대다. 이미 우리 국민의 상당수가 외국인이다. 그들에게도 우리 시를 읽힐 필요도 있다는 생각이 번역을 결심하게 만들었다.

2. 2016년의 봄 - 『홀』이 서다

별난 크기, 별난 편집, 번역 등, 몇 개의 뿔이 솟구친 별남을 '학이사'가 소화할 수 있을까 걱정했다. 그러나 기대 이상으로 드러나는 문제들을 해결하면서 잘 녹여주었다. 충분히 짜증날만한 일이기도 했고 어려운 일이기도 했다. 무엇보다도 이런 판형을 제본할 곳이 없어서 전국을 헤맸다는 사실을 짐작할 수 있는 사람은 드물 것이다. 이 판형의 제본이 파주의 출판단지도 아니고 안될 것 없을 것 같은 서울도 아니고 대구서 가까운 왜관에서 이루어졌다.

그런 산을 넘고 그런 강을 건너 『홀』이 까만 정장에 붉은 넥타이를 매고 나타났다. 표지 디자인을 맡았던 박병철 교수의 아이디어가 빛나는 표지였다. 제목 '홀'의 'ㅎ'은 필자의 이름 끝 자인 '학'을 형상화하기도 했다. 그 학이 날개를 활짝 펴 높은 곳으로 날아오를 것 같은 기세가 매우 기분 좋게 만들었다. 그 맵시가 대단했다. 책의 내용을 제쳐놓고 책이 예뻐서 사고 싶은 책을 만들고 싶다는 내 욕심에 매우 근접해 있었다.

3월 말 경이었나. 4월 1일에 『홀』이 출간된다는 북 트레일러가 가상공간을 떠다녔다. 첫 경험이라서 어리둥절하고 있었지만 기분이 괜찮았다. 예정대로 4월 1일에 책이 출판되고, 이어 4월 8일

교보문고 대구점에서 저자 사인회를 가졌다. 큰 기대를 가지고 있었던 것은 아니었다. 그러나 뜻밖이었다. 사인회장에 많은 사람들이 나타났고, TBC에서 사인회 장면을 8시 뉴스로 내보내기도 했다. 황송하게도 2시간 여 정신없이 사인을 했다. 8시 무렵인가 지쳐서 그만하기로 했는데 1,200부가 더 나갔다고 했다.

사인회를 하는 날 아침 영남일보는 "손바닥만한 시집 짧막한 詩 108편 작다고 얕보지 마라."는 제목의 신간 소개가 있었고, 다음 날 매일신문은 "가로 8.5cm 세로 11.5cm, 손바닥 크기에 강한 울림…『홀』이라는 제목으로 소개해 주었다. TBC에서는 사인회장을 촬영하고 인터뷰를 해서 '문화로 채움'(4월 14일)이라는 프로에 방영하기도 했다. 이런 들뜬 분위기가 조금 사그라들 무렵인 5월 27일 'KBS 대구방송 총국 라디오 뉴스와이드'에 출연하여 시집을 소개하는 기회를 얻기도 했다. 방송국의 구성작가는 "『홀』을 손에 쥐고 보니…요즘 미니멀 라이프라고 해서 적게 소비하고, 최소한의 것을 가지고 삶을 다이어트하려는 분이 많잖아요. 『홀』도 그런 가벼운 마음으로 잡을 수 있었어요"라고 오프닝 멘트를 썼는데 가만히 생각하니 이게 칭찬인지 욕인지 구분이 잘 안가기도 했다.

시집을 본 몇 분의 시인들이 주신 말씀도 소중하게 거둔다. "시조단에 새 지평을 열다."는 켈리그라피를 주신 분, "홀의 시 한 편한 편이 경쾌하지만 깊게, 마치 체한 사람에게 침을 놓아서 체증을 싹 가시게 하는 것 같은 시를 쓰셨습니다."라는 격려들이 기억에 남는다. 그리고 "세상에서 가장 작은 책! 세상에서 가장 긴 문장"이란 카피로 광고를 실어준 잡지도 있었다. 촌철살인이라는 제목으로 서평을 쓴 시인은 "『홑』시집을 낸 문 시인의 노력과 용기에 박수를 보낸다."고 했는데, 그 용기란 형식 실험에 대한 비난을 견뎌냈다는 의미가 아닐까 하는 생각을 가지게 했다.

출판 1년이 가까워오는 3월에 인터넷 서점에 들어가서 보니 종이책과 e-Book 이 나란히 소개되고 있고, 구매만족도에 별표 다섯 개, 서평도 있다. 서평 중 하나는 아주 길게 썼는데, "『홑』은 작은 시집이지만 시의 재미를 맛보았고 시조의 실험을 만났으며, 짧지만 얕지 않았다. 그리고 『홑』에서 언어의 소요유逍遙遊를 만끽했다. - 중략 - '가장 강한 언어는 홀로 의미를 남기는 홑이 아닐까.' 하고"라고 썼다. 또 다른 한편은 "절창이다! 달리 무슨 구구한 사설이나 설익은 감상 따위 드러내어 밝히고 깨씹으며 해설을 붙이랴. 여섯 해 전 '낱말'이란 시집을 통해 한껏 펼쳐 보였던 시를 읽는 재미가 한층 더 농익어 다시 한 진경眞景을 이루고 있는데…"라고 써주었다.

3. 재판再版, 전자책, 그리고 국제 도서전

출판 이후 기분이 좋았던 일 몇 가지가 있다. 두 달 만에 재판된 것도 그렇고, 2016년 전자책 출판 지원 대상이 된 것도 그렇다. 그러나 내가 생각하는 최고의 의미는 2016년 독일 프랑크푸르트국제도서전, 중국 베이징국제도서전, 일본 동경국제도서전에 출품

되었다는 사실이다. 내 시집 『홑』이 국제도서전에 출품되어 자리 하나 차지하고 있었다는 사실은 실익과 관계없이 정말 기분 좋게 하는 일이 아닐 수 없다. 출품한 서적들을 해당국의 언어로 소개 하는 번역 작업을 하는 등 여러 번거로움을 겪었다. 그렇지만 여 태 출판 계약이 없어 '학이사'에 미안하다. 그렇지만 나로선 세 계를 향한 몸부림 한번 쳐 봤다는 긍지를 가질 수 있었다.

이 일련의 과정을 나는 '홑의 혼, 혹은 혼의 홑'이라 생각한다. 한 음절 글자를 홑 장의 형식으로 쓴 것인데 이는 결국 홑을 강조 하는 것이다. 21세기 사람살이는 모두 홑을 향해 가고 있다. 함께 또는 대화의 상징이 되는 밥자리, 술자리가 '혼밥', '혼술'로 바 뀌어 가고 있다. 젊은이들은 결혼을 두려워하고, 늙은이들은 '졸 혼'이라는 이상한 말을 만들어 혼자 살기를 원한다. 함께 살면 큰 죄를 짓는 것처럼 모든 것들을 '혼자' 하길 좋아한다.

그런 걸 부추기려고 '홑시'를 쓴 건 아니고 그런 걸 경계하기 위해 썼다. 홑의 세계에서 홑을 강조하는 것은 역설이다. 내가 펴 낸 시집 『홑』은 실험에 치중한 시를 담은 책이었다. 그럼에도 불 구하고 '학이사'의 홍보력이 기대 이상의 판매 성과를 거두게 했 다. 아직도 이 책에 대한 나의 기대는 마감된 것이 아니고 이어지 고 있다. 그것이 참 욕심스런 일이라 할지라도 어쩔 수 없다. 나는 "하나가 아닌 것들은 모두가 다 가짜다."라는 '홑 정신'을 오래 버리지 못할 것이다. 내 사유의 실개천을 흘러온 세월이 너무 길 어서다. 그리고 시집 『홑』과 관련해서 하지 않으면 안 될 말 한마 디가 있다. '학이사, 참 고맙다.'

닻을 내린 그 후

김미선 지음

⟨2016. 04. 20.⟩

해풍으로 쓴 사연

내 시간의 두 번째 단을 묶으면서

부쩍 잔망이 늘었다. 날이 갈수록 짙어지는 이 순정!
고향의 물결은 세월없이 파도치고 있지.
아버지 접붙인 뜰 안의 목련 꽃송이에 담겨서 출렁거리고 있지.
저만치 갔다가 다시 되돌아오는 바람의 발자국은
순리를 그슬리며 눈을 부라리고 있지.
첫 시집 『섬으로 가는 길』 이후 9년 만에 낸 시집이다
이 세상에 와서 부모로부터 고향에서 이웃에서 받은 사랑, 정을
나의 제2시집 『닻을 내린 그 후』에 담아 보았다.
밤마다 남쪽 창으로 찾아오는 달빛과 소곤소곤 거린 이야기들
로 내 머리는 고향을 향해 눕는다.
사랑받은 사람만이 쓸 수 있는 정을 주고받은 사람만이 건넬 수
있는 정감 나는 언어들로 나누지 못한 잘려나간 사랑에 대한 아
픔과 눈물을 닦아내는 진실한 시이다
나눈 사랑과 정을 회억하는 것으로 나누지 못함을 아쉬움으로
쓴 독백이다.

이 핑계 저 핑계로 찾아뵙지 못하고
세월 넘겨 찾아뵈오니
아버지 풀 속에 누워
씨를 뿌리고 계시더라

뫼풀들과 소곤소곤 얘기 하시느라
본척만척 하시더라

이생의 모든 업 다 풀고
풀되어
바람하고도 한 몸이 되어
춤추고 계시더라

못내 섭섭하여
모퉁이 돌아서서 훌쩍거렸지만
이제 걱정 안 해도 되겠더라

소복소복한 뫼풀 울타리 안겨
꽃과 나비도 부르고 계시더라

- 「닻을 내린 그 후」 전문

갔다. 불현듯이 참을 수 없어 달려갔다.
아버지 잘 드시던 떡 술 포 사고, 어머니 드실 통닭도 사고 옷도

사서 버스 타고 네 번 갈아타며 갔다. 해지고 으스름 길로 고향 찾아드는데 왠지 눈물이 났다. 혼자 엉엉 울며 고향 찾아 들었다. 허리 굽은 노모와 하룻밤 자고 아버지 묘소를 찾았다. 어머니는 그렇게 좋아한 아버지 곁에 가서 실컷 울고 오라고 보냈다. 내가 그렇게 통곡하며 울어도 아버지는 못 본 척 풀들과 친해져 있었다.

위의 시 「닻을 내린 그 후」는 아버지 묘소를 다녀와 쓴 시다.

이종암 시인은 시 「바다로 간 푸른 말」을 읽고 대경일보에 이렇게 말했다.

"고향을 떠난 지 사십 년이 다 되어감에도 시집 속의 빛깔은 온통 그리움의 푸른바다 빛깔로 흥건하다. 그의 제2시집 『닻을 내린 그 후』는 표제시 「닻을 내린 그 후」를 비롯하여 「바다로 간 푸른 말」과 시집 속의 다른 많은 시들도 고향 통영 바다와 선주였던 아버지를 향한 애틋한 그리움의 이야기로 만선滿船이다. "통통거리는 작은 배/그 푸른 말"은 한평생 아버지와 삶을 함께 했던 통통배이면서 동시에 가족의 생계를 위해 "가도 가도 쉴 곳 없는/천지사방 물 무덤뿐인 불안 속/닻을 내리셨"던 아버지의 비유이기도 하다. 시 제목 「바다로 간 푸른 말」도 역시 그러하다. 그리고 "바다로 간 푸른 말은 오래전에 떠나온 고향 바다와 또 오래전 먼 곳으로 가버린 아버지를 향해 언제나 맨발의 푸른빛으로 달려나가는 김미선 시인의 그리움에 사무치는 마음의 또 다른 이름이기도 하겠다."

또 김윤현 시인은 이 시집에 대해 '출렁이는 삶을 보듬는 따스함' 이라는 제목으로 격려했다.

"유안진 시인은 신이 되려다 받침 하나가 부족한 것이 시라고 정의했다. 신이 가지고 있는 신비성이나 인간에 미치는 영향력이 시에도 상당히 있다는 의미이리라. 시를 '죽은 것들도 다시 살릴 수 있는/ 신비한 그것' (「시, 그것」)이라 한 김미선 시인도 시에 대한 입장이 이와 비슷하다. '죽은 것' 이란 삶을 힘들게 했거나 그로 인해 발생하는 고통과 한을 내포한다. 그 고통과 한의 강을 시라는 배로 건널 수 있다는 것이다. 그는 '사랑이 고갈된 외로운 밤' (「사유의 바다」)을 이겨낼 힘을 시에서 얻고 있다. 달을 볼 때마다 '내 생각과 숨결을/ 족집게처럼 빨아들인다' (「달」)며 시가 자신의 내면에 절대적으로 작용하고 있음을 보여주고 있다.

'해안 조개는 폐사, 고기들은 도망치고/ 그물 당기는 어부들의 어깨는 관절염을 앓는' (「과거는 흘러갔다」) 섬, '한 보름 온 식구 애간장 끊어 놓고/ 바람도 파도도 겁 없이 헤쳐 가신' (「바다소」) 섬사람 그들 중에서 동지나해를 안방처럼 드나들던 아버지의 파란만장은 '대한민국 남쪽 바닷가 꼬랑지 꺾인 함박길' 에서 '적막에 갇혀/ 바다에 마음 쏟아 붓고 산' (「저 섬, 깊이와 넓이」) 사람들의 서사이다. 바람 많은 바닷가 삶과 조업 나가는 뱃길을 떠난 스스로의 삶을 죄라 여기며 몰래 눈물 흘리며 회개하는 모습을 내비치기도 한다. 그럴 때마다 그는 시로 구원을 얻는 듯하다. 이제는 인생의 닻을 내린 친정아버지 무덤 앞에서 '바람하고도 한 몸이 되어/ 춤추' 기도 하고, '소복소복한 뫼풀 울타리 안겨/ 꽃과 나비도 부르고 계신' (「닻을 내린 그 후」)다며 자기 구원을 시로 풀어내고 있다. 신이 아닌 시의 힘일까. 아버지가 심던 맨드라미가 다시 꽃피면 어머니와 '내 고향 함박에서/ 함박웃음 함께 피어보자' (「봄 편지」)며 귀거래의 부활을 그려보기도 한다. 여기서 아버지와 어머니는 친정 부모이기도 하겠지만 바닷가에 바닷바람을 맞으며 바다에 삶을 띄워 살아온 사람들의 다른 이름이기도 하다.

이처럼 김미선 시인은 꽃과 별처럼 아름다운 사람이다. 그의 시는 바람 많은 바닷가에 뱃사람들의 힘겨운 삶을 하나하나 보듬어내는 기도가 내재되어 따스하다. 예측 못 할 바다의 사연을 별처럼 아득하게 우려내는 온기도 느껴진다. 출렁이는 선원들의 삶이 꽃처럼 피어나기를 기원하는 모습이 바람 없는 바다처럼 잔잔하게 일기도 한다. 흔들리기 쉬운 바닷가 사람들에 대한 그리움과 추억을 별빛처럼 떠올리며 「이명」과 「비문증」에도 희망가를 잃지 않는 힘을 그는 시에서 얻는 듯하다. 그의 시는 우리의 식은 가슴을 따스하게 데워주는 밑불 같다. 그의 시를 읽다보면 시는 신을 향하고 있음을 느낄 수 있다."

치유에서 깨달음까지

이승현 지음

〈2016. 07. 01.〉

인간의식에 관한 새로운 심리체계

우리의 교육시스템은 그동안 성장과 성취라는 이름하에 생존을 위한 부족을 채우기 위한 도구로 많이 활용되다보니 지식은 자신을 올바로 통찰하는 수단이 되기보다는 남들과 비교하여 그들보다 우월한 지위를 가지는 안전한 울타리의 역할로 착각되어 왔다. 그러다보니 우리는 많은 교육과 지식을 배워왔지만 현재 우리가 서 있는 자리는 삶을 있는 그대로 행복하게 누리기보다는 더 많은 개념과 관념들로 마음의 혼란과 분리감은 더욱 커지고 있다.

한 사람의 내면에는 인류 전체가 경험한 모든 마음들이 들어 있다. 그러기에 한 사람의 고통과 아픔은 한 개인의 것이 아니라 인류 전체가 겪고 있는 고통이자 아픔이기도하다. 우리는 언제나 자유와 행복을 원했지만 우리의 현실은 갈등과 분열로 고통을 겪고 있다. 이때 우리가 익숙한 가르침과 관념으로 자신의 고통을 포장하고, 갈등을 없애려 할수록 우리는 더욱 분리와 소외를 겪을 수밖에 없다.

21C를 살아가는 인류의 문명구조는 물질중심에서 어느 정도 벗어나 정신과 의식에 대한 새로운 변혁의 시기에 들어섰다. 우

리는 이제 하나의 지구촌을 형성하여 경제와 문화, 정치와 사회적 시스템이 SNS와 인터넷, 스마트폰, 등으로 정보와 지식이 한 그물망으로 이루어진 물결 속으로 들어섰다. 인류는 이제 새로운 패러다임을 필요로 한다. 과거의 성장과 진보의 패러다임은 우리의 존재를 불완전하고 불만족한 것으로 느껴져 무언가를 끊임없이 추구하고 무언가를 향해 계속 나아가야만 했던 강박과 자학의 시기였다. 하지만 미래의 새로운 인류에게는 이렇게 상대와 비교를 통한 우월과 열등, 통제를 통한 안전의 추구는 이제 더 이상 맞지 않다.

우리는 행복을 원한다고 하지만 정작 행복의 실체를 드러내는 자신의 진실한 내면을 탐구하지는 않는다. 이때 자기탐구란 '나'라고 동일시하고 있는 것들 중에 무엇이 진실이고 '나'가 아닌지를 탐구하는 것이다. 우리를 둘러싼 이미지와 역할, 사회적 지위와 경력, 스펙과 이룬 것들, 배운 것과 들은 것들, 경험된 상처와 아픔들, 만난 인연과 헤어짐들… 수많은 것들이 '나'의 외부를 둘러싸고 있다. 우리는 아직 삶의 실체가 무엇인지 알 수도 없고 진리를 한의 문장으로 표현할 수도 없다. 왜야하면 진실은 알거나 표현될 수 있는 것이 아니라 순간순간 있는 그대로 사실의 세계이기 때문이다. 행복과 자유를 원한다면 우리는 자아탐구를 통해 자신의 진실한 실체가 아닌 것들을 하나씩 제거해 나가서 진실이 있는 그대로 드러나게 해야 한다.

우리는 모양은 육체가 태어나고 살아가는 것 같지만 사실 태어난 것은 육체가 아닌 의식자체이다. 의식이 없으면 몸은 그냥 하나의 물건에 지나지 않는다. 그러기에 우리는 의식이 만드는 환영들의 메카니즘을 올바르게 인식하지 못한다면 우리는 자기의 식이 만든 환상에서 깨어나지 못하고 언제나 꿈꾸는 인생을 살게 된다. 차크라 심리학은 인간의식의 근본을 에너지적인 차원으로 다루면서 몸과 마음을 통합적으로 인식하게 하는 새로운 시대의 새로운 가치와 영성의 토대이며, 새로운 심리학의 시작이다.

차크라 심리학을 정리하기까지는 많은 시행착오가 있었다. 30년 가까운 수행과 10년 이상의 심리상담, 그리고 내가 배운 수많은 가르침들을 담아서 사람들에게 진정으로 자신이 누구인지를 인식하게 하고 싶었다. 그것은 처음 내가 이 수행의 길에 들어설 때 가졌던 꿈이자 비전이기도 했다. 세월이 지나 작으나마 그때 가졌던 꿈을 잊지 않고 이 책『차크라를 통한 치유에서 깨달음까지』를 내게 된 것은 마음의 무거운 숙제를 해결한 듯 어깨가 조금 가벼워지는 느낌이 든다.

인간의 문제를 통합적으로 이해하려는 인간의식에 관한 새로운 심리체계이다. 몸과 마음에서 일어나는 고통이나 문제의 바탕에는 언제나 의식과 에너지의 실재적인 모습이 통합되어 있다. 현실에서 우리는 몸이나 마음이 균형을 잃게 되면 자동적으로 균형을 회복하기 위해 문제의 원래 초점인 의식의 내면으로 눈을 돌려야 한다. 왜냐하면 인간의 가장 근본적인 실체는 의식이기 때문이다.

의식은 에너지의 상태를 결정하는 중요한 요소이며 모든 질병은 의식에서 일어나는 불균형이 물리적인 육체로 드러난 것에 지나지 않는다. 우리가 현실이라고 느끼는 것은 실재 그런 현실이 존재하는 것이 아니라 의식에서 그것을 바라보는 형상에 지나지 않는다. 모든 것은 서로 연결되어 일어나며 하나는 다른 하나에 영향을 받고 영향을 미친다. 그러면서 각 부분은 전체적인 패턴을 담고 있다. 고통과 질병은 의식 속에 일어난 일종의 왜곡현상 하며 이는 의식이 실체인 존재로부터 분리되었다고 믿을 때 일어난다.

차크라 심리학은 신체의 에너지 센터인 차크라를 중심으로 몸과 의식 사이의 연결과 왜곡을 탐구하는 새로운 심리학이다. 생명에너지는 물질적인 육체 이전에 존재한다. 에너지장 속에서 발생하는 불균형이나 왜곡은 그것을 관장하는 육체에 문제를 일으키며, 에너지의 불균형은 의식의 잘못된 인식을 나타낸다. 차크라 심리학에서는 심리적인 문제에 대해 증상을 위주로 다루는 것이 아니라 내면의 충족되지 못한 욕망과 잘못된 의식에 초점을 둔다. 질병은 우리에게 삶의 진실과 근본적인 목적을 잊어버렸음을 알려준다. 차크라 심리학은 내면에 대한 의식적인 연결을 통해 우리가 우주에너지의 신성한 빛의 한 조각임을 인식케 하여 자신을 이해하고 표현하는 새로운 의식 진화의 길을 제시한다.

현대의학은 인간을 통합적이고 온전한 존재로 다루기보다 제각기 분리된 부분들로 보는 경향이 많다. 몸은 몸대로 마음은 마음대로 따로 다루는 이런 분리주의적인 사고방식은 마치 인간을 자동차 수리공이 부품을 손보듯이 의사가 잘못된 부분을 고칠 수 있다고 생각한다. 그래서 우리는 몸과 마음의 불편을 스스로 책임지기보다 의사에게 떠넘기려고 한다. 하지만 의사는 환자의 증상에만 관심을 가질 뿐 질병과 관계하는 환자의 왜곡된 마음에 대해서는 알지 못한다. 인간이 갖는 하나의 질병에는 한 인간이 지닌 무수한 요소와 다양한 경험들이 내포되어 있다. 하지만 장비를 통한 의학적인 진단은 환자의 문제에 대해 극히 제한된 정보만을 추출하며, 의사는 이런 제한된 정보를 가지고 병명을 붙인다. 그리고 우리는 병명을 알면 마치 증상들을 통제할 수 있을 것이라고 착각한다. 하지만 현대의학이 지닌 이런 사고방식은 외적 증상의 치유에는 어느 정도 도움이 되지만 질병을 일으키는 근본적인 원인을 이해하기에는 부족한 면이 많다. 왜냐하면 인간의 몸과 마음의 바탕에는 언제나 의식과 에너지의 실제적인 흐름이 존재하고 있기 때문이다.

현대의학의 이런 접근과 다르게 차크라에 관한 연구는 현대의학으로는 규명할 수 없는 인간의 문제에 대해 새로운 관점과 이해를 제공한다. 왜냐하면 차크라는 인간의 몸과 마음을 연결하는 고리이며, 생명에너지를 돌게 하는 중심축이기 때문이다. 인간은 누구나 7개의 차크라를 가지고 태어나지만 개인의 의식수준과 에너지적인 성향에 따라 활용하는 차크라는 사람마다 서로 다르다. 인간이 지닌 마음의 고통을 힌두교에서는 마야(환영), 기독교에서는 원죄, 불교에서는 두카(Duhkha) 또는 고苦라고 부른다. 이때 두카는 축이 돌지 않는 바퀴를 뜻한다. 결국 고통이란 생명의 바퀴인 차크라가 특정 생각과 감정에 고착되어 생명에너지가 제대로 흐르지 못해서 일어나는 현상이다. 부처님은 마음의 집착에서 벗어나서 생명의 바퀴인 차크라를 다시 자유롭게 돌게 하는 것을 수카(Suhkha)라 했다. 수카는 자유로워진 바퀴 또는 풀린 바퀴라는 뜻으로 열반과 해탈을 의미한다.

심리心理는 마음〔心〕에 대한 이해〔理〕를 말한다. 이때의 마음은 '나'라고 동일시한 개체의 마음이다. 무상無常한 몸과 마음을 '나'라고 동일시하며 집착하는 무지가 인간이 가지는 모든 고통의 원인이다. 심리 치유와 깨달음은 결코 분리되어 있지 않다. 깨달은 사람은 결국 마음이 치유된 사람이다. 심리 치유는 '나'라는 에고가 동일시하는 자기 환영의 그림자와 무엇을 얻고자 하는 욕구의 집착에서 벗어나는 것이기에 깨달음과 다를 바 없다. 그러기에 깨달음이 부족한 심리 치유는 무지하여 마음이 자유롭기 힘들며, 심리 치유가 빠진 초월적 깨달음은 우리를 현실도피나 자기망상으로 이끌기 쉽다. 그래서 나는 건조한 심리학적인 지식이나 흐릿한 신비주의를 배격하고 합리적 이성과 통찰로 심리치유와 깨달음을 하나로 연결하고자 했다.

책의 구체적 내용은 1장 차크라에 대한 이해에서는 차크라의 역할과 쿤달리니와 두뇌에 일으키는 반응에 대해 기술하였으며, 2장 차크라와 몸에서는 각각의 차크라가 몸의 장기와 신경계 호르몬계와 어떤 연관과 반응을 일으키는지를 구체적으로 기술하였다. 그리고 3장 차크라와 심리에서는 인간의 기본적인 욕구를 중심으로 심리원형과 사어가 만든 프레임을 자세하게 기술하였다. 그리고 4장 차크라와 깨달음에서는 인간의 의식에 대한 이해와 깨달음의 연관성을 차크라를 통해 설명하였다 그리고 마지막

5장에서는 나의 개인적인 차크라 체험기와 차크라를 불교의 십 우도와 연계하여 개인의식의 성장 정도를 이해하기 쉽게 정리하였다.

사실 책의 원고는 좀 더 일찍 완성했지만 출판사를 찾기가 쉽지 않았다. 인터넷의 활성화로 출판업계의 불황과 이 책의 내용이 가지는 전문성이나 깊이가 쉽게 대중성을 동반하기 힘들었기에 출판하기가 쉽지 않았다. 하지만 다행히 학이사의 신중현 대표님과의 인연으로 이 책을 출간하게 된 것은 작가로서는 큰 행운이라고 생각한다. 책을 내고 주변에서 요가 수행에 관심을 가지고 좀 더 깊은 명상으로 들어서려는 사람이나 심리적인 공부만으로는 한계를 느끼는 사람들에게 좋은 길잡이가 된다는 격려의 반응들이 많아 저의 책에 관심을 가져주신 모든 독자님들에게 감사함을 전한다.

경계가 환하다

김창제 지음

〈2016. 07. 20.〉

쇠와 아버지와 육성肉聲의 세계

시대마다 잘 쓰는 시인들은 드물지 않다. 그러나 자신만의 세계가 뚜렷한 시인은 의외로 찾아보기 힘들다. 그림자나 지문처럼 떼어낼 수도 지울 수도 없는 시의 특성은 다른 글쓰기와의 차이를 표시하는 동시에, 시인만의 고유함을 구별 짓는 형식적 표지들로 기능한다. 바흐찐에 의하면 언어란 '잠재적 방언'들끼리의 경합에서 승리한 역사적 구체성을 지닌 집적체로서, 오로지 추상적인 차원에서만 '하나'다. 이렇듯 통일적이고 자체완결을 가정할 수밖에 없는 사회·언어학적 체계 내에서, 특히 독자적 성격을 소유하는 '쓰기'야말로 언어의 그물망을 찢고 돌출하는 '개별 방언'에 다름 아닐 터이다.

다시 말해 시는 독립적이다. 태생적으로 시는 모든 발언과 문체적 실천과 거기에 수반되는 표현 양식을 동원해서 자신만의 유일성(개별 방언)을 모색한다. 그것은 기존의 문학양식을 배반하는 반양식을 지향하거나, 유일무이한 주체의 반영을 보여줌으로써 다른 시적 '얼굴'과 자신을 구분 짓는다. 그런 면에서 전자보다 후자에 능한, '노동자로서의 족적'이 뚜렷한 김창제 시인의 시는 튼실한 결실을 거둔 것으로 보인다.

김창제의 시에는 유독 아버지에 대한 이야기 많다. 그 중에서도 그의 과거사는 대다수 아버지를 중심으로 이루어진다. 그리움과 회한으로 사무치는 사모곡이 흔한 한국 시단에서는 이례적인 경우다. 자신이 다치자 아버지가 "나무지게 송판때기 깔고/ 산길 시오 리 한걸음에 달려와/ "황약국 우리 아들 불알 좀 집어주소"(「흉터」)했다는 어릴 적 일화나, "미꾸라지와 억머구리 함께 사는/ 물뱀이 내 가슴을 놀라게 한 수답"(「노쫑골 서마지기」)에 얽힌 이야기, 그리고 TV 다큐멘터리 '히말라야 산 사람들의 학교 가는 길'을 본 소감 등 많은 작품이 시인의 아버지를 기리는 시적 구조와 시적 정서로 이루어져 있다.

아버지에 대한 절절한 그리움은 그 자체로 아버지께 드리는 헌사다. 나아가 시인은 아버지의 삶을 통해 자신이 경험했던 과거의 정황들에 대해 감성적인 탐구를 시도하는 걸로 보인다. 그의 시에 드러나는 아버지의 삶과 그 배경을 이루고 있는 고향마을의 모습에서 우리는 그리 멀지 않은 시기에 존재했던 근대적 공동체의 면면을 발견하기 때문이다. 가령 다음의 시를 살펴보자.

원두막 참매미가 서두르는 시절
참외밭 지키라고 보내논께
그놈이 맨 도둑놈이네
모레 거창 장날 돈 사야 되는 큰 놈만 골라 따서
동네 형들과 실컷 먹고는 동네 서열이 귀족이 되는 날
"야 이노무 자슥아 니가 묵은 것은 안 아까운디

넝출을 다 밟아 놓은께 우짤라카노

그냥 묵고 싶으면 하나 따 묵고 말지 앞으로 그라지 마

래이"

올해도 내년에도 참외는 주렁주렁 달린다

꾸지람이 마디마디 달린다

첫물은 다 따묵고 끝물 꽃이 노랗게 맺힌다

"아부지 올해는 우짤라캅니꺼"

- 「참외서리」 전문

 아직 하우스 재배를 모르던 시절, 참매미의 울음소리가 그악스러워지는 7, 8월이면 참외밭에 참외가 단내를 풍기기 시작한다. 고온을 좋아하는 이 박과의 식물은, 뿌리가 자리를 잡고 새로운 줄기를 기르는데 소요되는 기간이 길다. 참외서리를 하느라 "넝출을 다 밟아 놓은" 자식과 그 친구들한테 아버지의 "꾸지람이" 쏟아질 수밖에 없는 노릇이다.

 아버지의 꾸중은 기실 서리가 아닌 서리의 '방식'을 나무람이다. 그마저도 날카롭거나 아프지 않다. 날카롭고 아프기는커녕 "야 이노무 자슥아 니가 묵은 것은 안 아까운디"라는 말에서 자식에 대한 정이 농익은 과즙마냥 뚝뚝 떨어진다. 여기서의 '너'가 굳이 내 새끼만으로 선 긋지 않고 자식의 친구와 선후배까지 아우름을 우리는 익히 알고 있다. 국어사전 역시 '서리'를 일컬어 "떼를 지어 남의 과일, 곡식, 가축 따위를 훔쳐 먹는 장난"이라 기록한다. 엄연히 도둑질인 서리가 유희적 성격을 띤 채 우리의

심층 토착 문화 중의 하나로 자리 잡은 데에는 배고파서 하는 도둑질을 눈감아 주는 심리, 즉 물질보다 사람을 우선시하는 가치관이 있어서다. 해서 "그냥 묵고 싶으면 하나 따 묵고 말"라는 인정 속에서 농촌의 하루는 "알불알 불개미 무는 줄 모르고/ 엉덩이 퍼질고 앉아 양손바닥 비벼 먹"는 재미에 "콩알만한 저녁 해가/ 뛰뚱뛰뚱 넘어"(「밀사리 밀, 콩사리 콩」)가기 일쑤다. 떼로 하는 도둑질을 장난으로 받아들이는 인심에 도시산업화 사회의 질병인 인간 소외 같은 게 끼어들 리가 만무하다.

사회적으로 가난한 농사꾼이었던 아버지의 삶을 회고하며 시인이 그리는 것은 '공동체 내에서의 가족중심주의'라고 할 수 있는 당대의 넉넉한 인정세태人情世態다. "부모 하는 거 보고 자식이 따라한다"(「벌초」)며 스스로를 근신하고, "지는 게 이기는 것으로"(「덕바우 아저씨」) 돌려 해석함은 당시 일반인들의 사고와 행동을 지배하던 모범적 사상이이기도하다. 전자가 가족중심주의를 배경으로 한 인격이라면 후자는 공동체를 유지, 관리하는데 유용한 정신이다. 예컨대 어릴 적, "동네 또래들과 싸움질하고/ 코피 터져 런닝구 찢긴" 시인에게 "몽당 빗자루"로 후리치며 "우짤라꼬 꼭 이기야 되노 싸우지 말고 자분자분 지내면 되지 자고 새면 볼 낀데/ 사람은 선한 끝은 있어도 악한 끝은 없다"라던 어머니가 그를 꾸중하다 말고 "너그 아부지 알"(「꾸지람」)까 쉬쉬하는 대목은, 시인 부모 세대의 도덕과 윤리관이 어떠했는가를 구체적 상황으로 보여준다.

인간은 타인과의 만남 속에서 자기 정체성을 형성해 간다. 개인의 성장과정은 이런 정체성의 형성과정이고 융의 용어에 따르면 개별화의 과정이다. 그렇다면 김창제의 이니시에이션, 즉 시인의 자기 발견과 사회 적응은 아버지와 고향을 중심으로 이루어진 걸로 보인다. 아버지와 고향은 시인의 내적인 원형상징이자, 그의 시에서 산업자본주의사회의 병폐를 치유할 중요한 모티프로 기능한다. 주정적인 그의 시에서 가족주의적인 면모가 다분함도 고향과 아버지가 신념이나 사상 혹은 자기철학의 바탕을 이루기 때문이다.

시인은 원형적 화소이자 자기 정체성의 근본, 도시적 일상의 상처를 치유하는 시적 테마로 아버지와 고향을 진솔하게 노래한다. 바꾸어 말하면 어떤 기법이나 장치를 필요로 하지 않을 만큼 그의 시적 정서와 감각의 밑바탕엔 아버지와 고향이 깔려있다. 고향을 영원히 잊지 못하는 평범한 독자 누군들 "기억의 창고에서/ 푸드덕 산까치가"(「흉터」) 날아오르지 않을까. 가슴에 고향을 품고 사는 모든 이들에게 그의 시는 "또닥또닥 싸리나무 추억이"(「나무장수」) 타오르는 소리를 아련하게 들려준다. 아름다움과 감동을 불러오는 김창제 시의 원천적인 힘이 바로 거기서 비롯한다.

- 신상조 / 문학평론가

책册을 책責하다

정화섭 외 지음

〈2016. 08. 11.〉

품위 있는 삶을 위하여

'우리가 책을 책하는 것은/ 책 읽는 친구를 구하는 것이고

책 읽자고 권하는 것이고/ 그리고는

정말 책을 책할 수 있게 되기를 바라는 것이다.'

이 글은 책 표지에 적힌 문무학 학이사 독서아카데미원장님의 말씀 중 한 구절이다. 출발의 깃발이었다. 책을 제대로 읽어 보자는….

대상이 된 한 권의 책을 경건하게 바라만 보지 말고, 우리의 생각들로 속속들이 파헤쳐 보자는 의미를 담고 처음으로 내딛는 한 계단이었다.

출판사 학이사에 책을 좋아하는 사람들이 모였고, 문무학 아카데미 원장님의 강의로 서평수업은 시작되었다. 우리는 접해보지 못한 분야에 설렘과 약간의 두려움을 동반했다. 무엇을, 무엇으로, 어떻게 짜고, 써서, 고치는가?

체계적인 선생님의 강의는 한 계단식 천천히 밟아 올라갔으며, 미비한 부분은 뒤돌아와 다시 다독이었다.

참으로 뜨겁게 껴안았던 시간들, 처음 발걸음을 내딛은 1기의 회원들이 3개월간의 수업을 마치고 각자가 읽고 쓴 서평들을 한 권의 책으로 묶었다. 이 작은 한 권의 책 속에는 다양한 장르의 책들이 소개되어 있다. 하지만 엄마 품속에서 부화된 병아리가 세상을 향해 똑똑 노크를 하며 껍질을 깨듯, 얼굴은 내밀었지만 뒤꿈치에 힘이 부족하다.

그래도 괜찮다고 자위한다. 가야 할 길은 멀고, 우리는 진솔하며, 굳게 어깨동무 하고 있으니… 다리의 근육과 영혼의 근육이 함께 생기리라 믿는다.

여기서 나름대로 몸부림친 회원들의 소중한 작품들을 신록 위에 내려앉는 햇빛인양, 바람인양 잠시 더듬어 본다.

김남이 님의 '내가 없는 곳에서 나를 만나는 노래' 를 시작으로 멈춰 서 있는 자신에게 의문을 제기한다. 끊임없는 현기증에 멀미가 나는데 김용주 님의 '개인과 사회' 라는 굴레가 올가미를 씌운다. 내 안의 평정을 찾으며, 남지민 님의 '인류의 대장정에 오르다' 에선 영원히 죽지 않을 것 같은 환상에서 한때의 아지랑이처럼 바르르 떨어도 본다.

그렇다면 여기서 박경희 님의 '추억에 관한 모든 것' 을 부르지 않을 수 없다. 거품처럼 부풀어 오르는 박영분 님의 '그대 누구를 사랑하고 싶다면' 주체할 수 없는 마음 때문이다. 그렇다! 여기서 스스로의 행복을 찾듯 서미지 님의 '5차원 시간 여행'도 마음껏 즐겨보자. 감추는 속마음에 시간의 주름을 다림질하면서 말이다.

마냥 좋을 수만 없는 것, 후미진 모퉁이에 쪼그리고 앉아 손인선 님의 '인간에 대한 경고'도 들어봐야 할 것 같다. 북받치듯 짓눌리며 달려오는 신중현 님의 '악마의 발톱과 그 검은 꽃'이 있으니, 그래도 낙담하지 말자. 먼 곳을 향해 꿈꾸던 신호철 님의 '현을 통해 흐르는 가야의 소리'가 겨레의 혼이듯 뜨겁게 흐를 것이다.

'괴상하게 오늘은 운수가 좋더니만 …' 사실주의의 맥을 들춰주는 이다안 님의 춤사위로 '40대 중반, 나에게도 아직 몽고반점이 있다'는 이웅현 님의 진솔함이 무한한 관계에 맺혀있던 참았던 몸살을 푼다. 그 사이 흐려지는 고뇌의 반죽들이 '길은 또 길로 이어지고'로 이중우 님이 걸어간다. 과거에서 열망하던 그 새로움이 지금과 미래이듯.

이렇게 책의 막바지에 와서 대뜸, 함께한 시간을 빨아들이듯 '어떤 사람이 되고 싶냐고 물으면' 전효숙 님은 의문표를 던진다. 멈칫 하는 동안에 우리의 온갖 촉각이 기지개를 켠다. 최지혜 님의 '속 보인 난감함이여!'로 회원들의 작품은 마무리가 된다. 1기 회원들이 두 손에 꼭 잡고 있는 푯말을 차근차근 짚어 보았다. 서로의 발이 부딪치지만 우리는 걷고 있었다.

이처럼 한 권의 책 속에는 여러 갈래의 책들이 소개되어 있다. 요즘 내 머릿속에는 비빔밥이 자꾸 떠오른다. 각각의 재료들이 모여서 최고의 음식 맛을 내듯, 각각의 작품들이 모여서, 무한한 관계를 맺는다면 내 영혼의 튼튼한 울타리가 되지 않을까? 서평 모음집이 참으로 매력 있게 느껴지는 순간이다. 기마다 수업을 마치면 한 권의 서평모음집을 묶는다.

벌써 3기의 서평모음집이 기다려진다. 그 속에는 또 동기를 부여하는 많은 책들이 소개가 되며, 각각의 탐지자로서의 느낌을 우리는 엿볼 수 있을 것이다. 아직 나에게는 머리맡에 두고 볼 내 인생의 책 다섯 권을 정하지 못했다. 아니면 아직 만나지 못했는지도 모른다. 아주 먼 길까지 함께 데려갈 그런 친구를 찾는다면 얼마나 든든하겠는가?

그리고 서평수업이 끝나면 '책 읽는 사람들' 로 함께한다. 매월 선정된 한 권의 책을 읽고 같이 평을 해본다. 회원 중 한 사람이 주자가 되어 진행을 하고, 각각의 생각들이 반죽이 되어 큰 수레 바퀴를 끌고 가는 것이다. 미처 내가 느끼지 못한 부분을 일깨워 주니, 그 만큼 생각의 폭이 넓어지고 서평을 쓰는 데도 많은 도움이 된다.

매년 상반기(4월~6월) 하반기(9월~11월) 두 번에 걸쳐 학이사 독서아카데미 서평쓰기 수업이 시작된다. 시작한 지 얼마 되지 않았지만 뜨거운 열풍으로 다음 학기, 그 다음 학기를 기다리는 사람들이 많다. 아마도 삶의 궁극적인 목표를 바라보는 시선은 비슷하기 때문일 것이다. 그리고 매일신문에 학이사독서아카데미 서평 코너도 있어 회원이면 누구나 기회를 가질 수도 있다.

프랑스의 작가 장 폴 사르트르는 "인생은 B와 D 사이에 있는 C다." 삶은 출생과 사망 사이의 선택으로 이뤄진다고 했다. 우리는 각자가 선택한 독서아카데미 회원임에 자부심을 가지고 즐기고 있으니 이만하면 족하지 않겠는가? 품위를 찾아가는 자유로운 여정 속에서 함께 하기를 희망해 본다.

그리운 무게

백종식 지음

〈2016. 09. 01.〉

포근한 인정과 애틋한 향수

1

누구든 아무리 고고孤高한 척 해도 혼자서는 살아갈 수 없는 존재가 인간이며, '사람[人]과 사람 사이[間]'에 있어야 한다고 '人間'이라 하나 보다. 그 인간과 인간, 인간과 사물을 막론하고, 인생역정에서 모든 희로애락이 점철된 여정旅程의 에필로그는 '그리움'의 '무게'로 채워지는 듯하다.

바람 부는 날/ 그네가 그네를 탄다./ 저 혼자 몸을 뒤척여가며/ 모처럼 홀가분한 자신의 무게를/ 저울질 해본다.//

몇 번 흔들림만으로/ 바람의 무게가 자신의 몸무게임을/ 자신이 다이어트 필요 없는/ 가장 바람직한 몸매임을/ 새삼 확인한다. //

하지만, 깜냥을 염려하였다면,/ 한가로움을 사랑했다면,/ 자신보다 무거운/ 아가와 누나, 다람쥐와 곰돌이/ 어떨 땐 나뭇잎까지 사시사철 태울/ 엄두나 냈을까? //

그 무게가 자꾸 그리워지는/ 바람 부는 날.

- 「그리운 무게」 전문

회귀본능일까? 아니면 주책스러움일까? 해가 갈수록 특히 인생의 가을을 걸어가는 요즘 들어, 어린 시절 혹은 젊은 날의 추억이 물안개처럼 모락모락 피어오른다. 어머님이, 누이들이, 그 여인이, 그 소녀가…. 잠시라도, 조금이라도 나와 더불어 인연의 끄나풀 잡았던 이들의 얼굴이 회갈색 스크린에 걸핏하면 비치다 사라지곤 한다. 어떨 땐 꿈길에서도 만나 옛 모습 그대로 함께 웃기도 하고, 무언가 이야기를 나누곤 한다. 그러다 깨어나 보면, 베갯머리가 축축이 젖어 있을 때도 있다. 청승궂게 그립다. 그들은 하나같이 내게 부탁한다. 나만의 화폭에 자신의 모습을 담아달라고…. 그래 나는 점점 무뎌지는 감성으로 그들의 잔영을 더듬어 가며 스케치하곤 하였는데, 그 결과물이 바로 비재非才의 세 번째 시집詩集인 『그리운 무게』이다.

2

우리나라 대다수의 출판사들은 '돈 될 만한(혹은 보증수표나 다름없는)' 책이 아니면, 서점에 놓아주는 수고를 아예 하지 않는 습성을 지니고 있다. 즉, 현재 유명세를 타고 있거나, 이미 베스트셀러의 반열에 오른 바 있는 몇몇 작자의 책이 아니고서는 출판사 스스로 적극적인 홍보나 판촉을 해주지 않는 현실이다. 반드시 그렇게 하라는 약정 조항이 있는 것도 아니긴 하다. 하지만, 비싼 광고비를 내고 널리 광고할 능력이 없는 문인文人의 입장에서 보면, 서점에 전시展示라도 해주어야 독자에게 점차 알려질 것이고, 소량

小量이나마 팔리든 말든 할 것이 아닌가?

나는 이전以前의 출간으로, 씁쓸한 경험을 몇 차례 했었다. '자기 자식이 사랑스럽다.' 고, 보면 볼수록 만지면 만질수록 예쁘고 마음 뿌듯한 '나의 책' 이 드디어 햇빛을 보긴 보았는데, 지인知人들로부터 전해오는 반응―. "자네(혹은 선생님) 시집, 서점 아무 데도 살 수가 없으니, 어찌된 거야(혹은 거예요)?"라는 말에 어떻게 대답(또는 변명)을 해주어야 할지 궁색하고 초라해지기만 했던 심정을 동병상련同病相憐한 적 있는 분들은 다들 공감하시리라.

3

내 삶의 가치이자 존재의 이유이기도 한 나의 분신分身이 끈질기게 기승부리는 그해의 늦더위 씻어주려는 듯 '백설白雪처럼 희디흰 옷(표지 색깔)' 을 입고, 2016년 9월 1일 마침내 탄생하였다. 두 번째 시집 출간 이후 9년간의 기다림 끝에 분만한 너무 희어 눈부신 옥동자!

'임이시여, 여태껏 날 기다려준 그대 곁에 오기 위해 무한한 시공時空을 건너고 뛰어, 이제 당도했노라!'

그는 머나먼 어느 별을 떠나, 숙명의 나침반 좇아 쉬지 않고 달려온 왕자처럼 백마白馬 위에서 숨 가쁜 일성―聲을 던졌다.

아우성의 환생/ 도저히 남몰래 내릴 수 없다./ 가슴에 사근사근 아련히 새겨진/ 저마다의 추억 때문에……/ 첫사랑이 오신다고/ 모두들

밖으로 뛰쳐나가야 하는/ 불사(不死)의 환호./ 순백 그대 영혼의 차림
새/ 소복소복, 소복(素服)으로 맞이하고픈/ 접신(接神)에의 본능. //

　아아, 그대여./ 내가 첫눈이라면,/ 그대 저토록 날 반겨줄까./ 첫눈
되어 그대 어깨에 살며시 앉는다면,/ 그대 귀찮다 털어버리지나 않을
까.

- 「첫눈」 전문

　제호題號는 『그리운 무게』로 하였다. 이는 시詩에 대한 안목과
식견이 높은 신申 대표님의 추천에 따른 것이었던 바 정해놓고 보
니, 전체 수록 작품들을 중용적中庸的으로 대표할 만하다는 생각
이 들어 나름 만족스러웠으며, 출간 후 '제호 참 좋다.' 는 인사를
많이 들었다.

　또 '서평書評' 혹은 '해설' 이 필수 수록 사항은 아니긴 하지만,
이번 시집에 그 부분을 넣지 않은 까닭은 내가 잘나서가 아니라,
순박하고 투명한 시편들을 과분한 평으로써 포장하는 의례적인
것이기보다는 이 기회에 차라리 비재非才인 나를 흙속에서 캐내
어, 거름 주고 이만큼이나마 솟궈주신 몇 분 은사님의 이름 한 번
쯤 그분들 생전生前에 드러내 드리는 것이 도리이겠다는 소박한
마음의 소치임을 밝힌다. 또 한편으론 문예창작에의 입문入門에
비해 등단登壇이 다소 늦기도 했지만, 어쨌든 '등단 30년' 을 목전
에 두고서도 개인적인 여건상 지금까지 고작 세 번의 시집 출간을
한 것도 힘에 부쳤는데, 언제 또 새로운 출간을 하게 될 지 기약
못할 노정路程에서, 기대해주신 만큼의 문학적 성취를 이루지 못

한 불초不肖로서의 송구함과 자괴감이 깔려있기 때문이기도 했다.

'소운素雲 선생님은 '우물 안 개구리' 나를 손수 나룻배 저어 호수
로 데려가주셨고, 이태홍李泰洪 선생님은 넓이와 깊이 가늠법과 아울
러 아름다움 그리는 방법을 가르쳐주셨고, 향천向川 선생님은 물속의
풀이며, 물고기들의 애환도 포착하는 기술을 가르쳐주셨다.

세 분 가르침의 공통점은 호수란 신비로운 곳인 바, 거길 더욱 높은
차원의 세계로 조경하란 것이었으나, 그 공간 속에는 블랙홀도 있어,
자칫 그 속에 빠질 거란 경계의 말씀은 누구도 해주신 적이 없었기에,
나는 걸핏하면 그 미궁의 늪에 빠져, 자청한 괴로움에 가위가 눌려, 혼
자 허우적거리곤 한다.'

- 跋文 /「호수 길라잡이」 전문

4

'학이사'는 출판 완료 즉시 전국 유명서점 배본配本은 물론 인
터넷을 통한 판매, '전자책' 판매 등 다양한 경로로의 시판市販을
위해 적극적인 판촉 활동을 해주는 수고를 아끼지 않았다.

이번 시집은 총 78편의 작품을 4부로 나누어 실었는데, '제1부,
연꽃에 대한 경의', '제3부, 양파 닮은 사람과'에서 보여주는 그
의 서정성은 항심恒心에서 우러나오는 절제와 자기 소멸인 바, 그
체험 공간은 시의 미적 형상화를 추구하는 '그리움과 성찰'의 토

양이다.

　　"이 밤엔 한번쯤/ 우람한 종(鐘)이 되어보자./ 석별의 아쉬움에만 젖
　어있지 말고,/ 그간 소홀했던 누군가의 가슴/ 토닥여줄 수 있는/ 서른
　세 번 종소리로 은은히 녹아보자."

-「제야(除夜)에는」 중에서

　여기에 면면히 배어나는 이타행利他行의 자세는 그의 맑고 건강
한 정신세계를 유추하게 한다.
　그리고 '제2부, 신문을 펼치면', '제4부, 미완성의 아름다움' 의
화두는 '현실 인식과 그에 대한 메시지' 인데, 정신문화의 상실
및 '빈익빈貧益貧 부익부富益富' 로 얼룩진 자본주의 사회의 실상과
암울한 이웃의 삶을 사회 고발적인 시각으로 풍자, 비판한 일련
의 작품들에서 이 점을 쉽게 포착할 수 있다.

　　"함부로 벗기지 마라./ 거룩한 이불/ 결의로 짜인 마지막 겉옷을/
　(중략) 한겨울 사글셋방 쫓겨나/ 체온 덮어 새순 살리고 동사(凍死)한/
　청빈한 껍질의/ 방파제 닮은 등허리 보았느니."

-「껍질」 중에서

　이러한 연민憐憫은 단순한 동정심의 차원이 아닌, 생명에 대한
외경심畏敬心에서 비롯된 '사랑' 이다.

　나의 세 번째 시집 『그리운 무게』는 저자著者의 입장에서는 내놓기 부끄러운 시편詩篇의 묶음일 수 있지만, '도서출판 학이사'가 창출한 도서예술작품으로서는 '명품名品 중 한 권'이라고 나는 감히 자부한다.

　2016년 7월 말경부터 삼복더위를 거치며 달포 동안 함께 작업했던 '학이사' 가족과의 일상적이고 평범한 기억들이 1년이 채 지나지 않은 지금, 벌써 아련하게 '그리운 무게'로 내게 다가온다. 진지하면서도 화기애애한 가족 같은 사내社內 분위기, '학이사' 정문 바로 앞에 위치한 '출판단지 내 구내식당'에서의 오붓했던 몇 차례 점심 식사 시간, 작업실 창窓을 관통해 들어오려는 따가운 햇볕과 그걸 번번이 잘 막아낸 에어컨(어떨 땐 자연 바람)의 장한 배려, 그날 분의 작업을 마치고 나올라치면, 모든 직원들이 하던 일을 멈추고 공손히 배웅해주던 송구스러웠던 작별 시간 등등이…. '그네'도 바람 불어 혼자인 날, 자신에게 부담 안겼던 아가와 누나, 다람쥐와 곰돌이, 심지어 나뭇잎의 무게까지 추억처럼 그리워하듯 말이다.

　'도서출판 학이사'의 무궁한 발전을 기원 드린다.

참 고마운 발

권영세 지음
김광수 그림

〈2016. 11. 01.〉

또 하나의 내 모습으로 빚어낸 나의 분신

동시집 『참 고마운 발』은 도서출판 학이사에서 나온 나의 일곱 번째 동시집이다. 여섯 번째 동시집 『탱자나무와 굴뚝새』 이후 13년 만에 나온 것으로 2016년 봄, 학이사 신중현 대표와 대화하는 자리에서 나의 요청을 고맙게 받아주어 나오게 되었다.

출판을 위한 준비에 임하면서 오랜만에 내는 책이라 수록 작품 선정, 삽화, 판형 등 신경이 많이 쓰였다. 작품은 그동안 발표한 동시 중에서 선정하면 충분했다. 하지만 10여 년이라는 오랜 기간에 걸쳐 창작된 것들이라 출판 시점에 비추어 볼 때 시대적 사회 현실과는 거리감이 느껴지는 것이 많았다. 따라서 작품 선정에 신중을 기할 수밖에 없었다.

문제는 본문의 삽화였다. 대구지역에서는 동시·동화책 전문 일러스트 작가를 찾기란 쉽지 않았다. 고심 끝에 지인 중 대학원에서 시각디자인을 전공한 디자인 그룹 「아도니스」의 대표인 김광수 작가에게 부탁했더니 흔쾌히 수락하였다. 하지만 아동문학 관련 책의 삽화 경험이 전혀 없어 걱정이 되기도 했다. 그러나 새로운 영역을 경험해 보겠다는 본인의 강한 의지가 있어 일단 시도해 보기로 했다.

동시집에 수록할 작품은 각종 문예지에 발표한 동시 중 책에 수록할 만한 것을 여유 있게 골라 다시 꼼꼼히 읽고 수정한 60편을 출판사에 보냈다. 마지막으로 지은이 소개글과 머리말, 삽화 등 모든 자료를 보낸 후 출판사에서 편집한 원고에 대한 검토 작업을 수차례 하였다. 그런 다음 책이 완성되기를 기다리는 몇 개월은 마치 산모가 아기의 출산을 기다리는 것 같은 마음이었다.

동시집 『참 고마운 발』이 세상 빛을 보게 된 것은 늦가을이었다. 완성된 동시집을 보는 순간 동심이 자연스럽게 살아나는 책 표지가 한눈에 정겹게 들어왔다. 동시집에 머리말로 쓴 '나의 동시는 또 하나의 내 모습'을 여기에 옮겨 본다.

지금껏 내가 살아오는 동안 소홀했던/ 내 주변의 풀과 나무는 물론/ 작은 벌레 한 마리에 이르기까지/ 나의 눈길을 기다리는 것이 수없이 많았음을 알았습니다.//

어디 그것뿐이었을까요?/ 나의 가족과 친구, 그리고 이웃들도 말은 하지 않았지만/ 더 많은 관심을 가져주기를 간절히 바라고 있었음도 알았습니다.//

나는 그들 가까이 다가가/ 농부가 땀 흘리며 농작물을 애써 가꾸듯이/ 내 마음을 쏟아내어 한 편, 한 편의 시를 썼습니다.//

그런 마음으로 동심의 밭에서 거둔/ 또 하나의 내 모습인 동시를 쓰는 일이/ 마냥 즐겁고 재미있었습니다.//

늘 설레는 마음으로 쓴/ 나에게는 정말 소중한 동시 예순 편을 모아

/ 한 권의 동시집으로 묶어냅니다.//

　이 동시집에 실린 동시를 읽는 그 누군가도/ 나와 함께 즐겁고 재미
가 있어서/ 마음까지 평온해졌으면 참 좋겠습니다.//

　동시집의 뒤표지에는 동시 창작 의미를 함축한 지은이의 말로
서 "나의 동시쓰기는 삭막해지는 내 마음 밭을 동심으로 아름답
게 가꾸는 일이며, 세상 파도에 휩쓸려 때가 묻고 추해져 가는 내
영혼을 동심으로 정화하는 숭고한 작업인 한편 그것은 바로 내
마음의 안식을 얻는 일"이라고 밝혔다.

　동시집 『참 고마운 발』의 기획에 임하면서 지금까지 내가 펴낸
동시집과는 무언가 좀 색다르게 내용을 담아보자는 생각을 했다.
그래서 그동안 발표한 작품 중 다양한 소재의 동시를 기본으로
편집하고자 했다. 시적 표현에 있어서도 외적 형상에 치중한 관
념적이거나 진부한 표현의 작품은 배제하고 작가 나름의 정서가
녹아들어 있는 작품을 골라 싣기로 했다.
　동시집에 수록된 작품을 예로 들어 본다.

　햇발/ 참 고마운 발// 세상 구석구석/ 찾아다니며// 까만 어둠마다/
밝은 빛옷 갈아입히는/ 해의 발// 참 고마운/ 발/ 햇발//

- 「참 고마운 발」 전문

　'햇발'은 사방으로 뻗히는 햇살이다. 구름 사이로 비쳐지는 여

러 갈래의 햇살은 직선으로 곧게 뻗힌다. 이때 햇살에서 나오는 빛줄기는 대단한 위력을 느끼게 한다. 시인은 시의 화자를 통해 구름이 잔뜩 끼어있는 어두침침한 상황에서 구름자락을 비집고 아래로 뻗힌 햇살에 대해 어떤 생각을 하게 했을까. 시의 표현에서와 같이 '세상 구석구석/ 찾아다니며// 까만 어둠마다/ 밝은 빛 옷 갈아입히는' 해의 발, 즉 '참 고마운 발' 을 생각하게 한 것이다. 이처럼 일상의 관념적 현상을 낯설게 보고 또 다른 유추를 통해 새로운 상황을 도입하여 시적으로 형상화한 것이다.

이제 다른 사람이 동시집 『참 고마운 발』에 수록된 작품을 어떻게 보았는지 한 번 살펴보자. 계간 『시와 동화』 2017년 봄호에 수록된, 아동문학평론가 김종헌 씨가 쓴 「한국의 아동문학가 100인」의 필자의 작품론 중에서 동시집 『참 고마운 발』에 실린 몇 편의 작품에 대한 평이 있는데 그것을 발췌하여 다음에 소개해 본다. 앞에서 제시한 이 동시집의 표제시인 「참 고마운 발」에 대한 글이다.

구석지고 소외된 곳을 바라보는 시인의 태도는 종전과 동일하다. 다만 그 표현미가 종전보다 경쾌하다. 짧은 행갈이가 눈에 띄고, 언어유희적 발상이 그렇다. '햇살' 이 해에서 나오는 빛의 줄기임에 비해 '햇발' 은 사방으로 흩어지는 햇살이다. 흔히 햇살이나 햇발이나 비슷하게 사용하는 언어이다. 그러나 소외된 곳을 바라보는 시인의 시적 사유는 햇발이라는 시어를 찾아냈다. '구석' 과 '어둠' 을 살피는 시인은 햇살이 골고루 퍼지기를 바라고 있다. 대상에 대한 따뜻한 눈길이 햇발을 동시로 형상화시켰다.

대상에 대한 시적표현은 곧 언어적 표현이다. 이때 언어는 대상을 표상하고 상징하는 의미화 작용의 수단이 된다. '햇살'을 '햇발'로 해석할 수 있는 힘은 언어유희에서 비롯된 것이 아니라 구석진 곳의 어둠에 대한 시인의 관심 때문이다. 대상에 대한 묘사가 아니라 세계에 대한 해설을 함에 있어 언어유희를 차용한 경우라 할 수 있다. 시어를 찾거나 조어를 통해서 시적 사유를 드러내고자 하는 시인의 노력은 다음 동시에서도 확인할 수 있다.

첫 나들이 길 우리 아기/ 눈이 부실까봐// 하늘은 얼른/ 검정가리개를 쳤다.// 아장아장 우리 아기/ 갑자기 어두워진 길에/ 넘어질까 봐// 검정가리개 살짝 비집고/ 빛기둥을 세웠다/ 해님은.//

- 「빛기둥」 전문

인용한 동시는 특이한 자연현상을 대상으로 하고 있다. 이 시에서 화자는 두 가지의 시적대상을 놓고 시상을 펼치고 있다. 우선 화자의 눈에 직접 비친 것은 '빛기둥'이다. 그러나 화자는 그것을 통해서 엄마의 마음을 생각해 낸다. 대상(해님)을 순진한 동심으로만 바라본 것이 아니라 걸음마하는 아기를 지켜보는 엄마의 마음에 은유시켜 놓았다. 작가의 상상력이 의미를 만들어냈다.

문학에서의 상상은 과학적 사고와는 차별적으로 작가의 체험과 이상을 작품 속에 구체적으로 담기 위한 문학적 장치이다. 이것은 현실에서 만날 수 없는 세계, 기억에도 없는 새로운 세계를 떠올리는 영감이나 직관과도 구별되는 개념이다. 즉 상상은 개별적인 경험들을 역동적으로 관계망에 집어넣어 하나의 의미를 생성하는 사유과정이다. 이로써 작가는 핍진한 현실을 풍성한 이야기로 전달하기도 하며, 또 현실의 모순을 지적하는 것은 물론 흥미까지 더 할 수 있게 된다. 즉 사실과 상상의 조화로운 결합을 통해서 현실의 공간을 문학적 공간으로 형상화하게 된다. 이 상상력의 차이가 시적 수준을 갈라놓는다.

아기를 키우면서 지나치게 밝은 빛은 눈이 부실까봐 걱정이고, 그렇다고 또 어두우면 넘어질까 걱정하는 것이 엄마의 마음이다. 이런 현실적 상황은 작가의 상상에 의해서 '빛기둥'과 연결되어 시적 상황으로 승화되었다. 그것은 "첫 나들이 길", "아장아장 우리 아기"라는 시어를 통해서 이제 막 걸음마를 떼는 돌배기 정도의 아기를 연상하도록 내적 논리까지 충분하게 갖추었다. "아장아장"이나 "아기" 등은 낯익고 유치한 시어이다. 그러나 이 시어가 오히려 시의 논리를 강화하는 역할을 하고 있다. 그래서 독자는 이제 막 걷기 시작하는 아기를 지켜보는 초보엄마를 쉽게 떠올릴 수 있다. 시인의 상상력과 시적 수사가 작품의 완성도를 높였다고 볼 수 있다.

나의 일곱 번째 동시집 『참 고마운 발』에는 사물의 겉모습만을 시적인 표현으로 형상화한 작품은 별로 없다. 동시의 소재인 대상의 내면을 깊이 탐색하고 그것을 동심의 눈높이에 맞추어 시적으로 형상화한 작품을 수록하려는데 보다 관심을 두었기 때문이다. 또한 수록 작품 중에는 시적 대상을 동심의 눈으로 깊이 있게 바라보고 아이들의 일상적 삶과 연관 지워 형상화한 시편들, 즉 시속에는 아이들의 생활이 녹아들어 있는 동시 작품을 편집하려고 한 의도가 있었기 때문이다.

작가가 자신의 투철한 창작 열의로서 열심히 작품을 쓰고 작품집으로 묶어 내는 것은 정말 가치 있고 보람 있는 일이다. 요즘처럼 출판 사정이 아주 열악한 상황임에도 불구하고 끊임없이 쏟아져 나오는 동시집을 보면서 한없는 부러움을 느낀다. 그런데 한편으로는 40년 가까운 나의 문학 활동 기간에 결코 적지 않은 동시집을 내었지만 그때마다 작품집 출판에 대한 자괴감과 아울러 회의감이 드는 것은 웬일일까. 여러 가지 이유가 있겠지만 가장 큰 것은 책을 낸 후에 작품집에 대한 만족도보다는 무언가 부족함과 아쉬움이 있기 때문이 아닐까. 하지만 이미 작가의 길에 들어섰으니 내 힘으로 글을 쓸 수 있을 때까지 열심히 작품을 쓰고 또 기회가 올 때 지난 일을 거울삼아 책을 내는 일을 계속해야지 하는 의지를 굳혀 본다.

말 숙제 글 숙제

박승우 지음
김경우 그림

박승우 동시집　김경우 그림

말 숙제
글 숙제

文學동네

〈2016. 11. 05.〉

어머니, 사랑합니다!

　동시를 쓰기 시작한 지 10년 만에 세 번째 동시집을 학이사에서 발간했다. 입으로 하는 말이 본인의 생각, 뜻, 의미를 담아내듯 글도 작가의 생각, 꿈, 삶을 표현해 내는 행위일 것이다. 말이든 글이든 기본적으로는 대상과 소통하는 과정이다. 단지 문학 작품은 사물과 삶의 본질에 더 천착하고 미학적 가치에 지향점을 두는 언어 예술인 것이다.

　세 번째 동시집 『말 숙제 글 숙제』는 말로 고백하지 못한 숙제를 글로 고백하려고 발간했다. 살다보면 꼭 고백해야할 말을 이런저런 이유로 하지 못하는 경우가 있다. 참 흔하게도 쓰는 '사랑한' 다는 말도 꼭 해야 될 때 못 하는 경우가 있다.

　나는 경북 군위군 부계면 춘산리(김수골)에서 태어나서 중학교 다닐 때까지 그곳에서 살았다. 토끼길을 십 리나 걸어서 초등학교를 다녔다. 열 집도 살지 않는 산골마을이었고, 중학교 다닐 때까지 전깃불도 들어오지 않아 호롱불을 켜고 살았다. 지금 와서 생각해보면 자연 속에 살았던 유년의 시절이 내 문학의 자양분이 된 것 같다. 어머니는 어려운 형편에도 늘 자식들 걱정하시고 뒷

바라지에 헌신을 다하셨다. 그런 어머니께 쉰이 훨씬 넘도록 '고맙다' 는 말과 '사랑한다' 는 말을 하지 못했다. 마음속으로는 수없이 했지만 표현을 하지 않았으니 결국은 안 한 것이다. 언젠가 한 번은 표현을 하는 게 나에겐 숙제였다.

이번 동시집은 숙제하는 마음으로 급하게 엮었습니다.
고백해야 될 말을 너무 오래 미루어 두었기 때문입니다.
멋진 고백의 말을 찾진 못했지만 맨 처음으로 고백합니다.

어머니, 고맙습니다!
어머니, 사랑합니다!

어머니가 계셔야 제가 어린아이처럼 살 수 있습니다.
저는 그냥 철없는 아이로 살고 싶으니
철없는 자식 걱정도 조금 하시면서
산골마을에 오래오래 계십시오.
씀바귀, 돌나물, 냉이, 두릅, 해마다 챙겨주시고요.

– '시인의 말' 중에서

나는 말로 하지 못한 숙제를 동시집 『말 숙제 글 숙제』의 '시인의 말' 을 통해 글로 하였다.

동시집이 발간되고 바로 어머니가 계시는 시골로 가서 동시집을 드렸다. 어머니 연세가 구순을 바로 앞둔 여든아홉일 때였다. 그 전에 두 번의 동시집이 나왔으니 별 대수롭지 않게 여기시고 시집을 뒤쪽에서부터 몇 장 넘겨보시고는 아무 말씀이 없으셨다.

그래서 '시인의 말'이 쓰인 부분을 펼쳐서 보여드렸다. 어머니는 연세가 많으시지만 돋보기도 끼지 않으신 채 천천히, 아주 작은 목소리로 읽어나가셨다. "어머니, 고맙습니다!, 어머니 사랑합니다!"란 대목에선 한 번 울컥하신 듯도 했다. 그리고 세 번쯤 '시인의 말'을 더 읽으셨다.

아무 말씀이 없으셨다. 그저 나의 등을 한 번 쓸어주셨다. 어머니가 내 마음을 받아주셨다는 생각을 했다. 오래된 숙제를 한 듯 마음이 조금은 가벼워졌다. 내가 어머니께 고맙다는 말과 사랑한다는 말을 한 것은 어머니를 위한다기 보다는 결국은 나를 위해서 한 말일 것이다. 어머니 연세가 아흔이니 언제 돌아가실지 모른다. 돌아가시고 나서 고백하지 못한 말 때문에 스스로 괴로워하지 않기 위해서 숙제를 했다는 생각이 든다.

앞으로도 나의 이름으로 몇 권의 책은 더 출간되겠지만 이번 동시집이 내게는 가장 소중한 책이 될 것이다. 시집에 담긴 시의 작품성을 떠나서 가장 소중한 사람에게 맨 처음 고백을 했던 작품집이기 때문이다. 내 몸, 내 마음, 내 걱정을 누구보다도 잘 읽고 계시는 유일한 어머니 독자에게 바치는 시집이기 때문이다. 또한 형제들, 자식들, 조카들, 앞으로 태어날 손자손녀들에게도 소중한 책이 될 걸로 믿는다.

어머니 사진을 뒤표지에 넣은 소장본을 만들어준 학이사 신중현 대표가 고맙다.

『말 숙제 글 숙제』는 어머니께 바친 시집으로 나에겐 무엇보다 소중한 책이지만, 창작자 입장에서는 아쉬움도 많이 남는다. 좀 더 좋은 작품으로 시집을 묶었으면 하는 아쉬움이다. 하지만 저자를 떠난 책은 독자들의 몫이다. 저자가 미련을 가진들 소용없는 것이다. 더 좋은 작품으로 다음을 준비하는 수밖에 없다.

이상사로부터 63주년, 학이사로 새롭게 태어나서 10주년이 되었단다. 학이사 신중현 대표께 축하드리고 더욱 발전하여 대한민국의 큰 출판사가 되기 바란다.
학이사 30주년 기념잔치에 꼭 초대받고 싶다. 초대해준다면 나도 지금보단 더 멋진 모습으로 초대에 응하고 싶다.

할머니께
'고맙다' 는 말과
'사랑한다' 는 말을
꼭 한번은 하고 싶다는 아빠

이번엔 꼭 해야지 하고
시골 할머니 집에 다녀왔는데
또 못하고 왔단다

말 숙제는

쑥스러워 도저히 못하겠고

조금 덜 쑥스러운 글 숙제라도

해야겠다고 하신다

말 숙제든 글 숙제든

아빠가 빨리 했으면 좋겠다

숙제는 해야 될 때

해야 하는 거니까

- 「말 숙제 글 숙제」 전문

푸른 학이 천 리를 가려고

김태엽 지음

〈2016. 11. 15.〉

사는 길 나름임을 곳을 탓하리오

　이제 내 인생을 솔직하게 고백할 때다. 나의 경험과 생각은 글이 아니면 드러내거나 담아둘 데가 없다. 글을 쓴다는 건 자신의 생각을 정리하는 작업이다. 흩어져 있는 잡다한 생각들을 가지런하게 배열함으로써 겪은 일들에 대한 의미를 부여할 수도 있고 또 지난날을 되돌아보는 계기가 되기도 한다.

　『푸른 학이 천 리를 가려고』는 내 삶의 실상과 생각의 많은 부분이 반영된 산문집이다. 어떤 궤적을 그리며 살아왔는지, 그리고 무슨 생각을 해 왔는지 스스로 되씹어 본 것들이다. 평소 느낀 점을 이따금 조잡한 글로 옮겨둔 것들을 끄집어내보니 어설프기 짝이 없었다. 미련을 버리지 못하고 다시 읽고 여기저기 깁다 보니 인쇄된 글자가 눈에 어른거렸다. 내 뒤를 잇는 우리 아이들에게 할아버지가 어떻게 살았고 또 어떤 생각을 했는지 들려주고 싶은 욕심이었다. 그래서 틈이 나는 대로 원고를 열심히 살피고 손질했는데, 새로 쓰는 것 못지않게 어려웠다. 부끄러움을 무릅쓰고 원고를 넘긴 며칠 뒤 출판사 측에서 연락이 왔는데, 책의 표제에 대한 의견과 어떤 원고는 제목을 바꾸고 또 일부 원고는 빼자는 것이었다. 원고 내용 중에 조선시대 송순 선생이 지은 가사

작품 「면앙정가」의 몇 구절을 인용했는데, 그 한 구절을 따서 표제로 삼자는 제안이었다. 놀라운 착안이었다. 2016년 한국출판학회상(기획편집부문)을 수상한 도서출판 학이사 대표의 탁견에 망설이지 않고 동의했다. 그리고 원고의 분량도 무조건 줄이기로 했다. 22편의 글을 네 개의 항목으로 나누어 묶고 그 각각의 제목도 본문 원고에서 뽑아 붙이자는 대표의 두 번째 제안에도 두말없이 그렇게 하기로 했다. 몇 번의 꼼꼼한 교정 과정을 거치고 나서 마지막 단계에 이르러 책의 표지 사진을 전송해 왔는데, 표제의 글체와 디자인이 보잘것없는 원고 내용을 한결 돋보이는 이미지로 드러내기에 충분했다. 내 책의 출판을 도와주신 분들께 고마운 인사를 드린다.

나는 책의 기저에 모든 생명체의 평등성을 담고자 했다. 머리말에서 "음지가 없으면 양지가 존재할 수 없다. 볕이 들면 음지도 밝아진다. 시간에 따라 양지와 음지가 바뀐다. 양지만 고집하면 음지가 빨리 다가온다."라고 썼다. 사람과 사람의 평등성은 물론이고, 사람과 동물 그리고 식물에 이르기까지 생명을 가진 모든 존재의 존엄성을 얘기하고 싶었다. 세상에 존재하는 생명체는 모두가 운명적으로 맺어져 있다. 식물과 동물들의 존재가 전제되지 않으면 사람의 존재가 불가능하다. 그럼에도 우리의 일상은 그런 걸 잊고 지낸다. 모든 사람들이 공생하고, 사람과 동물이 공존하고, 사람과 동물과 식물이 함께 살아야 하는 것이 지구생태계의 자연스러운 순리다. 이를 어기면 공존의 틀이 깨진다.

내 책의 내용은 주로 자연을 바라보고 나라를 생각하며 살아가는 얘기들이다. 자연을 관찰하고 배우고 자연과의 조화로운 삶이 필요하다. 자연을 떠나서 사람의 행복을 따로 누릴 수 없다. 그리고 나라의 고마움을 다루었다. 젊은 시절에는 자신의 길을 열어나가느라 일에 몰두하느라 나라의 존재를 잊고 지내기 쉽다. 나라는 우리의 보금자리요 민족과 함께하는 공동 운명체다. 자유민주주의 국가의 국민으로 살아가는 건 큰 행운이다. 그러나 자유는 그냥 주어지는 게 아니다. 조상들의 피와 땀과 의지의 대가로 획득한 고귀한 자유다. 그러므로 대한민국을 지켜야 할 책임과 사명이 우리에게 있다. 그리고 마지막 부분에는 평범한 우리 가정사 얘기와 요즘의 내 일상을 실었다.

내 책은 4개의 단락으로 짜여 있다.

제1부는 대한민국의 국운이 밝게 열리기를 바라는 염원에서 '힘 있는 정의가 필요하다' 는 제목을 붙였다. 21세기 전반 우리나라의 현실이 매우 걱정스럽다. 중국과 일본 사이에서 수천 년을 견뎌온 우리 역사는 평안할 날이 별로 없었다. 또 외침이 없을 때는 내부의 분란도 적지 않았다. 지금 우리는 내외적으로 위험한 도전에 직면해 있다. 조국은 분단된 채 북쪽이 핵무기와 장거리 핵탄두를 개발하여 남쪽을 위협하고 있는가 하면, 재무장한 중국과 일본이 직·간접적으로 항상 우리를 넘보고 있다. 참으로 중대한 고비가 아닐 수 없다. 그러나 우리의 긴 역사를 살펴보면 대외적으로 어려울 때 안으로 뭉치는 강한 단결력을 발휘했다. 따라서 지금은 무엇보다 우리의 마음가짐이 중요하다. 우리 민족

의 존재에 대한 자부심과 당위성을 분명히 인식해야 한다.

제2부에서는 우리가 문화적으로 선진 민족이었고 앞으로도 그럴 것이라는 바람을 담았다. 유네스코에 등재된 세계문화유산 가운데 가장 고급의 문화유산은 기록문화유산이다. 이는 정신적으로 후대에 미치는 영향이 크기 때문이다. 우리가 비록 힘든 역사를 이어왔지만, 문화적으로 이웃 나라에 결코 뒤지지 않았다. 세계적인 기구에서 한국인의 지능지수가 세계 으뜸이라는 보고서가 여러 번 나왔다. 우수한 두뇌를 가진 우리 민족이 높은 정신문화를 일구어온 것은 결코 우연한 일이 아닐 것이다.

현재 유네스코에 등재된 세계기록문화유산으로 한국 13점, 중국 11점, 일본 3점 순이다. 13점의 기록문화재는 한자로 표기된 것이 많지만, 그 내용은 모두 우리 정신이 반영된 것들이다. 등재된 우리의 세계기록문화유산 중에는 세계에서 처음 금속인쇄술로 만든 문헌이 있는가 하면, 다른 나라에서는 찾아볼 수 없는 독창적인 문헌도 포함되어 있다. 그런데도 서구에 경도된 사람들은 우리 것에 대한 가치를 외면하고 서양 문물의 찬사에 급급하다.

제3부는 주로 일상의 얘기다. 나는 일곱 번 이사했다. 자취방에서 시작하여 사글세방을 거쳐 전세방으로 옮기고 나중에 우리 집을 마련했다. 그 사이 세 아이를 얻었다. "집을 마련하기까지 어려움이 많았지만, 그것이 훗날 내게 큰 자산이 되었다. 사람이 어려움을 겪지 않고 어떻게 인생의 깊이를 헤아릴 수 있을까. 어려움 속에서 피는 꽃이 더 아름답다. 그것 자체가 인생의 보람이요 향기가 아닌가. 인생은 자신이 스스로 만들어가는 것이지 누가

대신해 주는 게 아니다." 이것은 「이사」의 일부다. 혼인할 무렵 아버지가 집을 사라고 하셨지만 그 분부를 따르지 않았다. 별다른 생각이 있어서가 아니고 대학 나와서 직장을 다니는데, 부모의 돈으로 집을 산다는 게 왠지 내키지 않았을 뿐이다. 나는 일찍이 혼자서 자립하신 아버지의 삶을 본받은 아들이었을 뿐이다.

제4부는 주로 자연을 바라본 얘기다. 주변의 자연을 관찰하고 사색한 내용, 역사의 발자취를 고이 간직하고 있는 자연, 집 안팎에서 자라는 화초의 생태와 아름다움에 관한 것들이다. "산은 동물들의 공간이다. 사람들 때문에 동물들의 공간이 크게 위축되었다. 동물들이 얼마나 불편할까. 동물들의 터전이 줄어들면 사람들도 영향을 받는다. 생명을 가진 모든 존재는 그 나름의 생존공간이 확보돼야 한다. 서로 배려하며 살아야 한다. 동물과 사람도 그렇고 사람과 사람 사이도 그렇다." 「뒷산」의 일부인데, 생명의 존엄성은 생명체들이 동등함을 얘기한 것이다. 지구를 무대로 존재하는 모든 생명체들이 서로 다른 생명체의 존재를 인정하고 호혜적으로 공존할 때 비로소 자기 생존을 보장받을 수 있다.

자장면이 아니고 짜장면이다

민송기 지음

〈2016. 11. 17.〉

자장면과 짜장면, 어떤 말에 더 땡기나요?

우연한 기회, 그리고 글쓰기의 즐거움과 괴로움

이 책은 2013년 4월부터 내가 매일신문에 연재하던 '민송기의 우리말 이야기' 칼럼의 글들을 모아 놓은 것이다. 처음 매일신문에 칼럼을 쓰게 된 것은 당시 문화부 이동관 부장님과의 인연 때문이었다. 이 부장님은 고등학교 동아리(능인고 보리수문학동인회)의 까마득한 선배이자 대학교 선배이기도 했다. 하루는 선배로부터 전화가 와서 '성병휘의 교열단상'의 연재가 끝나는데, 그 자리를 대체할 칼럼리스트로 내가 적격이라고 생각해서 연락한다고 했다. 흔히 하는 말로 땜빵이었을 테지만 그래도 선배님이 나를 높게 평가해 주는지라 별다른 고민도 하지 않고 승낙을 했다. 코너 제목은 '민송기의 재미있는 우리말 이야기'로 하고 일주일 뒤에 첫 원고를 보내기로 했다.

그런데 전화를 끊고 생각해 보니 갑자기 후회가 밀려오기 시작했다. 학교 일도 많은데다 늘 두 개 이상의 EBS 교재 개발 작업을 하고 있었기 때문에 칼럼을 쓸 물리적 시간이 부족했다. 그리고 제목만 보자면 우리말 어원이라든가, 사람들이 잘못 쓰고 있는 어법에 대한, 말에 대한 내용을 해야 할 것 같은데, 나는 개인적으로 사람들이 쓰는 말에 일일이 잘못을 지적하는 것은 체질에 안 맞는 것이었다. 기껏 소재 하나를 잡아서 검색을 해 보면 다른 신문들에 있는 유사한 칼럼들에서 이미 다 이야기를 한 것들이었고, 결정적으로 '재미있는' 이라는 제목은 나의 부담감을 가중시키는 것이었다. 제목은 '재미있는' 이라고 해 놓고서 재미없는 내용을 쓴다면 독자들을 기만하는 일이 된다.

며칠을 고민하다가 생각한 것은 내가 '우리말' 의 범위를 너무 좁게 생각하고 있는 것이 아닌가 하는 것이었다. 일상생활을 보면 사람의 관계가 좋아지는 것도, 틀어지는 것도 모두 말 한 마디에서 비롯된다. 말 한 마디 때문에 분노하기도 하고, 감동을 받기도 한다. 정치인들은 말 한 마디로 민심을 얻기도 하고, 재기 불능에 빠지기도 한다. 우리나라 사람들의 모든 삶은 바로 '우리말'에 담겨 있다. 그래서 '우리말 이야기' 는 '말에 담겨 있는 우리나라 사람들의 삶의 모습에 대한 이야기' 가 되어야 한다는 생각이 미치자 쓸 거리들이 여러 가지가 동시에 떠올랐다. 이 부장님에게 전화를 걸어서 나의 생각을 이야기하고, 우리말 이야기에는 가슴 아픈 이야기, 감동적인 이야기, 가벼운 이야기, 진지한 이야기 모두 들어가야 하니까 칼럼의 제목에서 '재미있는' 을 좀 빼달라는 부탁을 했다. 그러자 부장님은 "아주 좋은 생각입니다." 라고 하며 흔쾌히 받아들였다.(이 부장님은 수정 요청과 같은 어려운 부탁을 할 때도 '아주 좋습니다.' 를 여러 번 한 후에 말씀하신다.)

'다른 신문들과는 다른 우리말에 대한 칼럼' 이라는 나름의 거창한 목표를 위해 첫 번째로 쓴 것이 우리 책의 제일 처음에 있는

'깨알 하나 모로 심을 땅'이라는 글이었다. 이 글에서 나는 새로운 언어 현상을 볼 때마다 국어가 파괴된다고 열을 내고, '밀크세이크'를 '밀크쉐이크'로 쓰는 것을 용납하지 못하는 국어전문가보다 일상생활에서 재미있고, 재치 있게 말을 할 줄 아는 보통 사람들이 훨씬 더 우리말을 잘 쓰는 사람들이라는 칼럼의 입장을 보여주었다. '우리말 이야기=바른말 고운 말에 대한 이야기=표준어, 정확한 어법에 대한 이야기=고리타분한 이야기'로 이어지는 등식을 깨 보고 싶었다. 일반적인 국어 선생들의 글과는 다른 입장을 쓴 글에 독자들은 어떻게 반응할까 걱정도 했었는데 다행히 주변의 사람들의 반응이 좋았다. 그리고 글이 나가고 난 뒤 전혀 알지 못하는 사람들로부터 전화와 메일이 오는, 나로서는 신기한 경험을 하기도 했다.

　매주 한 편씩 글을 쓰는 것은 쉬운 일은 아니었지만, 써 가다 보니 아주 어려운 일도 아니었다. 그 전에는 이런 내용을 한 번 글로 써 봐야지 하는 생각을 담아 두기만 하고 막상 실행하지 못한 내용이 많았는데, 매주 꼭 써야 한다는 의무가 생기니까 실행을 할 수밖에 없었다. 매번 글이 나올 때마다 공감해 주고 격려를 해 주시는 분들이 있어서 힘도 나고 했다. 글에 격려를 해 주시는 분들의 대부분은 우리 큰누나 연배인 50대 중반의 사람들이 많았다. 그분들은 '흥부 부부상'이나 '짜장면', '기억과 추억' 편과 같은 글에 나오는 어린 시절의 시골 이야기, 도시에 정착한 가난한 자취생 이야기에 아련한 기억들을 더듬으며 마음이 짠했다고도 했다. 특히 '불혹의 나이' 편을 읽으면서는 '불혹不惑', '지천명知天

命이라는 말에 대한 해석을 들으면서 마음이 허하고 유혹에 흔들리는 것이 잘못된 것이 아니었다는 것을 생각하고 마음이 편해지고 용기를 얻었다는 말씀들을 많이 하셨다.

신문에 연재 하는 중에 위기도 있었다. 개인적으로 나라의 부름(?)을 받아 외부와 연락을 할 수 없는 출장을 자주 갔었는데, 황금알을 낳는 거위인지 1주일에 한 편을 쓰는 것은 쉬운데, 2개를 한 번에 쓰기는 엄청나게 힘들었다. 출장을 위해 준비해야 하는 일들과, 출장 가기 위해 해 놓고 가야 할 학교 일만 해도 버거운데, 5주치의 글을 미리 당겨서 써 놓고 가는 것은 고통 그 자체였다. 그래서 하루는 이동관 부장님에게 연재를 그만두면 어떨까 하는 의견을 전하기 위해서 전화를 했다. 전화를 걸자마자 부장님이 "아, 안 그래도 전화할 참이었는데, 잘 됐습니다." 하더니 독자들의 반응이 좋아서 그러니까 새해부터는 지금 쓰고 있는 원고지 7매 분량의 란이 아니라 원고지 10매짜리 전문가 칼럼란으로 옮겨서 써 달라고 했다. 부탁받은 것을 거절하지 못하는 성격 탓에 혹 떼려다 혹 붙인 격으로 또 그렇게 연재를 계속하게 되었다.

한 권의 책이 만들어지다

그렇게 정신없이 쓰다 보니 원고들이 꽤나 많이 모이게 되었다. 같이 EBS 교재 집필을 하던 사람들이 자기가 아는 출판사 연결해 줄 테니 책으로 내는 것도 괜찮을 것 같다고 제안하기에 '한번 내

볼까?' 하는 생각을 하고 있었다. 바쁜 일 다 끝나면 원고들 정리 좀 해야겠다고 생각하던 차에 마침 학이사 신중현 사장님으로부터 연락을 받았다. 학이사에 가 보니 공장이나 장사하는 곳과는 달리 인문학적인 분위기가 물씬 풍겼다. 회사 건물에 써 놓은 '책으로 사는 사람들 그 맑은 영혼이여' 라는 문구도 인상적이었다. 사장님이나 편집을 하시는 분들도 모두 첫인상이 둥글둥글해 보였고, 그런 사람들이 모여서인지 학이사에서 펴낸 책들은 모두 디자인이 담백하면서도 깔끔했다. 학이사의 분위기가 너무나 마음에 들었고, 나의 책이 나올 수 있는 인연이 여기에 있었다고 생각을 했다.

책을 만들기 위해 원고들을 정리하고, 몇 개의 범주로 정리를 해 보니 한 권 분량보다는 넘쳤다. 2권을 만들기로 하고 먼저 나올 1권은 우리말의 어법과 적절한 어휘들을 생각해 보는 책을, 2권은 말에 담겨 있는 삶의 이야기를 풀어내는 책을 만들기로 했다. 주변 사람들에게 공모를 해서 최종 낙찰된 제목이 1권은 '자장면이 아니고 짜장면이다', 2권은 '삼천포에 빠지다' 이다. 1권의 제목은 책 안에 있는 '짜장면' 이라는 글의 내용을 압축한 것으로, 어문 규범을 다시 생각해 보고 일상적인 삶과 동떨어진 것은 과감하게 반대할 수도 있어야 한다는 책의 큰 취지를 나타낸 것이다. 짜장면이 맞다고 이야기를 하기 위해서는 반대 논리를 반박할 수 있어야 하기 때문에 1권에서는 어문 규정에 대한 이야기들이 많이 나오는 것이 특징이다. 2권의 제목은 책 안에 있는

356

'삼천포에 빠지다'라는 제목을 차용한 것으로 우리말 어원이라든가 말에 담겨 있는 우리나라 사람들의 사고방식에 대한 지식에 대한 내용을 다루고 있음을 나타낸 것이다. 이러한 지식이 먹고사는 문제와는 상관없지만 우리 삶에 활력소가 된다는 것도 부가적으로 담고 있다.

신문 칼럼에서는 원고의 분량이 정해져 있기 때문에 자세한 설명을 하지 못하고, 대충 넘어가는 부분도 있다. 그리고 보수적인 매일신문의 독자들을 고려하여 대충 모호하게 뭉치고 넘어가는 부분도 있다. 책을 만들면서는 그러한 부분에 대해 좀 더 자유롭게 썼다. 그리고 신문에서는 시의성이 있어야 하기 때문에 대부분 '지난주'로 시작하는 경우가 많은데, 책으로 만들기 위해 그런 부분들은 조금씩 조정을 했다. 편집팀에서는 내가 미처 보지 못한 오류들을 수정하고 독자들이 가장 편하게 읽을 수 있는 편집 디자인을 만들었다. 내가 출판사에 준 것은 한글에서 아무런 편집도 하지 않고 바탕글로 쓴 문서였지만, 그것이 아주 깔끔하고 가독성이 높은 책으로 만들어진 것이다. 그것을 보면서 신중현 사장님과 편집팀에 무한한 경의와 감사의 마음을 표할 뿐이다.

나의 이름으로 된 한 권의 책이 나온다는 것, 그것은 새로운 성취감을 느낄 수 있는 것이다. 한 해에 80만 권이 팔리는 EBS 수능 연계교재에 저자로 매년 이름을 올리고 있지만 그것과는 또 다른 성취감이라고 할 수 있다. 그리고 책을 읽은 사람들이 예전에는 국어 선생님과 말할 때 주눅이 들었는데, 책을 읽어 보니 자신감을 가지게 되었다든가 새로운 지식을 얻는 것이 즐거웠다는 이야기를 들으면서 세상에 도움이 되었다는 생각이 들기도 했다. 그런데 4~50대 독자들은 문학 이야기가 나오는 뒷부분은 재미있게 읽었는데, 어문 규정 이야기가 나오는 앞부분은 좀 어렵다는 이야기를 많이 한다. 그래서 미리 말해 둔다.

"곧 나올 2권은 더 재미있어요!"

억새는 홀로 울지 않는다

박미정 지음

〈2016. 12. 01.〉

자연의 순리와 인간의 본성

첫 번째 수필집은 겁 없이 낸다는 말이 마음에 와 닿는다. 등단을 하고, 가슴에 품은 실타래를 하나씩 풀어내는 동안에는 그저 좋기만 하였다. 정작 혼란스러웠던 것은 저지레하듯 마음 가는 대로 끄적거린 졸작들을 다시 대면하면서였다. 겁이 덜컥 났다. 도망가고 싶었다. 소름이 끼쳤다. 어쩌자고 나는 이런 엄청난 일에 도전했던가.

잠 못 드는 깊은 밤, 나는 나를 정직하게 들여다보았다. 부끄러운 민낯을 드러내는 일이 쉽지 않았다. 그러나 오랜 시간 간절히 원해 왔던 일이었음을 숨길 수 없었다. 그것은 마치 열병과도 같았다. 어쩌면 나는 이루어질 수 없는 사랑에 빠졌는지도 몰랐다. 수필을 탐내며, 수필이 되고자 얼마나 많은 밤을 지새웠던가.

『억새는 울지 않는다』는 총 4부로 나뉘어져 있다. 제1부는 「감꽃이 필 무렵」 외 서정 수필류로, 제2부는 「억새는 홀로 울지 않는다」 외 봉사활동 수필류로, 제3부는 「똥통 이야기」 외 서사 수필류로, 제4부는 「시산제가 있는 풍경」 외 기행 수필류로 엮었다.

「감꽃이 필 무렵」은 나의 등단 작품이다. 나의 수필은 대체로

토속적이다. 시댁이 경남 밀양인 것과도 관련이 있을 것이다. 작품의 저변에는 자연과 인간이 공존하고 있다. 자연의 순리와 인간의 본성이 나의 몸속에 들어와 있는지도 모를 일이다. 작품을 잠깐 보면,

시골집 앞마당에는 60년 된 감나무가 장승처럼 서 있다. 시어머니가 시집 와서 심은 나무다. 아버님이 외도로 집을 비울 때마다 어머님은 대청마루에 우두커니 앉아서 감나무를 바라보며 남편을 기다렸다. 밤을 꼬박 새운 날도 하루 이틀이 아니었다. 감나무는 말이 없고 바람 부는 대로 흔들렸다. 장마철에는 지루하게 내리는 비를 맞으며 밤을 밝히기도 했다. 감나무는 아버님의 모습이었다가 어머님의 모습이었다가 했다. 어머님은 이쯤에서 재미있는 에피소드 하나를 들려 주셨다.

"어느 봄 농사일도 바쁘고 자식들은 감꽃을 꿰어 목걸이를 만들며 뛰어다니는데 기막힌 심정을 어디에도 호소할 데가 없어 어머님은 아버님을 찾아 나섰다. 동네방네 애타게 찾아봐도 남편은 보이지 않고 설상가상으로 일꾼이 달려와 송아지가 없어졌다고 알려왔다. 남편을 찾는 건지 송아지를 찾는 건지 하루 종일 헤매다가 허탈한 마음으로 집으로 돌아와 방문을 열었더니 아랫목에서 송아지가 '음메에' 하며 인사를 했다. 경황 중에 방문이 열린 틈을 타서 송아지가 안방으로 들어간 모양이었다. 남편 대신 아랫목을 차지하고 있는 송아지가 반갑기도 하고 어이없기도 하여 빗자루를 들고 때리려 하다가 송아지나마 방

에 있음이 고마워 슬그머니 물러나고 말았다."

- 「감꽃이 필 무렵」에서

표지 제목으로 뽑은 「억새는 홀로 울지 않는다」를 보니 시각장
애인 봉사를 처음 하던 날이 생각난다. 어느 해, 시각장애인의 행
사인 '흰 지팡이 날'이었다. 수백 명이 넘는 시각장애인을 봉사
자들이 손에 손을 잡고 차량이 북적대는 대로를 지나 행사장까지
안내를 했다. 시각장애 1급 회원들은 누군가가 안내를 하지 않으
면 한 발걸음도 움직일 수 없다. 함께 한 하루였지만 그들의 고충
과 애환을 느낄 수 있었다. 옆에서 지켜 본 그들은 일반인들이 언
제든지 갈 수 있는 길도 혼자서는 엄두도 내지 못했고, 사시사철
변화하는 아름다운 계절도 육성으로 알려 주지 않으면 모든 사물
의 감지가 어려웠다. 그저 발끝에 부딪히는 돌부리로 고통을 호
소했다. 그들은 바람 부는 날을 좋아했다. 바람이 지나며 남기고
간 향기를 감과 촉으로 받아들이다 보면 세상 안에서의 자신의
존재가 느껴진다고 했다.

그들과의 산행은 결코 쉬운 일이 아니었다. 일반인보다 2시간
이나 더 걸린 장애인과의 화왕산 정상을 향한 사투! 스승이신 소
진 선생님께서는 이를 두고 '수필문학이 인문학적 성찰을 근간으
로 출발한다고 볼 때 작가는 항상 깨어있는 정신으로 자신이 숨
쉬고 있는 땅을 굳건히 두 발로 딛고 서 있어야 할 것이다. 이것이
바로 타 장르에 비해 수필이 크게 심적 힐링에 설득력을 지닌 이
유'라고 말씀하시면서 발문에서 이렇게 적고 계신다.

"박미정은 30년째 봉사활동을 해 온 사람이다. 그의 삶은 각종 봉사활동으로 점철되어 있다고 해도 과언이 아니다. 당연히 첫 수필집의 타이틀이 된 「억새는 홀로 울지 않는다」도 봉사활동을 주제로 한 작품이다. 시에서 주관하는 '시각 장애인 등반 행사'에 봉사자로 참여하게 된 경험을 살린 수필이다. 시각 봉사는 몸으로만 하는 것이 아니다. 앞이 보이지 않기 때문에 출발에서 마무리까지 고도의 집중력을 요하는 강성 노동이다. 장애인과 함께 정상을 향해 사투를 벌이는 모습이 눈물겹다."

- 발문 중에서

"한 시간쯤 지났을까. 땀이 범벅이 된 그가 바윗돌에 발이 부딪혀 몸의 체중 전부를 나의 팔에 실어왔다. 나 또한 나무밑동에 발이 걸려서 하마터면 좁은 산길에서 두 사람이 가파른 골짜기로 굴러 떨어질 뻔했다. 아찔한 현기증이 등줄기를 훑었다. 누가 먼저랄 것도 없이 제자리에 털썩 주저앉고 말았다. 환장할 환장고개가 코앞에서 애를 태우고 있었다. 차라리 포기하고 싶었다.

"그 놈의 정상은 어디에 있는가?'

퍼질러 앉은 채로 울고 싶었다."

"바람도 잠이 든 오르막길에서 두 사람의 신음 소리가 높아질 즈음 산정상이 눈앞에서 손짓을 했다. 나도 모르게 환희의 목소리로 부르짖었다.

"정상이 우리 앞에 있습니다."

'눈앞에 보인다'는 말은 차마 할 수 없었다. 그는 감격과 안도의 미

소를 지으며

"봉사자님 고맙습니다"

우리는 서로 얼싸안았다. 누가 먼저랄 것도 없이 어깨를 들썩이며 울음을 터뜨리고 말았다. 일반인 보다 두 시간이나 더 걸린 그와 나의 사투였다.

- 「억새는 홀로 울지 않는다」에서

「똥통 이야기」는 새댁 시절 시댁에서 있었던 일을 소재로 삼은 작품이다. 소진 선생님께서는 칭찬인지 비난인지 나를 두고 '부지런하고 배짱이 두둑한 작가' 라고 말씀하셨는데 어쩌면 이런류의 작품을 두고 말씀하신 건지도 모르겠다. 나는 먼저 88올림픽 이후부터 우리나라의 공중화장실이 서구형으로 바뀐 사실에 주목했다. 이어 춘천시에서는 '아름다운 화장실 공모전' 을 열어 '헨젤과 그레텔 화장실' 을 수상한 바 있는가 하면 화장실이 단순히 배설을 하는 곳만이 아닌 인간을 위한 공간으로 진화하여 좌변기 안의 센서를 통해 박테리아 및 당 수치를 점검할 수 있도록 준비단계에 있다고 밝혔다. 그러면서 나는 새댁 시절 시댁에서 있었던 「똥통 이야기」를 끌어 왔다.

"우려하던 일이 벌어졌다. 조심조심 흙담에 올라서는 순간 발을 헛디뎌 흙담이 와르르 무너지고 말았다. 나는 하마터면 똥통 위에 걸쳐져 있는 막대기 2개와 함께 똥통으로 빠질 뻔 했다. 황당하고 난감했다. 내일이면 설날이라 차례를 지낸 제관들이 뒷간 출입을 해야 할 텐

데 어찌하면 좋단 말인가. 비명 소리에 달려 나온 어머님은 뒷간이 폭
삭 내려 앉아 흔적도 없이 사라진 것을 보고는 기가 찬 듯이

"살다 살다 뒷간 부숴 먹는 며느리는 처음 본다"

고 하며 혀를 찼다.

- 「똥통 이야기」에서

출판기념회를 앞두고 학이사에서 수필집이 도착하던 날은 기
쁨에 들뜨면서도 울컥했다. 분에 넘치는 표지의 화사함 속에 소
진 박기옥 선생님의 웃는 모습이 겹쳤다. 무려 26매라는 선생님
의 발문 또한 감동의 쓰나미였고, 나를 성찰할 수 있는 계기가 되
었다. 구름 속을 헤매는 동안 출판기념회는 성황리에 끝이 났다.
사랑하는 지인들의 축하 속에 살아 있음에 감사하고 행복했다.
출판기념회를 갈무리하자 학이사에서 반가운 소식이 날아들었
다. 전국 서점에서 나의 수필집이 진열된 것이었다. 학이사에서
보잘것없는 졸작에 박차를 가해준 것이다. 겨드랑이에서 날개가
솟아나 하늘로 날아가는 환희의 순간이었다.

수필집을 낸 이후의 하루하루가 행복하다. 가끔씩은 낯선 번호
가 휴대폰에 뜬다. 궁금증에 받아 보면 독자라고 한다.

"작가님, 좋은 글을 써 주셔서 고맙습니다."

할 때에는 정말 작가가 되었구나! 실감이 났다.

올 겨울, 가족과 함께 간 광화문 교보문고에서도 『억새는 홀로
울지 않는다』를 만났다. 아들이 엄마의 수필집을 만지며 감격해

하던 모습이 눈앞에 삼삼하다. "물 들어올 때 배 띄워라"는 소진 선생님의 말씀이 귓가에 쟁쟁했다. 선생님은 머뭇거리는 나의 등을 떠밀면서 "박미정의 수필집 『억새는 홀로 울지 않는다』에는 소통과 포용, 그리고 다양함이 있다. 그는 태생적으로 삶을 진솔하고 유쾌하게 풀어내는 재능을 지닌 것 같다. 수필가로서의 대단한 장점"이라고 격려하시면서 더 깊은 철학적 사유와 뼈를 깎는 고통을 가지고 독자와 눈 맞춤을 할 수 있기를 요구하셨다.

표지 그림을 기꺼이 선물해 주신 백성혜 화가님의 소탈한 축하 말씀도 가슴을 적신다.

"수필집이 대박나면 국수 한 그릇 사세요."

대박 날 일도 만무하지만 그 고마움에 눈물이 났다. 나의 수필집을 읽고서 전국 문학 까페에 진한 감동의 독후감을 써 주신 김명숙 님과 졸작에도 불구하고 힘을 실어주신 학이사 신중현 사장님께도 진심으로 고마움을 전한다. 이제 나는 나의 설익은 수필집 『억새는 홀로 울지 않는다』로 수필을 향한 걸음마를 시작하련다. 이것이 내 인생의 새로운 시작이 될 것이다. 이제 또다시 시작이다.

콩알 밤이 스물세 개

남은우 지음
이상열 그림

〈2016. 12. 25.〉

고마운 24명의 동무들에게

입춘아! 우수야! 경칩아! 춘분아! 청명아! 곡우야! 입하야! 소만아! 망종아! 하지야! 소서야! 대서야! 입추야! 처서야! 백로야! 추분아! 한로야! 상강아! 입동아! 소설아! 대설아! 동지야! 소한아! 대한아!

24절기 그림동시집 『콩알 밤이 스물세 개』를 세상에 나오게 해준 24명의 고마운 동무들이다. 동무들 이상으로 고마운 '학이사'에도 이 지면을 빌려 감사를 전한다.

3년 전 여름, 하루하고 반나절을 꼬박 컴퓨터 앞에 앉아 있었다. 양산 대운산 아래 나의 서재로 문득 찾아온 24절기 동무들. 24명 한 명 한 명이 들려주는 시를 놓칠세라 받아 적었다. 그리고 2년 뒤 2016년 1월 〈24절기 그림동시 여행〉이란 제목으로 '경남문화예술진흥원 예술지원사업'에 전편을 응모했다. 사업자로 선정되며 학이사 첫 '기획동시집'이라는 행운도 얻게 되었다. 화가 쌤과의 연락두절, 표지디자인 지연, 여의치 않은 건강 등의 우여곡절을 겪으며 탄생한 『콩알 밤이 스물세 개』. 그림동시집 속으로 여행을 떠나보자.

"늦가을 점심상을 마주하고 꼬부랑 엄마가 물으십니다.

"밥도 안 생기는 글이 그리 좋으냐?"

시 쓰다 지천명이 된 딸년이 이럽니다.

"엄마가 밭에 사는 거와 같다."

그러면서 모녀는 처음으로 통했습니다.

　작가의 말 서문이다. 정말이지 처음으로 통했고, 시인의 삶을 이해받는 순간이었다. 엄마 별명은 '거름손 할망구' 다. 짓는 농사마다 대박을 낸다고 경로당 친구들이 붙여주셨다. 60년 베테랑 농사꾼 거름손 할망구가 시 짓는 딸년을 인정하기 시작했으니 앞으로 내 시작 인생은 탄탄대로다. 계산상으로 58권의 시집을 더 낳아야 거름손 할망구를 따라잡을 수 있다. 서둘지는 않겠다. 땅은 배신하지 않는다는 믿음으로 진심을 다해 글 농사를 지으려 한다. 그럼 『콩알 밤이 스물세 개』 같은 결실들이 차곡차곡 쌓여 갈 테니까. '거름손 할망구' 얘기는 기회가 되면 더 소개하기로 하고 본격적으로 책 속 여행을 시작하자.

　봄, 여름, 가을, 겨울 절기들이 각각의 제목을 달고 오순도순 모인 차례. 그 사이를 가로지르며 징검다리를 보는 듯 정다운 24개의 그림길이 달리고 있다. 그리고 이어지는 시는 입춘이다. 「문패 달기」란 제목을 단 시에서 상큼한 봄 냄새가 난다. '立春大吉' 이라고 멋들어지게 문패가 달린 나무 대문을 활짝 열고 선 그림 속 가족의 모습은 소망으로 들떠 있다. 잠시 쉬어가는 의미로 '봄 절기 시' 두 편과 '초여름 절기 시' 한 편을 맛보자.

올해 성적도
보나마나 우수다

산
들
녹이고

우리 할배 다랑논 얼음까지
도독도독 녹이는 것 보면

- 「우등생 봄비(우수)」 전문

올해 2017년에는 2월 18일이 우수다. '봄비가 내리고 얼음이 녹는' 우수를 지나면 경칩이다. 겨울 동안 누지 못한 똥을 누느라고 야단인 개구리들을 지나면 춘분. 이곳에는 달리기가 한창이다.

와아!
와아!

냉이꽃
민들레
제비꽃
꼬마 풀꽃들 응원하는 소리예요

달리기만 하면 지던 낮

밤을 마침내 따라잡았거든요

- 「달리기(춘분)」 전문

청명, 곡우, 입하를 지나니 소만이다. 탈탈탈 경운기 소리도 들리고 온 동네 다 알아먹게 오줌 줄기를 갈겨주라고 암소를 부추기는 시인. 경운기와 트랙터에 밀려 축사 감옥에 갇힌 신세가 된 소들을 들판 가득 풀어놓고 싶은 마음으로 가득한 시다. 사료가 아닌 풀을 뜯어먹고 살면 구제역 같은 병도 물리칠 수 있다는 메시지도 깔고 있다. 소뿔을 마주 당기며 놀고 마당 쓸던 대빗자루로 암소 등을 쓸어주는 게 일이었던 시인의 어린 날이 녹아 있는 시이기도 하다.

소야 소야!
벌떡 일어나렴

그렇게 고깃가루 든
사료 좋아하다간
푸줏간에 팔려간다

탈탈탈탈
종일 밭 가는 저 늙은 경운기
일 좀 거들어주렴

- 「소야 소야(소만)」 부분

이 정도 해석이면 21편 나머지 시들에 대해서 궁금해지실까? 궁금하시면 동시집을 펼치실 것이고, '콩알 밤이 스물네 개가 아니고 왜 스물세 개지? 시인이 실수해서 한 개를 빼먹었나?' 하는 의문에서도 풀려날 것이다. 아이들은 24절기를 알아서 좋고 어른들은 '그랬지, 그랬어! 절기에 맞춰 모내기를 하고 보리타작을 했어…' 힘들었지만 가족이 하나로 뭉쳤던 시절을 떠올릴 수 있다. 일반 동시집에서 구경할 수 없는 전문 화가의 그림이 곁들여져 감상 재미를 더한다. 성과라면 달력에서만 고물거리는 24절기를 그림동시로 불러냈다는 거다. 도서관이며 아이들 품으로 콩알 밤이 굴러가고 있다. '아부다비 국제 그림책 전시회' 출품도 앞두고 있다. 떼구르르 떼구르르 지구 곳곳으로 신나게 굴러가기를. 밀린 원고 쓰기와 이런저런 일들에 치여 서점 나들이 한 번 제대로 못한 이월이었다. 작가와의 만남도 추진해 보고 적극적인 홍보도 해야겠다. 대통령 탄핵으로 하루도 조용할 날 없었던 2016년 크리스마스에 태어난 두 번째 책 아이! 백만 송이 촛불과 성탄 종소리 머금고 아름다운 행진을 시작해 봄의 길목으로 들어섰다. 여름으로 가을로 겨울로 24절기를 쉼 없이 알리는 효자 그림책이기를 소원한다.

언니들이 들려주는 얼렁뚝딱 동화

이소연 외 지음

〈2016. 12. 25.〉

여고생들이 쓴 신선하고 발칙한
한글·영어 합본 페러디 동화

천안의 복자여고(교장 윤성화·천안시 성황동) 학생들이 가난으로 책한 권도 접하기 어려운 해외 아동들을 위해 직접 영어동화를 쓰고 단행본까지 출판해 화제이다. 복자여고 영어동화 봉사 동아리 'Fairy In Tales'는 영어동화책 '언니들이 들려주는 얼렁뚝딱 동화'(학이사·이하 언니동화)를 최근 정식 출판했다. 언니동화는 백설공주, 잭과 콩나무, 인어공주, 흥부놀부까지 많은 이들에게 익숙한 13개 동화를 담고 있다. 동화 내용이 그대로 실린 것은 아니다. 요즘 언니들인 여고생들이 때로는 신선하게, 때로는 발칙한 상상과 유머를 더해 새롭게 썼다. 동화의 기본 틀은 차용했지만 반전과 패러디가 돋보인다. 언니동화 출판에는 동아리 회원 30여 명모두가 참여했다. 13명 학생들은 영어로 동화를 썼고 다른 학생들은 그림이나 교정으로 참여했다. 이들 학생들은 학기초인 3월부터 영어동화책 출판을 준비했다. 동아리 자체가 영어 동화책 출판을 목표로 태동했다. 학생들이 영어 동화책 출판에 의기투합해 동아리까지 결성한 데에는 아름다운 사연이 숨어 있다. 복자여고는 해마다 겨울방학 기간 학생들 가운데 일부가 필리핀 쿠숀시티로 해외 봉사를 다녀온다. 동아리의 기장인 이소연(2학년) 양은 "필리핀 봉사를 다녀온 친구들에게서 현지 아이들이 낙후된 환경으로 읽을 책이 없다는 이야기를 들었다"며 "우리가 영어 동화를 써 책을 출판해 선물하면 어떨까 상상했고 주변에 뜻을 밝혔더니 금새 동아리 회원들이 모집됐다"고 말했다. 회원 모집은 수월했지만 책 출판은 쉽지 않았다. 동아리 회원 전부가 동화는 한 번도 써 본 경험 없는 초보 생짜 작가들. 모둠을 구성해 무턱대고 창작동화와 패러디 동화 쓰기에 도전했다. 결과물은 신통치 않았다. 동화쓰기가 만만한 일이 아님을 절감했다. 길은 고수의 도움으로 열렸다. 동시와 동화집 여러 권을 출판한 김미희 작가를 지난해 여름 초청해 특별 강의를 들었다. 김미희 작가의 조언으로 패러디 동화로 방향을 정하고 본격적인 글쓰기에 돌입했다. 한 편의 동화가 얼개를 갖추면 서로 돌려보며 다시 쓰고, 고쳐 쓰기를 반복했다. 동아리를 지도하는 복자여고 박지성 교사는 어색한 영어 표현을 다듬어 줬다. 가장 큰 도움은 역시나 고수. 김미희 작가는 전자우편을 통해 학생들과 동화 초고본을 주고 받으며 완성도를 높였다. 출판사도 김 작가가 소개했다. 출판사는 학생들의 동화 쓰기 취지에 공감해 흔쾌히 출판에 나섰다. 2016년을 학과 수업 외에 틈틈이 영어동화책 만들기로 보낸 'Fairy In Tales' 동아리 학생들은 요즘 책 판매에 열성이다. 동아리 회원 이영서(2학년) 양은 "정가가 1만 2000원인 책을 친구들에게 저자 특별 할인으로 1만 원에 팔고 있다"며 "판매대금 전액으로 '언니동화'를 구입해 오는 2월 떠나는 복자여고 필리핀 봉사단 편에 책 선물을 보낼 계획"이라고 말했다. 영어동화 쓰기와 책 출판을 처음 경험한 홍예린(2학년) 양은 "한 번에 그치지 않고 새로 들어오는 신입 회원들에게도 영어동화쓰기가 이어져 필리핀 아이들에게 새로운 책을 꾸준히 선물했으면 좋겠다"고 말했다.

- 윤평호 기자 (대전일보 2017년 1월 17일자)

세상에서 가장 아름다운 사람은 누구일까요?

이 세상 어떤 사람에게 물어보아도, 모두들 백설공주라고 대답하지요. 녹음기를 틀어놓은 것처럼 말이에요.

왕비의 말하는 요술거울도 마찬가지였답니다. 왕비가 거울에게 물어보면 거울은 항상 '백설공주랍니다!' 라고 답했어요.

사람들은 백설공주를 좋아했어요. 왕자들도 그녀를 좋아했어요. 심지어는 동물들도 그녀를 좋아했답니다. 단 한 사람, 왕비만 빼고요.

왕비는 세상에서 가장 아름다운 사람이 되고 싶어서 많은 것들을 했답니다.

파티를 열고 드레스를 샀죠. 세상에서 가장 화려한 드레스를 입고 왕비는 거울 앞에 섰어요.

"거울아, 거울아, 세상에서 누가 가장 예쁘니?"

"백설공주입니다, 왕비님."

거울은 망설임 없이 대답했어요.

거짓말을 못 하는 거울의 대답을 듣고 왕비는 화가 났어요.

"옷도 나를 가장 아름답게 만들어줄 수 없단 말인가!"

그 다음 왕비가 생각해낸 방법은 화장하기였어요.

"거울아, 거울아, 세상에서 누가 가장 예쁘니?"

"백설공주입니다. 왕비님."

왕비의 입이 부르르 떨렸어요.

"내가 이렇게 화장을 했는데도 백설공주가 나보다 더 예쁘다고?"

왕비는 온 세상의 보석상을 뒤져 온갖 아름다운 장신구와 보석을 끌어 모았어요.

"거울아, 거울아, 이제 내가 세상에서 가장 예쁘지?"

"아직도 백설공주가 가장 아름답습니다, 왕비님."

왕비는 화가 나서 소리쳤어요.

"왜 내가 백설공주보다 더 예쁠 수 없는 거야!"

"백설공주를 당장 데려오너라!"

왕비는 백설공주를 못생기게 만들어야겠다고 생각했어요. 백설공주가 못생겨지면 자신이 가장 예쁠 테니까요.

신하들이 백설공주를 끌고 왔어요.

"받아라. 이 사과를 먹도록 해라!"

왕비는 세상에서 가장 예쁘고 강력한 독사과를 내밀었어요. 이 사과는 보기에는 예쁘지만, 한 입만 먹어도 못생겨지는 신기한 독사과였답니다. 왕비는 예쁜 공주가 예쁜 사과를 먹고 못생겨지는 모습을 보고 싶었어요.

Who Is The Most Beautiful Person?

Everyone says it is Snow White. No matter who you ask, the answer will always be the same.

The Queen's talking magic mirror said the same, too. When she asked the mirror, the mirror would always answer,

"It's Snow White."

Everyone loved Snow White. The Prince loved her. Even animals loved her. Everyone loved her except for one person, the Queen.

The Queen did a lot of things to be the most beautiful person in the world.

She threw a party and bought a dress. She stood in front

of the mirror, wearing the fanciest dress in the world.

"Mirror, mirror, who is the most beautiful person in the world?"

"It' s Snow White, Your Majesty."

The mirror answered without hesitation.

The Queen was angry at her mirror' s honest answer.

"The dress cannot make me beautiful!"

The next way for her to make herself beautiful was to put a make-up.

"Mirror, mirror, who is the most beautiful person in the world?"

"It' s Snow White, Your Majesty."

The Queen' s lips quivered.

"Snow White is still more beautiful than me even if I put on a make-up?"

The Queen searched through every jewelry shop and gathered every beautiful jewelry and accessories in the world.

"Mirror, mirror, now I am the most beautiful in the world, right?"

"Still, Snow White is the most beautiful, Your Majesty."

The Queen shouted in anger.

"Why can' t I be more beautiful than Snow White!"

"Bring Snow White right now!"

The Queen decided to make Snow White ugly. She would be the most beautiful person in the world if Snow White become ugly.

The servants brought Snow White.

"Take this. You shall eat this apple!"

The Queen handed the most beautiful but strongly poisonous apple. This apple looked beautiful, but it was the apple that makes a person ugly even with one bite. The Queen wanted to see the pretty princess become ugly by eating the pretty apple.

- 「세상에서 가장 아름다운 사람은 누구일까요?」 중에서
-「Who Is The Most Beautiful Person?」

대구의 건축, 문화가 되다

최상대 지음

〈2016. 12. 28.〉

도시의 경쟁력, 건축

2013년 『건축, 스케치로 읽고 문화로 느끼다』를 발간했다. 그리고 3년 후 2016년 『대구의 건축, 문화가 되다』를 발간하며 학이사와 함께 두 권의 책을 만들었다. 첫 번째 책에서는 건축 문화에 관련한 다양한 글과 유럽 일본 중국 등의 건축기행 스케치를 다양하게 담았다. 이번에 펴낸 『대구의 건축, 문화가 되다』에서는 대구의 건축물과 장소 32개에 관련한 글과 스케치이다.

- 우리의 건축은?

건축建築을 '세울 건建, 쌓을 축築' 이라 표현한다. 단순히 세우고 쌓는다는 기능의 형이하학적形而下學的 표현이라 하겠다. 또한 우주宇宙를 '집 우宇 집 주宙' 라 표현한다. 무한대 우주공간의 근본은 집이라는 형이상학적形而上學的인 표현이다. 따라서 건축 (Architect)은 집을 짓는다는 의미를 벗어나 형이상하形而上下를 넘나드는 범 우주적으로 해석하고 있는 것이다.

건축은 곧 도시를 구성하는 기본적 요소이다.

아름다운 도시 살기 좋은 도시는 훌륭한 건축 공간들로 이루어지는 것은 당연하다. 현대는 국가 경쟁력의 시대를 넘어서서 도시 경쟁력의 시대이다. 현대의 도시들은 저명 건축가를 초빙하여 문화적 건축, 랜드마크적 건축물들을 세운다.

관광객들은 찾아가는 도시는 곧 역사적 건축, 문화적 건축, 현대 건축이 있는 곳들이다. 따라서 유명 도시라함은 곧 유명건축물이 있는 도시를 일컫는 것이기도 하다. 바티칸성당, 콜로세움, 루브르박물관, 에펠탑, 가우디성당, 시드니오페라하우스, 군겐하임미술관, 나오시마의 미술관, 등은 창조된 유명 건축 작품들로 그 도시와 지역을 대표하고 있다.

가끔 이런 질문을 받는다. 왜 대구에는 바르셀로나의 가우디 성당 같은 작품을 못 짓나? 신천 변에 빌바오 군겐하임 미술관처럼 멋진 미술관을 만들면 안 되나? 나오시마 지추미술관 안도 건축가 초빙은 못 하나? 수년 전 안도의 이우환미술관 건립 계획은 우스꽝스럽게 중단되어 버렸다.

- 우리의 도시는?

매년 살기 좋은 도시 순위가 발표되고 있다. 그 기준이 다르기도 하지만 '도시 생산 활동의 기본 요소와 삶의 질을 위한 장기계획이 잘 진행되고 있는 도시', '쾌적한 자연경관과 아름다운 건축들이 조화를 이루고 있는 도시' 들이라 한다. 서구의 이러한 도시들은 유구한 역사의 민주화, 경제화, 복지화까지 잘 이룬 계획도시들이다. 대구의 도시계획은 미래를 향하여 변화 발전하고 있다. 신서혁신도시, 이시아폴리스, 테크노폴리스, 알파시티, 건축은 도시에 기여하고 도시는 시민의 행복한 삶을 위하고 있는가? 도시를 구성하는 개별 건축과 공간 경관에 더욱 중요한 가치를 두어야하는 시대이다.

- 건축문화를 위하여

지금도 우리의 도시에는 항상 새로운 건축물이 세워지거나 문화적 공간이 생겨나고 있다. 필자는 건축가의 시각에서 대구의 건축과 도시를 유심히 봐왔다. 항상 새로운 건축과 장소를 답사하고 글을 쓰고 스케치를 하고자 하였다. 이 책으로 하여금, 시민들에게는 건축문화의 수준과 안목이 높여지기를 바라는 것이다. 건축가들에게는 좋은 건축 창작에 대한 책임과 의욕의 계기가 되었으면 좋겠다. 결과적으로는 문화도시 대구의 위상을 높이는 주역으로서의 좋은 건축, 훌륭한 공간과 경관이 많이 탄생하여 아름다운 도시, 행복한 도시가 되기를 기대하는 것이다.

이 시대의 건축은 토목공학이 아니라 인문학이다. 건축은 인간의 삶을 담는 그릇이며 건축이 만든 환경 속에서 살아가고 있다.

- 책을 내고 나서

2016년 11월에 발간을 목표하였으나 연말의 바쁜 사정으로 늦어져 올해 1월 중순 책이 나왔다. 책을 소개하는 1분 20초 분량의 북 트레일러(소개영상)를 제작하여 스마트폰으로 전달하고 페이스북에 소개하였다. 출판회를 고려하였으나 일반적인 축하 모임의 행사는 과히 문화적이지 않은 것 같아 포기를 하였다. 1월 말 설날을 지나고 2월 6일 영풍문고(대구백화점 본점 지하)에서 저자 사인회를 개최하였다.

당연히 저자 사인회는 저명 작가나 유명인들이 하는 행사라는 선입관으로 망설여질 수 밖에 없었다. 과연 몇 명이나 참석할 것인가? 지인들에게 부담을 주지 않을까? 여러 가지 사유들로 간단하지는 않았다. 일정과 장소성 진행 등등 학이사의 긴밀한 협조로 잘 치를 수가 있었음에 감사드린다.

각 언론에서 서평으로 인터뷰로 지면을 할애하여서 많은 관심을 가져주었다. 지면마다 책의 내용과 함께 컬러 스케치가 배치되어서 독자들에게는 시각적으로 기사를 보는 흥미를 함께 가질 수가 있었던 것 같았다. 지역 TBC-TV의 프로그램에서는 책 속에 등장하는 장소를 직접 찾아가며 현장 제작한 프로그램이 방영이 되었다. 책의 주제인 '대구의 건축'에 대하여 대학과 문화강좌의 특강과 기고 요청들은 책을 내고 나서의 반가운 결과들이다.

- 책을 만드는 일은 집을 설계하는 일이다

도서출판 '학이사'와 함께 책을 만들면서 어쩌면, 책을 만드는 출판사의 일이나 집을 만들기 위해 설계하는 일이 크게 다르지 않다는 생각을 하게 된다.

출판을 의뢰하는 저자(건축주)가 있어야하고 책(설계)를 위한 편집(설계)이 시작된다. '갑' 과 '을' 의 관계가 성립되는 딱딱한 계약서가 작성된다. 아이디어(계획)를 짜내야하고 지속적인 편집 교정(디자인) 과정에 시간은 늘 부족할 것이다. 함께 작업하는 직원들에게 늘 미안하다. 야근, 특근 없이 완성되어지는 일은 어느 하나도 없을 테니까. 그래서 책임자(대표)에게는 주말 공휴일은 적용되지 않는다. 사무실에 나와서 컴퓨터 앞에 있어야 마음이 편안할 것이다.

책을 만드는 일은 문화사업이요 지식을 만드는 일이다. 그러나 저자는 '갑' 되고 출판사는 '을' 이 되어서 일이 시작된다. '갑' 과 '을' 은 책이 완성될 때까지 대화하고 요구를 받고 설득도 하고 절충을 해야 한다. 계약을 하고 비용을 받고 행하는 작업이지만 출판사는 사업자라고 치부되기는 싫은 것이다. 독자들에게 사랑받는 좋은 책의 탄생이 곧 사업적인 것이다.

마인드와 궁합이 딱 맞는 '갑' 을 만나면 더없이 행복한 작업이 될 것이다. 행복한 작업은 좋은 책으로 탄생(발간)되고, 독자들이 그 책을 찾게(판매)되고, 작가도 출판사도 성공적인 결과(베스트셀러)면 오죽 좋겠는가? 신문에 대문짝만하게 서평이 실리고, 방송에서 소개되고, 우수도서로 선정되기도 할 것이다. 건축에서도 그렇다. 집이 잘 지어지고 나서, 건축 작품상에 선정되고, 그 건축물을 보고 새로운 건축주가 집을 설계하기 위해 찾아온다면… 가장 성공적인 결과일 것이다.

큐피드:아홉 개의 성물

방지언 지음

〈2017. 01. 10.〉

역시 운명이군요

　'우연이 3번 겹치면 운명'이라고 합니다. 그런데 무슨 3번씩이나 겹쳐야 운명인가, 사실 우연이란 단어 자체가 이미 일정한 운명성을 내포하고 있는 것이 아닌가, 하는 게 평소 저의 지론입니다. 남들은 이런 저를 '운명론자'라고 부릅니다. 운명이란 엄청나게 경이롭고 위대한 신의 역사가 아닙니다. 사소한 계기나 촌스러운 관습으로 우연히 행해진 모든 일이 결국엔 필연적 인과관계를 형성하므로, 그런 것을 운명이라고 밖에 설명할 수 없지 않을까요.

　글 써서 밥벌이하는 사람이 된 것은 순전히 우연입니다. 유년 시절 1980~90년대 한국을 강타한 『의천도룡기』 등의 중국발 무협물에 홀딱 빠져있었는데, (그 전엔 「후레쉬맨」을 위시한 일본 전대물에, 그 후엔 「배트맨: 다크나이트」 등의 헐리웃 히어로물에 비슷하게 빠져들었던 것 같습니다.) "나도 저런 류의 이야기를 써보고 싶다." 정도의 가벼운 선망을 느꼈지만, 그런 선망을 느낀 사람들이 모두 전업 작가가 되는 것은 아닙니다. 그랬다간 전국의 독자 수보다 작가 수가 더 많아질 테고, 저처럼 씨앗만한 재능을 겨우겨우 부풀려내는 작가는 먹고 살 길이 없어집니다. 그렇다면 대관절 어떤 계기로 작가가 되었는가? 본격적으로 물어온다면 대답이 궁색합니다. 물론 남들에 비해 조금 더 특별한 모티브야 있었겠지만(…있었나?) 그것조차 사소하고 우연찮기 짝이 없습니다. 그러니까, 아무리 생각해봐도 작가가 된 건 제 인생에 어쩌다 일어난 사건입니다.

물론 얼렁뚱땅 작가가 되었다고 해서 글도 얼렁뚱땅 썼던 것은 아닙니다. 아무튼지 프로의 세계는 냉정하니까요. 전장에 뛰어든 전사처럼 용맹하게 돌진하는 다른 작가들 사이에서 '일단' 깔려 죽지 않으려면 어떻게든 저도 필사적이 되어야 했습니다. 우스꽝스럽게 스텝이 꼬여 나자빠지고, 옆 동료의 팔꿈치에 뒤통수를 정통으로 가격당하고, 적군이 날린 수류탄에 맞아 만신창이가 되기도 했습니다. 그런 식으로 (매분 매초가 시한부인 기분이지만 어찌됐던) 살아남아 지금도 글을 써서 밥을 먹고 있습니다. 평균 이하로 어설프고 모자란 제가 이 무지막지한 세계에서 여태껏 안 죽고 배긴 이유라면 오직 하나, 그럭저럭 보호 장치를 갖추고 있던 까닭이라고 생각합니다. 보호 장치란 건, 바로 '독서'입니다.

어릴 적 유독 어른들이 하지 말라는 것만 골라서 했는데 그 중 독서가 단연 1위였습니다. 당연히 책 읽기 자체를 말린 건 아니고 식사 시간에, 수업 시간에, 시험 기간에 하니까 문제가 됐던 것입니다. 그 정도로 온종일 손에서 책을 놓지 않았습니다. 수능 언어 영역에 나온 지문 대부분이 13살 이전에 읽은 책들이니 독서량이 상당히 많았다고 생각합니다. 아무튼 그렇게 닥치는 대로 책을 읽으며 세상과 소통하고, 타인과 연결되고, 어마 무시한 시스템을 버티어내는 테크닉을 자연스럽게 습득한 것입니다. 한마디로 독서가 저의 '배트맨 슈트' 였던 것이죠. 그랬던 제가 20년 뒤 우연한 계기로 '학이사' 라는 멋진 인연을 만나, 또 다른 이의 영감에, 소통에, 꿈에 보호 장치를 달아주는 소설책을 출관하게 됐으니 정말이지 '역시 운명이군요.' 라고 밖에 달리 표현할 수 없습니다.

올해로 전업 작가가 된 지 10년 차입니다. 간신히 발을 딛고 일어서던 그때부터 '학이사' 가 근사한 현판 아래 대문을 활짝 열고 저를 기다린 장면을 상상하면 마음 한 구석이 뭉클해져 옵니다. 최근 다양한 매체의 출현으로 책을 둘러싼 환경이 크게 변했습니다. 하지만 외계인이 지구를 침공하고 화성으로 신혼여행을 떠나는 먼 미래에도, 종이와 활자로밖에 주고받을 수 없는 이야기가 분명히 존재합니다. 어려운 시대지만 세계의 근본은 책이고, 인류는 책을 통해 존엄성을 보전한다는 진리는 변하지 않습니다. 지난 세월 신중현 대표님께서 걸어오신 길은 가장 올바르고 아름다운 길이었습니다. 인류의 일원으로서 감사와 존경을 표합니다.

'학이사' 의 10주년을 진심으로 축하드립니다.

사실은 말이야

박영옥 지음

〈2017. 02. 15.〉

날마다 다른 냄새, 날마다 다른 소리

아이들이 어른 만큼 바쁘고 힘든 세상이 참 걱정이었다. 내가 어릴 때에는 친구들과 고무줄놀이를 하다가 해가 져야 집에 들어가곤 했는데 지금의 아이들은 공부에 지쳐 해가 지는 줄도 모르고 사는 것 같다. 아이들 얼굴에 웃음이 피어나는 상상을 하며 이 동시집을 내게 되었다.

책이 나오기까지는 엄청난 시련이었다. 시도 그림도 내게는 아직 부족하고 서툴고 다시 보아도 세상에 내 놓을 용기가 나질 않았다. 아이를 낳을 때 '산고'라고 하는 그 시간이 되새겨졌다. 하지만 책이 나오고 나서의 또 다른 불안이 기다리고 있었다.

좀 더 퇴고를 했어야 했는데… 그림도 좀 더 창의적이어야 했는데…

그림 그리는 걸 어릴 때부터 좋아했지만 초등학교 때에는 크레파스도 색연필도 물감도 제대로 없어서 색깔을 마음대로 골라 쓸 수가 없었다. 풍경화를 그려야 하는데 초록색과 연두색이 없어서 건물만 가득 그렸던 기억이 나지만 그때는 가난이 그렇게 아프다는 생각을 하지 못했다. 오히려 그림에 대한 불씨 하나 가슴 한 켠에 숨겨 두었을 뿐. 그 후에도 미술을 배울 기회를 갖지 못하고 교직에 들어섰다. 미술 시간에 아이들이 그리는 걸 옆에서 보면서 조금씩 그려 보던 정도였지만 이번 첫 시집으로 덜컥 도전하게 되었다.

마음먹은 대로 그림이 나오지 않았고 상상력이 미흡했던 부분이 못내 아쉽고 마음에 걸린다. 그러나 가족의 격려와 함께 공부한 문우들의 응원이 큰 힘이 되었다. 따뜻한 문자와 메일, 편지까지 받으며 감격스러웠다. 지금은 부족할지라도 앞으로 더 열심히 하라는 새로운 메시지를 확인하게 된 셈이다.

혜암 최춘해 선생님께서는 책을 끝까지 읽으시고는 시가 이해하기 쉽다는 말씀을 해주셨다.

신현득 선생님께서는 「셋이서」를 직접 적어주시며 용기를 주셨다.

막대기 셋이
나무 따라왔다

흔들릴까 봐 하나
넘어질까 봐 하나
부러질까 봐 하나

옮겨 심은 나무 지키려고
셋이서 머리 맞대어
용쓰고 있다

권오삼 선생님께서는 작품들이 간결한데다가 깔끔해서 좋았고 그림도 깔끔, '특히 좋았던 것은 군더더기 같은 해설'이 없어서 마음에 든다고 메일을 보내주셨다.

김종상 선생님께서는 「우산이 뿔났다」 중에서 다음 부분을 인용하시며 속된 인간사를 보는 것 같다고 엽서에 적어 보내주셨다

비 올 때
손잡고 와서는
비 그치자
혼자 가버렸다

정휘창 선생님께서는 날로 봄이 가까워지고 있다고 하시며 「시골 학원」이 좋아 생각하며 즐기고 있으시다고 원고지 편지에 적어 보내주셨다.

첫째 시간 송아지 구경하기
둘째 시간 옥수수 빨리 까기
셋째 시간 강아지와 잡기 놀이하기
넷째 시간 개울에 발 담그고 피라미 잡기

- 「시골 학원」의 일부

수필가 견일영 선생님께서는 주제를 형상화하는 방법이 달라

호기심을 더해준다는 말씀을 편지로 보내주셨다. 책머리에 중에서 '기억상실증에 걸리고도 상을 받은 다람쥐를 소개해 줄 테니 한번 만나봐요' 라는 부분을 짚어 주셨다.

개인적으로 책머리 중에 아이들에게 꼭 알려주고 싶었던 것이 있었는데 다음과 같다.

하늘에서는 별이 빛나고
지구에서는 여러분 가슴이 빛난다는 걸 알고 있나요?
서로 다른 소중한 빛을 가지고 있다는 걸
그 빛으로 세상 어디든지 비출 수 있다는 걸

요즈음 흙수저, 금수저라는 말이 많이 나온다. 아이들을 가장 기운 없게 할 말이 아닌가 생각한다. 이미 타고난 또는 만들어진 조건에 아이들의 미래가 달려 있다는 슬픈 말이다. 더 나은 세상이란 수저의 성분을 따지지 않고 따뜻한 밥 한 끼 먹는데 없어서는 안 될 귀중한 것이 수저라는 당연한 가치가 받아들여지는 세상! 그런 세상인데… 정직하게 땀 흘린 만큼, 할 수 있는 힘을 다해 노력한 만큼 결과를 가지는 세상! 상식이 통하는 공정한 세상에서 아이들이 살기를 바란다. 그래서 아이들 한 명 한 명이 가지고 있는 눈부신 잠재력이 마음껏 펼쳐질 수 있기를 간절히 원한다.
나의 책 속에는 친구, 가족, 그리고 동물, 식물, 자연과 사물에 관한 소재가 많은 편이다. 개, 다람쥐, 호랑이, 나방, 두꺼비, 코알라, 배추흰나비, 민들레, 배롱나무, 참깨, 코끼리, 물개, 벌, 우렁이, 슬리퍼, 국그릇… 하나 하나마다 아이들과 어른이 함께 느끼는 생각을 담아 보려 애썼다. 아이가 어른 같기도 하고 어른이 아이 같기도 하다. 동시를 아이와 어른이 함께 보며 서로 마음이 통할 수 있기를 기대해 본다. '머피의 법칙' 이나 '어부지리' 의 뜻을 시의 내용과 관련지어 제목을 붙여 보는 시도도 해 보았다.

앞산 가는 길에 아주 조그만 도서관이 있다. 크기는 공중전화 부스의 1.5배 정도이고 책은 조금 밖에 없고 의자 하나, 빗자루도 하나 놓여 있다.

올라가고 내려가며 자세히 들여다 보았다. '숲속 도서관' 이라고 적혀 있는데 이름이 예쁘다는 생각이 들었다. 그리고 도서관에 책은 적지만 책 대신 산 하나를 통째로 가지고 있다는 느낌을 가지고 처음에는 제목을 '아주 조그만 도서관' 이라 했다가 고민 끝에 '어마어마한 도서관' 으로 바꾸었다. 그 중 일부는 다음과 같다.

> 문 안에는 책이 조금이지만
> 문 밖에는 산만큼 꽂혀 있다
>
> 꽃냄새 책 나무 냄새 책
> 새소리 책 바람 소리 책
>
> 날마다 다른 냄새

나의 시에 유난히 할머니가 여러 번 등장한다. 그 이유는 어린 시절 아버지 직장이 서울로 옮겨지며 오 남매 중 동생 셋은 엄마와 서울로 따라가고 큰 남동생과 맏이인 나만 대구에 남아 할머니 곁에 지내던 시절이 있었다. 머리도 직접 땋아주시고 소풍 때는 따라 오시고 교실에도 오셔서 자꾸 맨 앞 가운데에 앉혀 달라고 떼를 쓰시던 모습이 눈에 선하다. 그때는 아이들이 너희 할머니 엄마 또 오셨다고 놀리는 바람에 속도 상하고 얼마나 창피했는지 모른다. 훗날 돌아가시고 나서야 그때 할머니의 마음이 어떠하셨는지 감히 헤아려 볼 수 있었다. 힘든 살림에 남은 손주 둘을 칠순의 나이로 키우시려니 얼마나 고단하셨을까 가슴이 먹먹하다.

지나가 버린 것은 어쩔 수 없는 과거이지만 힘들 때 한 번씩 몰래 꺼내 보는 선물상자와 같다. 꺼내 보고 마음 아파하기도, 행복해 하기도, 그리워하기도 하는 그런 것일지도. 그러면서 위로를 받는 것이리라.

차별 받는 '나방' 이 사람들에게 경고한다. 겉모습만 좇다가 속에 담긴 마음마저 잊는 건 아닌지. 필요 없는 것에 집착하다 중요한 걸 잃어버리는 건 아닌지.

불빛을 좋아할 뿐인데
낮보다 밤에 돌아다닐 뿐인데

사람들은
나비만 좋아해요

공부 시간만 있고 쉬는 시간이 없다면 얼마나 지루할까? 쉬는 시간만 있고 공부 시간만 있다면 좀 허무하지 않을까? 우리들과 책이 '닮았다'.

가지런할 땐
공부시간

들쑥날쑥할 땐
쉬는 시간

넘어지는 것도
기대는 것도
닮았다.

넘어져도 괜찮다. 일어나면 되니까. 기대며 살 수 있다는 건 또 얼마나 다행한 일인가. 그렇게 사는 것이 우리들의 모습이므로, 건강한 삶이므로….

마지막으로 이 동시집을 읽었으면 하는 날이 있다.

비 오는 날, 따뜻한 아랫목에 배를 깔고 좋아하는 노래를 흥얼거리며 읽어 볼 수 있기를 기대하며.

청소부 아빠

이명준 지음
김경우 그림

생각하는 모든 게 가능한 어린이들의 꿈

1. 동화를 쓰자

자원봉사 활동의 일환으로 소년원을 찾아갈 기회가 있었다.

처음 소년원을 방문하던 날, 그곳에 있는 아이들을 보고 적잖이 놀랐던 기억은 지금도 잊을 수가 없다. 소년원을 찾기 전, 그곳에 수용되어 있는 아이들은 표정이나 언행이 다소 거칠 것이라고 생각했다. 하지만 그런 염려는 소년원을 들어서는 순간 여지없이 무너졌다.

소년원이라는 그곳의 이름도 ○○소년원이나 ○○교화원이 아닌 ○○중학교였다.

학교에 들어서는 순간, 학교의 분위기나 학생들의 모습은 다른 평범한 중학교와 조금도 다르지 않았다. 가끔 흙바람을 일으키는 운동장에선 이웃집 아이 같은 소년들이 노란 체육복을 입고 축구를 하느라 낯선 손님들의 방문은 안중에도 없었다.

흔히 말하는 비행 청소년. 어린 나이에 죄를 짓고 소년원에 수용되어 있는 아이들이다. 비록 한순간의 실수로 법에 저촉되는 일을 저지르고 죄인이라는 낙인이 찍혀 교정 교육을 받고 있는 아이들이었지만 그들은 안타까울 정도로 순박하고 해맑은 아이들이었다. 소년원을 둘러보는 동안 몇몇 아이들과 눈인사를 주고받을 기회는 있었지만 깊이 있는 대화는 주고받을 수가 없었다. 소통은 없었지만 그 아이들의 표정에는 무언가 말 못할 사연이 있을 것만 같았고 스스로도 어쩔 수 없는 환경에 놓여 있으리라는 생각이 적잖이 들었다. 하지만 서로의 속마음은 전하지도 듣지도 못하고 돌아설 수밖에 없었다.

제도화된 사회에서는 자신이 하고 싶은 대로 하다보면 자신도 모르게 경계를 벗어나 일탈의 길로 접어들기 마련이다. 어른들은 어떤 방법으로든 자라나는 아이들이 방황하게 해서는 안 된다. 어느 누구도 자신의 의지로 이 세상에 태어난 사람은 없다. 어린 아이들이 바른 마음으로 옳은 길을 걷게 하는 것은 어른들의 의무이자 책임이다. 성장기에 있는 청소년들에게 가슴 따뜻한 말 한마디 전할 수 있는 방법이 없을까?

한동안 고심하던 나는 동화를 쓰기로 마음먹었다.

2. 도움의 손길들

2006년 늦가을. 대구교대에서 문예창작아카데미가 개설된다는 소식을 접하고 한달음에 달려갔다. 작가를 꿈꾸는 30여 명의 문청들이 한 자리에 모여 뜨거운 창작열을 불태우기 시작했다. 그곳에서 문예창작을 공부하면서 시간이 날 때마다 동화를 쓰기 시작했다. 경험도 없는 예비 작가가 동화를 쓴다고 알아줄 사람은 없겠지만 동화를 쓰고자 하는 동기는 충분했다.

첫 번째 동기는 마음 따뜻해지는 동화를 써서 자라나는 청소년들에게 세상을 바로 볼 수 있는 눈을 뜨게 해주고 싶은 희망이었다.

두 번째 동기는 두 딸아이들이 초등학교 교사가 되는 것이 장래의 꿈이라고 하니 장차 두 딸들이 선생님이 된다면 적어도 자신이 가르치는 아이들에게 아빠가 쓴 동화 한 편은 읽어 줄 거라는 믿음이었다.

세 번째 동기는 한창 공부할 시기에 있는 자녀들이 공부하는 시간에 부모가 집에서 TV를 보든가 잠을 자기보다는 책상에 앉아 글을 쓰고 있다면 자녀들의 공부에도 도움이 되리라는 신념이었다.

그 세 가지 믿음은 적중했다. 10년이 지난 지금 두 딸아이들은 어엿한 선생님이 되어있고 중학생이던 막내아들은 자신이 원하는 대학에 들어가 열심히 공부하고 있다. 뿐만 아니라 늦은 나이에 밤마다 글은 쓴다고 끙끙대던 아빠는 그사이 신춘문예를 통과하고 동화집까지 출간한 동화작가가 되어있다.

'하늘은 스스로 돕는 자를 돕는다' 고 했던가? 대구교대에서 열심히 작문 공부를 하던 중에 우리나라 아동문학계를 대표하는 훌륭한 선생님들을 만날 기회가 생겼다. 경산에 있는 모 대학 평생교육원에서 동화창작교실을 개설한다는 소식이 들렸다. 심후섭 선생님의 동화창작교실이었다. 그곳에서 심후섭 선생님과 권영세 선생님, 그리고 박방희 선생님을 차례로 만날 수 있게 되었고 그 세 분 선생님들로부터 동화창작 수업을 체계적으로 받을 수 있게 되었다. 당시에 쓴 습작품과 그 후 10여 년 동안 쓴 창작품이 단편동화 200여 편에 이르렀으니 지금도 세 분 선생님을 만나게 된 것을 큰 행운으로 생각하고 있다.

나의 창작품을 가장 먼저 알아 봐준 곳은 창주문학상이었다. 한국 아동문학 육성의 선구자이신 창주 이응창 선생님이 제정한 창주문학상에 도전하여 당당히 수상의 영예를 안은 나는 고삐를 늦추지 않고 신문사 신춘문예에 도전했다. 약 6년 동안 예닐곱 군데 신문사에 60여 편의 작품을 투고한 결과 4군데 신문사에서 최종심에 올랐다는 사실을 알게 되었다. 그러나 단 한 편의 작품을 가려내는 최종 당선은 그야말로 쉽지 않았다. 하지만 심사위원들의 "단 한 편을 뽑는 신춘문예에 낙방했다고 실망하지 말기를 바란다."는 격려의 말에 재도전할 수 있는 용기를 가질 수 있었다.

7년째 되던 해, 이제 마지막이라는 생각으로 7군데 신문사에 7편의 작품을 투고한 결과 드디어 연락이 왔다. 당시 전북일보 문화부 기자의 조용한 목소리를 지금도 잊을 수 없다.

"전북일보사입니다. 혹시 이명준 선생님 되십니까?"

신춘문예 발표가 한창이던 성탄절을 며칠 앞둔 날. 전북일보 문화부 여기자의 목소리를 듣는 순간 숨이 덜컥 멎는 것 같았다. 책상에 앉아 있던 나는 눈을 번쩍 뜨고 자리에서 일어났지만 두근거리는 마음에 기자가 하는 말은 들리지 않고 한동안 고맙다는 인사만 되풀이했던 것 같다.

그 후, 지금까지 써놓은 작품들을 책으로 엮을 생각으로 몇 군데 출판사의 문을 두드려보았다. 하지만 출판시장이 어려운 이때에 초보 작가의 글을 선뜻 책으로 내주겠다는 출판사는 없었다. 그러나 인연은 너무나 가까운 곳에 이었다. 도서출판 학이사의 기획담당 팀장이 같은 문학회 회원이라는 사실을 알게 되었고 부담 없는 마음으로 작품을 보여주고 출판 의뢰를 하게 되었는데 출판사 사장님께서 아무 조건 없이 흔쾌히 출간을 해주시겠다고 하여 작가의 꿈은 쉽게 이루어지고 한 권의 동화책이 세상에 빛을 보게 되었다. 책을 처음 출간하는 초보 작가인지라 부족한 점도 많았지만 학이사 직원들의 아낌없는 배려로 큰 어려움 없이 한 권의 동화책이 만들어지게 되었다. 첫 동화집을 마주하는 그때의 기분은 첫아이를 출산했을 때만큼이나 기쁘고 감격스러웠다. 다시 한 번 도서출판 학이사의 신중현 사장님께 감사드린다.

3. 작품의 내용

동화 『청소부 아빠』에 실린 아홉 편의 동화에는 다양한 주인공들이 등장한다. 이 책의 주인공은 아이나 어른만이 아니다. 작은 흙덩이, 큰 바위에서 떨어진 모난 돌, 장미를 이루는 뿌리, 줄기, 잎, 꽃잎, 연필, 지우개 등 일상생활에서 마주하는 모든 것들이 화자로 등장한다. 이 동화는 생각하는 모든 게 가능한 어린이들의 무한한 꿈을 반영한 동화이다.

책 제목이자 작품 중의 하나인 「청소부 아빠」는 기후온난화로 꽃게잡이를 못하게 된 아빠를 따라 섬마을에서 도시로 나온 주인공 상구의 이야기이다. 도시에서 대학을 나와 대기업의 직원이었던 아빠가 할아버지의 갑작스런 죽음으로 가업인 꽃게잡이 어선을 물려받아 어부가 되었지만 지속되는 기후온난화로 꽃게잡이가 원활하지 않게 되자 가족의 생계를 위해 다시 도시로 나와 환경미화원이 된 아빠. 직업의 귀천을 따지지 않고 힘든 노동일을 하면서도 내색 한번하지 않고 가족을 위해 성실히 살아가는 아빠를 보며 안타까워하는 주인공 상구와 가족들의 사랑이 느껴지는 따뜻한 이야기이다. 힘든 환경 속에서도 가족을 사랑하는 아빠 못지않게 상구가 하나밖에 없는 동생 순희를 생각하는 마음도 남다르다. 아빠의 가족사랑은 자녀들에게 본이 되어 그대로 형제자매간의 우애로 이어진다. 고학력 젊은이들의 실업률 증가와 중장년층 일자리 구하기가 힘든 이 시대 우리 이웃들의 보편적인 삶을 보여주는 훈훈한 이야기이다.

『청소부 아빠』에 나오는 아홉 편의 동화는 각각 하고자 하는 이야기가 다르다. 인내, 우애, 사랑, 꿈, 배려, 공경 등 이 시대에 꼭 필요한 것들이지만 점점 희미해지는 정신들을 이 동화는 다시금 일깨워 주고 싶어 한다.

어릴 때부터 고생을 모르고 자라나는 이 시대 아이들은 인내와 끈기가 부족하다는 말을 많이 듣는다. 어떤 일이든 힘들이지 않고 좋은 결과를 성취하려는 청소년들에게 목표를 위해서는 부단한 인내와 노력이 필요하다는 사실을 일깨워 주고자 한다.

작은 돌덩이 하나가 예쁜 조약돌이 되기 위해서는 수많은 부딪힘을 이겨내야 하듯이.

4. 마음에 남는 동화

1989년 2월, 일본 국회 예산심의위원회 대정부 질문에 나선 공명당 오쿠보 의원이 난데없이 동화 한 편을 꺼내 읽어 국회 회의장을 온통 눈물바다로 만들었다는 이야기가 있다. 동화가 읽히는 동안 여당이건 야당이건, 장관이건 방청객이건 모두가 하나 되어 흐르는 눈물을 주체하지 못했다고 한다. 한 편의 동화가 정책과 이념, 지역과 파벌을 초월하여 전 일본을 한마음이 되게 했다는 동화 『우동 한 그릇』에 얽힌 이야기다.

동화를 쓰면서 늘 곁에 두고 위안을 삼았던 고사성어가 있다. '磨斧作針(마부작침)' '도끼를 갈아 바늘을 만든다.' 는 뜻이다. '무슨 일이든지 희망을 잃지 않고 끝까지 노력하면 반드시 꿈을 이룰 수 있다.' 는 옛 성인들의 가르침을 마음에 담고 좋은 동화, 마음이 따뜻해지는 동화, 읽는 사람들의 마음에 오래 남을 수 있는 동화를 쓰기 위해 더욱 매진할 것이다. 도서출판 학이사의 무궁한 발전을 기원하며 아울러 그동안 애써주신 학이사 직원들께 진심으로 감사드린다.

시시 미미

추선희 지음

〈2017. 02. 20.〉

무거운 시간,
시시와 미미에게 보내는 공경의 편지들

　발음조차 쉬운 '시시'와 '미미'라는 말이 언제부터 마음속에 자주 떠올랐다. 어느 하루 어떤 순간 시시하고 미미한 풍경이나 사물이 갑자기 전경으로 도드라지면서 잊히지 않는 일이 잦아졌다. 그래서 한동안 이를 숙고하게 되고 몇 개의 문장이나 한 편의 글로 남겨졌다. 이것의 끄트머리를 놓치지 않으면서 문장을 매만지다 보면 종내는 가장 나다운 시선 혹은 보편적 삶의 본질 부근에 가닿았다. 내가 여태껏 수필로써 이야기한 것들 대부분이 시시한 풍경이거나 흔하고 보잘것없는 사물이었음을 깨달았다.

　이런 이야기를 몇 년 쓰다 보니 뒤늦게 문학의 영토에 발을 딛게 된 것도 아마 이 이야기를 하고 싶었기 때문이 아닐까 여기게 되었다. 시시 미미한 것들에 대한 관심이 내 몸 어딘가에 강렬하게 흐르고 있음을 알아차렸다. 그것을 놓치지 않고 가만히 바라볼 수 있는 자세야말로 어둡거나 무거운 시간을 통과하는 동안 삶의 균형을 잃지 않게 했음을 알았다. 어쩌면 그것은 누가 먼저 발견하고 누가 먼저 이야기하는가의 문제이지 모든 이의 마음에 들락거리는 것인지 모른다. 시시하고 미미한 것이 지닌 의미는 자신이 처한 삶의 환경이나 상황에 따라 강도가 달라질 뿐이지

유무의 문제는 아닐 것이다.

그리하여 한동안 나의 주위에서 서성이던 시시하고 미미한 일들을 정리하여 2017년 이른 봄 『시시 미미』를 출간하였다. 내용답게 책도 자그마하고 소박하다. 가방에 넣어 다니다 아무데서나 펼쳐 읽기 편하고 주고받기에 부담 없도록 그리 만들었다. 나의 시시와 미미에는 참외와 고구마를 먹는 시간이 있고 아파트 뒷문에 대한 사랑이 있다. 길에서 만나는 낯선 이의 어떤 자세와 가장 가깝게 사는 피붙이와의 관계, 베란다에 둥지를 튼 비둘기와의 갈등이 있다. 방마다 다른 모습으로 굴러다니는 먼지와 앉아있을 때와 걷고 있을 때 다르게 다가오는 풍경이 들어있다.

이 작은 책으로 조용하지만 분명하게 말하고 싶다. 세상 모든 시시한 일들이여, 기죽지 말기를. 그 덕분에 앉았다가 일어서고 멈춰 있다 걷게 되는 많은 이들 있으므로. 사방 구석에 웅크리고 있는 미미한 것들이여, 기지개를 펴기를. 세상에 존재의 의미가 없는 것은 없으며 관계 속에서 그 의미가 생로병사할 뿐이므로. 『시시 미미』가 누군가의 손에 들어가 그들의 시시와 미미가 나의 것과 다르지 않음에 미소 짓거나 혹은 자신만의 시시와 미미를 눈여겨 들여다보려는 마음이 일어나기를 바란다. 출간한지 이제 한 계절이 지났고 그 사이 새로운 시시와 미미가 주변을 기웃거리고 있다. 학이사와의 두 번째 만남의 결실인 『시시 미미』의 머리말을 읽으며 새롭고도 오랜 그들에게 공경을 표하고 싶다.

시시한 일들이 아른거립니다.
미미한 것들이 사방 구석에서 저를 올려다봅니다.

그것들이 무겁게 다가오는 시간
의자에 앉습니다.
가만히 앉아
시시와 미미가
왜 저의 시선을 탐하는지 생각합니다.
곰곰 곰곰

외면할 수 없던
달아날 수 없었던
시시와 미미로
두 번째 명함을 만들었습니다.

저의 시시와 미미를 소개합니다.

정 송 외 서평집

독篤하게 독讀하다

정송 외 지음

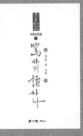

〈2017. 03. 14.〉

사람은 무엇으로 사는가

    사람이 살아가면서 가장 잘 하는 일은 지금 하는 일에 최선을 다해 집중하는 것이 아닌가 생각한다. 그런 면에서 『독篤하게 독讀하다』라는 책 제목은 책과 돈독하게 지내며 정성스럽게 독서한다는 정도로 이해하면 되겠다. 학이사 독서아카데미 문무학 원장님은 '篤은 毒이 아니다. 독은 도탑다, 두터이하다, 진심이 깃들어 있다' 등의 의미가 있는 것으로 해석하고 있다. '우리가 篤하게 讀하고자 하는 것은 책과 도타와 지자는 것이고 깊게 많이 읽자는 것이며 그리하여 책에 깃든 진심을 알아 내자는 것이다' 라고 책 서두에 천명하고 있다.

    학이사에서 발간한 『독篤하게 독讀하다』는 서평강좌 수료생 19명이 각자 작성한 서평들을 모은 서평집이다. 학이사 독서아카데미에서 주관한 서평강좌는 도서출판 학이사 도서관에서 12주에 걸쳐 문무학 원장님의 강의와 상호토론 등으로 진행되었다. 수업은 서평에 관한 기본적인 내용을 강의를 통해서 듣고, 수강생 각자가 스스로 책을 선정하여 읽고 직접 서평을 작성하고 발표하고 첨삭하는 과정으로 진행되었다. 이 서평강좌는 학이사 독서아카데미 2기생이 되는데, 2016년 9월 1일부터 매주 2시간씩 12주간 진행되어 11월 24일 수료했다. 서평에 대한 강의와 서평 작성을 12주간 한 주도 빠짐없이 지도해주신 학이사 독서아카데미 문무학 원장님은 '세상은 책이 바꾸는 것이다, 정치가 세상을 바꾸는 게 아니다' 라는 믿음으로 대구에 독서운동을 펼치며 독서인 육성에 힘쓰고 계시는 분이다.

서평강좌는 12강으로 진행되었다. 1강은 册은 무엇인가, 2강은 讀은 무엇인가, 3강은 문장론으로 문장에 정장을 입혀라, 4강과 5강은 문장작법으로 무엇을 무엇으로 어떻게 짜고 써서 고치는가, 6강은 숲속에서 책읽기, 7강은 비평론으로 評으로 平하다, 8강은 서평, 왜 해야 하는가, 9강은 서평 쓰기의 과정, 10강은 문학 서평 쓰기, 11강은 비문학 서평쓰기, 12강은 綜으로 終하다로 강의 내용을 종합정리하고, 수강생들의 리딩 콘서트로 진행되었다.

이 원고를 쓰면서 서평강좌의 강의 내용을 강의자료와 수강노트를 보며 배우고 느낀 점을 다시 되새겨 보았다. 사람은 왜 독서하는가. 왜 서평을 쓰는가 등에 대한 답을 볼 수 있다. 우리는 재미있기 때문에 책을 읽는다. 그리고 정보를 얻기 위해서 읽는다. 그리고 결국 생각하기 위해서 독서하는 것이다. 세상 모든 일에는 이익과 피해가 따르나, 오직 독서는 이익만 있고 피해는 조금도 없다는 선철의 말씀도 강조되었다.

서평을 쓰지 않고 읽은 것은 책을 읽었다고 할 수 없다. 서평을 쓰는 목적은 스스로 행복해지기 위해, 내 삶을 찾기 위해서다. 서평은 독후감에 비해 객관적이며 책에 관한 정보를 제공하는 것이다. 서평을 위해서는 최소한 책을 2번은 읽어야 한다. 1차 독서는 밑줄 치며 읽고, 2차 독서는 요점을 정리하며 중요한 문장을 베껴 쓰며 자신의 생각을 정리하며 읽는다. 서평의 요소는 작가의 집필의도, 글의 주제, 근거, 작가의 문체, 편집 등이다. 결국 글쓰기는 생각하기며, 모든 지식은 관찰에서부터 시작된다. 관찰하고 생각하는 것을 글로 쓰는 것이다.

여러 사람이 함께 쓴 『독篤하게 독讀하다』에는 문학, 비문학, 아동편으로 나눠 29편의 서평이 실려있다.

이 책 서두에 '나에게 책이란?' 제목으로 책에 대한 저자들의 정의가 수록되어 있다. 몇 가지 예를 들면 '책은 퍼즐의 한 조각이다. 책을 읽으면 읽을수록 세상을 보는 나의 눈은 더욱 선명해지니까.' '책은 나침반이다. 여유와 즐거움을 찾아가는 길을 안내해 주니까. ' '책은 연결고리다. 한 권의 책으로 사람과 사람 사이를 이어주니까.' ' 책은 샘물이다. 끊임없이 갈증을 해소해 주니까' 등이 실려있어 읽는 재미를 더한다. 책 말미에 책과 함께 떠나는 여행편에는 '덕혜옹주를 찾아 떠난 여행'과 '대마도 겨울 하루 만에 읽다' 라는 두 편의 여행기도 실려 있다.

한창 서평에 대해 배우고 공부하는 사람들이 쓴 서평집 『독篤하게 독讀하다』는 일반 독자들에게 어떤 의미가 있을 것인가. 이 책에 서평을 쓴 19명은 다양한 연령과 다양한 직업을 가진 사람들이나 하나의 공통점을 찾을 수 있다. 모두 서평에 대해서는 아직 비전문가라고 할 수 있지만 적어도 독서를 즐기며, 읽은 것을 서평으로 써 보겠다는 의지와 희망을 품고 지내는 사람들이라는 점을 들고 싶다. 또 독서를 통해서 서평 작성을 통해서 행복으로 가는 길을 찾은 사람들이 아닌가 생각해 본다. 서평강좌를 통해 책을 읽고 서평을 쓰는 것만큼 행복한 일은 없다는 말씀에 공감하는 사람들이 쓴 서평이고 글인 것이다.

『독篤하게 독讀하다』를 다시 읽으면서 문득 생각나는 것은 『사람은 무엇으로 사는가』라는 톨스토이의 소설책 제목이었다. 이 질문은 톨스토이 뿐만아니라 '100세 시대'를 사는 우리에게 더욱 절실한 질문이라는 생각이 들었다. 이제 인류는 의식주가 어느 정도 해결되고 건강하게 장수하는 사회에 살게 되었다. 생활은 여유가 있게 되었고 여가시간은 점차 늘어나고 있는 반면에 지루하기 쉽고 사는 의미가 무엇인지 재미가 무엇인지 자주 생각하게 되는 시대에 살게 된 것이다. 많은 시간을 어떻게 보내는 것이 가장 행복하고 후회 없는 삶이 될 것인가. 사람마다 그 길을 찾는 것이 결국 인생의 목적이겠으나 하나 분명한 것은 책 읽는 것을 능가하는 것은 없을 것이라는 것이 인류의 오랜 정신사의 결론이라고 생각해 본다. 더해서 독서하고 서평을 써 본다면 혼자서 보내는 시간으로는 최고의 방법이라고 확신한다. 서평 초보자들의 서

평글이 독서에 관심 있는 분들에게 조그마한 희망이 되기를 바라
며『독篤하게 독讀하다』에서 책에 깃든 진심을 알아냈으면 한다.

마지막 퍼즐

백승희 지음

〈2017. 05. 01.〉

열두 번을 환생한 인간의 이야기

내 생애 최초의 장편소설이 탈고 후 1년이 지나서야 독자들과 만나게 되었다.

사실 내 소설이 이런 식의 내용으로 완성될지는 저자인 나 자신도 알지 못했다.

약 3년 전부터 페이스북을 시작하게 되면서 나의 일상을 SNS에서 올리기 시작했다. 그것을 모아 한 권의 에세이집 『사랑모아 사람모아』로 출간한 뒤, 나의 일상보다는 좀 더 새로운 글을 써 보고자 하는 욕구가 슬며시 생기기 시작했다. 그러던 중 습작 형식의 짧은 단편소설을 써 보자는 생각에 '기묘했던 과거의 기억 속으로(기과기)'란 제목을 달고 뱀파이어가 등장하는 소설을 쓰게 되었다.

애초에는 소설 속 주인공 백 선생이 집 근처에 새벽 운동을 나갔다가 우연히 만난 의문의 사나이 미스터 D. 그의 초대를 받고 찾아간 카페 chaos에서 그와 많은 대화를 나누고 난 뒤 뱀파이어로 돌변한 그의 공격을 피해 집으로 도망쳐 온다는 내용으로 마무리하려는 계획이었다. 그러다… 그가 문득 주인공 백 선생에게 던진 이 질문에 소설의 내용과 방향이 완전히 바뀌게 되었다.

"백 선생, 그대는 죽음 저 편엔 무엇이 있다고 생각하시오?"

이 질문은 소설 속 인물 미스터 D가 주인공 백 선생에게 하는 질문이 아닌 지금껏 내가 살아오면서 나 자신에게 항상 하던 질문이었다. 다시 말해서 누군가 나에게 이렇게 한 번 물어봐 주었으면 하고 평생을 기다리던 질문을 소설 속에서 나 자신에게 하게 된 것이다.

이 문장을 쓰던 순간 정신이 번쩍 들었다. 과연 사람이 죽으면 어디로 가는지, 어떻게 되는가에 대해 한동안 잊고 있던 나는 소설 속에서 스스로에게 물은 심오한 질문에 이렇게 대답한다.

"나는 죽음 다음엔 또 다른 세상이 있다고 생각합니다. 거기엔 먼저 이 세상을 떠난 내가 사랑하는 사람들이 살고 있어 내가 오기를 기다리고 있다고."

이 대목에서부터 소설 속 주인공 백 선생과 미스터 D의 대화는 점점 깊이가 있어지면서 인간의 삶과 죽음, 죽음 저 편의 세계, 종교, 철학을 논하게 된다. 더 나아가 주인공의 전생을 거슬러 올라가면서 저자인 나 자신의 존재의 이유에 대해 생각하게까지 되었다.

빅뱅 이후 탄생한 137억 년이라는 상상도 못할 나이를 가진 저 넓은 우주 속에서 지구라는 티끌만도 못한 크기의 행성에 태어나 찰나의 순간을 살다가는 인간이란 생명체에게 과연 삶이란 어떤 의미가 있는지….

길어야 백 년을 못 사는 인간의 삶에서 우리는 왜 이리 아웅다웅하며 살아가야만 하는지….

그토록 짧은 순간을 사는 지구에 사는 모든 인류가 서로를 배려하고 사랑하면서 행복하게 살아갈 수는 없는지….

"가끔은 쉬고 싶다는 생각이 들 때도 있지만 결국 사람은 죽는 것, 세상이 날 필요로 하고 일할 수 있을 때 최대한 열심히 일하자고 나 자신을 채찍질합니다. 어차피 죽고 나면 영원히 쉴 수 있을 테니까. 오늘 하루를 최대한 열심히 산다면 당장 내일 죽더라도 나는 여한이 없습니다. 그래서 난 죽음이 두렵지 않소."

"죽음이 두렵지 않냐"는 D의 질문에 소설 속 주인공 백 선생은 이렇게 대답한다.

그건 저자인 나 자신의 속마음이기도 했고.

난 누군가와 만나 밤새 삶과 죽음에 대해, 종교에 대해, 철학에 대해 미친 듯이 토론하고 논쟁하고 이야기해 보고 싶었다. 하지만 나와 그런 이야기를 밤새 나눌 상대를 아직 만나지 못했다. 그래서 난 매일 새벽 3시에 일어나 컴퓨터 앞에 앉아 누군가에게 미치도록 하고 싶었던 이야기들을 내 소설 속에 쏟아 부은 것이다.

소설의 마지막 장에 쓴 작가의 말에서 난 이렇게 적었다. 사람들과의 만남에서 진지한 대화가 사라져 가는 요즘 시대에 소설 속에서나마 내가 하고 싶던 이야기들을 맘껏 해 보고 싶었던 것이다.

내가 생각하는 소설 『마지막 퍼즐』의 하이라이트는 두 군데이다.

카페 chaos에서의 D와 백 선생과의 삶과 죽음, 종교와 철학에 관한 대화가 첫 번째 하이라이트이고 두 번째는 D와 함께 떠나는 전생 체험여행에서 주인공 백 선생이 600년 전의 자신인 블라드 드라큘라를 만나 공포의 정치와 인의의 정치에 대해 논하는 장면이 그것이다.

"드라큘라의 시대에서 드라큘라는 공포의 정치라는 알몸에 인의의 정치라는 따스한 옷을 입게 만들어라. 또한 백 선생이 주장하는 인의의 정치는 이상적이지만 나약할 수도 있는 통치 이념이다. 거기다 힘과 공포의 정치라는 검의 양날 같은 존재를 적절히 이용할 수 있어야 비로소 제왕의 업을 완성했다고 볼 수 있다."

600년의 시간을 거슬러 만난 두 사람의 주인공이 논쟁하는 이

장면을 지켜보던 미스터 D는 위와 같은 결론을 내려준다. 이 대목을 위해 나는 과거 중국 초한 쟁패 시절의 한고조 유방의 무위無爲의 정치와 그의 말년의 공포의 정치를 끌어들였고, 후한 말 삼국시대의 촉한의 제왕 유비의 인의仁義의 정치를 인용하기도 했다.

중세 시대 서양의 드라큘라와 그보다 더 오래전에 살았던 동양의 제왕인 유방과 유비의 통치 이념을 서로 섞어 보고자 하는 나의 시도가 얼마나 독자들에게 호응을 받을지는 알 수 없다. 다만 사람이 사는 세상은 시대를 막론하고 똑같으며 역사는 돌고 돈다는 진리 속에서 과거를 더듬어 현생을 살아가는 지혜를 얻어 보자는 게 저자인 나의 의도였던 것이다.

이후 주인공 백 선생은 지구로부터 440광년을 날아가서 타이게타 행성에서 만난 태양신 라(Ra)로부터 국가와 인종, 언어와 종교로 분열된 세계를 하나로 통합하고 사랑과 기품과 배려가 넘치는 새로운 문명을 재건하라는 임무를 받고 지구로 귀환하게 된다. 하지만 그 다음에 주인공이 어떻게 될지는 사실 저자인 나도 알지 못한다. 다만 소설 속에서 주인공이 본업인 의사 생활에 충실하면서 나눔과 봉사, 그리고 소통하는 삶을 살아가는 모습을 닮고자 하는 게 나의 바람일 뿐. 다만 이 소설을 읽는 독자의 몰입도를 높이고자 저자인 나 자신이 직접 주인공이 되어 소설과 현실을 교묘하게 결합시킨 내 의도가 독자들에게도 무리없이 받아들여겼으면 하는 것 또한 지금의 나의 바람이다.

나는 이 소설 속에 지금껏 살아오면서 내가 알고 있던 혹은 내가 관심 가진 모든 이야기들을 집어넣었다. 내가 생각하는 죽음과 죽음 저편의 세계, 현생의 삶 이전의 전생의 삶, 프로이트의 무의식, 데자뷔, 꿈에 대한 이론들, 아일랜드 작가 브램 스토커에 의해 흡혈귀라는 오명을 쓰게 된 600년 전의 왈라키아의 군주 블라드 드라큘라와 그가 살았던 시대의 동유럽에 대한 역사 이야기들, 고대 그리스 로마와 이집트의 신화들, 빅뱅, 웜홀, 평행 우주이론, 그리고 이 넓은 우주 어디에선가 틀림없이 존재하면서 우릴 지켜보고 있을 외계인에 대해서까지도….

소설의 마지막 '작가의 말'에서 나는 말했다. 그리고 이렇게 결론 내렸다.

내용이 난해해서 조금은 어려울지도 모를 이 소설을 통해 앞으로 우리나라를 이끌어 갈 주인이 될 젊은이들이 자신의 삶과 철학에 대해 한 번쯤은 진지하게 생각해 봤으면 하는 게 이 소설을 마무리 지으며 가지는 나의 자그마한 바람이다.

소설의 제목이 '기과기(기묘했던 과거의 기억 속으로)'에서 '마지막 퍼즐'로 바뀌게 된 것도 책의 내용이 방대해지고 깊이가 있어지면서 생긴 결과였다. '기과기'라는 처음 제목을 고수했던 나였지만 책의 전체 내용을 담기에는 모자란 측면이 많다는 학이사 측의 권고에 따라 결국 '마지막 퍼즐'로 제목이 바뀌게 된 것이다.

이 소설의 속편을 쓰기는 쉽지 않을 것 같다. 내가 아는 모든 것을 쏟아 부었기에. 하지만 독자들에게 전하는 새로운 메시지가 있으면 속편을 쓸 여지가 있다는 것도 아울러 밝혀 둔다.

끝으로 어려운 출판계의 여건 하에서도 지역에서 꾸준히 좋은 책을 펴 내주시고 모자란 제 책을 소설로까지 출간하게 해 주신 학이사의 창립 10주년을 진심으로 축하한다. 앞으로도 우리나라 국민들의 독서 문화가 정착할 수 있도록 많은 공헌을 해 주시길 기대한다.

익은 봄날

문차숙 지음

〈2017. 06.15.〉

길 위의 시, 시 속의 길

문차숙 시인, 그는 솔직하다. 그리고 거침없다. 이 시집의 시는 그런 시인을 꼭 빼닮았다. 솔직하고 거침없는 그의 생각들이 길 위에 널브러져 있기도 하고, 강물을 따라 흘러가기도 하며, 돌처럼 굳어지기도 한다. 시인의 방황이 어디에 가서 충돌하고 어디에 가서 정착하는지를 솔직하게 그리고 거침없이 보여주고 있는 것이다. 그 거침없음이 일구어내는 시적 묘함이 있다. 고개가 갸우뚱거려지기도 하지만 그것이 시의 미학과 손잡게 하는 흔치 않은 솜씨를 문차숙 시인이 갖고 있는 듯하다.

이 시집은 『익은 봄날』 이라는 문패를 달았다. 그런데 4부로 나누는 그 소제목들이 예사롭지 않다. 봄, 길, 강, 돌이라는 부제목이 그것이다. 그런데 이것이 시인의 삶, 아니 우리들의 삶의 과정을 요약한 것이 아닐까 하는 생각이 드는 것이다. 봄은 출발로 상징된다. 출발해서 길을 가면, 우리는 강을 만나게 될 것이고, 또한 돌을 만나기도 하는 것이다. 삶의 과정을 시집의 소제목으로 엮어 내고 있는 것이다. 그 과정에서 시인의 생각을 물고 늘어진 것들, 그것이 이 시집에 담긴 시들이라고 보면 크게 틀리지 않을 것이다.

'봄'의 상징은 다양하다. 신화에서는 시작, 부활, 풍요로, 무속 민속에서는 한 해의 시작으로, 풍습에서는 정욕과 생명력으로 더러는 허무와 슬픔으로 상징되기도 한다. 종교에서는 벽사로 동양 문화에서는 소생, 시작, 희망, 역사와 문학에서는 출발과 만남, 소생, 탄생, 아름다움, 현대 서양에서는 헤르메스, 헤르메스는 그리스 신화에 나오는 봄의 신, 농업의 신으로 불리는데 그것은 농사가 봄에 시작되기 때문. 그 외도 희망, 젊음, 춘정으로 상징된다.

시인 문차숙은 이미 "꽃이 피는 봄에는 언제나 비가 내리지요." (「봄비 내리는 날」에서) 라고 표현하고 있는 데서 드러나듯이 삶이 어떻게 이루어지고 있는 것인가를 알 수 있는 나이가 되었다.

'길'이란 단어도 '봄'에 못지않게 상징이 많은 단어다. 신화에서는 하늘과 땅의 매체, 질서, 방법, 망자 천도로, 무속 신앙에서는 저승길, 신성계에의 통로로, 풍습에서는 길놀이, 축제, 교통수단, 방도, 규범으로 상징된다. 종교에서는 진리, 가르침, 믿음. 한 마음. 동양문화에서는 구분, 연결, 수단, 도리, 하늘의 길과 사람의 길로 상징되며, 역사와 문학에서는 삶의 이법理法, 생사일여, 규범, 전범, 험난한 인생살이, 현대 서양에서는 초인적 경지, 고난, 방황, 소외, 신문물 유입〔新作路〕, 이산, 기다림. 이법, 모험. 진행, 순례, 매춘부로 상징되기도 한다.

이 많은 상징 중에서 시인 문차숙은 어떤 상징을 드러낼지가 매우 궁금한 대목이고 그것이 또 문차숙의 시를 읽는 재미가 될 것 같기도 하다. 그는 어떤 길을 가야 제대로 된 삶을 산다고 생각할까?

 '강' 도 봄이나 길에 못지않게 많은 의미를 담고 있고 여러 가지로 상징된다. '강' 은 신화에서 모태, 경계선, 무속과 신앙에서는 수신의 거처, 동양문화에서는 수신, 순리, 국가로 상징되기도 한다. 역사와 문학에서는 차안과 피안의 경계, 산의 대응물, 자연, 투명성, 거울, 세월, 역사의 증인으로 상징된다. 현대 서양에서는 신의 은총, 공포 형벌, 정화와 재생, 인간적 욕망의 흐름, 부정 등을 상징하기도 한다.

 문차숙 시인은 강이란 부제의 제3부에서 무엇을 말하고 싶을까? 3부에 와서 부쩍 가을을 많이 노래하고 있다. '강과 가을' 은 어느 정도 어울림성을 갖고 있는 듯하기도 하다. 「가을비 내리는 날」에서 "빗물이 쓸고 가는 이야기/ 애써 주워 담습니다./ 가을에 와 있는/ 내 이야기인지도 모르기 때문입니다." 라고 노래하기도 하고 「10월」에서는 "까치발 들어 매달리는 시월/ 여유 부리기에는 늦은/ 포기하기엔 이른 10월," 이라고 노래하기도 한다.

 '돌' 이 상징하는 것 또한 대단히 넓다. 돌의 속성으로 표현한다면 매우 단단하다. 신화에서는 생명력, 무속과 민속에서는 신격, 생산, 남근을 상징하기도 하고 안식처, 보호 재생을 상징하기도 한다. 풍습에서는 다산, 번식 굳건함을, 종교에서는 초월성을 동양문화에서는 신성을 역사문화에서는 고난, 장애, 의지를 상징한다. 현대와 서양에서는 거룩한 힘, 단단함, 강력함, 신석 부활, 영원을 상징하기도 한다.

　삶의 길 혹은 시의 길을 돌고 돌아 와서, 방황의 끝에 서서 만나
야 할 것은 무엇일까? 이 시집의 편집을 보면 돌 혹은 바위가 될
것 같다. 그리고 그 과정은 대단히 자연스럽다. 억지가 없다.

　문차숙 시집 『익은 봄날』은 봄의 풋풋함이 넓은 길 위로 나서,
깊은 강을 건너고 그리하여 단단히 굳은돌이다. 봄을 상징하는
청춘이 익은 것이며, 젊음이 성숙한 것이며, 희망이 굳은 것이다.
그 '익은'에 혹은 '굳은'에 묻었던 고뇌를 길 위에서 삭혀보고 강
물에 던져보기도 하고 돌에게 하소연해보기도 한 것이 이 시집의
시들이다.

　이 세상 그 어디에 상처 없는 사람이 있으랴만, 그 상처를 다독
여가는 시인의 마음이 안쓰러워 아름답다. 그러나 그것은 위로로
해결될 일이 아니다. 온전히 스스로 해결해야 할 숙제다. 그것이
삶이다. 어느 시인이 제 삶을 제쳐두고 시를 쓸 수 있으랴만 문차
숙의 시에는 시편마다 문차숙이 서 있다. 굳이 어색하게 꾸미지
않는 문차숙의 당당함이 있다.

　그의 봄은 방황을 일삼았으나 그 방황은 길 위에서 다듬어졌고,
강물 속으로 가라앉히기도 했다. 이제 "고요한 바다와 거친 파도
가 내통하"는(「파도와 바다」에서) 것을 보기도 하고 "돌 속에 누
가 있"는(「돌 2」에서) 것을 보아내기도 하는 눈을 가졌다. 그렇게
익었다. 그 과정에서 언제나 변하지 않는 돌의 속성을 캐내었다.
돌처럼 단단한 생각 하나, 마음 한 갈래 붙잡은 것이다. 이 시집은

그 과정에서 얻은 고뇌의 산물, 그래서 아파도 아름답고 안타까워도 아름답다.

문차숙의 봄은 지금 한창 익어가고 있다. 그 봄을 익히기 위해 그는 시를 쓸 것이다. 결코 그의 삶이 시를 쓰지 않는 막살이로 지탱되지 않을 것임을 이 시집이 확인하게 한다. 오죽하면 시가 되지 않는 삶을 시인은 '막살이'라고 하겠는가. 그만 하면 되지 않았는가? 무엇을 더 바랄 수 있으랴. 부디 그 시처럼, 봄을 익혀주기 바란다.

- 문무학 / 문학평론가

초판 발행 | 2017년 6월 29일

엮은이 | 신중현

지은이 | 강위원 견일영 고쾌선 구본욱 권영세 김동혁
김몽선 김미선 김미희 김세환 김수영 김은주
김종건 김창제 김태엽 남은우 남지민 문무학
문차숙 민송기 박규홍 박기옥 박동규 박미정
박방희 박승우 박영옥 박원열 방지언 배해주
백승희 백종식 서정길 석현수 손인선 송진환
신재기 신형호 심후섭 안상섭 안영선 안용태
윤일현 이경희 이명준 이소연 이승현 이인숙
이재태 이정기 이정웅 이후재 장식환 정 송
정아경 정홍규 정화섭 채천수 최상대 추선희

펴낸이 | 신중현

펴낸곳 | 도서출판 학이사

출판등록 : 제25100-2005-28호

주소 : 대구광역시 달서구 문화회관11안길 22-1(장동)

전화 : (053) 554~3431, 3432

팩스 : (053) 554~3433

홈페이지 : http : // www.학이사.kr

이메일 : hes3431@naver.com

ISBN _ 979-11-5854-082-1 03800